Aurore

VIRGINIA C. ANDREWS

Fleurs captives

Fleurs captives	*J'ai lu* 1165/**4**
Pétales au vent	*J'ai lu* 1237/**4**
Bouquet d'épines	*J'ai lu* 1350/**4**
Les racines du passé	*J'ai lu* 1818/**4**
Le jardin des ombres	*J'ai lu* 2526/**4**

La saga de Heaven

Les enfants des collines	*J'ai lu* 2727/**5**
L'ange de la nuit	*J'ai lu* 2870/**5**
Cœurs maudits	*J'ai lu* 2971/**5**
Un visage du paradis	*J'ai lu* 3119/**5**
Le labyrinthe des songes	*J'ai lu* 3234/**6**

Ma douce Audrina	*J'ai lu* 1578/**4**
Aurore	*J'ai lu* 3464/**5**
Les secrets de l'aube	*J'ai lu* 3580/**6**
L'enfant du crépuscule	
Les démons de la nuit	

Virginia C. Andrews™

Aurore

Traduit de l'américain
par Françoise Jamoul

Éditions J'ai lu

Titre original :

DAWN
Pocket Books

Chers lecteurs de V.C. Andrews,

Ceux d'entre vous qui connaissaient et aimaient Virginia Andrews savent que, pour elle, ce qui comptait le plus au monde, c'étaient ses romans. L'instant où elle prit en main le premier exemplaire de *Fleurs captives* lui procura la plus grande fierté de sa vie. Auteur plein de talent, narratrice unique en son genre, Virginia écrivait chaque jour que Dieu fait avec une ferveur constante. Elle ne cessait d'inventer de nouvelles histoires, projets d'éventuels romans futurs. Son second sujet de fierté, joie à peine moins importante que la première, lui venait des lettres dans lesquelles ses lecteurs lui exprimaient leur émotion.

Depuis sa mort, un grand nombre d'entre vous nous ont écrit pour nous demander si d'autres romans de V.C. Andrews devaient paraître. Quand Virginia tomba gravement malade, alors qu'elle se consacrait à la saga des Casteel, elle redoubla d'ardeur, espérant terminer le plus d'histoires possible afin d'en faire profiter son public. Juste avant sa mort, nous nous sommes juré de recueillir toutes ces merveilleuses histoires et de les offrir à ses lecteurs.

Avec les derniers volumes de la saga des Casteel, nous nous sommes mis à la tâche. En étroite collaboration avec un auteur soigneusement choisi, nous avons entrepris de mettre au net et d'achever l'œuvre de Virginia, et de la prolonger en créant de nouveaux romans inspirés par son magnifique talent de conteuse.

Aurore inaugure une nouvelle série V.C. Andrews. Nous ne doutons pas que Virginia aurait éprouvé une grande joie à savoir que vous seriez si nombreux à l'apprécier. D'autres romans signés V.C. Andrews paraîtront au cours des années à venir, et nous espérons que vous y retrouverez tout ce que vous avez toujours aimé en eux.

Sincèrement vôtres,

La famille ANDREWS

Aurore

Maman m'a dit un jour que papa et elle m'avaient appelée Aurore parce que j'étais née au petit matin. Ce fut le premier des milliers de mensonges qu'ils nous ont racontés, à mon frère Jimmy et à moi. Nous ne savions pas que c'étaient des mensonges, bien sûr, et nous y avons cru longtemps. Jusqu'au jour où ils ont resurgi, pour se dresser entre nous et nous séparer.

1

Et nous voilà repartis !

Un bruit de tiroirs qu'on ouvrait et refermait me réveilla. J'entendis papa et maman chuchoter dans leur chambre et mon cœur se mit à cogner comme un tambour. Je plaquai la paume sur ma poitrine, respirai un grand coup et me retournai pour éveiller Jimmy, mais il était déjà assis dans notre canapé-lit. Sous la lueur argentée de la lune qui pénétrait à flots par la fenêtre sans rideaux, le visage de mon grand frère de seize ans paraissait dur, comme taillé dans le granit. Jimmy ne bougeait absolument pas : il écoutait. Et je restai couchée, écoutant moi aussi. Ecoutant cet horrible vent siffler par les fentes et les crevasses du petit cottage que papa nous avait déniché à Grandville, ce trou pourri des environs de Washington. Et dire que nous n'y habitions que depuis quatre mois à peine !

— Qu'est-ce qu'il y a, Jimmy ? Qu'est-ce qu'il se passe ?

Je frissonnai, en partie à cause du froid et aussi parce que, tout au fond de moi, je connaissais déjà la réponse.

Jimmy se laissa retomber sur son oreiller, croisa les mains sous la tête et fixa le plafond d'un air morose. Les allées et venues de papa et de maman et leurs mouvements devenaient de plus en plus fébriles.

— On devait avoir un petit chien, ici ! grommela Jimmy. Et ce printemps, maman et moi devions planter un potager pour faire pousser nos propres légumes.

Sa frustration et sa colère étaient aussi tangibles que des ondes de chaleur : un vrai radiateur électrique.

— Et que s'est-il passé ? demandai-je d'un ton morne, car j'avais nourri de grands espoirs, moi aussi.

— Papa est rentré plus tard que d'habitude, répondit-il, la voix chargée de pressentiments funestes. Il est arrivé en coup de vent, avec des yeux ! Tu sais bien, comme ils sont quelquefois : brillants, tout écarquillés. Il s'est précipité dans la chambre et presque aussitôt après, ils ont commencé à faire les bagages. On ferait aussi bien de se lever et de s'habiller, décréta mon frère en se soulevant pour rejeter les couvertures. Ils ne vont pas tarder à venir nous dire de le faire, de toute façon.

Je poussai un gémissement. Ça n'allait pas recommencer, pas au beau milieu de la nuit, encore une fois !

Jimmy se pencha pour allumer la lampe de chevet et commença à enfiler ses chaussettes, afin de ne pas marcher sur le plancher froid. Il était si abattu qu'il ne se gêna pas pour s'habiller devant moi. Je me laissai retomber en arrière et le regardai déplier son pantalon, puis l'enfiler, avec une résignation tranquille qui me donnait l'impression que tout cela n'était qu'un rêve. Si seulement cela avait pu en être un !

J'avais quatorze ans, et, du plus loin que je me souvienne, notre vie se passait à faire et à défaire des bagages, pour déménager sans cesse. C'était toujours pareil. Juste au moment où Jimmy et moi commencions à nous sentir bien dans notre nouvelle école, à nous faire des amis, et où je connaissais un peu mieux mes professeurs, il fallait partir. Comme disait Jimmy, peut-être n'étions-nous pas mieux lotis que des bohémiens sans feu ni lieu, finalement. Des vagabonds, les plus misérables de tous, car même les familles les plus pauvres ont un foyer ; un endroit où revenir quand tout va mal, avec des grand-mères et des grands-pères ou des oncles et des tantes qui les prennent dans leurs bras, les consolent et les réconfortent. Même des cousins auraient fait l'affaire, en tout cas pour moi.

Je rabattis mes couvertures, et ma chemise de nuit glissa, découvrant presque totalement ma poitrine. Je coulai un regard vers Jimmy et le surpris en train de m'observer dans le clair de lune. Il détourna vivement les yeux. Je me sentis gênée, mon cœur s'accéléra et je retins d'une main le haut de ma chemise. Je n'avais dit à aucune de mes camarades de classe que Jimmy et moi partagions la même chambre, et encore moins ce lit convertible tout déglingué. J'avais bien trop honte, et je savais comment elles auraient réagi. Cela n'aurait fait qu'ajouter à notre embarras à tous les deux.

Je posai les pieds sur le plancher nu, glacial. Mes dents claquaient, j'étreignis mes épaules et traversai la pièce en courant pour aller chercher un chemisier, un sweater et un jean. Puis je m'engouffrai dans la salle de bains pour m'habiller.

Le temps que je termine, Jimmy avait bouclé sa valise. C'était comme une fatalité : il fallait toujours abandonner quelque chose derrière nous. Il y avait si peu de place dans la vieille voiture de papa ! Je pliai ma chemise de nuit et la rangeai avec soin dans ma propre valise. Les serrures étaient toujours dures et, cette fois encore, Jimmy dut m'aider à les fermer. Puis la porte de la chambre de papa et de maman s'ouvrit et ils sortirent, portant leurs bagages, eux aussi. Nous restâmes plantés devant eux, tenant les nôtres à la main. Je regardai papa, en me demandant s'il allait se fâcher. Cela lui arrivait si souvent quand il fallait partir !

— Pourquoi faut-il encore nous en aller en pleine nuit ?

— C'est le meilleur moment pour voyager, grommela-t-il, et son regard me fit comprendre qu'il valait mieux ne pas poser de questions.

Jimmy avait raison. Quand il faisait ces yeux-là, bizarres, farouches, j'en avais froid dans le dos. Je détestais le voir comme ça. C'était un bel homme aux traits fermes, avec une toison de cheveux bruns et lisses et des yeux d'anthracite. Mais quand il était furieux, cela gâchait tout, il devenait laid, je trouvais cela terrible. Je ne pouvais pas supporter de le voir comme ça.

— Descends les valises, Jimmy. Et toi, Aurore, va dans la cuisine aider ta mère à emballer ce qu'elle veut emporter.

Je louchai vers Jimmy. Il n'avait que deux ans de plus que moi, mais nous étions très différents physiquement. Il était grand, mince et musclé, comme papa. Et moi petite, avec « un visage de poupée de porcelaine », comme disait maman. D'ailleurs, je ne lui ressemblais pas du tout : elle était aussi grande que papa. Elle m'avait dit qu'à mon âge c'était une longue perche sans grâce, empotée, un vrai garçon manqué. Ou plutôt jusqu'à ses treize ans, quand elle s'était subitement épanouie.

Nous ne possédions pas beaucoup de photos de famille, et je n'en avais qu'une de maman, qui datait de ses quinze ans. Je passais des heures assise devant cette photo, à scruter le visage de sa jeunesse, y cherchant quelque ressemblance avec moi. Elle était debout sous un saule pleureur, vêtue d'une longue jupe droite qui lui arrivait à la cheville et d'une blouse vaporeuse au col et aux poignets volantés. Elle souriait. Ses longs cheveux noirs semblaient doux et soyeux. Même sur ce vieux cliché en noir et blanc, ses yeux étincelaient d'amour et d'espoir. Papa disait qu'il avait pris cette photo avec un petit appareil de quatre sous racheté à un ami. Il n'était même pas certain qu'il fonctionnait, mais cette photo-là au moins était réussie. Et si jamais nous en avions eu d'autres, elles avaient dû se perdre dans un de nos innombrables déménagements.

Mais même sur ce vieil instantané noir et blanc, fané et virant au brun sépia, avec ses bords effrités, maman était si jolie ! On comprenait sans peine que papa soit tombé sous le charme, bien qu'elle n'eût pas plus de quinze ans. Elle était pieds nus sur cette photo, fraîche, innocente, ravissante... une beauté en fleur.

Maman et Jimmy avaient les mêmes cheveux chatoyants, les mêmes yeux noirs, le teint brun doré et de magnifiques dents blanches qui leur donnaient un sourire éclatant. Papa, lui, avait les cheveux bruns, alors que j'étais blonde, avec des taches de rousseur sur les pommettes. J'étais la seule de la famille à en avoir.

— Et le râteau et la bêche que nous avons achetés pour le jardin ? demanda Jimmy, attentif à ne pas laisser percer dans ses yeux la moindre étincelle d'espoir.

— Pas la place ! aboya papa.

Pauvre Jimmy. Maman disait qu'il était né tout replié sur lui-même, comme un poing fermé, les paupières étroitement closes. Et qu'elle l'avait mis au monde dans une ferme du Maryland. Ils venaient d'arriver et frappaient à la porte dans l'espoir d'obtenir du travail quand ses contractions avaient commencé.

Et moi aussi j'étais née sur la route, paraît-il. Papa et maman espéraient que je naîtrais à l'hôpital mais ils avaient dû quitter la ville pour une autre, où papa venait de trouver un emploi sûr. Ils étaient partis tard dans l'après-midi, pour voyager tout le reste de la journée et toute la nuit. Maman m'avait raconté l'histoire.

— Nous étions en pleine cambrousse, au beau milieu de nulle part, et subitement, tu as frappé à la porte. Papa s'est rangé sur le bas-côté de la route et m'a dit : « Nous y revoilà, Sally Jean ! » Il a garé le camion, je me suis traînée sur notre vieux matelas et au lever du soleil, tu as fait ton entrée dans le monde. Comme les oiseaux chantaient ! Je les entends encore.

« Je regardais un oiseau quand tu as vu le jour, Aurore. C'est pourquoi tu chantes si bien. Ta grand-mère disait toujours que ce qu'une femme regarde juste avant l'accouchement, pendant ou tout de suite après, marque le caractère de son enfant. Dans les maisons où il y avait une femme enceinte, on redoutait comme la peste les rats et les souris.

— Que serait-il arrivé, maman ? avais-je demandé, dévorée de curiosité.

— L'enfant aurait été sournois et craintif.

J'en étais restée tout interdite. Maman avait hérité d'une si grande sagesse ! Cela me plongeait dans des réflexions sans fin au sujet de cette famille que je n'avais jamais connue. J'aurais voulu en savoir plus, tellement plus, mais papa et maman ne parlent pas volontiers de leur vie passée. Elle a dû être trop difficile, très malheureuse... c'est sûrement pour ça.

Nous savions qu'ils avaient grandi tous les deux dans de petites fermes, en Géorgie, où leurs parents tiraient péniblement leur subsistance de quelques arpents de terre. Tous deux venaient de familles nombreuses, logées dans des masures. Aucun des deux foyers ne disposait d'assez de place pour héberger les jeunes mariés qui attendaient un enfant. Aussi commencèrent-ils ce qui devait devenir l'histoire de notre famille, leur interminable voyage. Et voilà qu'à nouveau nous reprenions la route.

Maman et moi avons rempli un carton avec les ustensiles qu'elle tenait à emporter et l'avons donné à papa pour le mettre dans la voiture. Puis elle m'a passé un bras autour des épaules et nous avons regardé pour la dernière fois la modeste petite cuisine. Sur le seuil, Jimmy en faisait autant, les yeux lourds de tristesse. Ils s'assombrirent de colère quand papa fit irruption pour nous dire de nous dépêcher. Jimmy lui en voulait de nous imposer cette vie de romanichels, et il m'arrivait de me demander s'il n'avait pas raison. Papa me paraissait souvent différent des autres hommes, plus nerveux, incapable de tenir en place. Je ne l'aurais jamais avoué, mais chaque fois qu'il s'arrêtait dans un bar en revenant du travail, j'étais au supplice. Dans ces cas-là, il rentrait avec une mine sombre à faire peur, se campait devant la fenêtre et regardait au-dehors comme s'il attendait quelque chose d'épouvantable. Aucun de nous ne pouvait lui adresser la parole quand il était de cette humeur-là. Comme maintenant.

— On ferait mieux d'y aller, dit-il en s'encadrant dans la porte.

Un bref instant, ses yeux s'arrêtèrent sur moi et se durcirent encore. J'en restai tout interloquée. Pourquoi me regardait-il ainsi ? On aurait dit que c'était ma faute si nous devions partir !

Je m'empressai de chasser cette idée. Quelle absurdité ! Papa ne m'aurait jamais rien reproché : il m'aimait. Il était juste un peu énervé, parce que maman et moi lambinions au lieu de nous dépêcher de sortir, voilà tout. On aurait dit qu'elle lisait dans mes pensées.

— Bon, ça y est ! annonça-t-elle précipitamment, et nous nous empressâmes de quitter la pièce.

L'expérience nous avait chèrement appris que lorsque la voix de papa prenait ce ton sec et rageur, il fallait s'attendre à tout. Ni elle ni moi ne tenions à provoquer sa colère. Nous nous sommes retournées une dernière fois avant de fermer la porte derrière nous. Une porte de plus, après tant d'autres.

Il y avait très peu d'étoiles au ciel.

Je n'aime pas les nuits sans étoiles. Elles me paraissent plus longues, les ombres plus lourdes. Celle-ci était du nombre : froide, obscure, aucune lumière aux fenêtres. Le vent charriait un morceau de papier le long de la rue et, au loin, un chien hurlait. Puis, j'entendis une sirène. Quelque part dans la nuit, quelqu'un était en peine. Quelqu'un qu'on emmenait à l'hôpital, sans doute, ou bien encore un criminel poursuivi par la police.

— Allons-y ! ordonna papa en nous bousculant, comme si c'était à nous qu'on donnait la chasse.

Jimmy et moi nous tassâmes sur le siège arrière avec nos cartons et nos valises. Il ne chercha même pas à dissimuler son mécontentement quand il demanda :

— Où allons-nous ?

— A Richmond, répondit maman.

— Richmond !

L'exclamation jaillit de nos deux bouches à la fois. Nous avions séjourné dans tous les coins de Virginie, semblait-il, sauf celui-là.

— Eh oui. Votre père a trouvé un emploi dans un garage, et je suis sûre que je pourrai me placer comme femme de chambre dans un motel.

— Richmond, marmonna Jimmy entre ses dents.

Les grandes cités nous effrayaient, lui et moi.

A mesure que nous nous éloignions de Grandville, le sommeil reprit ses droits. Nous avons fermé les yeux et nous sommes endormis, blottis l'un contre l'autre, comme nous l'avions déjà fait tant de fois.

Papa avait dû préparer ce nouveau déménagement depuis un certain temps, car il nous avait déjà trouvé un endroit où vivre. Il agissait souvent comme ça, en catimini. Et au dernier moment, il nous annonçait la nouvelle.

Comme les loyers étaient beaucoup plus chers en ville, il fallut nous contenter d'un petit appartement où mon frère et moi partageâmes la même pièce... et le canapé-lit. Il était juste assez grand pour nous deux. Je savais que Jimmy s'éveillait quelquefois avant moi et s'interdisait de bouger, car mon bras était posé sur lui et il ne voulait ni me réveiller, ni m'embarrasser. Et toutes les fois où il lui arrivait de me toucher sans le faire exprès, à des endroits où il n'était pas censé mettre la main, le sang lui montait au visage et il sautait du lit comme si la literie prenait feu. Il se gardait de mentionner l'incident, et moi aussi.

Cela se produisait régulièrement. Jimmy et moi ignorions tout simplement ces choses, qui auraient gêné n'importe quels adolescents obligés de vivre dans une telle promiscuité. Mais je ne pouvais pas m'empêcher de rêver des heures durant à l'intimité dont jouissaient la plupart de mes amies; surtout quand elles me décrivaient comment elles pouvaient s'enfermer, bavarder au téléphone sur leur ligne personnelle ou noter leurs histoires de cœur à l'insu de toute la famille. Je n'osais même pas tenir un journal : tout le monde aurait pu lire par-dessus mon épaule.

Cet appartement-là ne différait pas beaucoup de la plupart des précédents. Mêmes pièces exiguës à la peinture écaillée, au papier en lambeaux, mêmes fenêtres qui fermaient mal. Jimmy le haïssait tellement qu'il aurait préféré dormir dans la rue, affirmait-il. Mais juste au moment où nous pensions que rien ne pouvait aller plus mal, le pire arriva.

Nous vivions à Richmond depuis quelques mois quand, un certain après-midi, maman rentra du travail plus tôt que d'habitude. J'espérais qu'elle nous rapporterait quelque chose pour le dîner. C'était la fin de la semaine, le jour où papa devait être payé, et l'argent de son dernier salaire était déjà presque envolé. Nous n'avions eu droit qu'à deux repas corrects cette semaine-là, et maintenant nous faisions durer les restes. Mon estomac criait famine, tout comme celui de Jimmy, mais nous n'eûmes pas le temps de nous en plaindre. La porte s'ouvrit et nous nous retournâmes en même temps, tout surpris de voir entrer maman. Elle s'immobilisa, secoua la tête et fondit en larmes. Puis elle se précipita dans sa chambre.

— Maman ! appelai-je. Qu'est-ce qui ne va pas ?

Pour toute réponse, elle claqua la porte. Jimmy et moi échangeâmes un regard apeuré. J'allai frapper doucement au battant.

— Maman ? (Jimmy m'avait rejoint et attendait, lui aussi.) Maman, on peut entrer ?

J'ouvris et jetai un coup d'œil dans la chambre. Maman était couchée à plat ventre sur le lit, le buste secoué de sanglots. Nous entrâmes sans bruit, Jimmy sur mes talons. Je m'assis sur le lit et posai la main sur l'épaule de ma mère.

— Maman ?

Finalement, elle cessa de sangloter et se retourna pour nous regarder. Jimmy demanda aussitôt :

— Tu as perdu ton travail, maman ?

Elle se redressa et pressa ses petits poings sur ses yeux pour écraser ses larmes.

— Non, Jimmy, ce n'est pas ça. Mais je ne pourrai pas le garder longtemps, de toute façon.

— Alors, de quoi s'agit-il ? implorai-je. Dis-le-nous, maman.

Elle renifla, rejeta ses cheveux en arrière et nous prit tous les deux par la main.

— Vous allez avoir un nouveau petit frère... ou une petite sœur, peut-être bien.

Mon cœur cessa de battre. Les yeux de Jimmy s'arrondirent et sa mâchoire s'affaissa.

— C'est ma faute, j'ai ignoré tous les symptômes ! Comme je n'avais pas eu d'enfant depuis la naissance d'Aurore, je n'ai même pas pensé que je pouvais être enceinte. Aujourd'hui, j'ai fini par aller chez un médecin, et j'ai appris que j'avais déjà dépassé le quatrième mois. Et voilà ! Je vais avoir un enfant et je ne pourrai plus travailler ! conclut-elle, fondant à nouveau en larmes.

— Ne pleure pas, maman.

Une nouvelle bouche à nourrir... Cette idée me glaçait. Nous avions déjà tant de mal à joindre les deux bouts, qu'allions-nous devenir ? Je lançai un coup d'œil à Jimmy pour l'inciter à dire quelque chose de réconfortant, mais il demeurait pétrifié, l'air furibond. Il restait là, à regarder. Ce fut moi qui demandai :

— Est-ce que papa est au courant, maman ?

— Non. (Elle prit une grande inspiration et poursuivit à voix basse :) Je suis trop vieille pour avoir un autre enfant. Trop fatiguée. Tu m'en veux, n'est-ce pas, Jimmy ?

Quelle mine butée il faisait ! Je l'aurais battu. Finalement, il se reprit.

— Non, maman, pas à toi. Ce n'est pas *ta* faute.

Au regard qu'il me jeta, je compris que c'était à papa qu'il en voulait.

— Alors, prends-moi dans tes bras. J'en ai vraiment besoin.

Jimmy détourna les yeux. Puis il se pencha sur maman, l'étreignit brièvement en grognant quelques mots à propos de quelque chose à faire dehors et sortit précipitamment.

— Allonge-toi, maman, et repose-toi. J'avais presque fini de préparer le dîner, de toute manière.

— Le dîner. Quel dîner ? Je voulais essayer de rapporter quelque chose ce soir, en tâchant de le rajouter sur la note de l'épicier, mais avec cette histoire de grossesse, ça m'est sorti de la tête.

— On s'arrangera, maman. Papa touche sa paie ce soir, nous mangerons mieux demain.

Le visage de maman se fripa, annonçant une nouvelle crise de larmes. Elle fit un signe de dénégation.

— Je suis désolée, Aurore. Jimmy est tellement furieux ! Je le vois dans ses yeux. Il a le caractère d'Ormand.

— C'est seulement la surprise, maman. Je m'occupe du dîner, répétai-je avant de quitter la pièce.

Ma main trembla sur la poignée quand je tirai doucement la porte derrière moi. Un bébé ? Un petit frère ou une petite sœur ? Et où dormirait-il, ce bébé ? Comment ferait maman pour s'en occuper ? Si elle ne pouvait plus travailler, nous aurions encore moins d'argent. Les adultes ne prévoyaient-ils pas ce genre de choses ? Ou bien les laissaient-ils arriver, juste comme ça ?

Je sortis à la recherche de Jimmy et le découvris dans l'allée, en train de lancer une balle en caoutchouc contre le mur. On était à la mi-avril et il faisait plutôt doux, même à la fin de la journée. Quelques étoiles commençaient tout juste à clignoter. Au coin de la rue, l'enseigne au néon de *Chez Frankie, Bar and Grill* était allumée. Papa s'y arrêtait de temps en temps, quand il revenait du travail par une chaude soirée, pour y boire une bière glacée. Chaque fois qu'on ouvrait et refermait la porte, la musique du juke-box jaillissait par bouffées dans la rue et se déversait sur le trottoir. Un trottoir toujours jonché de papiers, d'emballages de sucreries et autres détritus que le vent arrachait aux poubelles débordantes. J'entendais deux chats en rut se défier dans une ruelle. Un pâté de maisons plus loin, côté sud, un homme aboyait des injures à l'intention d'un autre, penché à la fenêtre du premier étage, et qui se contentait d'en rire.

Je me tournai vers Jimmy. Il avait toujours ce visage crispé, fermé comme un poing, et passait sa colère sur sa balle.

— Jimmy ?

Pas de réponse.

— Jimmy, maman se sent déjà assez mal comme ça, tu tiens vraiment à lui rendre la vie encore plus difficile ?

Il arrêta la balle au bond et me fit face.

— A quoi bon faire semblant, Aurore ? Un enfant de plus dans la maison, c'est bien la pire des choses qui pouvait nous arriver. Pense à ce que nous allons manger ce soir, tiens !

Je déglutis péniblement. Ses paroles me faisaient l'effet d'un seau d'eau glacée sur un feu de camp. Il enchaîna dans la foulée :

— Nous n'avons même pas de vieux vêtements à mettre sur le dos de ce nouveau bébé. Il va falloir acheter de la layette, des couches, un berceau. Et les bébés ont besoin de toutes sortes de crèmes et de lotions, non ?

— Oui, mais...

— Papa aurait pu y penser, pas vrai ? Mais non, il bavasse avec ses copains, tous ces types qui traînent autour du garage, il fait le fier-à-bras comme si le monde était à lui et voilà le résultat ! grinça Jimmy en désignant la maison du geste.

Pourquoi papa n'avait-il pas pensé à tout cela ? J'avais entendu parler des filles qui vont trop loin et qui tombent enceintes, mais ce n'étaient que des gamines ignorantes.

— C'est peut-être arrivé tout seul, hasardai-je, espérant pousser Jimmy à exprimer son opinion. Juste comme ça.

— Ça n'arrive pas par hasard, Aurore. Une femme ne se réveille pas comme ça, un beau matin, pour s'apercevoir qu'elle est enceinte.

— Mais les parents ne font-ils pas exprès d'avoir un bébé ?

Jimmy me dévisagea en secouant la tête.

— Papa a dû rentrer un soir complètement saoul et...

— Et quoi ?

— Oh, Aurore !... Ils ont fait ce bébé, voilà.

— Et ils n'en savaient rien ?

— Eh bien, ils n'ont pas forcément un enfant chaque fois qu'ils... Oh, et puis tu demanderas à maman ! Je ne sais pas comment ça se passe au juste, s'empressa-t-il d'achever.

Mais il savait, j'en étais sûre. Comme nous reprenions le chemin de la maison, il se remit à secouer la tête.

— Ça va chauffer quand papa va rentrer, Aurore.

Il parla si bas que j'en eus le frisson et mon cœur se mit à cogner dans ma poitrine.

En général, quand les choses commençaient à tourner trop mal, papa décidait de plier bagage, mais cette fois la fuite n'aurait rien changé. J'étais bien placée pour le savoir, moi qui préparais les repas ! Nous n'avions rien à mettre de côté pour le bébé. Pas un sou, pas une miette.

Quand papa revint du travail ce soir-là, il semblait beaucoup plus fatigué que d'habitude. Il avait les bras et les mains couverts d'huile d'auto.

— Il a fallu que je démonte un arbre de transmission et le remonte dans la même journée, expliqua-t-il, attribuant à son apparence la façon bizarre dont nous le dévisagions, Jimmy et moi. Il y a quelque chose qui ne va pas ?

— Ormand ! appela maman.

Papa se rua dans la chambre et je me penchai sur mes casseroles, mais mon cœur battait si fort que j'en perdais le souffle. Jimmy alla se planter devant la fenêtre qui donnait au nord et regarda dans la rue, figé comme une statue. Nous entendîmes pleurer maman, une fois de plus. Au bout d'un moment, les pleurs cessèrent et papa réapparut. Jimmy pivota sur lui-même, le visage tendu par l'attente.

— Eh bien, dit papa en coulant un regard derrière lui, vers la porte close, je suppose que vous savez déjà, tous les deux.

— Comment allons-nous faire ? s'enquit vivement Jimmy.

Les yeux de papa s'assombrirent et il prit son air mauvais, le coin des lèvres retroussé sur l'éclair de ses dents blanches. Ses doigts fourragèrent dans ses cheveux et il inspira longuement.

— Je n'en sais rien.

Jimmy se laissa tomber sur une chaise de cuisine.

— Les autres prévoient ces choses-là, bougonna-t-il.

Le visage de papa s'enflamma de colère. Je n'en revenais pas que Jimmy ait osé lui dire ça. Il connaissait son caractère, pourtant ! Mais je me souvins des paroles de maman : ils avaient le même, tous les deux. Quelquefois, on aurait dit deux taureaux entre lesquels on agitait un chiffon rouge.

— Ne fais pas le malin, gronda papa en prenant la porte.

— Papa ! appelai-je. Où vas-tu ?

— J'ai besoin de réfléchir. Mangez sans moi.

Nous écoutâmes son pas marteler le sol du couloir, rageur et violent comme le tourment qui l'habitait. Jimmy ricana :

— Manger sans lui, ben voyons ! Du gruau et des haricots.

— Je parie qu'il va chez Frankie.

Jimmy m'approuva d'un signe de tête et fixa son

assiette d'un air renfrogné. Maman sortit de sa chambre.

— Où est Ormand ?

— Il est sorti pour réfléchir, maman, la renseigna Jimmy. (Et, dans l'espoir d'alléger son inquiétude, il ajouta :) Il doit avoir besoin d'être seul, pour essayer de trouver une solution.

— Je n'aime pas le voir partir comme ça, gémit-elle, ça finit toujours mal. Tu devrais aller le chercher, Jimmy.

— Aller le chercher ? Je ne crois pas, maman. Il n'aime pas du tout ça. Contentons-nous de dîner et d'attendre qu'il revienne.

Cela ne faisait pas l'affaire de maman, mais elle s'assit et je servis le gruau et les haricots. J'y avais ajouté un peu de sel et un reste de couenne de lard. Une fois de plus, maman s'excusa.

— Je suis désolée de n'avoir pas essayé de rapporter autre chose. Mais tu t'es très bien débrouillée, ma chérie, c'est délicieux. N'est-ce pas, Jimmy ?

Il leva les yeux de son assiette et je vis qu'il n'avait pas écouté. Il pouvait rester perdu dans ses pensées pendant des heures, quand on ne le dérangeait pas. Surtout quand il était malheureux.

— Pardon ? Oh, oui, c'est très bon.

Après le souper, maman s'installa pour écouter la radio et lire quelques vieux magazines qu'elle avait rapportés de son motel. Les heures s'égrenèrent. Chaque fois que nous entendions une porte claquer ou un bruit de pas, nous nous attendions à voir entrer papa ; mais la soirée s'avançait et il ne revenait toujours pas. Quand je regardais maman, je lui voyais toujours la même expression de tristesse, plaquée sur son visage comme un drapeau mouillé. Elle se leva enfin pour annoncer qu'elle devait aller se coucher et se dirigea vers sa chambre, les mains pressées sur la poitrine.

— Moi aussi, je suis fatigué.

A son tour, Jimmy se leva et passa dans la salle de bains pour faire sa toilette du soir. Je commençais à déplier le canapé-lit quand je m'interrompis tout net. Je venais de penser à maman, couchée dans son lit, inquiète et terrifiée. Il ne me fallut qu'un instant pour me décider : j'ouvris doucement la porte et sortis pour aller chercher papa.

Devant chez Frankie, j'hésitai. Je n'étais jamais entrée dans un bar. Ma main trembla sur la poignée, mais avant que j'aie pu tirer la porte à moi, elle s'ouvrit à la volée devant une femme au teint blafard outrageusement maquillée. Une cigarette pendait au coin de sa lèvre barbouillée de rouge. Elle s'arrêta en me voyant et sourit, révélant quelques dents manquantes au fond de la bouche.

— Et qu'est-ce que tu viens faire là, trésor ? C'est pas un endroit pour une jeunesse comme toi !

— Je cherche Ormand Longchamp.

— Jamais entendu parler de lui. Tu devrais pas traîner dans le coin, mon chou. C'est pas la place d'une gamine.

Sur ce, elle me dépassa, laissant des effluves de tabac et de bière dans son sillage. Je la suivis un instant du regard et entrai chez Frankie.

Il m'était déjà arrivé de jeter un coup d'œil à l'intérieur quand la porte s'ouvrait, et je savais qu'il y avait sur la droite un long comptoir avec des miroirs et des étagères chargées de bouteilles. J'avais déjà vu les ventilateurs du plafond, la sciure sur le plancher noirci de crasse, mais jamais les tables, sur la gauche.

Deux hommes accoudés à l'extrémité du bar se retournèrent à mon entrée. L'un d'eux sourit, l'autre se contenta de me dévisager. Le tenancier, un petit homme chauve et râblé, s'adossait au mur, les bras croisés sur la poitrine. Il se pencha par-dessus le comptoir.

— Qu'est-ce que tu veux ?

— Je cherche Ormand Longchamp, dis-je en balayant

vainement du regard toute la longueur du bar. Je croyais le trouver ici.

Un plaisantin s'esclaffa :

— Il est parti s'enrôler dans l'armée.

— La ferme ! aboya le patron, qui se tourna vers moi pour me désigner de la tête le côté gauche de la salle. Il est par là-bas. (Je suivis son regard et découvris papa, affalé sur une table, mais je n'osai pas m'avancer davantage.) Tu ferais bien de le réveiller et de le ramener chez toi.

Quelques clients du comptoir se retournèrent comme si j'allais leur offrir un spectacle, mais le patron les rappela à l'ordre.

— Laissez-la tranquille !

Je me frayai un chemin entre les tables jusqu'à celle où se tenait papa, la tête sur les bras, devant cinq canettes de bière vides. La sixième et le verre qui l'accompagnait ne contenaient plus grand-chose, eux non plus.

— Papa, appelai-je à mi-voix.

Pas de réaction. Un coup d'œil par-dessus mon épaule me permit de voir que même les hommes qui regardaient encore se désintéressaient de la scène.

— Papa, répétai-je, un peu plus fort cette fois.

Il s'agita, sans pour autant changer de position. Je lui touchai doucement le bras.

— Papa.

Il grogna et releva lentement la tête.

— Hein ?

— Papa, je t'en prie. Rentre à la maison, maintenant.

Il se frotta les yeux et me dévisagea.

— Aurore ! Que... qu'est-ce que tu fais là ?

— Maman est déjà couchée depuis un moment, mais je sais qu'elle t'attend, papa.

— Tu n'as rien à faire dans un endroit pareil ! riposta-t-il, si vertement que je sursautai.

— Je ne voulais pas venir, papa, mais...

— Ça va, ça va ! On dirait que je ne suis vraiment bon à rien, ces temps-ci.

— Je veux seulement que tu rentres, papa, et tout ira bien. Tu verras.

— Bon, d'accord.

Il contempla un moment sa bière et s'écarta de la table à bout de bras.

— Sortons de là ! Tu n'as rien à faire ici, répéta-t-il en essayant de se lever, pour retomber brutalement sur sa chaise.

Une fois de plus, son regard s'attarda sur les bouteilles. Puis il fourra la main dans sa poche, en tira une poignée de billets et les compta rapidement, l'œil embrumé.

— Je sais même plus ce que j'ai dépensé.

Ce commentaire s'adressait plus à lui qu'à moi, mais il me fit froid dans le dos.

— Combien, papa ?

— Sûrement trop, marmonna-t-il. Encore une semaine où il faudra se serrer la ceinture, j'en ai peur. Allons-y !

A nouveau, papa s'appuya sur la table pour s'en écarter et il réussit à se lever, mais il tituba jusqu'à la porte.

— Va finir ton somme ! lui lança un des buveurs, du bar.

Papa l'ignora, poussa la porte et sortit avec moi. Je n'avais jamais autant apprécié la fraîcheur du dehors : l'atmosphère épaisse du bar m'avait retourné l'estomac. Qu'est-ce qui pouvait bien pousser papa à s'enfermer dans ce bouge, et surtout à y perdre son temps ? Lui aussi savourait l'air frais ; il s'en remplit les poumons.

— Je n'aime pas te voir mettre les pieds dans ce genre d'endroit, dit-il en s'arrêtant brusquement pour me dévisager. Tu es plus intelligente et bien meilleure que nous autres, Aurore. Tu mérites mieux que ça.

— Je ne vaux pas mieux que n'importe qui, papa ! protestai-je.

Mais il n'en dit pas plus et nous continuâmes notre chemin. En arrivant à l'appartement, nous trouvâmes Jimmy déjà couché dans le canapé-lit, le visage presque enfoui sous les couvertures. Il ne se retourna même pas. Papa alla droit à sa chambre et je me glissai aux côtés de Jimmy. Il remua un peu et demanda à voix basse :

— Tu es allée le chercher, chez Frankie ?

— Oui.

— Si c'était moi qui y étais allé, il aurait piqué une de ces colères !

— Mais non, Jimmy, il aurait...

Je me tus, car maman venait de gémir. Puis il nous sembla reconnaître le rire de papa. Quelques instants plus tard, le grincement des ressorts du lit nous parvint distinctement. Nous savions ce que cela signifiait. Quand on vit aussi à l'étroit, on apprend vite à reconnaître les bruits qui accompagnent les ébats amoureux. Plus jeunes, nous ne savions pas de quoi il s'agissait, naturellement. Puis, quand nous avons su, nous avons fait semblant de ne pas entendre. Jimmy remonta la couverture sur ses oreilles, mais j'éprouvai un certain embarras, auquel s'ajoutait une certaine fascination.

— Jimmy, chuchotai-je.

— Je t'en prie, Aurore. Dors.

— Mais, Jimmy, comment peuvent-ils...

— Tu vas dormir, à la fin ?

— Je veux dire, maman est enceinte ! Peuvent-ils encore... ? (Pas de réponse.) Est-ce que ce n'est pas dangereux ?

Jimmy se retourna brusquement vers moi.

— Ça va durer longtemps, ce genre de questions ? Arrête !

— Mais je croyais que tu saurais. Les garçons en savent plus que les filles, d'habitude.

— Eh bien, moi non ! Compris ? Alors tais-toi.

Là-dessus, il me tourna le dos, une fois de plus.

Dans la chambre des parents, tout se calma, mais je continuai à réfléchir. C'était plus fort que moi. J'aurais voulu avoir une grande sœur, que ma curiosité n'aurait pas embarrassée. Questionner maman, impossible, c'était trop gênant. Je ne voulais pas qu'elle s'imagine que nous les espionnions.

Ma jambe frôla celle de Jimmy et il la retira comme si je l'avais brûlé. Puis il rampa jusqu'à l'autre bord du lit, si loin de moi qu'il était presque hors du matelas. J'en fis autant de mon côté, fermai les yeux et m'efforçai de penser à autre chose.

En glissant dans le sommeil, je revis cette femme qui était sortie du bar juste au moment où j'allais ouvrir la porte. Elle me toisait en souriant, les lèvres collantes et grimaçantes, les dents jaunes: une volute de fumée montait jusqu'à ses yeux injectés de sang.

J'étais si contente d'avoir ramené papa à la maison!

2

Fern

Un après-midi, alors que maman entamait son neuvième mois de grossesse, j'étais en train de préparer le dîner et Jimmy bricolait sur la table de la cuisine quand un cri nous parvint de la chambre. Nous y courûmes et mon cœur s'accéléra quand je vis maman, les mains crispées sur le ventre.

— Que se passe-t-il, maman ? Maman !

Elle tendit le bras, me prit la main et serra les dents.

— Appelez une ambulance.

Nous n'avions pas le téléphone et nous servions de la cabine du coin. Jimmy ne fit qu'un bond jusqu'à la porte.

— C'est normal que ça arrive maintenant, maman ?

Elle secoua la tête, poussa un nouveau gémissement et m'enfonça les ongles dans la peau, si fort que je faillis saigner. Elle se mordait la lèvre inférieure. Les douleurs se succédaient et son visage devint couleur de cire. Jimmy rentra en coup de vent :

— L'hôpital envoie une ambulance !

— As-tu prévenu ton père ? demanda maman, incapable de desserrer les dents tellement elle souffrait.

— Non. Je vais le faire tout de suite.

— Dis-lui de venir directement à l'hôpital.

Après ce qui nous parut durer une éternité, l'ambulance arriva enfin. On emporta maman sur une civière. Je voulus lui presser la main avant qu'on ne referme la porte, mais l'infirmier me repoussa. Jimmy resta planté à mes côtés, les poings sur les hanches, et si ému que ses épaules se soulevaient au rythme lent de sa respiration. Le ciel était d'un noir menaçant et il avait commencé à pleuvoir. Une pluie dense, froide, telle que nous n'en avions jamais connu. Il y eut même quelques éclairs, trouant les nuages tourmentés, gris métallique. L'obscurité me fit frissonner. J'étreignis mes épaules quand les brancardiers remontèrent en voiture et que l'ambulance démarra.

— Viens, dit Jimmy, nous prendrons le bus dans Main Street.

Il m'agrippa la main et nous partîmes en courant. A l'hôpital, nous allâmes directement en salle d'urgence : papa s'y trouvait déjà, il s'entretenait avec un médecin, un homme de haute taille, brun, aux yeux gris sévères et froids.

— Le bébé se présente mal, était-il en train de dire quand nous les rejoignîmes. Il va falloir opérer, nous ne pouvons plus attendre. Je vous emmène signer quelques papiers, monsieur, et nous commençons tout de suite.

Jimmy et moi regardâmes papa s'éloigner avec le médecin et nous assîmes sur une banquette dans le hall.

— Quelle idiotie ! explosa Jimmy, entre haut et bas. Ce n'était vraiment pas le moment d'avoir un bébé !

Ses paroles réveillèrent mes craintes, qui m'assaillirent toutes à la fois, comme une marée.

— Ne dis pas ça, voyons !

— Mais je ne veux pas de ce bébé ! lança-t-il d'une voix hargneuse. D'abord, il met la vie de maman en danger, et il va rendre la nôtre encore plus misérable.

Mais il ne revint pas sur le sujet lorsque papa nous rejoignit. Je ne sais pas combien de temps nous avons attendu sur cette banquette, mais quand le médecin réapparut, Jimmy s'était endormi à côté de moi. En voyant arriver le docteur, papa et moi nous levâmes d'un seul mouvement. Les yeux de Jimmy papillotèrent et il chercha à déchiffrer l'expression du médecin aussi anxieusement que moi.

— Félicitations, monsieur Longchamp. Vous êtes l'heureux père d'une petite fille de trois kilos et demi, annonça l'accoucheur en tendant la main à papa.

— Me voilà bien avancé ! Et ma femme ?

— Elle est en salle de repos. Elle a subi une dure épreuve, monsieur Longchamp. Son taux de globules rouges ne nous satisfait pas complètement, il faudra qu'elle reprenne des forces.

— Merci, docteur, merci !

Papa ne cessait de secouer la main du médecin, qui finit par se fendre d'un sourire. Un sourire nettement dépourvu de chaleur.

A l'étage de la maternité, nous nous penchâmes tous les trois sur le minuscule visage rose qui émergeait d'une couverture blanche. Bébé Longchamp serrait les poings, ses petits doigts à peine plus grands que ceux de ma première poupée. Elle arborait une tignasse noire, soyeuse et fournie comme les cheveux de maman et de Jimmy, mais pas la moindre trace de tache de rousseur. Je fus franchement déçue.

Une fois de retour à la maison, maman se remit beaucoup moins vite que nous l'avions espéré. Sa faiblesse la rendait fragile, elle prit froid, et une bronchite se déclara. Avec sa toux, maman ne pouvait pas allaiter comme elle l'avait prévu et nous dûmes faire face à une nouvelle dépense : le lait en poudre.

Malgré tous les problèmes que son arrivée nous valait, la petite Fern me fascinait, c'était plus fort que moi. Je la vis découvrir ses propres mains, étudier ses doigts. Ses yeux noirs — les yeux de maman — s'illuminaient à chacune de ses découvertes. Bien vite, elle fut capable de saisir mon index avec son petit poing et de s'y accrocher fermement. Et chaque fois, elle se démenait pour essayer de se soulever. Ses grognements de vieille dame en colère me faisaient rire.

Ses cheveux noirs poussaient à vue d'œil. Je coiffais ses mèches de chaque côté de sa tête et sur sa nuque, les mesurais, jusqu'à ce qu'elles atteignent les oreilles, puis le milieu du cou. Elle ne tarda pas à gigoter avec vigueur, à tendre les jambes et à les dresser en l'air. Sa voix s'étoffa tout en devenant plus aiguë, si bien que lorsqu'elle avait faim, toute la famille était au courant.

Comme maman n'était pas très vaillante, je devais me lever en pleine nuit pour donner le biberon à Fern. Jimmy ne se privait pas de rouspéter, se cachait la tête sous les couvertures et bougonnait, surtout quand j'allumais. Il menaçait d'aller dormir dans la baignoire.

Papa dormait mal, il se levait souvent du mauvais pied. Et plus il dormait mal, plus il avait mauvaise mine. Tous les matins, il s'affalait sur sa chaise en secouant la tête, comme un homme qui en a vraiment trop vu. Je n'osais pas lui parler quand il était de cette humeur-là. Il n'ouvrait la bouche que pour tenir des propos sinistres et déprimants. En général, ses paroles nous faisaient comprendre qu'il songeait à reprendre la route. Et ma crainte la plus terrible, la plus secrète, était qu'un beau jour il s'en aille sans nous. Même s'il m'arrivait d'avoir peur de lui, j'aimais mon père, et je guettais avidement les rares sourires qu'il m'adressait.

— Quand ça va mal, on n'y peut rien, affirmait-il. Il faut faire avec. Si la branche ne plie pas, elle casse.

Un matin de bonne heure, en lui versant une tasse de café, je fis observer à voix basse :

— Maman n'a pas l'air de reprendre des forces, papa, on dirait qu'elle fond. Et elle ne veut pas aller chez le docteur.

— Je sais.

Je pris une grande inspiration avant de suggérer ce que, je le savais, il ne désirait pas entendre.

— Et si nous vendions les perles, papa ?

Notre famille ne possédait qu'un seul objet précieux,

une chose qui n'avait jamais été monnayée, même dans les plus mauvaises passes. Un rang de perles, d'un blanc si laiteux que la seule fois où l'on m'avait autorisée à les toucher, j'en étais restée sans voix. Pour papa et maman, c'était un trésor sacré. Mais Jimmy et moi nous demandions bien pourquoi il semblait hors de question de s'en séparer.

— Avec cet argent, maman aurait une chance de guérir pour de bon, achevai-je sans conviction.

Papa me lança un bref regard et secoua la tête.

— Ta mère aimerait mieux mourir que de vendre ces perles. C'est tout ce qui nous rattache, tout ce qui *te* rattache à la famille.

Je n'y comprenais plus rien. Ni papa ni maman ne tenaient à retourner dans leurs fermes de Géorgie pour rendre visite à leurs parents. Et pourtant, si les perles avaient valeur de relique, c'était justement parce qu'elles représentaient notre unique lien avec la famille. On les rangeait dans le fond d'un tiroir de commode, et je ne me souvenais pas d'avoir jamais vu maman les porter.

Après le départ de papa, je fus tentée de me recoucher, mais je changeai d'avis. Tout ce que j'y gagnerais, ce serait de me sentir encore plus fatiguée, estimai-je. Persuadée que Jimmy dormait à poings fermés, je commençai à m'habiller. Lui et moi partagions une vieille commode que papa avait achetée dans une vente à l'encan. Comme elle était rangée de son côté du lit, je m'en approchai sur la pointe des pieds et ôtai ma chemise de nuit. Dans la faible lumière que diffusait le poêle quand on laissait la plaque ouverte, je tirai sans bruit mon tiroir pour y chercher des sous-vêtements. J'étais donc là, debout et nue, réfléchissant à ce que je devais mettre pour cette journée qui menaçait d'être aussi froide que les précédentes, quand je détournai très légèrement la tête. Ce qui me permit de surprendre, du coin de l'œil, Jimmy en train de m'observer.

Je sais que j'aurais dû m'empresser de me couvrir,

mais ce fut plus fort que moi, je n'en fis rien. Il n'avait pas vu mon geste et son attitude m'intriguait au plus haut point. Son regard me détaillait sans hâte, de bas en haut et de haut en bas, avec une sorte d'avidité. Puis il remonta jusqu'à mon visage. Se voyant découvert, Jimmy se laissa retomber sur le dos et se mit à fixer le plafond. Je ramassai vivement ma chemise de nuit et la plaquai devant moi, pêchai quelques vêtements dans le tiroir et courus dans la salle de bains. Nous ne parlâmes jamais de l'incident, mais il me fut impossible d'oublier la façon dont Jimmy m'avait regardée.

Maman était toujours aussi maigre et aussi faible. En janvier, elle prit un travail à temps partiel chez Mme Anderson : tous les vendredis, elle faisait son ménage à fond. Les Anderson tenaient une petite épicerie, deux pâtés de maisons plus loin, et Mme Anderson donnait de temps à autre un gros poulet à maman, ou une petite dinde. Un certain vendredi après-midi, nous eûmes la surprise de voir papa rentrer plus tôt qu'à l'ordinaire.

— Le vieux Stratton vend son garage, annonça-t-il. Les affaires ne marchent plus du tout, avec ces garages modernes qui se montent à deux rues du sien. Les acheteurs ne vont pas prendre la suite, ils vont faire construire des logements.

Et voilà, ça recommençait ! Papa avait perdu son travail et nous allions devoir déménager. Quand j'avais parlé de nos innombrables déménagements à Patty Butler, une de mes amies, elle avait déclaré que ce devait être très amusant de changer tout le temps d'école. Mais je l'avais détrompée.

— Ce n'est pas drôle du tout. Chaque fois que je mets les pieds dans une nouvelle classe, j'ai l'impression d'avoir de la sauce tomate sur la figure ou une verrue sur le bout du nez. Tous les élèves se retournent et me dévisagent comme si j'étais une bête curieuse. Ils guettent mes moindres mots, mes moindres gestes. Une fois, je suis arrivée au beau milieu d'un cours et la prof était tellement furieuse qu'elle m'a laissée plantée là, devant tout le monde, jusqu'à la fin de l'heure. Et pendant ce temps-là, les autres me regardaient avec des yeux ronds et moi je ne savais plus où me mettre. C'était affreusement gênant.

Mais je savais bien que Patty n'avait pas compris à quel point c'est horrible de changer si souvent d'école et d'affronter de nouveaux visages. Elle avait toujours vécu à Richmond, une chose que je n'arrivais même pas à imaginer. Ne se souvenir que d'une seule maison ! Avoir sa propre chambre, des tas de parents et de proches qui vous aiment, connaître ses voisins depuis toujours et leur être attaché comme à une vraie famille...

J'en serrai les épaules et souhaitai de tout mon cœur pouvoir un jour vivre comme cela, moi aussi. Mais je savais bien que cela n'arriverait jamais. Une étrangère, voilà ce que j'ai toujours été. Jimmy et moi échangeâmes un regard avant de nous tourner vers papa. Il allait sûrement nous dire de commencer à plier bagage ! Mais au lieu de rouler des yeux d'un air mauvais, il sourit.

— Où est maman ?

— Elle n'est pas encore rentrée, papa, répondis-je.

— En tout cas, c'est la dernière fois qu'elle va travailler chez les autres. (Il regarda autour de lui en hochant la tête et répéta :) Oui, la dernière fois.

— Pourquoi ça ?

Je louchai vers Jimmy, apparemment aussi stupéfait que moi.

— Qu'est-ce qui se passe ? voulut-il savoir.

— J'ai trouvé un nouvel emploi, aujourd'hui, et même meilleur que l'autre. Bien meilleur.

— Alors, nous allons rester ici, papa ?

— Oui, Aurore, et ce n'est pas tout. Vous allez étudier dans une des écoles les plus chics du Sud, et gratuitement, par-dessus le marché.

Jimmy fronça les sourcils, complètement dérouté.

— Comment ça, gratuitement ? Pourquoi devrions-nous payer, papa ? Nous ne l'avons jamais fait, pas vrai ?

— Non, fiston, parce que vous alliez dans un collège laïque, ta sœur et toi. Désormais, vous irez dans un collège privé.

— Un collège privé !

J'en avais le souffle coupé. Je croyais savoir que ces établissements étaient réservés aux enfants de familles riches et haut placées, avec des noms connus ; des pères qui possédaient des propriétés immenses et des demeures luxueuses, entretenues par des armées de domestiques ; des mères qui étaient des femmes du monde et qu'on photographiait dans les bals de charité. Mon cœur s'est mis à battre comme un fou, d'excitation autant que de frayeur. Puis j'ai croisé le regard de Jimmy, sombre, profond, lugubre.

— Nous, dans une école chic de Richmond ?

— Parfaitement, mon gars. Et tous frais payés.

Je n'en revenais toujours pas.

— Mais comment est-ce possible, papa ?

— Je vais occuper l'emploi d'intendant et la gratuité de l'enseignement pour mes enfants est une des clauses du contrat, voilà.

Il était tout fier, mais mon cœur ne se calma pas pour autant.

— Et comment s'appelle cette école ?

— Emerson Peabody.

— Emerson Peabody ? (Jimmy grimaça comme s'il avait mordu dans une pomme verte.) En voilà un nom, pour une école ! Je ne mettrai jamais les pieds dans un collège qui s'appelle Emerson Peabody, décréta-t-il en reculant vers le canapé, où il se laissa tomber. Je n'ai pas envie de me retrouver avec des snobinards complètement pourris ! conclut-il en croisant les bras.

— Pas la peine de t'énerver, mon gars. Et d'une, tu iras où je te dirai d'aller. Et de deux, c'est une occasion superbe, et en plus ça ne coûte rien.

— Ça m'est égal !

Jimmy défiait papa, ses yeux lançaient des éclairs.

Ceux de mon père aussi, et il fit un effort visible pour se dominer.

— Ah oui ? Eh bien, tu iras quand même. Que ça te plaise ou non, vous suivrez les cours de la meilleure école de la région, tous les deux. Et pour rien, répéta-t-il encore.

Juste à ce moment-là, nous entendîmes la porte d'entrée s'ouvrir et maman s'approcher dans le couloir. A la lenteur pesante de son pas, je devinai sa lassitude. Et quand elle s'arrêta, secouée par une quinte de toux, mon cœur se glaça. Je courus à sa rencontre et la trouvai appuyée au mur.

— Maman !

Elle leva la main dans un geste rassurant.

— Ce n'est rien, je vais très bien. Je suis juste un peu essoufflée.

Le visage de papa refléta son angoisse.

— Tu es sûre que ça va, Sally Jean ?

— Mais oui, très bien. Je n'ai pas eu grand-chose à faire. Mme Anderson recevait quelques amis, c'est tout. Des personnes âgées qui n'ont pas fait beaucoup de désordre, rien qui vaille la peine d'en parler. Eh bien, qu'est-ce que vous avez tous à me regarder comme ça ?

— J'ai de grandes nouvelles, Sally Jean ! annonça papa en souriant.

Les yeux de maman s'illuminèrent.

— Quel genre de nouvelles ?

— Un nouveau travail, commença-t-il, et il lui débita toute l'histoire.

Elle dut s'asseoir sur une chaise de cuisine pour reprendre haleine, mais cette fois c'était l'excitation qui lui coupait le souffle.

— Oh, mes enfants ! N'est-ce pas merveilleux ? C'est le plus beau cadeau que nous puissions vous faire.

— Oui, maman, approuvai-je.

Mais Jimmy baissa les yeux et elle s'étonna :

— Pourquoi fait-il cette tête-là ?

— Il ne veut pas aller à Emerson Peabody, expliquai-je.

— Ce n'est pas un endroit pour nous, maman !

Le cri de protestation de Jimmy m'emplit d'une fureur soudaine. J'aurais voulu l'injurier, le bourrer de coups de poing. Maman qui était si contente ! Pendant un instant, elle était redevenue comme avant, et voilà qu'elle reprenait son air triste. A cause de lui. Il dut s'en rendre compte car il se domina et ajouta en soupirant :

— Oh, et puis quelle importance, après tout ?

— Ne te déprécie pas, Jimmy. Tu leur montreras qui tu es, à ces gosses de riches !

J'eus bien du mal à trouver le sommeil, ce soir-là. Je scrutai l'obscurité jusqu'à ce que ma vue s'y habitue et finis par distinguer faiblement les traits de Jimmy. Sa bouche, ses yeux aussi s'étaient adoucis, il ne restait plus trace de leur dureté orgueilleuse : la nuit m'empêchait de la voir. Mais je savais qu'il ne dormait pas.

— Ne t'inquiète pas, Jimmy. Nous allons vivre avec des riches, et après ? Ce n'est pas parce qu'ils ont de l'argent qu'ils valent mieux que nous.

— Je n'ai jamais dit ça, mais je les connais ! C'est eux qui se figurent qu'ils valent mieux que nous.

Ses craintes ravivèrent les miennes.

— Mais nous nous ferons bien quelques amis dans le tas, tu ne crois pas ?

— Ouais, sûr ! Tous les élèves d'Emerson Peabody meurent d'envie de devenir les copains des petits Longchamp.

Il fallait vraiment que Jimmy se fasse du souci, pour me répondre comme ça. D'habitude, c'était lui qui me remontait le moral. Au plus secret de mon cœur, j'espérai que papa n'avait pas vu trop grand et ne nous imposait pas une épreuve au-dessus de nos forces.

Notre scolarité dans ce nouveau collège commença un peu plus d'une semaine après. La veille, j'avais préparé ma meilleure robe, celle en coton turquoise avec des manches trois-quarts. Elle était un peu froissée et j'avais dû la repasser. J'avais aussi découvert une tache sur le col et m'étais efforcée de l'enlever, ce qui m'avait valu une réflexion de Jimmy.

— Pourquoi te donner tant de mal pour ta toilette ? Moi je mettrai ma salopette et mon polo blanc, comme d'habitude.

— Oh, Jimmy ! Juste pour demain, mets ton beau pantalon et ta chemise blanche, tu veux bien ?

— Je ne vais pas me mettre en frais. Pour qui que ce soit.

— Ce n'est pas se mettre en frais que de s'habiller correctement pour se présenter dans une nouvelle école, Jimmy. Tu veux bien faire ça pour une fois ? Pour papa ? Pour moi ?

— Ça n'y changera rien, rétorqua-t-il.

Mais je savais qu'il le ferait.

Comme toujours, j'étais si nerveuse à l'idée d'entrer dans une nouvelle école et de rencontrer de nouveaux camarades que je mis un temps fou à m'endormir. Et il me fut beaucoup plus difficile qu'à l'ordinaire de me lever tôt. Jimmy détestait ça, lui, et maintenant il devrait se préparer encore plus tôt que d'habitude car l'école se trouvait dans un autre quartier et nous serions obligés de partir avec papa. Il faisait encore noir quand je sortis du lit. Naturellement, Jimmy grogna et fourra l'oreiller sur sa tête quand je lui touchai l'épaule, mais j'allumai la lampe.

— Allons, Jimmy, ne rends pas les choses encore plus difficiles !

Je fis un séjour éclair dans la salle de bains et je préparais le café quand papa émergea de sa chambre. Il fut prêt en un clin d'œil et nous houspillâmes Jimmy jusqu'à ce qu'il se lève, pour se diriger d'un pas de somnambule vers la salle de bains.

La ville était on ne peut plus tranquille quand nous partîmes pour le collège. Le soleil venait tout juste de se montrer, arrachant quelques reflets aux vitrines. Très vite, nous nous retrouvâmes dans un quartier beaucoup plus élégant que le nôtre, avec des maisons plus grandes, des rues plus propres. Encore quelques tournants, et subitement, la ville parut s'évanouir. Nous roulions sur une route de campagne, entre des champs et des fermes. Puis, comme sur un coup de baguette magique, Emerson Peabody apparut devant nous.

On n'aurait jamais dit une école ! Pas de murs en brique ou en ciment, ni d'horribles peintures orange et jaune. Au lieu de tout ça, une haute construction blanche qu'on aurait prise pour un musée de Washington. Un parc immense l'entourait, avec des arbres un peu partout et des haies pour le séparer de la route. Je vis même un petit étang, sur la droite, mais ce fut le bâtiment lui-même qui m'impressionna le plus.

L'entrée principale aurait pu être celle d'un hôtel particulier, avec un portique à piliers auquel on accédait par une ample volée de marches. Les mots EMERSON PEABODY étaient gravés sur le fronton. Et, juste en face, se dressait la statue d'un personnage au maintien compassé : Emerson Peabody lui-même. Bien qu'une aire de stationnement fût aménagée devant la façade, papa dut contourner le bâtiment pour gagner le parking des employés. Ce qui nous permit, au passage, de découvrir les terrains de jeux : football, base-ball et courts de tennis. Jimmy siffla entre ses dents.

— C'est un collège ou un hôtel ?

Papa se gara sur son emplacement réservé, coupa le contact et se tourna vers nous, le visage fermé.

— La directrice s'appelle Mme Turnbell, et elle reçoit chaque nouvel élève pour un entretien. Elle arrive très tôt et vous attend déjà.

— De quoi a-t-elle l'air, papa ? m'informai-je.

— Eh bien... elle a des yeux en vrille qui ne vous lâchent pas une seconde quand elle vous parle. Elle ne doit pas mesurer beaucoup plus d'un mètre cinquante, à mon avis, mais elle n'est pas commode : un vrai dragon. Elle fait partie de ces aristocrates dont la famille remonte à la guerre d'Indépendance. Je vais vous conduire chez elle avant de commencer mon travail.

Nous suivîmes papa dans l'entrée de service, d'où un petit escalier nous mena jusqu'au couloir central. Les corridors étaient rutilants de propreté, pas un seul graffiti aux murs. Le soleil pénétrait par une fenêtre d'encoignure et faisait briller les parquets.

— Ça reluit, pas vrai ? constata papa, qui ajouta avec fierté : C'est moi qui supervise tout ça.

En chemin, nous eûmes un aperçu des salles de classe. Elles étaient beaucoup plus petites que celles auxquelles nous étions habitués, mais les bureaux étaient de taille imposante, et flambant neufs. Dans une des classes, une jeune femme aux cheveux bruns préparait son cours au tableau. A notre passage, elle se retourna et nous sourit.

Devant une porte où s'inscrivait le mot DIRECTION, papa s'arrêta et, de la paume de la main, plaqua soigneusement ses cheveux sur les côtés avant d'entrer. Nous pénétrâmes dans une petite antichambre accueillante. Un étroit comptoir à portillon se dressait juste devant la porte et, sur la droite, un grand canapé de cuir faisait face à une table basse en bois, où s'empilaient des revues soigneusement rangées. Le décor évoquait davantage la salle d'attente d'un médecin que celle d'une directrice d'école, à mon avis. J'en étais là de mes réflexions quand une grande femme sèche avec des lunettes aussi grosses que des hublots se montra au portillon. Ses cheveux ternes, châtain clair, étaient coupés juste au-dessous des oreilles.

— Monsieur Longchamp, annonça-t-elle, Mme Turnbell vous attend depuis un moment.

Sans que ses traits laissent paraître le moindre signe de sympathie, la grande perche ouvrit la grille et s'effaça pour nous permettre de gagner la seconde porte, celle du bureau de Mme Turnbell. Elle frappa discrètement au panneau et l'entrouvrit, juste assez pour jeter un coup d'œil à l'intérieur.

— Les enfants Longchamp sont là, madame Turnbell.
— Introduisez-les, répondit une voix pointue.
La grande femme nous céda le passage et nous entrâmes derrière papa. Mme Turnbell se tenait debout derrière son bureau, en tailleur bleu marine et chemisier blanc, ses cheveux argentés ramenés en chignon sur la nuque. Et tellement tirés sur les côtés qu'ils lui bridaient le coin des yeux, des yeux vraiment perçants, comme papa l'avait dit. Elle ne portait aucun maquillage, pas même un soupçon de rouge à lèvres. Son teint était aussi clair que le mien, et sa peau si fine que je pouvais voir le délicat réseau de veines, sur ses tempes. Papa nous présenta.
— Voici mes enfants, madame Turnbell.
— J'avais compris. Vous êtes en retard, monsieur Longchamp. Vous savez que les élèves ne vont pas tarder à arriver.
— Nous sommes venus aussi tôt que possible, madame. Je...
— Aucune importance. Veuillez vous asseoir, dit la directrice en désignant les chaises qui faisaient face au bureau.
Papa rejeta la tête en arrière, les bras croisés. Quand je rencontrai son regard, froid et coupant comme un couteau, je devinai qu'il contenait sa colère.
— Dois-je rester ? s'enquit-il.
— Naturellement, monsieur Longchamp. J'aime que les parents soient présents quand j'explique aux étudiants les us et coutumes d'Emerson Peabody, afin que tous en soient informés. J'espérais que votre mère serait en mesure d'assister à l'entretien, ajouta la directrice à notre intention.
Les yeux de Jimmy étincelèrent. Je perçus la tension qui montait en lui et me hâtai de répondre :
— Notre mère ne se sent pas très bien, madame. Et elle doit s'occuper du bébé, notre petite sœur.
— Il faudra donc nous passer d'elle, déclara Mme Turnbell en s'asseyant à son tour. Quoi qu'il en soit, je

compte sur vous pour lui rapporter mes paroles. Bon... enchaîna-t-elle en consultant quelques papiers sur son bureau impeccablement ordonné. Ainsi, vous vous nommez Aurore ?

— Oui, madame.

— Aurore, répéta-t-elle en secouant la tête, avant de s'adresser à papa. C'est le seul prénom de votre fille ?

— Oui, madame.

— Très bien. Et vous êtes James ?

— Jimmy, rectifia mon frère.

La directrice joignit les mains et se pencha en avant, les yeux rivés sur Jimmy.

— Nous n'admettons pas les diminutifs, James. Il se peut que ce genre de choses soit toléré dans les institutions que vous avez fréquentées jusqu'ici — des institutions *publiques*, précisa-t-elle, en accentuant le terme comme s'il se fût agi d'un mot grossier. Mais chez nous, c'est différent. Nos étudiants appartiennent aux meilleures familles du Sud. Ce sont les fils et les filles de gens en vue et attachés aux traditions. Les noms sont respectés, ici, et importants. Aussi importants que tout le reste.

« J'irai droit au fait. Je sais que vous n'avez pas reçu la même éducation ni joui des mêmes avantages que mes autres étudiants, et j'imagine qu'il vous faudra un certain temps pour être dans la note. Cependant, j'espère que vous serez très vite à même de combler cet écart et de vous conduire comme tout élève d'Emerson Peabody est censé le faire.

« Vous vous adresserez toujours à vos professeurs en disant "monsieur" ou "madame". Vous vous présenterez aux cours proprement et correctement vêtus. Vous ne contesterez jamais un ordre. J'ai ici un exemplaire du règlement et j'entends que vous le lisiez et le graviez dans vos mémoires, tous les deux.

Mme Turnbell se tourna vers Jimmy.

— Nous ne tolérons ni la grossièreté de langage, ni les querelles, ni aucun manque de respect. Les retardataires et les paresseux sont très mal vus, et tout acte de vandalisme aux dépens de notre magnifique établissement est formellement prohibé.

« Vous comprendrez très vite en quoi réside la distinction particulière d'Emerson Peabody, et quelle chance vous avez d'y être admis. Ce qui m'amène à ce dernier point : en un certain sens, vous êtes reçus ici en invités, tous les deux. Les autres étudiants paient très cher le droit de fréquenter notre collège. Le conseil d'administration a fait une exception en votre faveur à cause de votre père. Vous êtes d'autant plus tenus de vous bien conduire, de façon à faire honneur à notre école. Me suis-je bien fait comprendre ?

— Oui, madame, me hâtai-je de répondre.

Mais le regard de Jimmy flamboya, défiant la directrice. Je retins mon souffle, redoutant qu'il ne profère je ne sais quelle horreur.

— James ?

— J'ai compris, répliqua-t-il d'un ton lugubre.

— Parfait, approuva Mme Turnbell en se renversant sur son siège. Monsieur Longchamp, vous pouvez vous consacrer à vos devoirs. Vous deux, adressez-vous à Mlle Jackson qui vous remettra vos emplois du temps et vous assignera un vestiaire à chacun.

Elle se leva brusquement, aussitôt imitée par Jimmy et moi, nous observa un long moment et nous congédia d'un signe de tête. Papa sortit le premier.

— James, appela Mme Turnbell à l'instant où nous allions quitter la pièce. (Nous pivotâmes d'un seul mouvement.) J'apprécierais que vous ciriez vos chaussures. Nous sommes souvent jugés sur notre apparence, ne l'oubliez pas.

Sans répondre, Jimmy passa la porte devant moi.

— J'essaierai de l'amener à le faire, madame.

Elle m'adressa un signe d'assentiment et je tirai le battant derrière moi.

— Il est temps que j'y aille, fit observer papa, qui s'éclipsa sans demander son reste.

— Et voilà, dit Jimmy. Bienvenue à Emerson Peabody. Alors, tu trouves toujours ça aussi mirifique ?

J'avalai péniblement ma salive.

— Je suis sûre qu'elle est comme ça avec tous les nouveaux, Jimmy.

— Jimmy ? T'as pas entendu ce qu'elle a dit ? *James*, énonça-t-il avec affectation.

Puis il secoua plusieurs fois la tête et ajouta :

— En tout cas, ce coup-ci, on y est !

3

Étrangère en tous lieux

Le premier jour dans une nouvelle école n'est jamais facile, mais Mme Turnbell s'était arrangée pour nous le rendre encore plus pénible. Quand nous quittâmes son bureau, Jimmy et moi, munis de nos emplois du temps, je tremblais comme une feuille. Dans certains collèges, le directeur désignait un élève plus grand, garçon ou fille, pour nous parrainer et nous piloter dans les locaux. Mais à Emerson Peabody, il nous fallut nous débrouiller tout seuls. Brutalement jetés à l'eau, il ne nous restait qu'à nager... ou à couler.

Nous n'avions parcouru que la moitié du couloir central quand le grand portail fut ouvert et que les élèves commencèrent à arriver. Ils firent leur entrée en riant et en bavardant, comme n'importe quels collégiens, sauf qu'ils étaient habillés de façon tout simplement... fracassante.

Toutes les filles portaient des manteaux d'hiver luxueux, superbes, et coupés dans le drap le plus fin que j'eusse jamais vu. Certains avaient même de la fourrure au col. Les garçons étaient tous en pantalon kaki, veste bleu marine et cravate, les filles en robe ou en ensemble jupe-chemisier, très élégantes. Tous portaient des vêtements neufs, comme pour une rentrée, seulement voilà : c'était leur tenue de tous les jours !

Jimmy et moi nous arrêtâmes sur place, les yeux ronds. Et quand ils nous aperçurent, les étudiants nous rendirent la pareille. Les uns nous dévisageaient avec curiosité, les autres échangeaient des regards et des sourires. Ils se rassemblaient, formaient de petits groupes. Certains étaient venus dans des cars jaune bouton-d'or étincelants, mais il suffisait de regarder par le portail grand ouvert pour voir les voitures de luxe des plus âgés : chacun avait la sienne.

Personne ne s'approcha pour se présenter. Quand ils arrivaient à notre hauteur, les étudiants se séparaient spontanément pour nous dépasser, comme si nous étions contagieux. Je me risquai à sourire à quelques-unes des filles, mais aucune ne répondit à mes avances. Jimmy, lui, se contentait de foudroyer tout le monde du regard. Nous fûmes bientôt le centre d'un grand brouhaha de voix et de rires.

Je consultai nos horaires et vis qu'il était grand temps de nous remuer si nous ne voulions pas être en retard à notre tout premier cours. Et, de fait, nous avions à peine ouvert nos vestiaires pour y accrocher nos manteaux que la cloche sonnait, appelant chacun dans sa classe attitrée. Je quittai mon frère au début du grand couloir central.

— Bonne chance, Jimmy.

— J'en aurai besoin, rétorqua-t-il en se sauvant.

Les cours d'enseignement général étaient les mêmes à Emerson Peabody que partout ailleurs. Mon professeur principal se nommait M. Wengrow. Un petit homme corpulent, tout frisé, qui brandissait comme un fouet le double décimètre qu'il ne lâchait jamais. Il l'abattait sur son bureau chaque fois qu'un élève poussait un soupir ou même ouvrait la bouche pour parler. A mon entrée, tous l'écoutaient avec attention, les mains croisées sur les pupitres ; et comme s'ils étaient tous en fer, et moi un aimant, leurs têtes pivotèrent d'un seul mouvement vers moi. M. Wengrow parcourut mon emploi du temps, pinça les lèvres et inscrivit mon nom dans son registre. Puis il donna un grand coup de règle.

— Mesdemoiselles, messieurs, laissez-moi vous présenter une nouvelle élève : Aurore Longchamp. Aurore, je suis M. Wengrow. Bienvenue en 10e Y et à Emerson Peabody. Vous pouvez prendre l'avant-dernière table, seconde rangée. Et vous, Michael Standard, veuillez poser les pieds ailleurs que sur sa chaise.

Les regards convergèrent sur un garçon de petite stature, aux cheveux bruns et au sourire espiègle. Il y eut quelques rires étouffés quand il se redressa sur son siège. Je remerciai M. Wengrow, gagnai ma place, et pendant tout ce temps la classe au grand complet me suivit des yeux. Une rousse affublée de grosses lunettes à monture bleue m'adressa un sourire de bienvenue et je lui souris en retour. Maigre, longs bras et longues jambes parsemées de taches de son, queue-de-cheval à moitié dénouée dans le dos, elle me fit penser à maman. A l'en croire, elle ressemblait à cette grande fille empruntée, quand elle avait mon âge.

J'entendis le déclic du haut-parleur destiné aux annonces. M. Wengrow dressa l'oreille, toisa son monde d'un œil sévère pour s'assurer que toute la classe écoutait, et la voix de Mme Turnbell nous parvint. Elle ordonna à tous de se lever pour le traditionnel Serment d'Allégeance, puis fit quelques déclarations relatives aux activités de la journée. Quand elle eut terminé, et après le second déclic mettant fin à la communication, il nous fut permis de nous asseoir. Mais à peine avions-nous pris place à nos pupitres qu'une sonnerie résonna : les cours allaient commencer.

— Salut ! me lança la rouquine à la queue-de-cheval. Je m'appelle Louise Williams.

Quand elle me rejoignit, je pus voir à quel point elle était grande. Elle avait un long nez osseux, des lèvres minces, mais son regard timide était nettement plus chaleureux que tous ceux que j'avais pu croiser depuis mon arrivée.

— Qu'est-ce que tu as comme premier cours ? s'informa-t-elle.

— Education physique.

— Avec Mme Allen ?

Je consultai mon emploi du temps.

— Oui.

— Chic, la même classe que moi ! Laisse-moi voir ton horaire, ajouta-t-elle en m'arrachant pratiquement le papier des mains. Oh, mais nous avons des tas de cours en commun ! Il faudra que tu me parles de toi, de tes parents, de l'endroit où tu vis. Quelle jolie robe ! Je suis sûre que c'est ta préférée, il n'y a qu'à voir comment tu te pavanes ! A quelle école étais-tu, avant ? Tu connais déjà des gens, ici ?

Toutes ces questions furent débitées d'un trait, avant même que nous ayons atteint la porte. Je me contentai de faire signe que non et de sourire à Louise.

— Allez, viens ! me pressa-t-elle en m'entraînant vers la salle de sports.

A voir la façon dont les autres l'ignoraient tandis que nous longions le couloir, je devinai qu'elle ne devait pas être très populaire. Arriver dans une nouvelle école n'était jamais très drôle, mais on trouvait toujours un moyen de rompre la glace : il suffisait de trouver quelques fissures. Ici, j'avais l'impression d'être en pleine banquise. Sauf avec Louise, qui jacassa pendant tout le trajet. Le temps d'arriver au gymnase, j'avais appris qu'elle était très bonne en maths et en sciences, mais juste au niveau en histoire et en anglais. Que son père était avocat dans une firme qui remontait aux calendes, et qu'elle avait deux frères et une sœur, encore à l'école primaire.

— Voilà le bureau de Mme Allen, dit-elle en me désignant la porte du doigt. Elle t'attribuera un placard et te donnera une tenue de gym et une serviette pour la douche.

Sur ce, elle fila se changer.

Mme Allen, une grande femme dans la quarantaine, me tendit une serviette et m'informa avec une certaine insistance que toutes les élèves devaient se doucher après la séance. J'acquiesçai d'un signe de tête.

— Suivez-moi, ordonna-t-elle en me précédant vers les vestiaires, la mine sévère.

A son entrée, le brouhaha de voix bruyantes cessa net et toutes les filles se tournèrent vers nous. Le cours réunissait plusieurs classes de différents niveaux. Louise était déjà en tenue.

— Mesdemoiselles, annonça Mme Allen, laissez-moi vous présenter une nouvelle élève, Aurore Longchamp. Voyons, votre placard se trouve... (elle pointa l'index vers le mur d'en face)... ici, à côté de celui de Clara Sue Cutler.

Je dévisageai la blonde joufflue autour de laquelle une petite bande faisait cercle. Aucune d'elles n'était en tenue de gymnastique. Les yeux de Mme Allen se rétrécirent tandis qu'elle me conduisait jusqu'à mon armoire personnelle.

— Qu'est-ce qui vous a mises en retard ? (Elle renifla.) Cela sent la cigarette. Auriez-vous fumé, par hasard ? insista-t-elle, les poings sur les hanches.

Les filles échangèrent des regards inquiets, et je remarquai un filet de fumée qui sortait d'un des placards.

— Ce n'est pas une cigarette, madame Allen. Regardez.

Sourcils froncés, le professeur marcha rapidement vers le placard en question.

— Ouvrez ce vestiaire, Clara Sue. Immédiatement.

La blonde boulotte s'avança sans se presser vers son armoire et manœuvra la serrure chiffrée. Quand elle eut ouvert, Mme Allen la repoussa d'un geste. Une cigarette brûlait sur l'étagère. Clara Sue écarquilla les yeux, dans un effort manifeste pour simuler la surprise.

— Je ne sais pas du tout comment cette cigarette est arrivée là !

— Ah, vous ne savez pas, vraiment ?

— Je ne suis pas en train de fumer, protesta Clara Sue avec hauteur. Vous ne pouvez pas dire que je fume.

Mme Allen pêcha la cigarette entre le pouce et l'index comme si c'était un bâton de dynamite et l'éleva bien en vue.

— Voyez-vous ça ! Une cigarette qui se fume toute seule.

Il y eut quelques rires étouffés. Clara Sue n'en menait pas large.

— Bon, que tout le monde se change, et sans traîner. Mademoiselle Cutler, j'aurai deux mots à vous dire tout à l'heure, conclut Mme Allen en tournant les talons.

Dès qu'elle fut sortie, Clara Sue fonça sur moi, rouge de colère.

— Espèce d'imbécile ! glapit-elle. Tu ne pouvais pas te taire ?

— Mais j'ai cru qu'il y avait le feu !

— Oh non, je rêve ! Tu débarques du pays des Merveilles ou quoi ? En attendant, tu m'as mise dans de beaux draps.

— Je suis désolée, je voulais... (Je regardai autour de moi et ne rencontrai que des visages furibonds.) Je voulais seulement t'aider, je t'assure.

— *M'aider* ? Eh bien, c'est réussi ! Tu m'as enfoncée jusqu'au cou, oui !

Les autres approuvèrent en branlant du chef et le cercle s'éparpilla, chacune s'empressant de se changer. Je cherchai le regard de Louise, mais elle aussi se détourna. Et pendant tout le cours, je me sentis mise en quarantaine. Chaque fois qu'elle en avait l'occasion, Clara Sue me décochait un coup d'œil meurtrier. J'essayai à nouveau de m'expliquer, mais elle ne voulut rien savoir. Quand le coup de sifflet de Mme Allen annonça la fin du cours et le passage obligatoire aux douches, je tentai d'attirer l'attention de Louise.

— Tu lui as créé des problèmes, commenta-t-elle.

Et ce fut tout ce que j'en tirai.

Ça commençait bien ! Une heure après mon arrivée dans une nouvelle école, je m'étais déjà fait des ennemies. Moi qui n'avais pas de plus vif désir que de me faire de nouvelles amies, justement ! Dès que j'aperçus Clara Sue, je renouvelai mes excuses en m'efforçant d'être convaincante.

— N'en parlons plus, m'interrompit-elle. Je n'aurais pas du m'en prendre à toi. Je me suis emportée, c'est tout, mais tout est ma faute.

— Mais je t'assure, je n'aurais jamais fait remarquer cette fumée si j'avais su. Je ne suis pas une moucharde.

— Je te crois. Eh, les filles ! lança Clara Sue au groupe le plus proche, nous ne devrions pas en vouloir à Aurore. C'est bien comme ça que tu t'appelles : Aurore ?

— Mm-mmm.

— Tu as des frères et sœurs ?

— Un frère, répondis-je avec empressement.

— Et comment s'appelle-t-il ? s'enquit une grande brune, fort jolie. Crépuscule ?

Tout le monde éclata de rire.

— On ferait mieux de se dépêcher, décréta Clara Sue, sinon nous serons en retard au prochain cours.

Il était clair qu'un bon nombre d'élèves la considéraient comme un chef de file. Et il avait fallu que je lui cause des ennuis, justement à elle... c'était bien ma chance ! Avec un élan de gratitude pour le pardon accordé, je poussai un soupir de soulagement. Puis j'ôtai rapidement ma tenue de gymnastique et suivis tout le monde vers les douches. Le local était très agréable, avec des cabines reluisantes de propreté, de jolis rideaux à fleurs et de l'eau bien chaude.

— Allons, appela la voix de Mme Allen, dépêchons-nous !

Je sortis de la douche, me séchai aussi vite que possible et m'enroulai dans ma serviette pour courir vers mon placard. Je le trouvai grand ouvert. Avais-je oublié de le fermer ? Je ne tardai pas à en avoir le cœur net :

à l'exception de mes chaussures, tous mes vêtements avaient disparu.

— Où sont mes affaires ? m'écriai-je en me retournant.

Toutes les filles me dévisageaient, le sourire aux lèvres. Campée devant le lavabo, Clara Sue se brossait les cheveux.

— Je vous en prie, ce n'est pas drôle. Ce sont mes meilleurs vêtements !

Mon exclamation déclencha un éclat de rire général. Je cherchai le regard de Louise mais elle s'empressa de me tourner le dos, claqua la porte de son placard et quitta précipitamment les vestiaires. Une seconde après, tout le monde l'imitait... sauf moi.

— S'il vous plaît ! Qui sait où sont passées mes affaires ?

— Au nettoyage ! lança quelqu'un sans se retourner.

— Au nettoyage ? Mais qu'est-ce que ça veut dire ?

Je pivotai sur moi-même, toujours entortillée dans ma serviette. J'étais seule dans les vestiaires, les sonneries retentissaient. Qu'est-ce que j'allais devenir ? Je commençai à chercher partout, sous les bancs, dans tous les coins. Mais je ne trouvai rien, jusqu'au moment où je passai dans la salle d'eau pour inspecter les cabines.

— Oh, non !

Elles avaient jeté mes vêtements dans les toilettes. Ma jolie robe, mon soutien-gorge et mon slip trempaient dans la cuvette. Sans compter mes chaussettes, au milieu d'une poignée de papier de toilette, pour faire bonne mesure. Et la couleur de l'eau m'apprit le reste : quelqu'un avait uriné sur le tout, par-dessus le marché. Secouée de sanglots, je m'adossai à la porte de la cabine. Comment sortir de là ?

— Il y a encore quelqu'un ? demanda une voix.

Et Mme Allen entra dans la salle d'eau.

— C'est moi, larmoyai-je.

— Mais comment se fait-il...

Je lui désignai la cuvette et elle y jeta un coup d'œil.

— Ça alors ! Qui a bien pu faire une chose pareille ?

— Je n'en sais rien, madame Allen.

— Ce n'est pas difficile à deviner, observa-t-elle d'un ton sévère.

— Qu'est-ce que je vais faire ?

Elle réfléchit quelques instants.

— Repêchez tout ça et mettez-le dans la machine à laver, avec les serviettes. En attendant que ce soit sec, vous resterez en tenue de gymnastique.

— En classe ?

— Je ne vois pas ce que vous pouvez faire d'autre, Aurore. Je suis désolée.

— Mais tout le monde va se moquer de moi !

— A vous de choisir. Vous manquerez plusieurs cours, si vous attendez que tout soit propre et sec. J'irai voir Mme Turnbell pour lui expliquer ce qui s'est passé.

Je fis un signe d'assentiment et regagnai le vestiaire, tête basse. Il ne me restait plus qu'à remettre ma tenue de gymnastique.

A mesure que la matinée s'avançait, les professeurs furent mis au courant de ma mésaventure et la plupart d'entre eux se montrèrent compatissants. Mais les autres élèves trouvèrent l'histoire très drôle et j'eus beau regarder de tous côtés, je ne surpris que rires et sourires moqueurs. C'était toujours une épreuve de changer d'école, d'affronter de nouveaux compagnons. Mais ici, ce fut pire que tout. Avant d'avoir eu le temps de faire connaissance avec qui que ce soit, j'étais déjà devenue la tête de Turc du collège.

Quand Jimmy me croisa dans le hall et que j'eus l'occasion de lui raconter mes déboires, il en fut indigné.

— Qu'est-ce que je t'avais dit ? explosa-t-il, assez haut pour que tout le monde puisse l'entendre. J'avais raison au sujet de cette boîte. Si seulement je connaissais la responsable, j'aurais vite fait de lui mettre la main dessus.

Je m'efforçai de l'apaiser.

— Ce n'est rien, Jimmy, ça ira. A la fin du prochain cours, mes vêtements seront secs, affirmai-je.

En me gardant de mentionner qu'ils auraient besoin d'un bon coup de fer. Inutile de le rendre encore plus furieux. Sur ce, la sonnerie annonça le début du cours suivant. Jimmy toisa d'un œil si menaçant les étudiants qui nous observaient qu'ils s'empressèrent de regarder ailleurs. Et chacun hâta le pas vers sa destination. Avant de gagner mon cours de mathématiques, j'insistai une dernière fois.

— Ça ira, Jimmy, je t'assure.

— J'aimerais bien savoir qui t'a fait ça ! vociféra-t-il en s'éloignant. Juste pour lui tordre le cou !

Et si ceux qui restaient encore dans le couloir n'entendirent pas, c'est qu'ils étaient sourds.

A mon entrée dans la classe, le professeur m'appela au bureau.

— Vous êtes Aurore Longchamp, je suppose ?

— Oui, monsieur.

Je fis un tour d'horizon, et naturellement, tous les yeux étaient fixés sur moi. Et tous les visages hilares.

— Bien, nous ferons les présentations plus tard. Mme Turnbell veut vous voir immédiatement.

A peine avais-je poussé la porte de l'antichambre directoriale que la secrétaire annonçait :

— La petite Longchamp est là, madame.

— Envoyez-la-moi.

La secrétaire s'effaça pour me céder le passage et je rencontrai le regard d'acier de Mme Turnbell, qui m'ordonna de m'expliquer. Mon estomac se noua. La voix chevrotante, j'entrepris de raconter comment, en sortant de ma douche, j'avais retrouvé mes vêtements dans la cuvette des cabinets.

— Et pour quelle raison aurait-on joué un tour semblable à une nouvelle ?

Je m'abstins de répondre : inutile d'envenimer des relations déjà si mal engagées. Ce qui n'aurait pas manqué de se produire si j'avais mentionné la fameuse fumée.

Mais la directrice était déjà au courant.

— Passons sur les détails. Mme Allen m'a dit comment vous aviez dénoncé Clara Sue Cutler pour avoir fumé.

— Je ne l'ai pas dénoncée. J'ai vu de la fumée sortir de son placard et...

— Maintenant, écoutez-moi bien. (Mme Turnbell se pencha sur son bureau et son visage blême se colora, passant graduellement du rose au rouge.) Nos autres étudiants ont été élevés dans les meilleures familles et ont sur vous l'avantage de savoir se conduire en société. Il ne s'ensuit pas que je vous autoriserai, votre frère et vous, à venir semer le désordre. Me suis-je bien fait comprendre ?

— Oui, madame, répondis-je d'une voix entrecoupée, luttant contre les larmes qui m'étouffaient.

Mme Turnbell m'étudia d'un œil froid et marmonna :

— Se présenter en classe en tenue de gymnastique ! En sortant d'ici, allez immédiatement à la buanderie et attendez que vos vêtements soient propres et secs.

— Oui, madame.

— Allez vous habiller et regagnez votre classe dans les plus brefs délais ! ordonna-t-elle en me congédiant du geste.

Je sortis en hâte et courus tout le long du couloir en essuyant mes larmes, jusqu'à la buanderie. Quand je pus remettre ma robe, elle était toute froissée, mais tant pis. Je n'y pouvais rien. Je me rendis sans traîner en classe d'anglais, où quelques élèves se montrèrent un peu déçus de me voir arriver dans une tenue décente. Louise fut la seule à paraître soulagée. Quand nos regards se croisèrent, elle sourit, puis se hâta de détourner les yeux. Mon supplice était fini, au moins pour un moment.

A la sortie du cours d'anglais, Louise me rejoignit sur le seuil de la classe.

— Je suis navrée pour ce qu'elles t'ont fait ! Je n'y ai pas pris part, je voulais que tu le saches.

— Merci.

— J'aurais dû t'avertir, à propos de Clara Sue. Pour je ne sais quelle raison, presque toutes les filles font ses quatre volontés.

— Si c'est elle qui a manigancé tout ça, c'est vraiment mesquin. Je lui avais dit que j'étais désolée.

— Clara Sue n'en fait qu'à sa tête. Peut-être qu'elle te laissera tranquille, maintenant. Allez, viens. Tu déjeunes avec moi.

— Merci.

Quelques autres élèves me dirent bonjour en souriant, mais cela n'alla pas plus loin. Dans ces eaux inconnues, Louise restait ma seule planche de salut.

La cafétéria me surprit par son luxe, le chic et le confort de son mobilier. Chaises rembourrées, murs bleu clair, carrelage blanc cassé... je n'avais jamais rien vu de pareil. On prenait soi-même plateau et couverts d'argent à l'entrée, avant de passer au comptoir libre-service au bout duquel attendait la caissière. J'aperçus Clara Sue, installée avec un groupe de filles du cours d'éducation physique. A ma vue, tout le monde pouffa de rire et Louise me désigna une table un peu à l'écart.

— Asseyons-nous là.

— Une minute ! dis-je en marchant vers la table de Clara Sue.

Toutes ces demoiselles se retournèrent, stupéfaites. Clara Sue plaqua sur son visage malveillant une expression de feinte innocence : elle se pourléchait les babines.

— Tiens, Aurore ! Ta robe a besoin d'un coup de fer, on dirait !

Eclat de rire général, auquel je répondis du tac au tac, la voix dure et toisant tout le monde d'un air glacial.

— J'ignore pourquoi tu m'as joué ce tour, mais c'est vraiment écœurant. Surtout comme façon d'accueillir une nouvelle venue dans ton école.

— Et qui t'a dit que c'était moi ?

— Personne. Je le sais.

Le groupe m'épluchait du regard. Les gros yeux bleus de Clara Sue s'étrécirent, puis se rouvrirent tout grands, pleins d'une apparente mansuétude.

— Très bien, Aurore, fit-elle d'un ton conciliant. Disons que tu as subi l'épreuve d'entrée à Emerson Peabody. Tu es pardonnée, ajouta-t-elle avec un geste royal. Tu peux t'asseoir avec nous, si tu veux. Et toi aussi, Louise.

— Merci.

Bien résolue à ne pas troubler le précieux petit univers de Mme Turnbell, j'enterrai la hache de guerre. Louise et moi prîmes place sur les deux chaises libres.

— Je te présente Linda Ann Brandise, dit Clara Sue en désignant la plus grande des filles, la jolie brune aux cheveux soyeux et aux beaux yeux en amande. Et voici Margaret Ann Stanton, Diane Elaine Wilson et Mélissa Lee Norton.

Je les saluai d'un signe de tête, tout en me demandant si j'étais la seule à ne pas posséder le deuxième prénom de rigueur.

— Tu viens d'arriver à Richmond ? s'informa Clara Sue. Je sais que tu n'es pas résidente.

— Résidente ?

— Elle veut dire interne, expliqua Louise. Certains élèves sont logés sur place dans les pavillons-dortoirs.

— Oh, non, j'habite Richmond. Tu es interne, Louise ?

— Non, mais Linda Ann et Clara Sue, oui, répondit Louise en se levant. Tu viens, Aurore ?

— J'ai juste besoin d'un carton de lait, dis-je en posant mon sac de déjeuner sur la table.

— Qu'est-ce que c'est que ça ?

— Mon repas. Un sandwich au beurre de cacahuètes et à la confiture, précisai-je en préparant ma monnaie.

— Tu fais ton déjeuner toi-même ? s'étonna Clara Sue. Mais pourquoi ?

— Par économie.

Louise me dévisagea, ses yeux d'un bleu liquide et falot clignotant dans un effort de compréhension.

— Par économie ? Et pourquoi veux-tu économiser ? s'enquit Linda. Tes parents t'ont coupé les vivres ?

— Je ne reçois pas d'argent de poche. Maman m'en donne un peu pour le lait mais sans ça...

— De l'argent pour le lait ? (Linda s'esclaffa et regarda Clara Sue.) Au fait, que fait ton père ?

— Il travaille ici. C'est lui qui veille à l'entretien des locaux.

— L'entretien ! s'effara Linda. Tu veux dire que... qu'il est intendant ou quelque chose comme ça ?

Ses yeux s'arrondirent quand je fis signe que oui.

— En effet. Et c'est parce qu'il travaille ici que mon frère Jimmy et moi avons été admis à Emerson Peabody.

Les filles se consultèrent du regard, puis éclatèrent de rire.

— Intendant ! répéta Clara Sue comme si elle n'en croyait pas ses oreilles, déclenchant un nouvel éclat de rire. Eh bien, susurra-t-elle en se levant avec son plateau, je pense que nous abandonnerons cette table à Louise et à Aurore.

Et elle s'éloigna, toute sa troupe à sa suite.

— J'ignorais que ton père était employé ici, observa Louise.

— Tu ne m'as pas laissé l'occasion de te le dire. Il dirige le service d'entretien. Il est très adroit pour réparer toutes sortes de machines et d'appareils, annonçai-je avec fierté.

— Tu m'en vois ravie, laissa tomber Louise en empoignant à deux mains son paquet de livres. Oh, ça me revient ! Il faut que je parle à Marie Jo Alcott. Nous avons un exposé de sciences à préparer ensemble. A plus tard, ajouta-t-elle précipitamment.

Et elle se dirigea vers une autre table, où elle fut accueillie sans grande chaleur, me sembla-t-il. Mais elle s'assit quand même et me désigna du doigt, faisant glousser toute la tablée. Papa était employé, et les élèves pensaient que je n'avais été admise parmi eux que pour cela. Voilà pourquoi ils me snobaient ! Jimmy avait raison, ces gosses de riches étaient ignobles, pourris. Malgré les larmes qui me brûlaient les yeux, je les fusillai du regard. Puis je me levai et marchai la tête haute jusqu'au comptoir pour aller chercher du lait.

Je fis un tour d'horizon à la recherche de Jimmy, espérant qu'il aurait été plus heureux que moi et se serait fait au moins un ami. Mais il n'était nulle part en vue. Je regagnai donc ma table et commençai à déballer mon sac lorsque je m'entendis interpeller :

— Y a-t-il une place libre, ici ?

Je levai les yeux et me trouvai face à face avec le plus beau garçon du monde. Des cheveux blond de lin, comme les miens, épais et ondulés mais pas trop : juste ce qu'il fallait. Un nez droit, ni trop long, ni trop court, ni trop fin. Le nouveau venu était à peine plus grand que Jimmy, mais plus carré, l'air assuré, plein de confiance en lui. En l'observant d'un peu plus près, je découvris qu'il avait un léger semis de taches de rousseur sous les yeux, lui aussi.

— Elles sont toutes libres, répondis-je.

— Pas possible ? Je n'en reviens pas ! dit-il en s'asseyant en face de moi. Je me présente : Philippe Cutler, ajouta-t-il en me tendant la main.

Je retirai brusquement la mienne.

— Cutler ?

Les yeux bleus de mon vis-à-vis pétillèrent.

— Qu'est-ce qui ne va pas ? Ne me dis pas que ces petites pestes t'ont déjà prévenue contre moi !

— Non... (Je me tournai vers la table où Clara Sue tenait sa cour.) Votre... ta sœur...

— Oh, elle ! Qu'est-ce qu'elle a encore fait ?

Ses yeux foncèrent d'un ton quand il regarda vers le petit groupe, et je pus voir que Clara Sue enrageait.

— Elle... elle me reproche de lui avoir attiré des ennuis ce matin, au cours d'éducation physique. Vous... tu ne m'as pas vue déambuler dans toute l'école en tenue de gymnastique ?

— Oh, c'était toi ? Ainsi tu es la fameuse Aurore, la

nouvelle. J'ai entendu parler de toi mais j'étais si occupé ce matin que je ne t'ai même pas entraperçue.

Sa façon de sourire me rendit perplexe. Et s'il mentait ? S'agissait-il d'une manigance de Clara Sue ?

— Tu es sans doute le seul de tout le collège, alors. J'ai même été convoquée chez la directrice et renvoyée avec un sermon, alors que je n'y étais pour rien.

— Ça ne m'étonne pas. Mme Turnbell oublie qu'elle est directrice, elle se prend pour un gardien de prison. Une vraie serre-la-vis ! Aussi l'avons-nous surnommée Tournevis.

Je ne pus réprimer un sourire.

— Tournevis ? C'est vraiment bien trouvé.

— Et tout était la faute de ma chipie de sœur, non ? Ça lui ressemble assez.

— J'ai essayé de faire la paix et de m'excuser, mais... (je lançai un regard noir en direction du groupe)... quand je leur ai parlé du métier de mon père, elles m'ont tourné le dos.

— Et que fait-il ? Il pille des banques ?

— Ça ne changerait pas grand-chose pour elles, rétorquai-je avec véhémence. Surtout pour ta sœur.

— Oublie-la, et laisse-la dans son coin. C'est une gamine trop gâtée, elle ne l'aura pas volé. D'où es-tu ?

— D'un tas d'endroits. Avant Richmond, j'habitais Grandville, en Virginie.

— Grandville ? Je n'y ai jamais mis les pieds. C'était bien, là-bas ?

— Non.

Philippe éclata de rire, découvrant de magnifiques dents blanches, et son regard s'attacha à mon sac.

— C'est ton casse-croûte ?

— Oui, répondis-je, prévoyant déjà ses railleries.

Mais sa réaction me surprit.

— Qu'est-ce que tu as, là-dedans ?

— Du beurre de cacahuètes et de la confiture.

— Ça m'a l'air nettement plus copieux que les sandwiches qu'on nous sert ici. Il se pourrait bien que je te demande de me préparer un sac, à moi aussi.

Il garda son sérieux pendant un moment, puis se remit à rire devant ma mine perplexe.

— Ma sœur est la plus grande commère de tout le collège. Elle adore fourrer son nez dans les affaires des gens et colporter des tas de potins.

Je l'étudiai pendant quelques instants. Disait-il cela pour me mettre en confiance, ou le pensait-il vraiment ? J'imaginais mal Jimmy parlant de moi avec autant de haine. Mieux valait changer de sujet.

— En quelle classe es-tu, Philippe ?

— En terminale. J'ai eu mon permis de conduire cette année, et ma voiture personnelle avec. Ça te dirait de venir faire un tour avec moi, après les cours ? demanda-t-il très vite.

— Faire un tour ?

— C'est ça. Je te montrerai les environs, ajouta-t-il avec un clin d'œil entendu.

— Je te remercie, mais je ne peux pas.

— Pourquoi ? Je conduis très bien.

— Je... je dois retrouver mon père après la classe.

— Bon, alors demain, peut-être ?

J'hésitai, cherchant une excuse. Il ne fut pas dupe.

— Hé ! Je suis parfaitement inoffensif, malgré tout ce qu'on a pu te raconter.

— Ce n'est pas ce...

Je m'interrompis net, les joues brûlantes de confusion.

— Tu prends tout tellement au sérieux ! s'égaya Philippe. Tes parents ont bien choisi ton prénom. Tu es vraiment aussi fraîche qu'un jour nouveau.

Rougissant de plus belle, je baissai le nez vers mon sandwich.

— Tu es résidente ou tu habites dans le coin ? fut la question suivante.

— J'habite Ashland Street.

— Ashland ? Connais pas. D'ailleurs je ne suis pas de Richmond, mais de Virginia Beach.

— Ah ! J'en ai entendu parler mais je n'y suis jamais allée. Il paraît que c'est très joli, par là, commentai-je, avant d'attaquer mon sandwich.

— C'est vrai. Ma famille possède un hôtel dans les environs, le Cutler's Cove, à Cutler's Cove. C'est juste à quelques kilomètres au sud de Virginia Beach, précisa fièrement Philippe en se carrant sur son siège.

— Il y a un endroit qui porte le nom de ta famille ? Pas étonnant que Clara Sue soit si imbue de sa petite personne !

— En effet. Nous sommes arrivés juste après le départ des Indiens, s'il faut en croire ma grand-mère.

— Ta grand-mère vit avec vous ? demandai-je avec une pointe d'envie.

— Elle dirigeait l'hôtel avec mon grand-père, avant. Et maintenant qu'il est mort, elle continue, avec mes parents. Et ton père, Aurore ? Dans quelle branche est-il ?

Et voilà, ça recommençait... Je me jetai à l'eau.

— Il travaille ici.

— Au collège ? Il est prof ? Et toi qui m'as laissé dire toutes ces sottises sur Tournevis et...

— Mais non, il est intendant. Chef du service d'entretien, débitai-je en toute hâte.

— Ouf ! soupira Philippe en souriant. J'aime mieux ça.

— C'est vrai ?

Malgré moi, ma voix trahit mon incrédulité.

— Oh oui ! Les deux filles de prof que je connais ici sont les pires des pimbêches : Rebecca Claire Longstreet et Stephanie Kay Sumpter. Un bon conseil, acheva Philippe : évite-les comme la peste.

Juste à ce moment-là je vis arriver Jimmy, tout seul. Il s'arrêta sur le seuil, fit un tour d'horizon et marqua une certaine surprise quand il m'aperçut en compagnie de Philippe. Puis il s'avança vers notre table, y laissa tomber son sac et s'écroula sur une chaise.

— Salut ! lança Philippe. Comment ça se passe ?

— Mal, et je suis poli. Je viens de recevoir un savon

directorial parce que j'avais posé les pieds sur le barreau du siège d'en face. J'ai cru que la reine mère allait me garder pendant toute l'heure du déjeuner.

— Ici, il vaut mieux faire très attention à ce genre de truc, expliqua Philippe. Si madame débarque et surprend un élève en train de faire ça, elle commence par sermonner le prof, ce qui le rend encore plus furieux.

Je m'acquittai des présentations.

— Jimmy, voici Philippe Cutler. Philippe, mon frère Jimmy.

— Salut, Jimmy.

Mon frère considéra d'un œil soupçonneux la main que lui tendait Philippe, la serra d'un geste bref et revint à son problème.

— Mais qu'est-ce qu'ils s'imaginent ! Que cette boîte est en or massif ou quoi ?

— Tu t'es fait des amis, Jimmy ?

J'avais posé ma question d'un ton plein d'espoir, mais Jimmy secoua la tête.

— Je vais chercher mon lait, annonça-t-il en se levant brusquement pour s'approcher du comptoir.

Et je décelai quelques signes de nervosité chez les garçons qui se trouvaient devant lui.

— Il n'a pas l'air emballé d'être ici, observa Philippe en le suivant du regard.

— Non, il ne l'est pas. Et il a sans doute raison, ajoutai-je, ce qui me valut un sourire de mon compagnon.

— Tu as les yeux les plus limpides et les plus jolis que j'aie jamais vus, Aurore. Je ne connais qu'une personne qui en ait d'à peu près semblables : ma mère.

Je rougis jusqu'à la racine des cheveux. J'étais totalement subjuguée par ses paroles, par l'admiration que je lisais dans son regard, et pendant un instant j'en restai sans voix. Je détournai les yeux, mordis dans mon sandwich, mastiquai rapidement ma bouchée, l'avalai. Et seulement alors j'osai faire face à Philippe.

Quelques garçons lui dirent bonjour en passant, me

dévisagèrent avec curiosité, et finalement deux de ses amis s'installèrent sans façon à ses côtés.

— Tu ne nous présentes pas ta fameuse nouvelle conquête, Philippe ? s'enquit un grand diable efflanqué d'un roux falot, aux yeux noirs et au sourire en coin.

— Pas si je peux m'en dispenser.

— Voyez-vous ça ! Philippe n'est qu'un sale égoïste, m'informa le grand escogriffe. Un véritable accapareur.

— Je m'appelle Aurore, glissai-je rapidement.

— Aurore. L'éblouissante Aurore, bien sûr !

Les deux nouveaux venus s'esclaffèrent bruyamment, puis le grand échalas déclara :

— Moi, c'est Brandon, et l'abruti qui m'accompagne s'appelle Marshall.

Le plus petit des deux branla du chef, sans plus. Il avait les yeux très rapprochés, des cheveux noirs coupés presque à ras, et un rictus lui tenait lieu de sourire. Je me souvins d'une recommandation de maman : toujours se méfier des gens aux yeux trop serrés. Elle disait que leur mère, juste avant d'accoucher, avait dû être effrayée par un serpent.

Jimmy revint et Philippe le présenta aux deux autres, mais il s'assit sans mot dire et mangea son sandwich. Philippe était le seul à lui adresser la parole, ce qui, manifestement, le laissait complètement indifférent. De temps à autre, il louchait vers Marshall d'un air qui me renseigna sur ses sentiments : il ne l'aimait pas beaucoup, lui non plus. Puis la cloche annonça la fin du déjeuner.

— Tu vas au gymnase, Philippe ?... Ou bien tu as d'autres projets ? s'enquit Marshall en lorgnant de mon côté.

A voir son sourire torve, je devinai ce qu'il pensait mais je m'efforçai de n'en rien laisser paraître.

— Je vous rejoins, répliqua Philippe.

— Ne te mets pas en retard, persifla Marshall du coin des lèvres.

Et les deux amis s'éloignèrent en gloussant.

— Où vas-tu maintenant, Aurore ? me demanda Philippe.

— En salle de musique.

— Parfait, je t'accompagne. C'est sur mon chemin.

En quittant la table, je vis du coin de l'œil que Clara Sue et ses compagnes nous observaient en chuchotant d'un air mauvais. Mais pourquoi ? Qu'est-ce qu'elles avaient contre moi ? Je me tournai vers mon frère.

— Où a lieu ton prochain cours, Jimmy ?

— Du côté opposé, dit-il en se ruant vers la sortie, sans me laisser le temps de placer un mot.

Puis il se faufila en jouant des coudes parmi les élèves massés devant les portes et disparut presque aussitôt.

— Tu as fait toutes tes études ici ? demandai-je à Philippe, qui opina du bonnet.

Sur notre passage, plusieurs étudiants des deux sexes le saluèrent d'un mot ou d'un geste. Aucun doute, il était vraiment très populaire.

— Ma sœur et moi fréquentions déjà le jardin d'enfants qui dépend du collège, m'apprit-il en se penchant vers moi. Mes parents et ma grand-mère ont versé de généreuses contributions à l'établissement.

Il mentionna le fait sans la moindre arrogance. C'était une constatation, rien de plus.

— Ah bon ?

Tout le monde semblait si riche et si distingué, ici ! Jimmy avait raison, nous n'étions pas dans notre élément. Mon père n'était qu'un employé, et ni moi ni Jimmy ne savions quels vêtements nous mettrions le lendemain. Si aujourd'hui nous ressortions comme des verrues au milieu de la figure, qu'est-ce qui nous attendait demain ?

— Nous ferions mieux de nous dépêcher avant de nous faire envoyer chez Tournevis, observa Philippe en souriant. Toi, pense à notre petite sortie pour demain, d'accord ?

Je fis un signe d'assentiment. En me retournant, je m'avisai que Clara Sue et ses amies nous suivaient à pas lents. Clara Sue ne semblait pas du tout apprécier les attentions que me prodiguait son frère. Peut-être était-il sincère, après tout ? Et il était si beau ! J'éprouvai soudain le besoin de la faire enrager.

— J'y réfléchirai, répondis-je, assez haut pour que toutes ces demoiselles m'entendent.

— Super !

Il me pressa le bras d'un geste tendre et s'en fut, non sans se retourner pour me sourire. Je lui rendis la pareille, en m'assurant que Clara Sue ne perdait rien du spectacle. Et je fis mon entrée en salle de musique à l'instant précis où la cloche annonçait le début du cours.

M. Moore, mon professeur de musique, avait des joues roses creusées de fossettes, une tignasse aussi bouclée que celle de Harpo Marx et un sourire chaleureux et franc. Jamais je n'avais eu de professeur aussi gentil. Avec lui, les élèves les plus timides oubliaient leur trac et quand il les en priait, ils se levaient de bon cœur pour chanter quelques notes en solo. Il arpentait la classe avec son diapason (un harmonica tout rond), nous enseignait les gammes et rendait la musique bien plus intéressante que je ne l'avais cru jusque-là. En arrivant à ma hauteur, il s'arrêta et fronça le nez à la manière d'un écureuil. Ses yeux noisette pétillèrent.

— Ah, une nouvelle voix ! Aurore, savez-vous chanter do-ré-mi-fa-sol-la-si-do ? Je vous donne le *la*, dit-il en portant son diapason à la bouche.

Mais je commençai avant qu'il ait eu le temps de souffler dedans, et ses yeux s'élargirent. Ses sourcils broussailleux, d'un brun roux, se haussèrent en accent circonflexe.

— En voilà une découverte ! C'est la gamme la plus juste qu'il m'ait été donné d'entendre depuis des années. Qu'en pensez-vous, tout le monde ? demanda-t-il à la cantonade. Magnifique, non ?

Un regard circulaire me révéla une foule de visages envieux. Surtout celui de Louise, mortellement jalouse du compliment que je venais de recevoir. Elle en était verte.

— Je crois que nous avons trouvé notre soliste pour le prochain concert, réfléchit à haute voix M. Moore qui m'observait en hochant la tête, tout en se triturant le menton entre le pouce et l'index. Avez-vous déjà fait partie d'une chorale, Aurore ?

— Oui, monsieur.

— Et jouez-vous d'un instrument quelconque ?

— J'ai étudié la guitare toute seule.

— Toute seule ? répéta le professeur, dont le regard fit le tour de la classe. Vous entendez ? Voilà ce que j'appelle être motivé ! Eh bien, voyons ce que vous savez faire. Vous allez me mettre au chomâge, si vous êtes si bonne que ça.

— Je ne suis pas très bonne, monsieur.

Il pouffa, ce qui fit trembloter ses joues, et prit les élèves à témoin.

— Voilà qui est on ne peut plus rafraîchissant : de la modestie ! L'un d'entre vous s'est-il jamais demandé en quoi cela consistait ?

M. Moore rit de sa propre plaisanterie et la leçon reprit son cours. Quand la cloche annonça la fin de l'heure, il me pria de rester un moment.

— Apportez votre guitare demain, Aurore, j'aimerais vous entendre jouer, dit-il d'un air grave et décidé.

— Ma guitare ne vaut pas grand-chose, monsieur. Je l'ai achetée d'occasion et...

— Allons, allons, il n'y a pas de honte à cela, et ne laissez personne ici vous le faire croire. D'ailleurs, je suis certain qu'elle est meilleure que vous ne le pensez. Et je pourrai vous en procurer une excellente, quand le moment sera venu.

— Merci, monsieur.

Il se renversa sur son siège et me dévisagea longuement.

— Je sais que les élèves sont censés appeler leurs professeurs monsieur et madame, observa-t-il. Mais quand nous travaillerons seuls, pourrez-vous faire en sorte de m'appeler monsieur Moore ?

— J'essaierai.

Je ponctuai ma réponse d'un sourire.

— A la bonne heure. Je suis heureux que vous soyez des nôtres, Aurore. Bienvenue à Emerson Peabody. Et maintenant, dépêchez-vous d'aller en cours.

— Merci, monsieur Moore.

Cette fois, ce fut lui qui sourit. Je me dirigeai vers la classe où avait lieu le cours suivant quand j'aperçus Louise qui m'attendait. Je m'arrêtai à sa hauteur.

— Salut ! lançai-je, persuadée qu'elle voulait faire la paix.

J'étais bien loin du compte...

— Je t'ai vue à la table de Philippe Cutler, commença-t-elle, incapable de dissimuler sa jalousie. Tu ferais mieux de faire attention. Il a une très mauvaise réputation parmi les filles, m'informa-t-elle.

Mais sa voix laissait toujours percer l'envie.

— Une mauvaise réputation ? Il m'a paru très sympathique. Nettement plus que sa sœur, soulignai-je. Qu'est-ce qu'on lui reproche ?

— Les choses qu'il essaie de faire, même à un premier rendez-vous, m'apprit Louise, les yeux exorbités.

— Et quel genre de choses ?

— A ton avis ? (Elle recula d'un pas et s'assura d'un regard furtif que personne ne pouvait l'entendre.) Il essaie d'aller jusqu'au bout.

— Tu es déjà sortie avec lui ?

— Non, jamais, précisa-t-elle, l'œil encore plus globuleux si c'était possible.

Je haussai les épaules.

— Si tu veux mon avis, tu ne devrais pas laisser les autres te dicter ce que tu dois ou ne dois pas penser de quelqu'un. C'est à toi de décider ça. D'ailleurs, c'est injuste pour lui, ajoutai-je, hantée par le bleu merveilleux des yeux de Philippe. Il n'est pas comme ça.

Louise secoua la tête.

— En tout cas, je t'aurai prévenue.

— Et lui au moins ne m'a pas laissée toute seule à table.

Et tac ! En plein dans le mille.

— Je suis désolée... Nous pourrions déjeuner ensemble demain ?

— Peut-être, rétorquai-je d'un ton évasif, encore ulcérée par leurs coups de griffes.

Les tigresses ! Elles ne m'avaient pas ménagée.

Mais Louise s'estima assez satisfaite pour m'accorder l'aumône d'un avertissement supplémentaire.

— Tu penses que Clara Sue Cutler ne t'aime pas, mais ce n'est encore rien. Attends qu'elle apprenne la décision de M. Moore !

— Autrement dit ?

— Elle croit qu'elle sera la soliste au concert. Comme l'année dernière.

Le coup porta. Et comme l'air s'enfuit d'un ballon crevé, mon bonheur tout neuf s'évanouit d'un coup, en plein essor.

4

Premier baiser

En fin de journée, je rencontrai dans le couloir un Jimmy bien malheureux. Le professeur de maths lui avait annoncé que, vu son niveau déplorable, il devrait probablement redoubler. Je lui reprochai gentiment :

— Je t'avais prévenu, Jimmy ! Tu manquais trop souvent.

— Et après ? répliqua-t-il. Qu'est-ce que ça peut faire ?

Mais je vis bien qu'il accusait le coup.

Pendant ce temps-là, les internes sortaient sans se presser, tandis que les autres se hâtaient vers leur bus ou leur voiture personnelle.

— Ils en ont de l'argent à claquer, ces morveux, ronchonna Jimmy en se dirigeant vers l'escalier. Viens, on va voir combien de temps papa va nous faire attendre.

Je le suivis au sous-sol où, juste à côté d'un petit atelier, se trouvait le bureau de papa. La pièce était plutôt exiguë mais il y avait un joli bureau en bois, surmonté d'une grosse lampe à abat-jour métallique bleu suspendue à sa chaîne, deux chaises et des étagères aux murs. Jimmy s'assit derrière le bureau et se renversa sur son siège. J'approchai l'autre et ouvris mes livres, dans l'intention de commencer mes devoirs. Toutes sortes de pensées relatives aux événements de la journée se bousculaient dans ma tête. Lorsque je levai les yeux, je surpris Jimmy en train de m'observer.

— As-tu découvert qui t'avait joué ce tour, Aurore ?

Inutile de lui attirer des ennuis : je mentis.

— Non, mais oublions ça. Ce n'était qu'un malentendu.

— Un malentendu ? Il n'y a que des snobs, ici ! Les filles sont de vraies pimbêches et les garçons sont complètement nuls. Ils en ont plein la bouche de leurs voitures, de leurs fringues et de leurs collections de disques. Comment se fait-il que ce Philippe soit venu s'asseoir à côté de toi, à la cafétéria ?

— Philippe ? Il m'a demandé en passant s'il y avait une place de libre, répondis-je comme si la chose ne valait pas d'être mentionnée, alors que j'avais failli sauter de joie. Quand il a su qu'elles l'étaient toutes, il s'est installé.

— Bizarre, cette amitié soudaine.

Les yeux de Jimmy se rétrécirent tandis qu'il envisageait la question. Moi aussi, j'avais hésité à croire le frère de Clara Sue. Mais sans savoir pourquoi, j'éprouvai le besoin de défendre Philippe. Je revoyais sa moue taquine et tendre, son sourire, son regard attaché au mien quand il m'avait proposé cette sortie. Si bleu, si fascinant... rien que d'y penser, j'en tremblais.

— Il a voulu être aimable, sans plus.

— Maintenant que j'y réfléchis... (Jimmy hocha la tête comme pour conforter sa théorie)... je n'ai pas confiance. Ça pourrait bien être la suite de la plaisanterie de ce matin. Peut-être qu'il a parié avec quelqu'un de faire ta conquête en cinq minutes, ou quelque chose dans ce goût-là. Et s'il te mettait dans une situation ridicule, hein ?

— Oh non, Jimmy, c'est impossible ! Il est bien trop gentil ! m'écriai-je, d'une voix rien moins que rassurée.

— Si j'ai raison, ça va être dur pour toi. Et s'il te fait de la peine, il aura affaire à moi.

Je souris pour moi toute seule. C'était si bon d'avoir un frère tellement protecteur ! Juste à ce moment-là, papa s'encadra dans l'ouverture de la porte. Pas sale, ni fatigué, comme d'habitude à la fin d'une journée de travail. Les mains aussi propres qu'elles l'étaient le matin et sans une tache sur ses habits. J'attendis, retenant mon souffle, certaine qu'il avait entendu parler de l'incident du gymnase. Mais si c'était le cas, il n'y fit pas allusion, pas plus qu'il ne sembla remarquer ma robe toute chiffonnée. Il me décocha un sourire éclair, aussi furtif que la caresse de sa main sur mes cheveux.

— Alors, les enfants ? Comment s'est passée la journée ?

Je lançai un bref coup d'œil à Jimmy. Nous avions décidé de ne rien dire à papa de ma mésaventure, mais j'éprouvai soudain un désir fou de me blottir dans ses bras, le visage contre sa poitrine, et de pleurer toutes les larmes de mon corps. Malgré Philippe, malgré le cours de musique, souvenirs qui me réchauffaient le cœur, la journée s'était révélée une dure épreuve. J'étais obsédée par l'image d'une foule de visages ricanants. Mais je savais que je devais me taire : papa était si violent, si imprévisible ! S'il allait se plaindre et se faire renvoyer ? Ou, encore pire, si Mme Turnbell le persuadait que tout était ma faute ?

— Cet endroit est exactement comme je l'avais prévu, déclara Jimmy. Plein de sales petits esbroufeurs et de profs qui vous traitent comme des minables.

— Personne ne m'a traité comme ça, rétorqua papa d'un ton rogue.

Jimmy détourna les yeux. Puis il me regarda d'un air qui signifiait que, même si cela avait été le cas, papa n'aurait pas voulu l'admettre.

— Bon, mettons. Quand est-ce qu'on peut partir ?

— Tout de suite, répondit papa en tirant un livret noir et blanc d'un tiroir. Dès que j'aurai transcrit quelques notes sur mon registre.

— Ce travail te plaît, n'est-ce pas, papa ? lui demandai-je quand nous sortîmes, quelques instants après.

Et je lançai un regard significatif à Jimmy, afin qu'il comprenne tout ce que cela représentait pour la famille.

— Beaucoup, ma chérie. Et maintenant, allons retrouver votre mère et voir comment elle a passé la journée.

Tout était calme dans l'appartement, et je crus d'abord que maman était sortie avec la petite Fern. Mais en jetant un coup d'œil dans la chambre, nous les trouvâmes endormies toutes les deux, lovées l'une contre l'autre.

— Elles sont adorables, non ? Laissons-les dormir, chuchota papa. Jimmy, si nous allions acheter des glaces pour le dessert ? Je me sens d'humeur à faire un petit extra !

Dès qu'ils furent sortis, je me hâtai d'enlever ma robe pour que maman ne voie pas combien elle était froissée et commençai à préparer le dîner. Fern s'éveilla la première, cria pour que je vienne, et quand j'entrai dans la chambre pour la prendre, maman ouvrit les yeux. Des yeux vitreux, dans un visage tout enfiévré.

— Ah, Aurore ! Vous êtes tous rentrés ? demanda-t-elle en faisant un effort pour s'asseoir.

— Papa et Jimmy sont allés acheter des glaces. Je vois que tu ne vas toujours pas très bien, maman.

— Mais si, ma chérie. Je suis juste un peu fatiguée de m'être occupée de Fern. C'est un gentil bébé, mais elle use son monde. Comment s'est passée cette journée de classe ?

— Est-ce que tu as appelé le docteur ?

— J'ai fait mieux que ça. Je suis sortie acheter de quoi préparer ce remontant, dit-elle en désignant une bouteille sur sa table de chevet.

— Qu'est-ce que c'est ?

Je retournai entre mes mains le flacon plein d'un liquide sombre, avant de l'ouvrir pour l'approcher de mon nez. Je trouvai l'odeur infecte.

— C'est la recette de ma grand-mère, un mélange d'herbes et de toutes sortes d'ingrédients. Tu verras, je serai remise en un rien de temps. Mais assez parlé de moi, dis-moi plutôt comment ça s'est passé à l'école. Alors ? demanda-t-elle, un peu d'éclat et d'animation reparaissant dans ses yeux.

— C'était très bien, affirmai-je en me détournant pour qu'elle ne soupçonne pas mon mensonge.

Enfin, il y avait quand même eu du bon... Je reposai la bouteille et pris la petite Fern dans mes bras. Puis je parlai à maman de M. Moore et de quelques autres professeurs, sans toutefois mentionner Clara Sue Cutler, ni les autres filles, ni Philippe. Je n'avais pas fini mon récit quand maman ferma les yeux et porta les mains à sa poitrine. On aurait dit qu'elle avait du mal à respirer à fond.

— Maman ! m'écriai-je. Ou je reste à la maison pour m'occuper de Fern jusqu'à ce que ton médicament ait agi, ou tu vas chez le docteur.

— Ah non, ma chérie ! Tu ne vas pas manquer des jours de classe dans un nouveau collège à cause de moi ! Je serai tellement déprimée si tu restes que j'irai encore plus mal.

— Mais, maman...

Elle sourit et me prit la main droite, tandis que je soutenais Fern du bras gauche. Fern était toujours contente quand je la portais. Sucer son pouce en nous écoutant parler lui suffisait. Maman m'attira plus près d'elle, afin de pouvoir me caresser les cheveux.

— Tu es si jolie aujourd'hui, ma petite Aurore. Maintenant, écoute-moi bien. Je ne veux pas que tu t'inquiètes ni que tu te prives de quoi que ce soit à cause de moi. Je vais me remettre. J'ai passé par de plus mauvais moments que celui-là, ma chérie, crois-moi. Ton père vous a fait entrer dans une école très chic, où vous obtiendrez des avantages que nous n'aurions jamais espérés pour vous. Il n'est pas question que tu continues comme avant, aux dépens de tes études, insista-t-elle.

— Mais, maman...

Subitement, son regard s'assombrit, s'exalta, et son visage prit une gravité que je ne lui avais jamais vue. Elle pressa ma main jusqu'à me broyer les os, mais je ne la lui retirai pas. J'étais bien trop effrayée par le changement que j'observais en elle.

— Ta place est dans cette école, Aurore. Tu mérites cette chance.

Maman devint songeuse, comme si elle errait en pensée parmi de lointains souvenirs. La pression de ses doigts sur les miens ne faiblit pas un instant quand elle reprit d'un ton farouche, criant presque :

— Tu dois te faire des relations parmi les gens riches et distingués. Il n'y a pas un seul élève de ce collège qui vaille mieux que toi, Aurore, tu m'entends ?

— Mais, maman, les filles de cette école portent des vêtements comme je n'aurai même jamais l'occasion d'en essayer, elles parlent d'endroits ou je n'ai jamais été. On dirait qu'elles savent tant de choses ! Je ne serai jamais à ma place, parmi elles.

— Tu mérites les mêmes choses, Aurore. Ne l'oublie jamais.

En disant cela, maman resserra encore l'étau de ses doigts, m'arrachant un léger cri qui parut lui rendre ses esprits. Son regard s'éclaircit et elle lâcha ma main.

— Très bien, maman, tu as ma parole. Mais si tu ne guéris pas tout de suite...

— Je t'avais promis d'aller voir un bon médecin, alors j'irai. Je renouvelle ma promesse, affirma-t-elle en levant la main comme un témoin devant la Cour.

Mais en me voyant secouer la tête, elle sut que je ne la croyais pas et répéta en s'affalant sur l'oreiller :

— J'irai, j'irai ! Mais tu ferais mieux de faire manger la petite avant qu'elle ne te rappelle à l'ordre. C'est une vraie sirène d'alarme, quand elle s'y met.

Je serrai Fern contre moi et l'emmenai pour lui donner son repas. Quand papa et Jimmy rentrèrent, je leur appris à mi-voix que maman était au plus mal et un pli soucieux barra le front de papa : ses sourcils se touchèrent.

— Je vais lui parler, annonça-t-il.

Jimmy alla voir, lui aussi, puis il me rejoignit et resta planté là, sans rien dire, à me regarder nourrir Fern. Une vraie statue. C'était toujours comme ça quand il s'inquiétait pour maman.

— Elle est si pâle, Jimmy, si maigre et si faible ! Mais elle ne veut pas que je manque l'école pour m'occuper de Fern.

— Alors c'est moi qui resterai, dit-il entre ses dents.

— Elle serait encore plus fâchée, tu le sais bien.

— Bon, alors qu'est-ce qu'on va faire ?

— Voyons d'abord si papa peut la décider à aller chez un médecin.

Quand il revint, il nous apprit que maman s'était engagée à consulter si la potion ne faisait aucun effet.

— On est têtu, dans sa famille, expliqua-t-il. Une fois, son père a passé la nuit sur le toit de leur cabane, rien que pour attraper le pivert qui perforait les bardeaux tous les matins.

Papa réussit à nous dérider, mais j'allai régulièrement voir maman et, chaque fois, j'échangeais un regard inquiet avec Jimmy. Maman avait l'air d'une fleur qui se fane. Je remarquais toutes sortes de petits signes qui ne faisaient qu'accroître mon angoisse. Je sentis que si cela continuait, mes nerfs allaient craquer.

Le lendemain, j'eus la surprise de voir arriver Philippe devant mon vestiaire, juste avant la première sonnerie.

— Alors, c'est oui pour un petit tour en voiture ce soir ? chuchota-t-il à mon oreille.

J'y avais pensé toute la nuit. Ce serait la première fois que je sortirais en voiture avec un garçon.

— Où irions-nous ?

— Je connais un coin sur la colline d'où l'on domine la James River. On voit jusqu'à des kilomètres, c'est magnifique ! Je n'y ai jamais emmené personne parce que... je n'ai jamais rencontré quelqu'un qui saurait apprécier cet endroit comme toi. Enfin, jusqu'ici.

Je me perdis dans la douceur de ses yeux bleus. Je voulais aller là-bas, mais bizarrement, j'éprouvais le sentiment que ce serait comme trahir quelqu'un. Philippe lut mon hésitation sur mon visage.

— Il y a des choses qu'on sent, comme ça, dit-il. Je n'ai jamais demandé ça à aucune de ces filles blasées, parce que regarder simplement la nature ou le paysage ne présente aucun intérêt pour elles. Ce qu'elles veulent, c'est que je les invite dans un restaurant chic, par exemple. Ce n'est pas que je ne veuille pas t'y emmener, s'empressa-t-il d'ajouter. Simplement, j'ai pensé que tu saurais apprécier les mêmes choses que moi, de la même façon.

J'inclinai lentement la tête. Qu'est-ce que j'étais en train de faire ? Je ne pouvais pas l'accompagner comme ça, sans demander la permission à papa, et il fallait que je rentre pour aider maman à s'occuper de Fern. Et si Jimmy avait vu juste ? Si tout cela n'était qu'un piège manigancé par la sœur de Philippe et ses amies ?

— Il faut que je rentre tôt pour aider maman à préparer le dîner.

— Pas de problème, c'est à peine à quelques minutes d'ici. Alors, c'est oui ? Je te retrouve dans le hall central juste après la sonnerie.

— Je ne sais pas encore.

— On ferait mieux d'y aller, décida Philippe en s'emparant de mes livres. Viens, je t'accompagne.

De nombreux élèves se retournèrent sur notre passage, et j'eus droit aux sourires et aux saluts des amis de Philippe. Sur le seuil de ma classe, il me tendit mes livres :

— Alors ?

— Je ne sais pas. Je verrai.

— Voyons, ce n'est pas une demande en mariage, Aurore ! Enfin, pas encore.

J'eus le sentiment qu'il lisait en moi à livre ouvert et le cœur me manqua. Je n'avais pas pu m'empêcher de me monter la tête, cette nuit-là. Jusqu'au moment de trouver le sommeil, je m'étais forgé un conte de fées selon mes désirs. Philippe et moi, le couple idéal, nous jurions un amour éternel et nous fiancions. Nous allions vivre dans son hôtel, avec papa, maman et Fern. Jimmy lui-même venait parfois nous voir, car Philippe voulait faire de lui une sorte de directeur ou d'associé. A la fin, Philippe obligeait Clara Sue à servir chez nous comme femme de chambre.

— Je reviendrai à la charge toute la journée, me promit-il en s'éloignant.

Son regard bleu paraissait si sincère ! Non, ce ne pouvait pas être une plaisanterie, une mauvaise farce. Mon Dieu, implorai-je, faites que ce n'en soit pas une !

En me retournant pour entrer en classe, j'affrontai les visages étonnés des quelques filles qui m'avaient vue avec Philippe. Les yeux ronds comme des demi-dollars, Louise brûlait manifestement d'en savoir plus. Quant à moi, je cherchais à me faire une opinion.

— Il veut m'emmener faire un tour en voiture après les cours, finis-je par lui confier. Tu crois que c'est une suggestion de sa sœur ?

— De sa sœur ? Sûrement pas. Rien que de le voir t'adresser la parole, ça la rend malade.

— Alors j'irai peut-être, murmurai-je d'une voix songeuse.

— Ne fais pas ça, m'avertit Louise, mais je vis bien qu'elle bouillonnait d'excitation.

A chaque changement de classe, Philippe me faisait signe et répétait sa question :

— Et alors ?

Au cours de mathématiques, je venais juste de m'asseoir quand il passa la tête à la porte et me lança un regard interrogateur, le sourcil en pointe. Je ne pus m'empêcher de rire. Il s'empressa de disparaître dès que le professeur tourna la tête de son côté. Le seul incident désagréable eut lieu au changement de cours suivant. Clara Sue m'attendait à la porte de la classe, en compagnie de Linda. Elle m'étudia entre ses paupières serrées.

— D'après ce qu'on m'a dit, M. Moore penserait à toi comme soliste pour le concert ?

Mon cœur battit la charge.

— Et alors ?

— Moi aussi, je suis sur les rangs.

— Tant mieux pour toi. Et bonne chance ! lançai-je en entrant dans la salle.

Mais elle m'empoigna par l'épaule et me força à pivoter vers elle.

— Ne t'imagine pas que tout est arrivé parce qu'on t'a acceptée ici par charité. Un cas social, une assistée, voilà ce que tu es.

— Je ne suis pas une assistée !

Clara Sue m'inspecta des pieds à la tête et renifla d'un air dédaigneux.

— Cesse de te faire des illusions, Aurore. Ta place n'est pas ici. Tu détonnes. Tu n'es pas des nôtres, tu ne l'as jamais été et tu ne le seras jamais. Tu n'es qu'une pauvre petite miséreuse, née du mauvais côté de la barrière.

— Parfaitement, renchérit Linda. Une pauvre petite mendigote.

— Vous n'avez pas honte de me parler comme ça ! m'écriai-je, la rage au cœur, en refoulant les larmes qui me brouillaient la vue.

— Et pourquoi pas, contra Clara Sue, puisque c'est vrai ? Tu ne supportes pas la vérité, Aurore ? Eh bien, il est temps de t'y faire. Qui crois-tu tromper avec tes grands yeux de sainte nitouche ? (Elle ricana.) Si tu te figures que mon frère s'intéresse à toi, tu es loin du compte !

— Philippe m'aime bien. J'en suis sûre.

Clara Sue haussa un sourcil.

— Oh ça, je n'en doute pas.

Le ton ambigu de cette réponse ne me plut pas du tout.

— Ce qui veut dire ?

— Mon frère *adore* les filles comme toi, la preuve. Avec lui, en moins d'un mois, elles se retrouvent enceintes.

Linda s'esclaffa bruyamment. Je ripostai du tac au tac :

— Vraiment ? Eh bien, je lui ferai part de tes remarques.

Le sourire de Clara Sue s'évanouit, et pendant un instant elle parut complètement paniquée. Je la plantai là, sans lui laisser une chance de contre-attaquer, la laissant ruminer ses paroles venimeuses.

Au déjeuner, Philippe vint s'asseoir à la même table que Jimmy et moi et il se donna beaucoup de mal pour convaincre mon frère de se joindre à l'équipe de basket. Jimmy ne se montrait pas très chaud, mais je sentis peu à peu céder ses répugnances. Je savais qu'il adorait le basket-ball.

— Eh bien ? me demanda Philippe quand nous reprîmes le chemin des classes. Tu t'es décidée ?

J'hésitai, puis lui racontai ce qui s'était passé entre Clara Sue et moi dans la matinée. Sans répéter mot à mot ses paroles, mais seulement sa mise en garde contre lui.

— La petite garce ! Oui, c'est le seul qualificatif qui lui convienne. Attends un peu que je lui mette la main dessus.

— Non, Philippe. Elle m'en voudra encore plus et elle essaiera de me causer encore plus d'ennuis.

— Alors viens faire cette promenade avec moi !

— C'est du chantage, on dirait ?

— Tout juste, acquiesça-t-il en souriant. Mais c'est pour le bon motif.

J'éclatai de rire.

— Tu es sûr de pouvoir me ramener de bonne heure ?

— Certain. (Il leva la main.) Parole d'honneur.

— Très bien. Je demanderai à papa.

— Super ! Tu ne le regretteras pas, affirma-t-il.

Malgré tout, la situation me rendait si nerveuse que je faillis oublier de montrer ma guitare à M. Moore. Je marchais littéralement sur des nuages quand je gagnai ma place en salle de musique.

— Y a-t-il une guitare là-dedans ou ne serait-ce qu'un étui vide ? demanda M. Moore, voyant que je ne parlais pas de l'instrument.

— Pardon ? Oh, c'est une guitare, bien sûr !

Il rit et me demanda de jouer. Après quoi, il déclara que je me débrouillais très bien pour quelqu'un qui n'avait jamais pris de leçons. Encouragée par son regard plein de bonté, je lui révélai mes espoirs secrets.

— Je rêve d'apprendre le piano et d'en avoir un à moi un jour.

M. Moore se pencha en avant et, coudes appuyés sur le bureau, posa le menton sur ses mains croisées.

— Je vais vous dire mon idée. Il me manque un flûtiste. Si vous tenez cet emploi dans l'orchestre du collège, je consacrerai trois après-midi par semaine, après les heures de classe, à vous enseigner le piano.

Je faillis bondir de mon siège.

— Vous feriez cela ?

— Nous commençons demain. Marché conclu ?

Il me tendit la main par-dessus son bureau et je me levai pour la serrer.

— Oh oui !

Avec un grand sourire, il déclara qu'il m'attendrait dès le lendemain après le dernier cours en salle de musique. Je grillais d'impatience de descendre annoncer la nouvelle à papa, tout en craignant un peu d'en parler à Jimmy. Il n'apprécierait sans doute pas de devoir attendre papa tout seul dans son bureau, les jours de mes leçons. Mais il me réservait une surprise, lui aussi.

— J'ai décidé de participer aux compétitions intramuros de basket-ball. Un des garçons de mon cours de maths a besoin d'un nouvel équipier. Et au printemps, je pourrai commencer le cross-country.

— C'est merveilleux, Jimmy ! Cela peut nous permettre de nous faire des amis, finalement. Peut-être que nous sommes simplement mal tombés, hier.

— Je n'ai pas parlé de me faire des amis, attention. Simplement de tuer le temps deux fois par semaine.

Comme papa n'arrivait pas, je demandai à Jimmy de le prévenir que Philippe m'emmenait faire un tour et qu'il me reconduirait à la maison.

— Ça ne m'emballe pas de te voir fréquenter ce type.

— Il ne s'agit pas de le fréquenter, Jimmy. C'est juste une petite promenade.

— Ben, voyons ! commenta-t-il d'un air morne en se laissant tomber sur une chaise.

Je grimpai l'escalier quatre à quatre pour aller retrouver Philippe. Il avait une jolie voiture rouge, avec des housses moelleuses en mouton blanc. Il m'ouvrit la portière, fit un pas en arrière et s'inclina :

— Madame...

Je montai et il referma la porte lui-même. L'intérieur était encore plus joli que le dehors. Je laissai courir ma main sur la fourrure et contemplai le tableau de bord et la boîte de vitesses gainés de cuir noir.

— Quelle belle voiture, Philippe !

Il se glissa derrière le volant.

— Merci. C'est un cadeau d'anniversaire de ma grand-mère.

— Un cadeau d'anniversaire !

Sa grand-mère devait être fabuleusement riche, pour faire des cadeaux pareils... Philippe haussa les épaules, sourit d'un air faussement modeste, mit le moteur en marche et enclencha les vitesses. Nous étions partis.

— Comment as-tu découvert ce coin magnifique ? demandai-je tandis que nous nous éloignions dans la direction opposée au quartier que nous habitions.

— Oh, je suis simplement tombé dessus, un jour, en me promenant. Rouler, réfléchir en regardant le paysage... j'adore ça.

Il tourna pour quitter la grande artère que nous suivions et s'engagea bientôt sur une voie moins large, où les maisons se faisaient rares. Encore un tournant, et nous commençâmes à grimper à flanc de colline.

— Ce n'est plus très loin, m'annonça-t-il.

Grimpant toujours, nous dépassâmes quelques habitations, puis Philippe braqua pour prendre une route pratiquement déserte qui longeait un champ et pénétrait dans un bouquet d'arbres. Nous roulions sur un vrai chemin de terre, semé de cailloux.

— Alors tu as trouvé ce coin par hasard ?

— Hé oui.

— Et tu n'y as jamais amené aucune autre fille d'Emerson Peabody ?

— Non.

Mais je commençais à avoir des doutes.

Le bosquet franchi, nous débouchâmes dans une clairière. Il n'y avait plus trace de route mais Philippe continua à rouler sur l'herbe, jusqu'à ce que nous arrivions en haut de la colline d'où l'on découvrait la rivière. Il n'avait pas menti : le coup d'œil était spectaculaire.

— Alors ?

— Tu avais raison, Philippe ! m'écriai-je, émerveillée. C'est splendide.

— Et si tu voyais ça la nuit, avec toutes ces étoiles et les lumières de la ville ! (Il me décocha un sourire enjôleur.) Tu crois que nous pourrions sortir, un soir ?

— Je n'en sais rien, répondis-je précipitamment.

Mais un espoir se levait en moi. Cela ressemblerait tellement plus à un vrai rendez-vous... mon premier rendez-vous. Le bras posé sur le dossier de mon siège, Philippe se rapprocha de moi.

— Tu es très jolie, Aurore. Dès que je t'ai aperçue, je me suis dit : c'est la plus belle fille que j'aie jamais vue à Emerson Peabody. Il faut que je fasse sa connaissance au plus vite.

— Allons donc ! Il y a des tas de filles bien plus jolies que moi, à Peabody.

Je n'essayais pas de paraître modeste. J'avais vu tellement de filles ravissantes, avec des toilettes si luxueuses... Comment aurais-je pu soutenir la comparaison ?

— Pour moi, tu es la plus jolie, dit Philippe. Je suis heureux que tu sois venue dans notre école. Tu as déjà eu des amoureux ? reprit-il en m'effleurant l'épaule. (Je fis « non » de la tête.) Je ne peux pas le croire.

— C'est vrai. Nous ne restions jamais assez longtemps nulle part.

Il éclata de rire.

— C'est si drôle de t'entendre dire ça !

— Je n'essaie pas d'être drôle, Philippe. C'est vrai, répétai-je en ouvrant tout grands les yeux, afin de donner plus de poids à mes paroles.

— Mais oui, dit-il en glissant les doigts dans mes cheveux pour suivre du pouce la courbe d'une mèche. Tu as le plus mignon des petits nez.

Et il se pencha pour m'embrasser sur le bout du nez. La surprise me fit bondir en arrière.

— Je n'ai pas pu m'en empêcher, déclara-t-il tout en recommençant à se pencher sur moi.

Et cette fois, ce fut pour m'embrasser la joue. Je baissai les yeux vers sa main gauche, posée sur mon genou, et sentis un petit frisson courir le long de ma cuisse.

— Aurore, chuchota Philippe à mon oreille. Aurore, c'est fou ce que j'aime prononcer ton nom. Tu sais ce que j'ai fait, ce matin ? Je me suis levé avec le soleil, juste pour voir l'aurore.

— Ce n'est pas vrai.

— Mais si, affirma-t-il en approchant sa bouche de la mienne.

Je n'avais jamais embrassé un garçon sur les lèvres, sauf en rêve. La nuit précédente, je m'étais imaginée en train d'embrasser Philippe, et voilà que cela m'arrivait ! Je sentais crépiter des étincelles dans tout mon corps, j'avais les joues en feu. Et même des bourdonnements dans les oreilles ! Comme je ne lui résistais pas, Philippe m'embrassa encore, plus fort cette fois-ci. Et subitement, je me rendis compte que la main qui s'était posée sur mes genoux n'y était plus. Elle montait jusqu'à ma taille, jusqu'à ma poitrine... A l'instant où les doigts de Philippe s'arrondirent sur un de mes seins, je me rejetai en arrière et le repoussai. Ce fut plus fort que moi. Tout ce qu'on m'avait raconté sur lui me revenait brusquement en mémoire, et surtout... surtout les ignobles menaces de Clara Sue.

— Du calme, voyons. Je ne vais pas te faire mal.

Le cœur battant, je plaquai la main sur ma poitrine et pris une grande inspiration.

— Ça va ?

J'acquiesçai d'un signe.

— Tu n'avais jamais laissé un garçon te toucher, avant ?

Devant mon geste de dénégation, Philippe s'écarta un peu, l'air sceptique.

— Vraiment ?

— Non, je te le jure.

— Eh bien, tu as tout à apprendre, alors ! décréta-t-il en se rapprochant de moi, la voix câline. Allons, tu n'as aucune raison d'avoir peur... (Il plaqua la paume sur ma taille, et ses doigts commencèrent à s'élever le long de mon buste.) On ne t'a vraiment jamais embrassée comme ça ?

A nouveau, je fis signe que non.

— Pour de bon ? insista-t-il, et cette fois sa main encercla fermement mon sein. Laisse-toi aller, simplement. Voyons, à ton âge... tu ne voudrais pas être la seule fille de Peabody qui n'ait jamais été touchée ni embrassée comme ça, pas vrai ? J'irai tout doucement, d'accord ? souffla-t-il, gagnant peu à peu du terrain.

Je fermai les yeux, respirai à fond. Ses lèvres avaient repris possession des miennes.

— C'est ça, bien sage. Tu vois, ce n'est pas si terrible, chuchota-t-il en s'attaquant au premier bouton de ma blouse.

Je la sentis s'ouvrir, puis ce fut comme si une grosse araignée me courait sur la peau et se faufilait sous mon soutien-gorge. Quand le bout des doigts de Philippe atteignit le mamelon, la vague d'excitation qui monta en moi me laissa sans souffle. C'était impossible qu'il n'entende pas les battements fous de mon cœur !

— Non, protestai-je en le repoussant, je... Il vaudrait mieux rentrer. Je dois aider maman pour le dîner.

— Quoi ? Tu plaisantes ! Nous venons juste d'arriver !

Il me dévisagea longuement.

— Il n'y a pas déjà un autre garçon, au moins ?

— Oh non ! m'écriai-je, avec un tel sursaut que je faillis sauter en l'air.

Philippe sourit et promena l'index le long de ma clavicule. Son souffle chaud me balaya la joue.

— Tu reviendras ici avec moi, un autre soir ?

— Oui, capitulai-je aussitôt.

Il était si beau ! Et malgré mes craintes, ses caresses m'avaient totalement chavirée.

— Très bien, je te laisse t'échapper... pour cette fois, ajouta-t-il avec un petit rire. Tu es vraiment adorable, tu sais ça ?

Il me vola un baiser furtif, et son regard s'attacha sur l'échancrure de ma blouse. Je m'empressai de la reboutonner.

— En fait, je suis ravi que tu sois si timide, Aurore.

— C'est vrai ?

J'aurais cru le contraire. J'étais tellement moins à la page que les filles de Peabody qu'il connaissait...

— Tout ce qu'il y a de plus vrai. Il y a tant de filles si dessalées, maintenant ! Elles n'ont plus aucune fraîcheur, ni la moindre sincérité. Je veux être celui qui te fera découvrir ce que tu ignores, éprouver ce que tu n'as jamais éprouvé. Tu veux bien que ce soit moi, dis ? Tu veux bien ?

Ses yeux bleus m'imploraient, pleins de douceur. Et moi, je voulais découvrir ces choses inconnues, ces sensations nouvelles, devenir aussi adulte et avertie que ses autres amies d'Emerson Peabody.

— Oui.

— Bien. Mais ne va pas t'acoquiner avec d'autres garçons derrière mon dos, surtout !

— Quoi ? Jamais de la vie !

Il éclata de rire et reprit sa place au volant.

— Décidément, tu n'es pas comme les autres, Aurore. Et c'est très bien comme ça.

Tout en achevant de reboutonner ma blouse, je lui indiquai le chemin de la maison.

— Notre quartier n'est pas très appétissant, tu verras, mais c'est juste en attendant que papa trouve quelque chose de mieux.

— En effet, constata-t-il en lorgnant les façades que nous longions, et j'espère pour toi que ça ne va pas tarder. Tu n'as aucune famille en ville ?

— Non. Ma famille vit en Géorgie, ils sont tous cultivateurs. Mais il y a longtemps que nous ne les avons pas vus, nous voyageons tellement !

— Moi j'ai navigué un peu, çà et là. Mais l'été, quand la plupart des autres vont en Europe ou dans d'autres Etats, il faut que je reste à Cutler's Cove pour aider à l'hôtel.

Il eut un sourire déconfit et se tourna vers moi.

— En principe, c'est moi qui dois reprendre l'affaire en main, plus tard.

— C'est merveilleux, Philippe !

Il haussa les épaules.

— L'hôtel est dans la famille depuis des générations. Au début, c'était juste une auberge à matelots, à l'époque des baleiniers et de la grande pêche. Il en arrivait de tous les coins du monde. Notre grenier est bourré de tableaux et d'antiquités qui datent de mon trisaïeul. Notre famille fait partie des plus anciennes de la ville, les fameux « pères fondateurs ».

— Ce doit être fabuleux, un héritage pareil ! m'exclamai-je, avec un rien de nostalgie qu'il perçut dans ma voix.

— Et tes ancêtres, à toi, à quoi ressemblaient-ils ?

Que répondre à cela ? Pouvais-je lui dire que je n'avais jamais connu mes grands-parents, et encore moins su à quoi ils ressemblaient ? Et comment expliquer le fait qu'on n'a jamais vu ni entendu parler du moindre cousin, oncle, tante ou qui que ce soit ?

— Ils... ils étaient fermiers. Nous avions une grande exploitation avec des vaches, des poulets, des hectares et des hectares de terre, affirmai-je, tout en prenant soin de regarder par la fenêtre. Je me revois encore, juchée dans les bras de mon grand-père au sommet de la charrette à foin. Il tenait les rênes et Jimmy était étendu dans le foin, les yeux au ciel. Mon grand-père fumait une pipe de maïs et jouait de l'harmonica.

— Et voilà d'où viennent tes dons pour la musique !

— Oui, admis-je, continuant à broder sur ma trame imaginaire, au point d'en oublier qu'elle ne reposait sur rien. Il connaissait tous les chants d'autrefois et me les chantait l'un après l'autre, le long du trajet. Et aussi le soir, sous la véranda de la ferme, tout en fumant sa pipe et se balançant dans son rocking-chair, tandis que ma grand-mère faisait du crochet. Les poulets couraient en liberté dans la cour et quelquefois j'essayais d'en attraper un. Mais ils étaient toujours plus rapides que moi et mon grand-père éclatait de rire : il me semble que je l'entends encore.

— Moi je ne me souviens pas très bien de mon grand-père, en fait, et je n'ai jamais été très proche de ma grand-mère. Notre vie est beaucoup plus formaliste, à Cutler's Cove.

— Tourne ici, dis-je précipitamment, regrettant déjà mes mensonges.

— C'est la première fois que je raccompagne une fille.

— Ah bon ? C'est bien vrai, ça, Philippe Cutler ?

— Parole d'honneur. N'oublie pas que je viens juste d'avoir mon permis. D'ailleurs, je ne pourrais pas te mentir, Aurore. Va savoir pourquoi, mais j'aurais l'impression de me mentir à moi-même.

Il m'effleura la joue avec tant de douceur que je sentis à peine la caresse de son doigt. Mon cœur se serra. Philippe se montrait si prévenant, si sincère, et moi j'inventais des histoires sur ma famille inconnue. Beau résultat. Il trouvait sa vie familiale plus triste, maintenant, alors qu'elle valait certainement mille fois mieux que la mienne !

— C'est cette rue-là, indiquai-je en tendant le doigt.

Il tourna à l'angle de notre pâté de maisons et je surpris sa grimace quand il aperçut les parkings encombrés et les cours pleines de flaques.

— Notre immeuble est juste en face. Là où tu vois un camion rouge dans la ruelle. Merci, dis-je aussitôt qu'il se fut garé.

Il se pencha pour m'embrasser, et quand je m'inclinai vers lui, il plaqua de nouveau la main sur ma poitrine. Cette fois-ci, je ne reculai pas.

— Tu es vraiment délicieuse, Aurore. Alors c'est entendu, tu m'accorderas un autre petit tour en voiture, très bientôt ?

— Oui, murmurai-je d'une voix à peine audible en me hâtant de rassembler mes livres.

— Hé ! Laisse-moi ton numéro de téléphone !

— Nous n'avons pas encore le téléphone. Pas eu le temps de nous en occuper, ajoutai-je en voyant son regard perplexe.

Et je ne fis qu'un saut jusqu'à l'entrée, certaine qu'il n'était pas dupe de ce mensonge ridicule. Il ne voudrait plus jamais me revoir, maintenant. J'en aurais juré.

Je trouvai papa et maman assis à la table de la cuisine et Jimmy installé sur le divan. Plongé dans une bande dessinée, il lorgna furtivement par-dessus son livre. Et papa attaqua, d'une voix qui me fit sursauter :

— Où étais-tu passée ?

Je lui fis face. Son regard ne s'adoucit pas et je vis

reparaître sur ses traits cet air sombre et buté qu'il avait quelquefois. Mon cœur se mit à cogner contre mes côtes.

— Je suis sortie faire un tour en voiture. Mais je suis rentrée à temps pour m'occuper de Fern et du dîner, précisai-je, sur la défensive.

Maman sentit le danger et tenta d'endiguer la fureur de papa.

— Cela ne nous plaît pas du tout que tu commences déjà à sortir avec des garçons, Aurore, voilà tout.

— Mais pourquoi, maman ? Je suis sûre que toutes les filles de mon âge le font, à Emerson Peabody !

— Là n'est pas la question ! aboya papa. Je ne veux plus te voir traîner en voiture avec ce garçon.

Son beau visage fulminait de rage. L'esprit en déroute, je cherchai désespérément à comprendre la raison d'une telle colère.

— Je t'en prie, Aurore...

La protestation de maman s'acheva dans une quinte de toux qui la laissa hors d'haleine. Je coulai un regard vers Jimmy mais il avait levé son livre, qui faisait écran entre nous.

— Très bien, maman.

— Voilà ce que je voulais entendre, Aurore. Et maintenant, dînons !

Les mains de maman tremblaient, mais était-ce à cause de sa toux ou de la tension ambiante ? Il me fut impossible d'en décider.

— Tu es rentré de bonne heure ? demandai-je à papa.

Moi qui espérais arriver la première, même avant Jimmy !

— Je suis parti un peu plus tôt, mais c'est sans importance, déclara-t-il à ma plus grande surprise. Ce travail ne m'emballe pas autant que je l'imaginais.

D'où venait ce dégoût subit pour le collège ? Avait-il découvert ce que les filles m'avaient fait subir ? Apparemment, il était retombé dans une de ses crises d'humeur noire.

— Tu as eu des mots avec Mme Turnbell, papa ?

— Non, c'est simplement que le travail est plus lourd que je croyais. Je ne sais pas. On verra.

Lui qui semblait calmé depuis qu'il avait cet emploi à Emerson Peabody, voilà que ça le reprenait ? Ce revirement m'effraya.

Ce soir-là, quand j'eus couché Fern et que papa et maman furent allés se coucher, Jimmy se glissa sous les couvertures et se tourna vers moi.

— Ce n'est pas ma faute si ta promenade avec Philippe les a mis dans cet état-là, je t'assure. (Son regard sombre me suppliait de le croire.) J'ai juste dit à papa que vous sortiez, et il a tout lâché pour rentrer comme un fou à la maison. Je te le jure.

— Je te crois, Jimmy. Je pense qu'ils se font du souci, c'est tout. Nous avons déjà eu assez d'ennuis comme ça.

— Pour tout dire, je me passerais bien de te voir faire ces petites sorties avec Philippe. Tous ces richards sont tellement pourris, ils obtiennent toujours ce qu'ils veulent ! déclara-t-il d'un ton amer, les yeux rivés aux miens.

— Il y a beaucoup de gens pauvres qui ne valent pas mieux, Jimmy.

— Mais au moins, ils sont excusables, eux !... Fais attention à toi, Aurore.

Jimmy me tourna le dos et s'écarta de moi, autant qu'il est possible de le faire quand on partage le même lit.

Je mis un temps fou à m'endormir. J'étais obsédée par l'idée de ne plus pouvoir sortir avec Philippe, même pour un tour en voiture. Et si Jimmy n'avait pas été couché près de moi, cherchant le sommeil, j'aurais laissé mon chagrin s'épuiser à force de larmes.

Pourquoi devais-je être privée de la seule chose que je désirais ? C'était révoltant. J'avais déjà dû me passer de tant de choses, fait tant d'efforts pour rendre ma famille heureuse, voir apparaître un sourire sur le visage de papa ! Fallait-il qu'ils me prennent cela, après tout le reste ?

Philippe n'était pas comme les autres. Notre baiser, ses lèvres s'approchant des miennes, le bleu profond de son regard, ce feu qui m'embrasait les joues... et cette soudaine exultation de tout mon corps, quand ses doigts m'avaient effleuré les seins ! Je revécus chaque instant, chaque détail. Rien qu'en y pensant, je m'enflammais à nouveau et me retrouvais en pleine transe.

Etre avec lui là-haut, dans sa voiture garée sur la colline, sous les étoiles, avec les lumières de la ville à nos pieds ! J'aurais trouvé cela fantastique. Je fermai les yeux et nous imaginai tous les deux, dans le noir. Il se rapprochait, ses mains se posaient sur ma poitrine, ses lèvres sur les miennes. L'évocation fut si vivace qu'une vague de chaleur me parcourut, comme si je me laissais lentement glisser dans un bain tiède. Quand elle atteignit mon cou, un gémissement m'échappa, nettement audible. Mais je ne m'en aperçus que lorsque Jimmy demanda :

— Quoi ? Qu'est-ce que tu dis ?

— Rien, rien du tout ! répondis-je précipitamment.

— Ah bon. Eh bien, bonne nuit, alors.

— 'soir, Jimmy...

Sur ce, je me retournai pour tenter de trouver l'oubli dans le sommeil.

5

Jimmy a des problèmes

Le lendemain matin, Philippe arriva très en avance au collège, afin d'avoir le temps de me voir avant la ruée générale. Papa alla droit au gymnase, où il avait une réparation à faire dans l'installation électrique. Et Jimmy et moi nous rendîmes dans son bureau, comme d'habitude. Nous y étions depuis quelques minutes à peine quand Philippe se montra sur le seuil, tout souriant devant nos regards étonnés.

— Bonjour ! Je dois aller à la bibliothèque, ce matin, alors je suis passé voir si vous étiez là.

Excuse un peu mince, que Jimmy réduisit aussitôt à néant.

— La bibliothèque n'ouvre pas si tôt que ça.

— Quelquefois, si.

— Je dois y aller aussi, annonçai-je en me levant. Je t'accompagne. A tout à l'heure, Jimmy.

Et, sous l'œil courroucé de mon frère, je suivis Philippe au rez-de-chaussée.

— J'ai beaucoup pensé à toi, hier soir, Aurore. J'avais sans arrêt envie de t'appeler pour savoir comment tu allais. Vous allez bientôt avoir le téléphone ?

Je pivotai pour le regarder bien en face.

— Non, Philippe, ça m'étonnerait. Jimmy m'en voudrait à mort s'il savait que je t'en parle, mais je veux être franche avec toi. Ma famille est très pauvre. Et si nous avons été admis dans ce collège, c'est uniquement parce que mon père y travaille. Voilà pourquoi je suis si mal habillée, et pourquoi Jimmy n'a qu'une salopette et une chemise sur le dos. Il est obligé de porter la même au moins deux fois par semaine, et je dois tout laver à mesure. Et ce n'est pas seulement pour un moment que nous habitons dans ce quartier horrible ! Je n'ai jamais été aussi bien logée de toute ma vie, achevai-je, au bord des larmes.

Et je hâtai le pas pour m'éloigner, mais Philippe me retint par le bras et m'obligea à me retourner.

— Mais je savais déjà tout ça, voyons !

— Ah oui ?

— Bien sûr. Tout le monde sait pourquoi vous êtes à Peabody.

— Tout le monde ? Mais oui, admis-je avec amertume, dans un éclair de lucidité. Forcément. Et je suis sûre que nous faisons marcher les langues, surtout celle de ta sœur.

— Je ne m'occupe pas des ragots. Et cela m'est égal que ton père soit riche ou pas, et que tu sois ici parce qu'il y travaille. Je suis content que tu y sois, c'est tout. Quant à savoir si tu es à ta place, laisse-moi te dire que oui. Plus qu'un bon nombre de ces petits coqs en pâte. Je sais que beaucoup de profs t'apprécient, à commencer par M. Moore. Il est aux anges d'avoir une élève aussi douée ! conclut Philippe, les yeux brillants d'ardeur et de conviction.

Il semblait si sincère, si résolu ! Je me sentis fondre sous son regard plein de douceur.

— C'est très gentil, mais tu dis ça pour me remonter le moral.

— Pas du tout ! se défendit-il en souriant. C'est la pure vérité. Que je sois changé en statue de chocolat si je mens !

J'éclatai de rire.

— Ah, j'aime mieux ça ! Tu es toujours si sérieuse... c'est un tort. (Il jeta un coup d'œil alentour et se rapprocha de moi, pressant littéralement son corps contre le mien.) Alors, à quand notre prochaine promenade ?

— Je ne pourrai plus sortir avec toi, Philippe.

Il m'en coûta beaucoup de le dire, mais je ne pouvais pas désobéir à mes parents.

— Et pourquoi pas ? (Le regard de Philippe s'aiguisa.) Ma sœur ou une de ses amies t'auraient-elles mis en garde contre moi, par hasard ? En tout cas, tout ce qu'elles ont pu te raconter n'est que mensonge, ajouta-t-il précipitamment.

Je baissai les yeux.

— Non, il n'est pas question de ça. J'ai dû promettre à papa et à maman de ne plus sortir avec toi.

— Tiens donc, et pourquoi ça ? Quelqu'un aurait-il parlé de moi à ton père ?

— Il ne s'agit pas de toi, Philippe. Ils me trouvent trop jeune, et pour l'instant, je ne veux pas m'opposer à leur décision. Nous avons déjà assez de problèmes comme ça.

Il me dévisagea avec attention et brusquement, ses traits s'illuminèrent : il refusait de s'avouer battu.

— Très bien, alors. J'attendrai la permission de tes parents. Ou peut-être que j'irai parler à ton père.

— Oh non, je t'en prie, pas ça ! Je ne veux être une cause de souci pour personne, surtout pas pour lui.

J'avais beau protester, une part de moi-même souhaitait cette solution. Cela me flattait tellement qu'il s'obstine et ne veuille rien entendre ! Il était mon champion, mon chevalier en armure étincelante, venu pour m'emporter au galop vers le couchant et m'offrir tout ce dont j'avais rêvé.

— Entendu, ne t'inquiète pas. Je n'irai pas lui parler si tu n'y tiens pas.

— Mais même si papa me le défend pour l'instant, je veux que tu saches que pour moi, c'est oui d'avance ! débitai-je tout d'une traite.

Je ne voulais pas perdre Philippe. Il était en train de prendre dans ma vie une place à part, qui comptait déjà beaucoup pour moi. Et la lueur d'espoir que je vis briller dans ses yeux me fit chaud au cœur. Puis nous entendîmes les portes s'ouvrir : les premiers élèves arrivaient.

— Il faut que j'aille me documenter pour mon exposé trimestriel, annonça Philippe avec un regard en direction de la bibliothèque. Comme tu vois, je ne mentais pas tout à fait. A plus tard !

En s'éloignant à reculons, il heurta le mur, ce qui nous fit rire aux éclats. Puis il partit à grands pas vers la bibliothèque et je me retournai, face à l'entrée. C'était la ruée, je cherchai Louise dans la foule. En la voyant me saluer de la main, j'attendis : elle se précipita sur moi.

— Tout le monde parle de toi ! lança-t-elle, son visage blême et taché de son tout rouge d'excitation.

— Ah ?

— Tout le collège sait que tu es sortie en voiture avec Philippe après la classe. Il n'est question que de ça dans les pavillons, Linda vient de me le dire.

A l'idée que toutes ces filles de famille papotaient à mon sujet, mon cœur s'emballa comme une locomotive.

— Et que dit-on, au juste ?

Par-dessus son épaule, Louise coula un regard vers la cohue des arrivants et me désigna les lavabos des filles. Je l'y suivis.

— Je ferais peut-être mieux de garder ça pour moi...

— Bien sûr que non. Pas si tu prétends être mon amie, en tout cas. Les amies ne se font pas de cachotteries. Elles s'entraident.

— Clara Sue raconte partout que son frère ne se serait jamais intéressée à une fille de ton milieu, si pauvre et tout ça, s'il n'avait pas appris que tu avais une certaine réputation...

— Une réputation ? Quel genre de réputation ?

— Celle de tout permettre aux garçons, dès le premier rendez-vous, finit par admettre Louise en se mordant la lèvre comme pour se punir d'avoir parlé. D'après elle, tu as laissé son frère aller jusqu'au bout, hier soir. Et il paraît qu'il s'en est vanté.

A la façon dont Louise m'épiait, je vis bien qu'elle accordait plus ou moins foi à ces ragots. Je m'indignai :

— C'est un mensonge éhonté, répugnant !

Louise se contenta de hausser les épaules.

— Linda et les autres colportent la même histoire, maintenant. Désolée, mais il fallait que tu le saches.

— Je n'ai jamais connu de fille plus ignoble que Clara Sue Cutler ! m'écriai-je, les traits convulsés de rage.

J'en avais conscience, mais je n'y pouvais rien. Le monde avait brusquement changé de couleur. L'instant d'avant si clair et si beau, empli de chants d'oiseaux, baignant dans la douceur du ciel transparent, aux nuages d'un blanc si pur que leur seule vue vous inondait de joie de vivre... Et d'un seul coup, c'était l'orage. La grisaille qui délayait le bleu du ciel, le souillait, noyait et le soleil et les rires et la joie.

— Elles veulent que je t'espionne, susurra Louise. Linda vient juste de me le demander.

— M'espionner ? Comment ça ?

— Leur raconter tout ce que tu m'auras dit, les choses que tu fais avec Philippe, quoi ! Mais jamais je n'irais leur répéter ce que tu m'auras confié, tu penses ! Tu vois que tu peux avoir confiance en moi, conclut Louise.

Mais je n'en étais pas convaincue. M'avait-elle rapporté les propos des autres pour m'aider, sincèrement, ou parce qu'elle souhaitait me voir souffrir ? Jimmy avait raison, au sujet des riches. Ces filles gâtées, pourries d'argent, formaient un véritable clan, comme je n'en avais jamais connu dans les autres écoles. Elles avaient du temps à perdre en commérages, et elles exsudaient la jalousie par tous les pores. On avait le regard plus acéré qu'ailleurs, à Peabody. Chacun semblait particulièrement conscient de sa tenue vestimentaire et encore plus de celle d'autrui. Les filles ont toujours été fières de leurs jolies toilettes et de leurs bijoux, bien sûr, et cela n'importe où. Mais ici, elles se pavanaient davantage. Et si l'une d'elles portait quelque chose de spécial, les autres essayaient immédiatement de trouver mieux.

Sur le chapitre de la toilette et des bijoux, je ne pouvais pas rivaliser avec elles. C'étaient donc forcément les attentions de Philippe envers moi qui les tracassaient à ce point. Car elles avaient beau faire. Malgré leurs vêtements ultra-chics et leurs bijoux éblouissants, il les ignorait complètement.

— Alors, s'enquit Louise, que s'est-il passé hier soir ?

— Rien. Il s'est montré extrêmement correct. Il m'a emmenée faire un tour, m'a montré un très joli point de vue et m'a raccompagnée chez moi.

— Et il n'a pas essayé... de faire quoi que ce soit ?

— Non, répliquai-je en détournant les yeux. (Pas pour longtemps, ce qui me permit de constater la déception de Louise.) Alors, Clara Sue ferait mieux de tenir sa langue.

— Elle a honte que son frère aime une fille comme toi, voilà tout, laissa tomber Louise d'un air détaché.

Une fille comme moi... On pouvait donc vous rabaisser plus bas que terre, uniquement parce que vos parents n'étaient pas riches ? C'était ignoble. D'ailleurs, Clara Sue pouvait mettre fin à ses commérages, puisque mon père m'avait interdit de sortir avec Philippe. J'étais sur le point de le dire à Louise, quand la cloche sonna. Je n'en eus pas le temps.

— Oh, non ! m'exclamai-je. Nous allons être en retard !

— Ne t'en fais donc pas. Je n'ai jamais été en retard, jusqu'ici. Cette vieille Tournevis ne va pas nous mettre en retenue pour si peu.

— Nous ferions mieux d'y aller quand même, insistai-je en allant ouvrir la porte.

Louise s'arrêta sur le seuil et m'observa, les cils à demi baissés sur ses yeux couleur d'eau pâle.

— Je te dirai ce qu'elles raconteront sur toi, si tu veux.

— Cela m'est bien égal, prétendis-je. Elles ne méritent pas qu'on s'occupe d'elles.

Et je me hâtai le long du couloir, Louise trottinant bruyamment dans mon sillage. Moi qui m'étais sentie le cœur si léger, j'avais l'impression d'avoir une pierre dans la poitrine.

— Vous êtes en retard, mesdemoiselles, constata M. Wengrow à notre entrée en classe.

— Je suis désolée, monsieur, répondis-je la première. Nous étions aux lavabos...

— En train de papoter et vous n'avez pas entendu sonner, acheva-t-il à ma place.

Louise s'empressa de gagner son pupitre et je me glissai derrière le mien. M. Wengrow nota quelque chose dans son registre, puis abattit sa règle graduée sur son bureau. C'était le signal des annonces matinales. Une autre journée de classe à Emerson Peabody venait de commencer. Beau début ! J'étais déjà malade comme si j'avais passé des heures sur le grand huit.

Au beau milieu du cours de sciences sociales, le troisième de la matinée, je fus convoquée chez Mme Turnbell. Sa secrétaire me foudroya du regard et m'ordonna sèchement de m'asseoir. Je dus attendre dix bonnes minutes, à me demander pourquoi j'avais été appelée d'urgence si la directrice ne pouvait pas me recevoir. Je perdais un temps précieux à rester là, sans rien faire. Finalement, la sonnette grésilla et la secrétaire me dit d'entrer.

Penchée sur son bureau, Mme Turnbell écrivait. Elle ne prit même pas la peine de lever la tête. Il me fallut encore attendre quelques minutes, debout et serrant mes livres dans mes bras. Puis, toujours sans me regarder ni cesser d'écrire, la directrice me fit signe de prendre un siège en face d'elle. Un long moment s'écoula encore avant que ses yeux gris et froids ne se lèvent de ses paperasses, puis elle se carra dans son fauteuil.

— Pourquoi étiez-vous en retard à l'accueil ? s'enquit-elle sans autre préambule.

— Oh ! Je parlais à une amie, dans les lavabos, et nous étions tellement absorbées par la conversation que j'ai perdu la notion du temps. Mais dès que j'ai entendu la deuxième sonnerie, je me suis dépêchée de...

— C'est le deuxième problème que j'ai avec vous. Deux coup sur coup, cela passe la mesure.

— Il n'y a pas de problème, madame Turnbell. Je...

— Savez-vous que depuis votre entrée dans cette école, votre frère s'est déjà présenté deux fois en retard ? aboya-t-elle.

Je secouai la tête.

— Et maintenant, c'est vous.

— Cela ne m'était jamais arrivé, jusqu'ici.

— Jamais ? répéta-t-elle en haussant un sourcil brun et quelque peu touffu, l'air incrédule. En tout cas, ce n'est pas ici que vous allez commencer à prendre ces mauvaises habitudes. Ce n'est vraiment pas l'endroit, appuya-t-elle.

— Non, madame. Je suis désolée.

— Je crois vous avoir expliqué nos règles de conduite le premier jour, à tous deux. Dites-moi, mademoiselle Longchamp, me suis-je exprimée assez clairement ? Je vous rappelle, enchaîna-t-elle sans me laisser l'occasion de répondre, que si nous avons accepté la charge et la responsabilité que vous représentez, votre frère et vous, c'est uniquement parce que votre père est employé chez nous.

Ces mots cinglants faillirent m'arracher les larmes qui me brûlaient déjà les yeux. Mais elle n'en avait pas terminé.

— Quand on rencontre chez un frère et une sœur les mêmes habitudes fâcheuses, il n'est pas difficile de comprendre que cela provient de leur milieu social.

— Mais nous n'avons pas de mauvaises habitudes, madame Turnbell. Nous...

— Pas d'impertinence ! Mettriez-vous mon jugement en doute ?

— Non, madame Turnbell, admis-je en me mordant la lèvre pour éviter d'en dire plus.

— Vous êtes consignée. Vous vous présenterez en permanence immédiatement après la classe.

— Mais...

— Quoi encore ? grinça-t-elle, le regard menaçant.

— J'ai une leçon de piano avec M. Moore, après les cours, et...

— Eh bien vous la manquerez, et ne vous en prenez qu'à vous. Maintenant, retournez en classe.

Un peu plus tard, en me rendant à la cafétéria, j'aperçus Louise.

— Que s'est-il passé ? voulut-elle savoir.

— J'ai récolté une retenue pour mon retard de ce matin, me lamentai-je.

— Quoi ? Une retenue pour un seul retard ? (Elle agita la tête, l'air impressionnée.) Alors ça va être mon tour ! Bien que...

— Que quoi ?

— Clara Sue et Linda sont arrivées deux fois en retard, cette semaine, et Tournevis ne les a même pas convoquées. Le blâme, c'est au bout de trois fois, d'habitude.

— Elle a dû me compter les deux retards de mon frère, commentai-je avec amertume.

Philippe m'attendait à l'entrée de la cafétéria, et il remarqua ma mine abattue. Je lui racontai mes malheurs.

— C'est trop injuste ! s'indigna-t-il. Tu devrais peut-être envoyer ton père lui parler.

— Ah non, je ne lui demanderai jamais ça. Et si elle se mettait en colère et le renvoyait ? Ce serait ma faute !

Philippe haussa les épaules.

— C'est quand même injuste. Au fait... (il baissa les yeux vers le sac en papier que je tenais à la main... quel délicieux sandwich as-tu préparé, aujourd'hui ?

Mon sac ne contenait qu'une pomme, happée au passage avant de sortir. Fern s'était réveillée plus tôt que d'habitude, et entre son biberon, sa toilette et le déjeuner, j'avais complètement oublié les sandwiches. Je ne m'en étais souvenue qu'au moment de partir, et pour éviter de mettre papa en retard je n'en avais fait qu'un pour Jimmy, à toute vitesse. Pour moi, j'avais simplement fourré une pomme dans un sac.

— Je... je n'ai qu'une pomme, aujourd'hui.

— Quoi ? Tu ne peux pas te contenter de ça comme repas. Laisse-moi t'offrir à déjeuner.

— Ah non ! D'ailleurs je n'ai pas beaucoup d'appétit et...

— S'il te plaît. Je n'ai jamais invité de fille à déjeuner. C'est toujours elles qui m'invitent, s'esclaffa-t-il, et plutôt deux fois qu'une ! Puisque je n'ai plus le droit de t'emmener faire un tour, permets-moi au moins ça ?

— Bon, d'accord... mais juste pour une fois.

Nous repérâmes une table un peu à l'écart avant de prendre notre tour dans la file d'attente. Les voisines de Louise et les étudiantes les plus âgées nous dévisagèrent avec curiosité, en particulier Clara Sue et sa clique. Je la vis branler du chef et chuchoter. Ironie du sort, la présence de Philippe à mes côtés ne pouvait que donner corps aux calomnies qu'elle répandait sur mon compte. En approchant de la caisse, je savais qu'elles avaient toutes les yeux rivés sur nous. Le fait que Philippe payât pour moi n'échapperait à personne, et Clara Sue en ferait des gorges chaudes. Rien que d'y penser, les mains me démangeaient de lui crêper le chignon, à cette tête à claques aux cheveux jaunes !

Quand nous eûmes pris place à table et attaqué le repas, Philippe revint à la charge.

— Donc, aucun espoir pour nos petites sorties ?

— Mais puisque je t'ai dit...

— Oui, je sais, je sais. Alors voilà ce que je te propose. Ce soir, vers sept heures, je t'attendrai tout près de chez toi. Trouve un prétexte pour sortir. Que tu dois étudier avec une amie, par exemple. Tes parents n'y verront que du feu et...

— Je ne leur mens jamais, Philippe.

— Ce ne sera pas vraiment un mensonge. Nous étudierons bien certaines choses ensemble, non ? Qu'en penses-tu ?

Je secouai la tête.

— Je ne peux pas. S'il te plaît, ne me demande pas de mentir.

Il n'eut pas le temps de répondre. Attirés par un brouhaha soudain, nous nous retournâmes du côté de Jimmy. Quelques étudiants s'étaient rassemblés pour venir lui parler, et leurs propos n'avaient pas dû lui plaire : il était hors de lui. Une fraction de seconde plus tard, il bondissait de sa chaise pour tomber à bras raccourcis sur un groupe d'élèves plus grands et plus forts que lui. Toute la cafétéria retint son souffle.

— Ils sont toute une bande contre lui ! s'indigna Philippe, sautant sur ses pieds pour se jeter dans la mêlée.

Quelques professeurs accoururent. Plusieurs membres du personnel contournèrent le comptoir. Quelques instants suffirent pour ramener le calme, mais pour moi ils durèrent une éternité. Tous les combattants furent vigoureusement entraînés au-dehors, au moment même où la sonnerie annonçait la reprise des classes.

Pendant presque tout l'après-midi, je fus sur des charbons ardents. A chaque changement de cours, j'allais jeter un coup d'œil du côté du bureau directorial, et je n'étais pas la seule. Louise, l'informatrice irremplaçable, découvrit que quatre garçons dont Philippe et Jimmy avaient été convoqués au bureau. Mme Turnbell les interrogeait un à un, tandis que les autres attendaient dehors. Et papa aussi avait été sommé de comparaître !

A la fin de la journée, le verdict tomba. Tous les garçons, sauf Jimmy, étaient consignés pour tapage et désordre à la cafétéria. Déclaré seul responsable de l'incident, Jimmy était renvoyé pour trois jours et soumis au régime probatoire. Il me restait dix minutes avant de me rendre en permanence. J'en profitai pour aller aux nouvelles et descendis quatre à quatre au bureau de papa. J'étais à peine arrivée au sous-sol que je l'entendis hurler :

— Renvoyé, mon fils ! Et de quoi je vais avoir l'air, moi ? Comment est-ce que je vais me faire respecter, maintenant ? Mes hommes vont rire derrière mon dos, oui !

— Ce n'était pas ma faute, protesta Jimmy.

— Pas ta faute ? Tu t'attires toujours des histoires. Alors ce n'est pas ta faute, hein ? On vous fait la faveur de vous accepter, Aurore et toi...

— Je n'appelle pas ça une faveur ! riposta Jimmy.

Une gifle sonore lui cloua le bec. Il bascula en arrière, m'aperçut, regarda papa... et passa devant moi pour disparaître en courant.

— Jimmy !

Je m'élançai derrière lui mais il ne s'arrêta pas avant d'avoir atteint la sortie.

— Où vas-tu ?

— Je prends la porte, et pour de bon ! rugit-il, le visage cramoisi. Je savais que cette boîte ne valait rien. Je la déteste. *Je la déteste !* vociféra-t-il de plus belle.

Et il se précipita au-dehors.

— Jimmy !

Il ne se retourna pas, et moi je n'avais plus le temps de rien y faire. Pas question d'être en retard pour ma retenue, surtout après ça. En proie à un sentiment d'impuissance et de frustration tel que je n'en avais jamais connu, je me hâtai vers le lieu de ma punition, la tête basse. Et sans même essayer de retenir mes larmes.

Tout avait si bien commencé — la musique, le piano, Philippe... et voilà que tout m'échappait d'un coup. Mes jolies bulles de savon éclataient toutes à la fois, me laissant seule avec mon chagrin.

Sitôt ma punition finie, je courus rejoindre papa. Espérant le trouver calmé, j'entrai sur la pointe des pieds. Il était assis derrière son bureau, le dos à la porte, et contemplait le mur.

— Papa ?

Il pivota, et je m'efforçai de jauger son humeur.

— Je suis désolée pour ce qui s'est passé, papa, mais nous n'étions pas les seuls coupables. Mme Turnbell n'attendait qu'une occasion de nous punir. Elle ne nous a jamais aimés. Tu as bien dû t'en apercevoir, le premier jour ?

— Oh, je sais bien qu'elle ne vous a acceptés qu'en grinçant des dents, Aurore, mais ce n'est pas la première fois que Jimmy fait du grabuge. Et il est arrivé en retard en classe, il a répondu à certains professeurs ! On a beau faire n'importe quoi pour lui, ça finit toujours mal, apparemment.

— Les choses sont plus difficiles pour Jimmy, papa. Il n'a jamais mené une vraie vie d'étudiant, avant, et ces petits snobs lui en ont fait voir de toutes les couleurs. Je t'assure. Et s'il a tout supporté jusqu'ici, stoïquement, c'est simplement pour te faire plaisir... et à moi aussi, achevai-je.

Jamais je n'aurais osé dire à papa ce que certaines de ces harpies me faisaient subir. Il ne parut pas convaincu.

— Possible, je n'en sais rien. Il sera toujours du mauvais côté, j'en ai peur. Il tient ça de mon frère Reuben. Aux dernières nouvelles, il était en prison, celui-là.

— En prison ? Et pourquoi ? m'écriai-je, abasourdie par cette révélation.

Papa n'avait jamais mentionné ce Reuben.

— Pour vol. Il n'a jamais su se tenir tranquille.

— Il est plus vieux ou plus jeune que toi, papa ?

— Plus vieux d'un an et quelques. D'ailleurs Jimmy lui ressemble, et quand il fait la tête, c'est lui tout craché. Ah, ça promet !

— Jimmy ne sera pas comme Reuben ! protestai-je. Il

n'a pas mauvais fond. Il veut s'améliorer et réussir en classe, je le sais. Il faut seulement qu'on lui laisse une chance. Je peux lui parler et le convaincre d'essayer encore une fois, tu verras.

— Je n'en sais rien, grommela papa en se levant avec effort, franchement rien. J'aurais jamais dû venir ici. Ça nous a porté malheur.

Je le suivis, en proie à des pensées moroses. Peut-être que ça portait malheur de viser trop haut. Peut-être étions-nous voués à la misère, condamnés à regarder passer les heureux de ce monde ; à rêver, le nez collé aux vitrines, et à tirer sans cesse le diable par la queue. Peut-être était-ce notre destin, le mauvais sort... et nous n'y pouvions rien.

— Comment se fait-il que tu ne m'aies jamais parlé de Reuben, papa ?

— Oh, lui ! Avec ce don qu'il a pour se fourrer dans le pétrin, j'ai préféré le rayer de ma mémoire, expliqua-t-il un peu trop vite.

Dehors, il faisait un temps affreux, tel que je n'en avais pas vu depuis longtemps. Sur le ciel d'un gris plombé, deux couches de nuages se chevauchaient, les plus rapides courant sous les autres, épais et lourds. Le vent glacé se faisait de plus en plus mordant.

— Ça sent la pluie, et même une pluie rudement froide, annonça papa en démarrant. Vivement le printemps !

— Quand as-tu appris ce qui était arrivé à ton frère, papa ?

— Oh, il doit y avoir deux ans de ça, répliqua-t-il d'un air détaché.

Deux ans ? Comment était-ce possible ? Nous étions loin de la famille, à ce moment-là. Et pour ce que j'en savais, les fermiers du Sud n'avaient pas les moyens de s'offrir le téléphone. Et en tout cas, pas plus que nous.

— Est-ce qu'ils ont le téléphone à la ferme, papa ?

— Le téléphone ? s'esclaffa-t-il. Pas de danger ! Ils n'ont même pas l'eau courante, ni l'électricité. Il y a une pompe à main pour la maison, si on peut appeler ça une maison, et des cabinets à l'extérieur. Le soir, on s'éclaire à la lampe à huile. Il y en a même qui croient que le téléphone est une invention du diable, ces ploucs ! Ils n'ont jamais tenu un combiné en main, et ils n'ont pas envie d'essayer.

— Alors comment as-tu appris ce qui était arrivé à ton frère il y a deux ans, papa ? Tu as reçu une lettre ?

— Une lettre ? Sûrement pas ! Ils savent tout juste écrire leur nom, tous autant qu'ils sont.

— Alors comment as-tu su, pour Reuben ?

Comme il se taisait, je crus qu'il n'avait pas l'intention de répondre et j'ajoutai :

— Tu n'es pas retourné là-bas sans nous, dis, papa ?

Au regard qu'il me jeta, je sus que j'avais touché juste.

— Tu deviens très futée, ma petite Aurore. Il n'y a pas grand-chose qui t'échappe. Ne le raconte pas à ta mère, mais j'y suis retourné une fois, pour quelques heures. Je travaillais tout près, assez pour faire l'aller-retour dans la même soirée, et je n'en ai parlé à personne.

— Mais si c'était si près, pourquoi n'y sommes-nous pas tous allés, papa ?

— J'ai dit que *moi*, j'étais tout près. Ça m'aurait pris des heures pour aller vous chercher, puis pour revenir où j'étais, et des heures de plus pour le trajet jusqu'à la ferme.

— Et qui as-tu vu là-bas, papa ?

— J'ai vu Ma. Pa était mort, depuis déjà quelque temps. Emporté comme ça, un jour en plein champ, la main crispée sur le cœur. (Papa cligna des yeux pour écraser les larmes qui lui brouillaient la vue.) Ma avait l'air si vieille... J'ai regretté d'être venu tant ça m'a fait peine de la voir là, dans son rocking-chair. La mort de Pa, Reuben en prison, et toutes sortes de problèmes avec mes autres frères et sœurs, ça l'a usée. Elle était toute grise, la peau comme les cheveux. Elle ne m'a même pas reconnu, et quand je me suis nommé, elle a dit :

« Ormand est là, il me baratte un peu de beurre. » J'avais l'habitude de faire ça pour elle, tu comprends...

— Et ta sœur Lizzie, tu l'as vue ?

— Oui, elle était là. Mariée, avec quatre marmots qui se suivent à moins d'un an. C'est elle qui m'a mis au courant, pour Reuben. Je ne suis pas resté longtemps et je n'ai jamais rien dit à ta mère parce qu'il n'y avait rien de bon à dire. Alors, tiens ta langue.

— Promis. Mais je suis désolée de ne pas avoir connu Grandpa, ajoutai-je tristement.

— Tu l'aurais aimé. Il aurait probablement sorti son harmonica et t'aurait joué un air de danse. Et peut-être qu'après vous auriez chanté et joué à des jeux, tous les deux, rêva tout haut papa.

— Tu as déjà dû me dire qu'il jouait de l'harmonica, et ça m'est resté.

— Possible.

Papa commença à fredonner un air que mon Grandpa devait jouer, et nous n'échangeâmes plus un mot jusqu'à la maison. Mais je réfléchissais, à lui et à ses innombrables secrets.

Jimmy n'était pas rentré et maman ignorait donc encore tout de nos problèmes. Papa et moi nous consultâmes du regard et, d'un signe, nous nous entendîmes pour ne rien lui dire.

— Où est Jimmy ? demanda-t-elle.

— Avec de nouveaux amis, inventa papa.

Maman n'eut qu'à me regarder pour savoir qu'il mentait, mais elle ne posa pas d'autres questions. De toute façon, comme Jimmy n'était pas rentré à l'heure du dîner, il fallut bien lui parler des ennuis dans lesquels il s'était fourré, la bagarre et tout le reste. Ce qui ne parut pas la surprendre.

— Je m'en doutais, soupira-t-elle. D'ailleurs vous mentez aussi mal l'un que l'autre. Ce garçon n'est pas heureux, voilà ce qu'il y a. Et il ne le sera sans doute jamais, ajouta-t-elle d'un ton prophétique.

— Mais non, maman ! Jimmy deviendra quelqu'un de très bien, j'en suis sûre. Il est très intelligent. Tu verras.

— Espérons-le, conclut-elle hâtivement, juste avant de se remettre à tousser.

Sa toux avait changé, elle était plus creuse, et par moments, elle lui secouait le corps entier, sans bruit. Maman prétendait que c'était bon signe mais j'éprouvais l'impression contraire. Et j'avais hâte qu'elle voie un vrai médecin ou qu'elle aille consulter à l'hôpital.

Après avoir fait la vaisselle et tout rangé, je répétai une chanson en présence de papa et de Fern. Je trouvai en elle un public enthousiaste, comme toujours. Chaque fois que papa tapait dans ses mains, elle faisait claquer ses menottes. Et maman, qui nous écoutait de sa chambre, m'adressait de temps à autre ses félicitations.

La nuit tomba et la pluie froide annoncée par papa se mit à cingler nos fenêtres, comme si des milliers de doigts tambourinaient sur les carreaux. Eclairs et tonnerre faisaient rage, et chaque fissure ou crevasse laissait passer le vent qui sifflait dans tout l'appartement. Je dus rajouter une couverture à maman, qui commençait à claquer des dents, et nous décidâmes de coucher la petite Fern tout habillée. J'étais malade d'inquiétude pour Jimmy, dehors par cette nuit d'orage, Dieu seul savait où ! Et le ventre creux, forcément : je savais qu'il n'avait pas d'argent sur lui. Je lui avais préparé et enveloppé un plat, pour le réchauffer quand il rentrerait, mais la nuit s'avançait et Jimmy ne revenait toujours pas.

Je veillai aussi longtemps que je pus, les yeux fixés sur la porte et l'oreille tendue. Mais chaque fois que j'entendais un pas dans le couloir, il montait vers les étages ou se dirigeait vers un autre appartement. A plusieurs reprises, je m'approchai d'une fenêtre et scrutai l'obscurité noyée de pluie. Finalement, je me mis au lit, mais vers le milieu de la nuit le bruit de la porte d'entrée me réveilla. C'est à peine si je distinguai le visage de Jimmy dans le noir, et encore moins ses yeux.

— Où étais-tu ? chuchotai-je.

— Loin de Richmond, au moins à quatre-vingts kilomètres. Je voulais me sauver.

— James Gary Longchamp ! Tu n'as pas fait ça ?

— Si. J'ai été pris deux fois en auto-stop, et la deuxième fois le conducteur m'a laissé devant un restoroute. Comme je n'avais qu'un peu de monnaie, j'ai pris un café, mais la serveuse a eu pitié de moi. Elle m'a donné un petit pain beurré, puis elle m'a posé un tas de questions. Elle a un garçon de mon âge, et elle travaille à plein temps parce que son mari est mort il y a cinq ans, dans un accident de voiture.

« J'allais repartir pour continuer à faire du stop mais je n'ai pas pu sortir, il pleuvait trop. La serveuse connaissait un camionneur qui rentrait à Richmond, elle lui a demandé de me prendre et me voilà. Mais je ne vais pas rester, ni remettre les pieds dans cette boîte de m'as-tu-vu. Et tu ne devrais pas y retourner non plus, Aurore, acheva Jimmy d'un ton farouche.

— Ecoute, Jimmy, je comprends que tu sois démoralisé. Les riches ne valent pas mieux que les pauvres que nous connaissons, et c'est à cause de notre pauvreté que nous avons été traités si injustement. Mais papa n'avait pas prévu ça en nous inscrivant à Emerson Peabody, il ne voulait que notre bien. Tu dois reconnaître que l'école est belle, pleine de choses qui sont nouvelles pour nous. Tu m'as dit toi-même que certains professeurs étaient excellents et très gentils. D'ailleurs tu commences déjà à mieux travailler, non ? Et ça te plaît de faire partie de l'équipe du collège ?

— N'empêche que nous ne sommes pas à notre place, et les élèves nous le feront toujours sentir, Aurore. Ils ne nous laisseront pas vivre en paix. J'aimerais mieux retourner dans un lycée laïque.

— Allons, Jimmy ! Tu ne parles pas sérieusement ? (Je lui touchai la main et la trouvai glacée.) Tu as dû geler dehors, James Gary. Tes cheveux sont trempés et tes habits aussi. Tu aurais pu attraper une pneumonie.

— Et après ? Tout le monde s'en fiche bien !

— Pas moi. Et dépêche-toi de m'enlever tout ça ! ordonnai-je en me levant pour aller chercher une serviette.

Quand je revins, Jimmy était enroulé dans la couverture, ses vêtements mouillés en tas sur le plancher. Je m'assis près de lui et entrepris de lui essuyer les cheveux. Quand j'eus terminé, je le vis esquisser un sourire dans la pénombre.

— Je ne connais pas de plus chic fille que toi, Aurore, et je ne dis pas ça parce que tu es ma sœur. Je crois bien que si je suis revenu, c'est juste pour ne pas te laisser toute seule dans ce guêpier. J'ai pensé que tu devrais retourner là-bas, et qu'il te faudrait quelqu'un pour te protéger.

— Mais je n'ai pas besoin de protection, Jimmy ! Et même si c'était le cas, papa est là, non ?

— Ouais, fit Jimmy en me retirant sa main, sûrement ! Il n'y a qu'à voir comment il nous a défendus aujourd'hui. J'ai essayé de lui dire que ce n'était pas ma faute, mais il n'a rien voulu savoir. Tout ce qu'il a su faire, c'est m'enguirlander parce que je ne suis bon à rien et que je lui cause des problèmes. Et en plus il m'a tapé dessus, conclut-il en s'affalant sur son oreiller.

— Il n'aurait pas dû te frapper, c'est vrai. Mais il m'a dit que tu lui rappelais son frère Reuben, qui est en prison.

— Reuben ?

— Oui, confirmai-je en m'étendant à ses côtés. Il m'a tout raconté sur lui, et c'est pour ça qu'il est si inquiet quand tu t'attires des histoires.

— Jamais entendu parler de ce Reuben.

— Moi non plus. Papa est retourné chez lui, chuchotai-je, encore plus bas si possible.

Et je racontai à Jimmy tout ce que je savais sur cette visite, ce qui le rendit rêveur.

— Moi aussi, en partant d'ici, j'avais dans l'idée d'aller faire un tour en Géorgie.

— Sérieusement ? m'écriai-je en m'asseyant pour mieux le regarder. Oh, Jimmy, tu ne veux pas essayer de repartir du bon pied au collège, rien qu'une fois ? Rien que pour moi ? Ne t'occupe pas de ces petits prétentieux, contente-toi de travailler, simplement.

— C'est dur de les ignorer, ces tordus, protesta-t-il en détournant les yeux. Ils me dégoûtent.

— Qu'est-ce qu'ils t'ont raconté, Jimmy ? Philippe n'a rien voulu me dire. (Pas de réponse...) Il s'agissait de lui et de moi, c'est ça ?

Un silence pénible s'installa entre nous, s'éternisa.

— Oui, admit finalement Jimmy.

— Ils savaient que cela te ferait enrager, voilà pourquoi. (Et tout ça à cause de Clara Sue Cutler et de sa jalousie perverse ! Je n'avais jamais détesté quelqu'un autant qu'elle.) Ils t'ont provoqué, Jimmy. Délibérément.

— Je sais, mais... ça me met hors de moi quand j'entends dire du mal de toi, Aurore. C'est plus fort que moi, avoua-t-il avec un regard si lourd de chagrin que j'en eus le cœur serré. Je suis désolé si tu es fâchée contre moi.

— Mais non, j'aime bien que tu me défendes, au contraire ! Seulement je ne veux pas t'attirer d'ennuis.

— Tu n'as rien à te reprocher et pourtant tu t'accuses : c'est bien de toi ! (Jimmy se tut pendant quelques instants et poussa un long soupir.) Très bien, je retournerai là-bas après mes trois jours de suspension, j'essaierai encore. Mais je pense que ça ne donnera rien, ce n'est pas un endroit pour nous. Pas pour moi, en tout cas.

— Mais si, Jimmy. Tu es aussi intelligent et aussi capable que n'importe lequel d'entre eux.

— Ça m'est égal d'être moins bon, je ne suis pas de leur bord. Mais toi, peut-être que si. Tu es à ta place partout, Aurore. Tu damerais le pion au diable en personne !

Je pouffai de rire.

— Je suis contente que tu sois revenu, Jimmy. Maman en aurait eu le cœur brisé, sinon, et papa aussi. La petite Fern aurait pleuré pendant des jours et des jours.

— Et toi ? demanda-t-il très vite.

— Moi, je pleurais déjà.

Jimmy ne répondit pas et quelques secondes s'écoulèrent ainsi, puis il reprit ma main et la serra doucement. On aurait dit qu'il mourait d'envie de me toucher depuis très, très longtemps. Je repoussai quelques mèches de son front et fus tentée de l'embrasser sur la joue, mais je ne savais pas comment il réagirait. Nous étions si proches que ma poitrine frôla son bras, mais il ne bondit pas en arrière, pour une fois. Et soudain, je le sentis trembler.

— Tu n'arrives pas à te réchauffer, Jimmy ?

— Si, ça ira, affirma-t-il, mais je l'entourai de mon bras et caressai son épaule nue.

— Tu ferais mieux de te couvrir et de te rendormir, Aurore, dit-il d'une voix changée.

— Alors, bonne nuit, Jimmy.

Je m'enhardis à lui donner un baiser sur la joue, et cette fois il ne s'éloigna pas.

— Bonne nuit, murmura-t-il à son tour.

Je me laissai retomber sur le dos et passai un long moment à scruter l'obscurité, en proie à un tourbillon d'émotions confuses. Quand mes yeux se fermèrent enfin, je continuai à voir les épaules nues de Jimmy, toutes luisantes dans le noir. Et la douceur de sa joue s'attarda longtemps sur mes lèvres.

6

Le grand soir

La première chose que fit papa le lendemain matin, ce fut de corner aux oreilles de Jimmy :

— Et pourquoi tu voulais filer, hein ?

— Et toi alors ? Tu ne fais que ça !

Ils se défiaient, le regard furibond. Mais quand maman se montra, elle était si heureuse de revoir Jimmy que papa se calma, pour une fois. Je m'empressai d'intervenir.

— J'irai voir tes professeurs, Jimmy, je te rapporterai tous les devoirs qu'ils donneront. Et pendant ce temps-là, tu pourras aider maman à s'occuper de Fern.

— Bravo ! bougonna-t-il, je serai baby-sitter. J'adore.

— Tu ne l'as pas volé, le rabroua papa.

Je ne fus pas fâchée quand il fut temps de nous en aller.

— Jimmy va essayer de repartir du bon pied, annonçai-je une fois en route. Il me l'a promis hier soir, en rentrant.

— Tant mieux, grogna papa, qui se tourna vers moi et me dévisagea d'un air étrange. C'est très gentil à toi de prendre tellement soin de ton frère.

— Est-ce qu'on ne faisait pas ça dans ta famille, papa ?

— Pas à ce point-là, répliqua-t-il.

Mais à la façon dont il plissa les yeux, je devinai qu'il ne tenait pas à s'étendre sur le sujet.

Ne pas m'occuper de Jimmy, ne pas m'inquiéter pour lui, m'eût paru simplement impensable. Aurais-je eu toutes les raisons d'être heureuse, si Jimmy souffrait, je souffrais avec lui. Il nous était arrivé tant de choses à Emerson Peabody, et si vite ! J'en avais le vertige. Pour l'instant, le mieux pour moi était de me concentrer sur mon travail et ma musique, en oubliant tout ce qui n'allait pas. Et Jimmy fit un sérieux effort en ce sens, lui aussi. Dès son retour, il participa plus activement aux sports d'équipe et devint même assez bon élève. Il semblait que tout commençait à s'arranger, finalement.

Pourtant, il m'arrivait parfois, en passant dans le couloir, de surprendre le regard inquisiteur que Mme Turnbell attachait sur moi. Jimmy aussi se sentait surveillé, il prétendait qu'elle le persécutait. Pour ma part, je lui souriais et la saluais quand l'occasion se présentait, et elle me répondait d'un signe. Mais on aurait juré qu'elle guettait le faux pas qui renforcerait sa conviction : nous n'étions pas dans la note. A Emerson Peabody, le statut d'étudiant à part entière n'appartenait qu'à une élite, dont manifestement — toujours selon elle — nous ne faisions pas partie.

Naturellement, Philippe prenait très mal que je ne puisse plus sortir avec lui et refuse de le retrouver en cachette. Il insistait sans arrêt pour que je consente à le voir en secret ou que je demande la permission à papa. J'espérais follement que, le printemps venu, tout s'arrangerait. Malheureusement, l'hiver n'en finissait pas. Les parterres restaient obstinément gelés, le ciel gris, les arbres nus. Mais quand l'air finit par se réchauffer, que les premiers boutons et bourgeons pointèrent, une vague d'espoir et de bonheur me souleva. Voir tout refleurir autour de moi me rendait force et joie de vivre. Même notre quartier misérable se transformait sous l'éclat du soleil et de toutes ces couleurs. Papa ne parlait plus de quitter son emploi. Jimmy travaillait en classe. Et je baignais littéralement dans la musique, ce dont j'avais rêvé toute ma vie.

Restait la santé de maman, toujours préoccupante. Mais je pensais qu'avec le printemps, de longues promenades au soleil, l'air frais rentrant à flots par les fenêtres, elle guérirait forcément. C'était la magie du printemps, ce don de tout remettre à neuf. Il en avait toujours été ainsi pour moi, et je priais pour que, cette année encore, il nous comble de ses merveilles.

Par un bel après-midi lumineux, en sortant de ma leçon de piano, je trouvai Philippe qui m'attendait à la porte. Chargée comme je l'étais, serrant mes livres sur ma poitrine et les yeux baissés, je ne le vis pas tout de suite et faillis lui rentrer dedans. Mon corps entier vibrait encore de musique, la sonate que j'avais travaillée chantait dans ma mémoire, indéfiniment recommencée. C'était toujours la même chose, au piano: mes doigts jouaient tout seuls, comme s'ils vivaient leur propre rêve. Dix minutes après m'être levée du tabouret, je les sentais toujours voler sur les touches, palpitants, frémissants. Habités par le souvenir des notes, ils aspiraient à les répéter, à les animer, à recréer les mouvements ondoyants de la mélodie.

— Deux sous pour tes pensées !

Je levai la tête et rencontrai le regard tendre et souriant de Philippe. Les bras croisés, il était adossé au mur dans une pose nonchalante. Ses cheveux d'or clair étaient tirés en arrière, encore humides après la douche qu'il prenait toujours au sortir d'une séance d'entraînement au base-ball. C'était l'un des meilleurs lanceurs de l'équipe scolaire.

— Oh, salut ! m'exclamai-je en m'arrêtant tout net sans cacher ma surprise.

— J'espère que c'est à moi que tu pensais ?

J'éclatai de rire.

— Non, c'était à la musique. A mes leçons de piano.

— Je suis déçu, mais... bon, comment ça se passe ?

— M. Moore est content de moi, dis-je modestement. Il vient de m'annoncer que je serais soliste au concert.

Philippe se redressa brusquement.

— C'est vrai ? Wouaow ! Félicitations.

— Merci.

— L'entraînement s'est terminé plus tôt, aujourd'hui, et je... je savais que tu serais encore là.

Les couloirs étaient pratiquement déserts. De temps en temps, quelqu'un sortait d'une classe et passait, mais à part ça, nous étions seuls. Seuls pour la première fois depuis un temps interminable. Philippe s'approcha, m'obligeant à reculer contre le mur où il plaqua les mains, m'enfermant entre ses bras.

— Ça me ferait plaisir de te raccompagner chez toi.

— A moi aussi mais...

— Et si je venais t'attendre ce soir ? Pas pour t'emmener faire un tour: on resterait simplement dans la voiture.

— Je ne sais pas, Philippe.

— Tu n'aurais pas besoin de mentir, comme ça.

— Il faudrait que je dise à mes parents où je vais, et...

— Tu leur racontes tout ? Tout le temps ? Les parents n'en demandent pas tant, je t'assure. Ils savent que chacun a ses petits secrets. Alors ?

— Je... je ne sais pas. Je verrai. Peut-être un de ces soirs, ajoutai-je, émue par la déception que je lus dans ses yeux.

— D'accord.

Il jeta un regard autour de lui et me serra d'un peu plus près. Ses lèvres touchaient presque les miennes.

— Philippe ! On pourrait nous voir.

— Juste un petit baiser de félicitations.

Cette fois, sa bouche effleura la mienne et il posa même la main sur ma poitrine.

— Philippe ! protestai-je, ce dont il ne fit que rire.

— Très bien, dit-il en reprenant une position normale. Alors, pas trop nerveuse de chanter à ce concert ?

— Si, bien sûr. Ce sera la première fois que je chanterai seule devant un public si nombreux, et surtout si distingué. Tous ces gens sont habitués à entendre de véritables artistes. Et Louise m'a dit que ta sœur m'en voudrait, qu'elle serait jalouse. Elle espérait être choisie comme soliste.

— Elle l'a été, l'année dernière. D'ailleurs, elle chante comme une corneille enrhumée.

— C'est faux ! me récriai-je vivement. Mais je voudrais qu'elle cesse de dire du mal de moi. Si je réussis un test, elle raconte partout que j'ai triché. Elle n'a pas cessé de me harceler depuis mon arrivée. Un de ces jours, il faudra qu'on s'explique, toutes les deux. Ne ris pas, ce n'est pas drôle !

— C'est toi qui me fais rire. Si tu te voyais, quand tu es en colère ! Tes yeux lancent des flammes. Tu es incapable de dissimuler.

— Je sais. Papa dit que je serais nulle, au poker.

Philippe me décocha un sourire provocant.

— Je ferais bien un strip-poker avec toi, un de ces jours.

— Philippe !

— Quoi ?

— Ne dis pas des choses pareilles ! m'indignai-je, en pensant aux règles du jeu, où les pertes se paient par un déshabillage progressif.

N'empêche que j'imaginais fort bien la scène...

— C'est plus fort que moi, dit Philippe en haussant les épaules. Surtout quand je suis près de toi.

N'entendait-il pas mon cœur cogner dans ma poitrine ? J'aperçus quelques élèves au tournant du couloir.

— Il faut que je descende retrouver papa, annonçai-je en m'engageant dans l'escalier. Jimmy doit déjà m'attendre.

— Aurore !

Je me retournai, et il me rejoignit d'un bond.

— Crois-tu que... enfin, c'est une occasion tellement spéciale... crois-tu que tes parents consentiraient à me laisser t'emmener au concert ? Au moins ça ? implora-t-il d'un ton plein d'espoir.

— Je le leur demanderai.

— Super ! J'ai rudement bien fait de te guetter, je suis content, dit-il en se penchant pour m'embrasser.

Je m'attendais à un baiser furtif sur la joue, mais je le reçus dans le cou. L'instant d'après, avant que j'aie eu le temps de placer un mot, Philippe était parti, acclamé à grands cris par les étudiants qui remontaient le couloir. Mon cœur faisait des bonds désordonnés dans ma poitrine. Il battait trop fort, trop vite, comme pris de folie. Et mon pouls s'emballait, lui aussi. J'avais peur que papa et Jimmy ne remarquent ma rougeur et n'en devinent la raison.

Mais que se passait-il donc entre Philippe et moi ? Sûrement quelque chose de pas ordinaire pour qu'un simple baiser, un regard, un mot prononcé tendrement suffise à m'embraser, me fasse courir des fourmis sous la peau et marcher sur des nuages. J'inspirai longuement et relâchai mon souffle. Il faudrait bien que papa et maman lui permettent de m'accompagner au concert, ils ne pouvaient pas me refuser ça. J'avais toujours fait ce qu'ils voulaient. Je n'essayais pas de leur extorquer à tout bout de champ la permission de sortir avec un garçon, alors que toutes les filles de mon âge avaient le droit de le faire. Ce n'était pas juste, il fallait qu'ils l'admettent.

Je comprenais qu'ils se soient fait un peu de souci pour moi, quand j'étais entrée à Peabody. Mais je croyais avoir beaucoup changé, pendant ces quelques mois. Je devais à mes succès scolaires et à mes progrès en musique une assurance toute neuve. Je me sentais plus mûre, plus forte. Et si j'étais capable de m'en apercevoir, papa et maman devaient bien s'en rendre compte, eux aussi.

Pleine de confiance, je dévalai les marches pour courir annoncer à papa et à Jimmy que j'avais été choisie comme soliste. Je n'avais jamais vu papa si ému ni si fier.

— Tu entends ça, fils ? s'écria-t-il en tapant dans ses mains. Ta sœur est une vedette !

— Pas encore, papa. Il faut que je fasse mes preuves.

— Tu réussiras. Quelle bonne nouvelle ! C'est maman qui va être contente d'apprendre ça.

— Papa, commençai-je tandis qu'il rassemblait ses affaires avant de partir. Papa, tu crois que pour une fois, comme c'est une occasion très spéciale... Philippe Cutler pourrait venir me chercher pour m'emmener au concert ?

Il se figea sur place et son sourire s'évanouit, ses yeux s'assombrirent, ses paupières se serrèrent. Puis, devant mon regard plein d'espoir, le sien se nuança enfin d'un soupçon de chaleur.

— Euh... je ne sais pas, ma chérie. Je... nous verrons.

A la maison, je trouvai maman alitée mais réveillée, surveillant d'un œil la petite Fern qui s'amusait par terre, sur une couverture. Le soleil couchant jouait à cache-cache avec quelques nuages paresseux, mais maman avait tiré les volets. Aucun rayon ne venait éclairer ni réchauffer la pièce. A mon entrée, maman s'assit tant bien que mal. On voyait qu'elle ne s'était même pas donné un coup de brosse de toute la journée. Des mèches pendaient en désordre de chaque côté de son visage, certaines toutes crêpées au bout. Elle se lavait les cheveux presque chaque jour, d'habitude, ce qui leur donnait un éclat soyeux. « La chevelure est la parure de la femme, Aurore », me répétait-elle souvent. Et même quand elle était trop fatiguée pour brosser la sienne, elle insistait pour que je le fasse.

Maman se passait facilement de maquillage. Elle avait un teint velouté, des lèvres roses, ses yeux brillaient comme de l'onyx poli. J'aurais tant voulu lui ressembler ! Et je trouvais injuste que, dans mon cas, la nature ait sauté une génération, alors que tant d'autres enfants étaient le portrait de leurs parents.

Avant de tomber malade, maman se tenait très droite et marchait en rejetant les épaules en arrière, avec ce port altier des princesses indiennes de légendes, à qui papa la comparait toujours. A la regarder s'activer tout le jour, vive et gracieuse, on croyait voir un artiste crayonner un portrait sur sa toile vierge. Mais maintenant elle restait là, toute voûtée, le menton sur la poitrine, les mains à l'abandon sur ses genoux. Et elle levait sur moi des yeux tristes, sans éclat. L'onyx avait terni, les mèches soyeuses s'étaient changées en écheveaux rugueux. Ses lèvres décolorées tranchaient à peine sur son teint cireux, et ses pommettes saillaient sous sa peau diaphane comme si elles allaient passer au travers.

Je n'eus pas le temps de parler de Philippe : Fern se dressa en me tendant les bras pour m'appeler à grands cris.

— Où sont papa et Jimmy ? demanda maman en regardant par-dessus mon épaule.

— Ils sont passés à l'épicerie. Papa s'est dit que je ferais mieux de venir t'aider à t'occuper de Fern.

Maman s'efforça péniblement d'aspirer un peu d'air.

— Tant mieux. La petite m'a épuisée, aujourd'hui.

— Ce n'est pas seulement à cause d'elle que tu n'en peux plus, maman, lui reprochai-je avec douceur.

— Ça va déjà mieux, Aurore. Peux-tu me donner un verre d'eau, ma chérie ? J'ai les lèvres tellement sèches...

J'emmenai Fern avec moi, apportai son verre à maman et la regardai boire : chaque gorgée lui coûtait un effort visible.

— Ça fait des mois que tu promets d'aller voir un vrai médecin si ça ne va pas mieux, au lieu de te fier à ces remèdes de bonne femme. Pourtant, tu ne guéris pas si vite que ça et tu ne tiens pas ta promesse.

Je détestais la rudoyer, mais il le fallait.

— C'est seulement cette maudite toux qui ne veut pas s'arrêter. J'ai une cousine, en Géorgie, qui a traîné un rhume pendant un an, ou presque.

— Alors elle a souffert un an pour rien, maman. Et tu prends le même chemin.

— Ça va, ça va... tu deviens pire que grandma Longchamp. Elle me tarabustait toute la sainte journée, quand j'attendais Jimmy. Je me suis sentie rudement soulagée quand il est venu au monde. Au moins, elle m'a laissée tranquille !

— Grandma Longchamp ? Mais, maman... je croyais que Jimmy était né dans une ferme, au bord de la route.

— Comment ? Ah oui, c'est vrai. Je voulais dire... qu'elle ne m'a pas laissée tranquille jusqu'à ce que nous partions.

— Alors vous n'êtes pas partis juste après votre mariage, papa et toi ?

— Pas tout de suite, seulement un peu après. Et arrête de me questionner comme ça, Aurore ! Je n'ai pas encore les idées bien en place.

Ce n'était pas son genre de me parler si brutalement, mais je mis cela sur le compte de la maladie. Mieux valait changer de sujet, je ne tenais pas à lui faire de la peine. Elle souffrait déjà bien assez comme ça. Je fis sauter la petite Fern dans mes bras et annonçai fièrement :

— Tu sais quoi, maman ? Je vais chanter en solo, au concert.

— Seigneur, en voilà une nouvelle ! s'écria-t-elle en plaquant les mains sur sa poitrine.

Même quand elle ne toussait pas, elle semblait souvent avoir du mal à respirer, surtout sous l'effet de la surprise ou quand elle se déplaçait un peu trop vite.

— C'est merveilleux, Aurore ! Je savais que tu montrerais à ces enfants gâtés que tu les vaux bien. Viens ici que je t'embrasse comme il faut.

Je posai Fern sur le lit et nous échangeâmes une longue étreinte, maman et moi. Ses bras fluets me serraient de toute leur force, et je sentis ses côtes sous sa chemise. J'en eus les larmes aux yeux.

— Maman, comme tu as maigri ! Bien plus que je ne croyais.

— Pas tant que ça, et d'ailleurs j'avais un kilo à perdre par-ci par-là. Je les aurai repris avant que tu aies le temps de dire « ouf », tu verras. A mon âge, une femme prend du poids rien qu'en respirant l'odeur des plats. Ou même en les regardant, plaisanta maman, et elle déposa un baiser sur ma joue. Félicitations, Aurore chérie. Papa est au courant ?

— Oui.

— Il doit être fier comme Artaban, je le vois d'ici.

— Maman, j'ai quelque chose à te demander, à propos du concert.

— Ah bon ?

— Comme c'est une occasion assez spéciale, tu crois que Philippe Cutler pourrait venir me chercher et m'y accompagner ? Il a promis de conduire prudemment et...

— Tu as demandé à ton père ? coupa-t-elle précipitamment.

— Hm-hmm. Il a dit que vous réfléchiriez, mais je pense que si tu es d'accord, il le sera aussi.

Elle me lança un regard si désemparé qu'elle me parut vieillir d'un seul coup.

— Il ne s'agit pas d'un long trajet, maman, et j'ai vraiment envie d'y aller avec Philippe. Les autres filles de mon âge font des promenades en voiture et sortent avec des garçons, mais je ne me suis jamais plainte...

— Je ne peux pas t'empêcher de grandir, Aurore, et je ne le désire pas non plus. Mais je ne tiens pas à te voir t'engager sérieusement avec ce garçon... ni avec aucun autre, d'ailleurs. Ne fais pas comme moi, profite de ta jeunesse.

— Mais il n'est pas question de mariage, maman, simplement d'aller au concert de printemps ! Je pourrai ? implorai-je.

Le geste parut la vider de ses forces, mais elle fit signe que oui et, à nouveau, je la serrai dans mes bras.

— Oh, merci, maman !

— Aurore, debout ! exigea impatiemment Fern, jalouse de cette démonstration d'affection. Aurore, debout !

— Son Altesse réclame, constata maman en se laissant retomber sur l'oreiller.

Je la dévisageai, le cœur en émoi. A la fois heureuse de sortir avec un garçon, et triste à mourir de voir maman dans cet état. Parler, bouger devenaient un tel effort pour elle !

M. Moore décida de doubler le nombre de mes leçons pour le reste de la semaine... et le jour du concert arriva. A l'heure du déjeuner, M. Moore m'accompagna au piano et par deux fois, la voix me manqua. Il s'arrêta de jouer.

— Ecoutez-moi bien, Aurore. Avant de continuer, je veux que vous respiriez profondément et retrouviez votre calme.

— Oh, monsieur Moore, je ne pourrai jamais ! Je ne sais pas comment j'ai pu croire que j'y arriverais. Chanter toute seule devant tous ces gens, qui vont presque tous à l'Opéra, aux concerts de Broadway, et qui savent reconnaître un vrai talent...

— Mais vous possédez un véritable talent, Aurore. Vous aurais-je choisie comme soliste si je n'en étais pas convaincu ? N'oubliez pas cela, Aurore : si vous flanchez, je perds la face, moi aussi. Vous n'allez pas me laisser tomber ?

— Non, monsieur, répondis-je, au bord des larmes.

— Rappelez-vous ce que vous m'avez dit, une fois. Que vous aimeriez être un oiseau, perché sur la plus haute branche d'un arbre et chantant librement dans le vent, sans se soucier d'être entendu ou pas.

— En effet. Et c'est toujours vrai.

— Bon. Alors fermez les yeux et imaginez-vous perchée sur cette branche, en train de chanter dans le vent. Au bout d'un instant, exactement comme un oisillon, vous ouvrirez vos ailes et prendrez votre essor. Et vous volerez en plein ciel, Aurore, affirma-t-il. Je le sais.

Disparus, son sourire angélique et sa moue taquine, l'étincelle joyeuse et amusée qui pétillait dans ses prunelles. Il m'observait avec le plus grand sérieux et ses paroles, ses regards m'emplissaient de confiance en moi.

— D'accord, murmurai-je, déjà prête à recommencer.

Cette fois-ci, je chantai de tout mon cœur et quand nous eûmes terminé, mon professeur rayonnait de satisfaction. Le visage tout rose, il se leva et m'embrassa sur la joue.

— Vous êtes prête.

Le cœur battant, je me ruai hors de la salle de musique, folle de joie et d'excitation.

Dès que la cloche annonça la fin des classes, je courus retrouver papa et Jimmy. J'étais malade d'angoisse et très pressée de rentrer afin de me préparer. Le concert devait commencer à huit heures précises.

Maman était couchée, beaucoup plus rouge que d'habitude et secouée de frissons terribles. Fern avait mis la main sur quelques ustensiles de cuisine, mais je m'aperçus que maman ne s'en rendait même pas compte. Nous fîmes cercle autour de son lit et je lui tâtai le front.

— Elle tremble, papa, elle brûle de fièvre.

Maman claquait des dents, mais elle leva les yeux vers moi et se força à sourire.

— C'est juste... juste un rhume.

— Non, maman. Je ne sais pas ce que c'est, mais ça ne fait qu'empirer.

— Je vais me remettre, affirma-t-elle.

— A condition de voir un médecin, maman.

— Aurore a raison, Sally Jean. Ça ne peut plus durer.

Nous allons bien t'emmitoufler et t'emmener dans un hôpital, où on pourra te soigner tout de suite.

— Non-on-on ! se récria-t-elle obstinément.

J'essayai de la réconforter tandis que papa rassemblait ses vêtements les plus chauds, puis je l'aidai à la changer. En la voyant déshabillée, j'éprouvai un choc devant sa maigreur. On pouvait lui compter les côtes, ses os menaçaient de lui percer la peau. Et son corps était parsemé de plaques rouges provoquées par la fièvre. Refoulant mes larmes, je m'empressai de la préparer. Mais quand il fut temps de l'emmener, nous découvrîmes qu'elle ne pouvait pas marcher toute seule. Ses jambes lui faisaient trop mal.

— Je la porterai, dit papa, qui avait peine à contenir ses larmes, lui aussi.

Je me dépêchai d'habiller Fern. Maman eut beau protester, nous tenions à l'accompagner. Ni Jimmy ni moi ne voulions rester là, à attendre.

A l'hôpital, je devançai tout le monde et me précipitai aux urgences pour expliquer le cas à l'infirmière. Elle envoya aussitôt un brancardier chercher maman en fauteuil roulant, et le veilleur de nuit l'aida à l'y installer. Il regarda papa d'un air bizarre, comme s'il cherchait à se rappeler où il l'avait déjà vu. Mais papa ne remarqua rien, il n'avait d'yeux que pour maman.

Pendant que nous attendions, Jimmy se rendit à la boutique cadeaux et en rapporta une sucette pour Fern. Ce qui eut pour effet de la faire tenir tranquille, mais aussi de lui barbouiller la figure en vert. Elle commençait à babiller, maintenant, dans un jargon émaillé de mots distincts. Pour le moment, elle observait les autres occupants de la salle d'attente et se lançait dans de grands discours à leur adresse. Quelques-uns sourirent. Mais la plupart étaient si inquiets qu'ils restaient totalement sans réaction.

Une bonne heure plus tard, enfin, un médecin s'approcha de nous. Roux, le visage semé de taches de son, et l'air si jeune... trop jeune pour être porteur de mauvaises nouvelles, décidai-je. Ce en quoi je me trompais.

— Depuis combien de temps votre femme traîne-t-elle cette toux et cette fièvre, monsieur Longchamp ? demanda-t-il à papa.

— Oh, un bon moment, avec des hauts et des bas. Elle semblait se remettre, alors nous n'étions pas trop inquiets.

— Elle a une congestion pulmonaire très avancée, avec complications. L'inflammation des poumons est telle que c'est un miracle si elle peut encore respirer, expliqua le médecin, sans chercher à dissimuler sa contrariété.

Papa hocha la tête, accablé. Je faillis crier que ce n'était pas sa faute mais celle de maman, qui n'avait jamais consenti à se soigner. Quand je me tournai vers Jimmy, je vis qu'il se tenait tout raide, les poings serrés, le regard brûlant de colère et de chagrin.

— Je l'ai fait admettre d'urgence en soins intensifs et placer sous tente à oxygène, reprit le médecin. Il semble qu'elle ait perdu beaucoup de poids.

Les larmes ruisselèrent sur mes joues.

— Pouvons-nous la voir ?

— Cinq minutes. Je dis bien : cinq, pas plus.

Tant de fermeté me surprit chez un homme si jeune. Et en même temps, cela me rassura : il devait être très capable. Nous le suivîmes en silence jusqu'à l'ascenseur, sauf la petite Fern qui réclamait en gazouillant le reste de sa sucette. Elle fut très intriguée lorsque Jimmy pressa le bouton du deuxième étage, et quand la cabine s'éleva, ses yeux curieux l'explorèrent avec intérêt. Je la serrai contre moi, très fort, et déposai un baiser sur sa joue lisse et rose.

Un panonceau nous indiqua la direction de l'unité de soins intensifs. Mais dès que nous eûmes poussé la porte, l'infirmière-major contourna son bureau pour venir nous annoncer :

— Vous ne pouvez pas entrer avec un bébé, c'est interdit.

— J'attendrai dehors, papa, décidai-je. Allez-y les premiers.

— J'en ai pour une minute ou deux, promit Jimmy.

Il avait tellement envie, tellement besoin de voir maman ! Cela se lisait sur son visage. J'entrai avec Fern dans la petite salle d'attente réservée, pourvue d'une chaise et d'une banquette, et la laissai se traîner par terre. Deux minutes plus tard, Jimmy réapparut, les yeux rouges.

— Vas-y, dit-il brièvement. Elle te réclame.

Je lui tendis Fern et me précipitai dans la chambre. Maman occupait le dernier lit sur la droite, sous une tente à oxygène. Debout à son côté, papa lui tenait la main. Elle me tendit l'autre quand j'arrivai près d'elle et me sourit.

— Je vais m'en tirer, ma chérie. L'essentiel, c'est que tu fasses des prouesses au concert, ce soir.

— Oh, maman ! Je ne pourrai jamais chanter en te sachant couchée dans ton lit d'hôpital.

— Mais si, j'y tiens absolument. Tu sais comme nous sommes fiers de toi, papa et moi. Et cela me fera un bien fou de savoir que ma petite fille chante devant un public si raffiné. Promets-le-moi, Aurore, il ne faut pas que ma maladie t'en empêche. Promets.

— Je te le promets, maman.

— Très bien, approuva-t-elle.

Puis elle me fit signe de me rapprocher davantage et serra ma main autant que le lui permettaient ses forces.

— Aurore... (Sa voix était si faible que je dus coller l'oreille contre la tente.) Il ne faudra jamais nous juger mal. Nous t'aimons. Souviens-toi toujours de cela.

— Vous juger mal, maman ? Mais pourquoi ?

Ses yeux se fermèrent.

— Maman ?

— Désolée mais les cinq minutes sont passées, annonça l'infirmière, et le docteur a été formel sur ce point.

Je regardai maman. Les paupières étroitement serrées, elle me parut plus rouge que jamais.

— Maman ! murmurai-je dans un souffle.

Papa n'essayait plus de contenir ses larmes, et il me fixait avec une telle intensité que j'en eus mal pour lui. Nous sortîmes docilement, et dès que nous eûmes passé la porte je me tournai vers lui.

— Qu'est-ce que maman voulait dire, papa ? Pourquoi devrais-je penser du mal de vous ?

— C'est la fièvre, suggéra-t-il. Elle doit délirer un peu. Allons, rentrons.

Et nous allâmes rejoindre Fern et Jimmy.

Une fois à la maison, il fallut bien repousser notre angoisse au second plan, même si elle restait présente en chacun de nous. Entre les préparatifs pour le concert et la nécessité de trouver quelqu'un pour garder Fern, nous étions bien trop occupés.

Malgré tous mes efforts, je ne pouvais pas supporter l'idée de faire mes débuts en public en l'absence de maman. Pourtant, j'avais promis de chanter de mon mieux, et je ne voulais pas la décevoir. Je n'avais pas le temps de prendre une douche ni de me laver les cheveux. Je me contentai donc d'une bonne centaine de coups de brosse, qui leur donnèrent un éclat soyeux. Et d'un joli ruban bleu comme touche de couleur. Quant à ma toilette, pas de problème. L'avantage de faire partie du chœur ou de l'orchestre, c'était l'uniforme obligatoire, sweater de laine noir et blanc et jupe noire pour les filles. J'enfilai le mien, tirai sur ma jupe et me campai devant le miroir, essayant de m'imaginer en face d'un public élégant. Je savais que j'avais pris des formes et que le sweater les faisait valoir, mieux que chez la plupart des filles de mon âge. Pour la première fois, je m'avisai que mon teint lumineux, mes cheveux blonds et mes yeux bleus ne manquaient pas de charme. Et je ne fus pas fâchée de la découverte. Etait-ce un tort ? Et si ma vanité allait me porter malheur ? L'idée me fit frémir, mais je n'y pouvais rien. Et mon image me sourit avec satisfaction.

C'est à ce moment que papa entra pour m'annoncer que Mme Jackson, une voisine de palier déjà d'un certain âge, acceptait de garder Fern pour la soirée. Il m'apprit par la même occasion qu'il lui avait donné le numéro de l'hôpital, au cas où. Cela dit, il recula d'un pas et m'enveloppa d'un regard admiratif. Il tenait quelque chose dans sa main.

— Tu es en beauté ce soir, Aurore. Une vraie jeune fille.

— Merci, papa.

— Avant que nous quittions l'hôpital, et comme il s'agit d'une occasion exceptionnelle, maman m'a demandé de te donner ceci. (Il me tendit le précieux rang de perles.) Pour que tu le portes ce soir.

J'en eus le souffle coupé.

— O papa ! Je ne peux pas, il ne faut pas. C'est toute notre fortune, notre ultime ressource !

— Non, insista-t-il en m'attachant le collier. Sally Jean a dit que tu devais le mettre ce soir.

Je baissai les yeux vers les perles nacrées, à l'orient parfait, et me contemplai dans le miroir.

— Elles te porteront chance, affirma-t-il en m'embrassant sur la joue.

Au même instant, on frappa à la porte d'entrée.

— C'est Philippe ! cria Jimmy de la pièce voisine.

Papa se renfrogna et quitta instantanément la chambre.

Philippe était superbe dans son complet bleu, avec la cravate assortie. Il m'accueillit avec chaleur.

— Bonsoir, toi ! Bigre... quelle allure tu as !

— Merci, Philippe. Toi aussi. Je te présente mon père.

— Oh, mais je vous connais, monsieur. Je vous ai aperçu au collège, et je vous ai même salué une ou deux fois.

— En effet, admit papa, dont les yeux se rétrécirent jusqu'à n'être plus que deux fentes.

— Comment va Mme Longchamp ? Jimmy vient de m'apprendre que vous aviez dû la conduire à l'hôpital.

— Elle est très malade, mais nous ne perdons pas espoir.

Le regard de papa vint s'attacher sur moi, plus sombre que jamais.

— Eh bien... je crois qu'il est temps de partir, suggéra Philippe avec tact.

— Tu as raison, approuvai-je en m'emparant de mon manteau.

Il s'avança vivement pour m'aider à l'enfiler, observé par Jimmy et papa, qui me parut très mal à l'aise. A l'instant précis où nous allions passer la porte, j'entendis Jimmy m'appeler et laissai Philippe sortir sans moi.

— Je te rejoins tout de suite, promis-je.

Jimmy ne se fit pas attendre.

— Je voulais juste te souhaiter... bonne chance ! chuchota-t-il en m'embrassant furtivement sur la joue.

Et il tourna prestement les talons. Je portai la main à ma joue, restai ainsi pendant quelques brèves secondes, puis je sortis dans la nuit criblée d'étoiles.

J'aurais tant voulu que l'une d'elles brillât pour moi, rien que pour moi !

7

Scintille, petite étoile...

Dès que les bâtiments du collège se profilèrent à l'horizon, mon cœur se mit à battre avec une telle violence que je crus défaillir. J'avais les nerfs à vif. Ce fut pire quand nous nous engageâmes dans l'allée et que je vis défiler toutes ces voitures somptueuses. Je ne pouvais plus m'arrêter de trembler.

Parents et invités, tout le monde était sur son trente et un, comme pour une soirée au Metropolitan Opera. Les hommes en complet sombre, les femmes couvertes de bijoux et de fourrures. Leurs manteaux d'un luxe inouï s'entrouvraient sur des robes de soie aux nuances exquises, je n'en avais jamais vu de pareilles. Certaines personnes arrivaient en longues limousines, dont un chauffeur en uniforme descendait ouvrir la porte. Philippe se gara non loin d'une entrée latérale, réservée aux musiciens et aux choristes.

— Attends, dit-il au moment où je posais la main sur la poignée.

Je me retournai, et tout d'abord il se contenta de me regarder. Puis il se pencha et m'embrassa sur les lèvres.

— Aurore, je rêve chaque nuit de te serrer dans mes bras...

Il allait m'embrasser encore, quand j'entendis les

autres élèves arriver. Nous étions sur le parking, en pleine lumière ! La tête me tournait de le sentir si près de moi, mais je le repoussai.

— On va nous voir, Philippe !

— Et alors ? La plupart des filles s'en moqueraient, à ta place. Ce que tu peux être timide !

— Je n'y peux rien, je suis comme ça.

— Tant pis ! rétorqua-t-il en clignant de l'œil. J'ai le temps d'attendre. Bonne chance !

— Merci, chuchotai-je d'une voix étranglée.

— Pas si vite !

Il sauta de la voiture. Le temps que je reprenne mes esprits, il avait ouvert ma portière et s'inclinait, la main tendue.

— Une étoile du chant mérite certains égards, non ?

— Mais je suis loin d'être une étoile ! m'écriai-je, affolée par l'attroupement d'étudiants qui nous observaient, impressionnés. Je vais m'effondrer devant tout le monde.

— Allons donc, mademoiselle Longchamp ! Avant la fin de la soirée, nous devrons fuir la horde des chasseurs d'autographes. Bonne chance, répéta Philippe en me prenant la main. Je t'attendrai ici, fidèle au poste.

— Merci, Philippe. (J'inhalai une grande bouffée d'air et tournai les yeux vers la porte.) Bon, j'y vais !

— On se retrouve juste après le concert. Nous mangerons un morceau quelque part et ensuite... nous irons jusqu'à mon coin favori regarder les étoiles, ça te va ?

Il n'avait pas lâché ma main et accentua son étreinte, les yeux suppliants.

— Oui, soupirai-je faiblement.

Et ce fut comme si, par ce simple mot, j'acceptais d'avance ma défaite. Il me libéra, sourit et prit le chemin de l'auditorium. Je le regardai s'éloigner, le cœur en tumulte. Les trois hommes de ma vie m'avaient embrassée pour me donner confiance en moi, et ils avaient réussi. Transportée par leurs vœux pleins d'affection, je me retournai vers la porte. Je me sentais différente, soudain. J'étais la Belle au bois dormant, réveillée par le baiser du prince.

D'autres choristes entraient, je me mêlai au groupe et nous nous dirigeâmes tous ensemble vers la salle de musique et les coulisses. J'avais à peine ôté mon manteau que Linda s'approchait de moi.

— Salut, Aurore ! Ce sont de vraies perles que tu as là ?

Au seul mot de « perles », plusieurs filles s'attroupèrent autour de moi, y compris Clara Sue.

— Mais oui. Elles appartiennent à ma mère. Ce sont des bijoux de famille, soulignai-je en baissant les yeux, terrifiée à la pensée que le fil pourrait se rompre.

— C'est tellement difficile de distinguer les vraies perles des fausses, de nos jours, insinua Clara Sue. C'est ce que m'a dit ma mère, en tout cas.

— Celles-ci sont vraies, insistai-je.

— Elles ne vont pas spécialement bien avec ton ensemble, susurra Linda, mais si c'est une espèce de porte-bonheur, pourquoi pas ?

— Il nous reste quelques minutes, observa Clara Sue. Si nous allions nous rafraîchir aux lavabos ?

Suggestion qui fut agréée à l'unanimité, comme d'habitude. Sauf par moi, ce qui m'attira cette réflexion de Linda :

— Madame nous trouve indignes de sa compagnie, peut-être ?

— Si quelqu'un prend des grands airs ici, Linda, ce n'est sûrement pas moi.

— Alors, tu viens ?

— Nous avons tout le temps, appuya Mélissa Lee.

Tous les regards convergeaient sur moi.

— Bon, d'accord, capitulai-je, étonnée par leur insistance à m'inclure dans leur petit cercle. Un coup de brosse ne me fera pas de mal.

Les lavabos des filles étaient bondés. Ces demoiselles mettaient la dernière touche à leur toilette, fignolaient leur maquillage, pépiaient avec excitation. Il y avait de l'électricité dans l'air. En m'approchant d'un miroir, je m'aperçus que Clara Sue et ses amies s'agglutinaient autour de moi.

— Je te trouve très bien coiffée, ce soir, déclara Linda.

— Oui, renchérit Clara Sue, je ne t'ai jamais vue aussi rayonnante.

Les autres approuvèrent, le sourire niais. Qu'est-ce qui leur prenait de me faire des grâces, tout d'un coup ? Suivaient-elles toujours Clara Sue comme des moutons de Panurge... ou devais-je cette faveur à Philippe ? Peut-être avait-il fait comprendre à sa sœur qu'elle devait changer d'attitude à mon égard, une fois pour toutes ? Ces démonstrations d'amitié subites ne tardèrent pas à s'expliquer.

— Vous ne sentez rien, les filles ? demanda Clara Sue. Quelqu'un a besoin d'un peu de parfum, par ici.

A les voir toutes se mettre à renifler, je m'alarmai.

— A quoi veux-tu en venir, Clara Sue ?

— Moi ? A rien. Nous pensions à toi, c'est tout. Pas vrai, les filles ?

— Si-i-i ! clama le chœur des suivantes.

Et, comme à un signal donné, chacune fit surgir de derrière son dos une bombe puante et en braqua le jet sur moi. Je hurlai, noyée dans un nuage putride, et me protégeai le visage et les cheveux de mes mains. Les autres s'esclaffèrent et continuèrent à asperger mon uniforme, en pleine hystérie. Certaines riaient tellement qu'elles se tenaient les côtes. Louise seule me parut peinée. Elle recula comme si j'étais une mine sur le point d'exploser.

— Eh bien quoi ? ricana Clara Sue. Tu n'aimes pas les parfums de luxe ? Ou bien es-tu tellement habituée à la camelote que tu ne peux pas les supporter ?

Ce trait fit redoubler l'hilarité générale. Et quand je protestai, ce fut pire.

— Qu'est-ce qui vous prend ? Comment vais-je me débarrasser de ça, maintenant ?

Elles en suffoquaient, ces garces. Je me ruai vers un lavabo, humectai une serviette en papier et frottai mon chandail avec frénésie.

— Il faudrait être cinglé pour supporter de rester à côté d'elle ce soir, observa Linda à la cantonade. Il y a des volontaires ?

Dans cette meute effrayante, quelqu'un glapit de joie.

— Ce n'est pas juste ! Pourquoi vous en prendre toujours à moi ?

On rit de plus belle, puis Clara Sue annonça :

— Il se fait tard. On se retrouve sur scène, Aurore !

Et elle sortit avec sa suite, m'abandonnant à mon malheureux sort. Je m'acharnai sur mon chandail et ma jupe jusqu'à ce que le papier tombe en miettes, mais rien n'y fit. Il eût fallu plus que de l'eau pour venir à bout de cette pestilence. Gagnée par la panique, je retirai délicatement mon collier, puis me débarrassai vivement de mon tricot. Et maintenant, que faire ? Je finis par m'asseoir sur le sol et éclatai en sanglots. Où trouver un nouvel uniforme, à présent ? Je ne pouvais tout de même pas me produire sur scène en puant comme un bouc ! Il ne me restait qu'à attendre dans les toilettes le moment de rentrer à la maison.

Je pleurai toutes les larmes de mon corps, jusqu'à ce que la gorge me brûle et que mes tempes éclatent. Le poids de ma défaite m'accablait, il était bien trop lourd pour mes épaules. Les sanglots qui me secouaient ne suffiraient pas à m'en délivrer. Pauvre papa, pauvre Jimmy ! Ils devaient déjà être assis dans la salle, à me guetter. Pauvre maman, clouée dans son lit d'hôpital, les yeux rivés sur la pendule, guettant elle aussi l'heure de mon entrée en scène...

En entendant quelqu'un pousser la porte, je relevai la tête. C'était Louise. Elle me jeta un bref regard et baissa le nez sur ses souliers.

— Je suis désolée, elles m'ont forcée... Elles ont dit que si je ne voulais pas, elles raconteraient le même genre de mensonges sur moi que sur toi.

Je fis signe que je comprenais la situation et me relevai.

— J'aurais dû m'y attendre, mais j'étais tellement surexcitée ! J'ai pris leurs grimaces pour argent comptant. Tu veux me rendre un service ? Tu pourrais aller en salle de musique me chercher mon manteau. Je ne peux pas remettre ça, dis-je en désignant mon chandail. Ça sent vraiment trop mauvais.

— Qu'est-ce que tu comptes faire ?

— A ton avis ? Rentrer chez moi, bien sûr.

— Ah non ! se récria Louise, sur le point de fondre en larmes à son tour. Il n'en est pas question.

— Je t'en prie, va me chercher mon manteau.

Elle s'en alla, toute contrite. Pauvre Louise ! Elle aurait voulu agir autrement, gentiment, mais les autres ne l'avaient pas laissée faire. Et elle n'était pas assez forte pour leur tenir tête.

Comment des filles comme Clara Sue pouvaient-elles se montrer si cruelles ? Elles que l'on gâtait tant, à qui il suffisait de demander pour recevoir, et que n'exigeaient-elles pas ! Vêtements luxueux, coiffeur, manucure... et même pédicure, pourquoi pas ? Leurs parents leur offraient des voyages merveilleux, ils habitaient des maisons immenses, elles avaient leur chambre à elle, aussi vaste que les autres pièces, avec un grand lit douillet et des tapis moelleux. Elles n'allaient jamais se coucher en frissonnant de froid, elles mangeaient à leur faim, elles obtenaient sur-le-champ tout ce qu'elles désiraient. Si elles tombaient malades, elles étaient certaines d'être soignées par les meilleurs médecins. Tout le monde respectait leur nom, leur famille. Elles n'avaient pas la moindre raison d'être jalouses. Alors pourquoi m'en voulaient-elles à ce point, à moi qui possédais si peu, en comparaison ? Toute seule dans les lavabos, je sentais mon cœur s'endurcir contre elles, devenir aussi mesquin et aussi méchant que le leur.

Louise ne tarda pas à reparaître, mais sans mon manteau : elle m'apportait un autre uniforme. Je souris à travers mes larmes.

— Où as-tu déniché ça ?

— C'est M. Moore. Je l'ai rencontré dans le hall et je lui ai tout raconté. Il a filé chercher ça à la réserve. Ça sent un peu la naphtaline mais...

— Ça sent toujours meilleur que cette horreur ! m'exclamai-je en envoyant promener mon chandail.

Je me hâtai de me changer et de remettre le collier de maman. Le chandail me serrait un peu et accusait mes formes, mais comme disait maman : « A cheval donné, on ne regarde point la bouche ! »

— Est-ce que mes cheveux ont gardé l'odeur ? (Je me penchai pour que Louise puisse vérifier.) Je ne crois pas qu'ils aient reçu beaucoup de leur sale truc.

— Non, ça ne sent rien.

Nous entendîmes les musiciens accorder leurs instruments, et je serrai rapidement Louise contre moi.

— Merci, Louise. Et maintenant, dépêchons-nous.

— Attends ! s'exclama-t-elle en pêchant entre le pouce et l'index la défroque malodorante, qu'elle tint à bout de bras. J'ai une idée.

— Quelle idée ?

— Suis-moi.

Je la suivis, intriguée. Tout le monde était déjà dans les coulisses, en train de s'échauffer pour le concert.

— Surveille le couloir, dit Louise en se glissant rapidement dans la salle de musique.

Elle alla droit au somptueux manteau en cachemire bleu de Clara Sue, y fourra mes vêtements nauséabonds et le boutonna soigneusement.

— Louise ! m'exclamai-je, souriant malgré moi.

Elle n'était pas si courageuse, d'ordinaire. Et Clara Sue ne l'avait pas volé.

— Bof ! Qu'est-ce que je risque ? D'ailleurs ce n'est pas à moi qu'elle s'en prendra, mais à toi, précisa mon alliée.

Avec une telle nonchalance que, pour le coup, j'éclatai de rire. Sans perdre une seconde, nous nous faufilâmes dans les coulisses pour y prendre nos instruments. Notre entrée provoqua une certaine curiosité parmi mes persécutrices, et elles eurent tôt fait de remarquer mon changement d'uniforme. Ce qui n'empêcha pas Clara Sue et Linda de prétendre que j'empestais toujours.

Puis M. Moore annonça qu'il était temps de passer sur scène, et nous allâmes nous ranger derrière le rideau. De la salle nous parvenait un brouhaha de voix : le public s'installait.

— Prêt, tout le monde ? demanda M. Moore, et je sentis sa main me serrer doucement le bras. Ça va, Aurore ?

— Oui.

— Vous vous en tirerez très bien, affirma-t-il, juste avant de prendre place au pupitre.

Des applaudissements nourris saluèrent le lever de rideau. Ce n'était pas facile d'identifier quelqu'un dans la foule, avec les feux de la rampe. Mais une fois accoutumée à leur éclat, je distinguai les visages de papa et de Jimmy, tendus vers moi.

Le concert débuta par trois chants, exécutés par la chorale. Puis, sur un signe de M. Moore, je m'avançai sur le devant de la scène tandis qu'il allait s'asseoir au piano. Les applaudissements crépitèrent, et le pinceau d'un projecteur m'enveloppa de sa chaleur.

Je ne sus jamais comment j'avais commencé. Cela se fit tout seul. La tête rejetée en arrière, je chantais, voilà tout. Je chantais pour le monde entier, au vent qui passe, en espérant qu'il porterait mon chant jusqu'à maman. Et que là-bas, malgré la distance, elle fermerait les yeux et m'entendrait.

« Tout là-haut, par-dessus l'arc-en-ciel... »

Sur la dernière note, je baissai les paupières et pendant un moment je n'entendis rien, rien qu'un grand silence. Puis un tonnerre d'acclamations éclata, roula sur l'assistance, monta et s'enfla comme une vague et m'étourdit de son fracas. Je levai les yeux. Souriant jusqu'aux oreilles, M. Moore me désignait de la main.

Je fis la révérence et battis en retraite, scrutant la foule. J'y retrouvai papa, applaudissant si fort qu'il en était tout secoué, et Jimmy qui battait des mains lui aussi, radieux. Quelqu'un me toucha le bras, puis quelqu'un d'autre, et bientôt le chœur entier m'entoura pour me féliciter.

Après quoi, la chorale au grand complet entonna un autre chant, puis l'orchestre joua trois morceaux successifs. La soirée s'acheva sur l'exécution de *La Bannière étoilée*, suivie par l'hymne d'Emerson Peabody. La dernière note fut pour les musiciens et les chanteurs le signal d'une ovation générale. Tout le monde se congratulait, mais c'est moi qui recueillis le plus d'honneurs. Les garçons me serraient la main, les filles me donnaient l'accolade. Quelques conspiratrices vinrent aussi m'embrasser, la mine repentante. J'acceptai leurs félicitations et y répondis avec la même chaleur. La joie du moment ne laissait place en moi ni pour la colère, ni pour la haine. Mon cœur débordait.

Puis Clara Sue s'approcha de moi par-derrière.

— Je ne vois pas ce que ton chant avait de si extraordinaire, je m'en serais sûrement tirée beaucoup mieux ! Mais M. Moore a eu pitié de toi, voilà tout.

— Tu es vraiment ignoble, Clara Sue Cutler ! Tu veux que je te dise ? Tu finiras par faire le vide autour de toi.

Parents et amis nous attendaient dans le hall, où m'accueillirent papa et Jimmy, rayonnants.

— Tu as été magnifique, Aurore ! affirma papa en me serrant dans ses bras. J'en étais sûr, et ta maman sera terriblement fière de toi.

— J'en suis heureuse, papa.

— C'était fantastique... nettement mieux que lorsque tu répètes sous la douche, me taquina Jimmy en me gratifiant d'un nouveau baiser sur la joue.

Par-dessus son épaule, j'aperçus Philippe. Il attendit que mon frère s'éloigne de moi pour s'avancer.

— Je savais que ce serait un triomphe ! Monsieur, votre fille est une véritable artiste.

Le sourire de papa s'évapora instantanément.

— Merci. Bon, eh bien... je pense qu'il est temps de rentrer et de libérer Mme Jackson.

— Oh, papa ! protestai-je. Philippe me proposait d'aller manger une pizza. Ne pourriez-vous pas garder Fern jusqu'à mon retour ? Nous ne serons pas longs.

Philippe m'avait pris la main et papa semblait très mal à l'aise. Pendant un instant, je crus qu'il allait refuser et j'attendis le désastre, le cœur battant. Philippe retenait son souffle. Papa nous regarda tour à tour, lui d'abord, moi ensuite, et finalement... il sourit.

— Bon, d'accord. Tu y vas aussi, Jimmy ?

Mon frère recula comme s'il venait de recevoir un coup de poing en pleine poitrine.

— Non. Je pars avec toi.

— Ah, fit papa, visiblement déçu. Alors soyez prudents et ne rentrez pas trop tard. Quant à nous... le temps de superviser le nettoyage des locaux et nous filons, Jimmy. Ce ne sera pas long.

— Je t'accompagne, papa, décida mon frère, qui lui aussi nous regarda l'un après l'autre. A tout à l'heure.

Il suivit papa dans le hall et Philippe m'entraîna aussitôt.

— Dépêchons-nous, avant d'être noyés dans la foule.

— Il faut que j'aille chercher mon manteau, dis-je en le précédant vers la salle de musique.

Un petit groupe de filles entourait Clara Sue, qui me jeta un regard haineux. J'avais complètement oublié les représailles de Louise !

— Ce n'est pas drôle, cracha Clara Sue. Ce manteau

valait certainement plus cher que ta garde-robe tout entière.

— De quoi parle-t-elle ? voulut savoir Philippe.

— D'un incident stupide qui a eu lieu avant le concert.

Je n'avais qu'une hâte: m'éloigner de cette bande d'imbéciles. Elles me semblaient si infantiles, tout à coup. J'empoignai mon manteau et sortis avec Philippe. Mais un peu plus tard, quand il eut pris le volant, il insista pour en savoir plus et je lui dévidai toute l'histoire. Chaque nouveau détail augmentait sa colère.

— C'est une enfant gâtée, et ses amies ne valent pas mieux. Toutes des petites pestes dévorées de jalousie, et ma sœur est la pire du lot. Attends un peu que je lui mette la main dessus... ! Mais je suis content que tu lui aies rendu la monnaie de sa pièce, conclut Philippe en éclatant de rire.

— Mais ce n'est pas moi !

Je lui racontai l'intervention de Louise.

— Elle a bien fait ! approuva-t-il. Mais ne laissons rien venir nous gâcher cette soirée. Ta soirée, Aurore. Je devrais même dire : ton grand soir. Tu as été sensationnelle. Et tu as la plus jolie voix qu'il m'ait été donné d'entendre.

Subjuguée par cette avalanche de compliments, je me renversai sur mon siège, grisée. Tout cela était si fabuleux... les applaudissements, la joie de papa, la fierté de Jimmy, et maintenant la tendresse de Philippe. J'osais à peine croire à ma chance. Si seulement je pouvais la partager avec maman ! Cela l'aiderait à guérir, et alors, je n'aurais plus rien à désirer.

Nous n'étions pas les seuls élèves de Peabody à la pizzeria, tant s'en fallait. Philippe et moi avions pris place dans un box, tout au fond, mais le premier venu pouvait nous voir. Presque tous les étudiants qui avaient assisté au concert vinrent m'exprimer leur admiration. Ils m'encensèrent au point que je commençai à me prendre tout de bon pour une diva. Assis en face de moi, Philippe m'observait en souriant, les yeux brillants d'orgueil. Naturellement, les filles qui passaient s'arrangeaient pour lui faire leur numéro de charme en battant des cils. Et brusquement, le regard qu'il attachait sur moi s'alourdit de désir.

— Et si nous commandions des pizzas à emporter ? Nous pourrions les manger à la belle étoile.

Mon cœur battit la chamade.

— D'accord.

Philippe appela la serveuse, nos pizzas furent emballées et nous quittâmes le restaurant sous le regard appuyé de tous les élèves présents.

Une fois en route, Philippe décida que nous pouvions commencer à dîner en roulant : l'odeur alléchante des pizzas nous mettait l'eau à la bouche. Je l'aidai à manger sans avoir à lâcher le volant, et ce fut très drôle de le voir se débattre avec les filaments de fromage. Nous nous retrouvâmes enfin sur son chemin secret, et il se gara dans l'ombre. Le ciel s'ouvrait devant nous, fourmillant d'étoiles.

— Oh, Philippe ! Tout arrive comme tu l'avais promis. J'ai l'impression d'avoir été transportée sur le toit du monde.

— Mais tu y es, Aurore, et c'est ta place.

Il se pencha sur moi et nos lèvres se touchèrent pendant un long, très long baiser, qui s'acheva de bien étrange manière. Du bout de la langue, Philippe chercha la mienne et ma surprise fut telle que je me rejetai en arrière. Mais il me retint fermement, et cette fois, je le laissai faire.

— On ne t'avait jamais embrassée sur la bouche ?

— Non.

— Alors j'ai beaucoup de choses à t'apprendre, dit-il en riant. Et... ça t'a plu ?

— Oui, chuchotai-je, comme si je confessais un péché.

— Tant mieux. Je n'irai pas trop vite, rassure-toi. Je ne tiens pas à t'effaroucher, comme la dernière fois.

— Oh, il ne s'agit pas de ça, c'est juste que... mon cœur bat un peu trop vite, avouai-je, craignant de défaillir.

— Ah oui ? Laisse-moi voir un peu...

Sa main se posa légèrement sur ma poitrine. L'instant d'après, elle atteignait le bas de mon chandail et remontait jusqu'à mon soutien-gorge. Je me raidis malgré moi.

— N'aie pas peur, souffla-t-il contre mon oreille. Détends-toi. Tu vas aimer ça, je te le promets.

— C'est plus fort que moi, Philippe. Je n'ai jamais fait ça avec un autre garçon.

— Je comprends, calme-toi, murmura-t-il d'une voix câline. Ferme les yeux et laisse-toi aller... oui, c'est ça.

Ses doigts se faufilèrent sous le tissu élastique et le soulevèrent lentement, dénudant mes seins. Une onde de chaleur me parcourut, et aussitôt, sa bouche reprit la mienne.

Je gémis, renversée dans ses bras. Des voix intérieures me criaient des ordres contradictoires. Celle de maman m'implorait de ne pas aller plus loin, de repousser Philippe. Je crus voir les yeux de Jimmy, flambants de colère. Et je me souvins du regard triste de papa, quand je lui avais demandé la permission d'aller dîner en ville.

Philippe entreprit de relever mon chandail.

— Philippe, je ne crois pas que...

— Calme-toi, répéta-t-il en se penchant sur ma poitrine.

Le contact de ses lèvres provoqua en moi un véritable choc électrique. Je vibrai de plaisir. Et la pointe de sa langue entama une lente exploration de mon buste.

— Tu es délicieuse, Aurore. Si fraîche, si douce...

Son autre main s'insinua sous ma jupe. N'allait-il pas

un peu trop vite ? Les autres filles de mon âge se laissaient-elles toucher par les garçons de cette façon, sous leurs vêtements ? Ou étais-je en train de justifier les calomnies que l'on répandait sur mon compte ?

Je revis le rictus haineux de Clara Sue : « Avec mon frère, les filles comme toi se retrouvent enceintes au bout d'un mois »... Quand les doigts de Philippe frôlèrent le bord de mon slip, je projetai brusquement mes jambes de côté.

— Aurore, tu ne sais pas combien j'ai rêvé de cette soirée, notre soirée. Laisse-toi faire, je te montrerai...

Sa lèvre effleura la pointe de mon sein et je me sentis chanceler, sombrer, comme si j'allais m'évanouir. Sa main était sous mon slip, maintenant... Comment faisaient les autres filles ? Comment résistaient-elles à un pareil torrent d'émotions ? J'aurais voulu mettre fin au jeu... Impossible. J'étais sans défense, éperdue. Livrée aux baisers de Philippe, à ses caresses, à cette chaleur qui gagnait mes seins et montait le long de mes cuisses. Je me rendais.

— Je voudrais t'apprendre tant de choses, chuchota-t-il.

Mais au même instant, les phares d'une autre voiture illuminèrent l'habitacle. Je poussai un cri. Philippe s'écarta brutalement de moi et je me redressai, rajustant déjà mes vêtements. Tournant la tête, nous vîmes la seconde voiture passer tout près de nous. Je rabaissai mon chandail en toute hâte et ma voix trahit ma frayeur :

— Qui est-ce ?

— Oh, juste un des gars de l'équipe de base-ball. Quelle poisse !

Divers bruits nous parvinrent de l'autre voiture : musique radiodiffusée, rires de filles... Notre retraite avait été envahie, notre moment magique saccagé.

— Nous allons avoir droit à une belle sérénade, je parie, grommela Philippe d'un ton rageur.

— Et moi qui croyais que c'était ton endroit secret ! Tu ne l'as donc pas découvert par hasard ?

— Si, bien sûr ! Mais j'ai commis la bêtise d'en parler à un copain, un jour, et il en a parlé à un autre, voilà.

— Il se fait tard, de toute façon. Et comme maman est malade... je ferais mieux de rentrer.

Frustré, Philippe ne cacha pas sa déception.

— On pourrait aller ailleurs ? Je connais d'autres coins.

— Une autre fois, promis-je en lui prenant le bras. S'il te plaît, ramène-moi à la maison.

— Quelle poisse ! répéta-t-il en démarrant.

Et il s'empressa de faire demi-tour avant que les autres n'aient le temps de nous barrer la route. Ils nous saluèrent à coups d'avertisseur, mais nous les ignorâmes. Philippe me reconduisit à toute allure en s'arrangeant pour éviter mon regard. Dès qu'il eut tourné le coin de ma rue, je crus voir papa et Jimmy courir vers notre vieille voiture, garée le long du trottoir. En approchant, je n'eus plus aucun doute et me redressai brusquement.

— C'est papa ! Et Jimmy ! Où vont-ils à une heure pareille ?

Philippe accéléra et les rejoignit au moment où papa se glissait derrière le volant.

— Que se passe-t-il, papa ? Où allez-vous si tard ?

— C'est maman. Elle est au plus mal. L'hôpital vient d'appeler Mme Jackson.

— Oh, non !

Ma gorge se noua, mes yeux s'embrumèrent. Je bondis hors de la voiture de Philippe et m'engouffrai dans la nôtre.

— J'espère que tout va s'arranger, cria Philippe.

Papa hocha la tête et démarra.

Dès notre arrivée à l'hôpital, nous nous précipitâmes à l'accueil où un gardien nous barra le passage. Je le reconnus : c'était l'homme qui se tenait à l'entrée des urgences quand nous avions amené maman. Comme la première fois, il dévisagea attentivement papa et s'enquit d'une voix rude, qui exigeait une réponse :

— Où allez-vous comme ça ?

— L'hôpital vient d'appeler au sujet de ma femme, Sally Jean Longchamp. On nous a dit de venir tout de suite.

— Un instant, fit le garde en levant la main.

Il alla au comptoir d'accueil, échangea quelques mots avec la réceptionniste et revint nous annoncer :

— Vous pouvez monter, le docteur vous attend.

Puis il nous suivit jusqu'à l'ascenseur et nous regarda pénétrer dans la cabine, les yeux toujours fixés sur papa.

A la porte du service de soins intensifs, papa fit halte. Devant l'entrée, le jeune médecin aux cheveux roux s'entretenait à voix basse avec une infirmière. A notre approche, ils se retournèrent tous les deux. Une boule se forma dans ma gorge et je me mordis la lèvre : les yeux du médecin avaient perdu leur expression juvénile. Sombres, inquiets, c'étaient plutôt ceux d'un vieil homme, à présent. Un praticien plein d'expérience, accoutumé de longue date à la maladie et à la souffrance. Il s'approcha en secouant la tête.

— Que... qu'y a-t-il ? bégaya papa.

— Je suis désolé, dit le médecin, au moment où l'infirmière le rejoignait.

— Maman ?

Ma voix se fêla. Les larmes me brûlaient les paupières.

— Son cœur vient de lâcher. Nous avons tenté l'impossible, mais avec une congestion si avancée... Votre femme était épuisée, c'est presque mieux pour elle. Je suis navré, monsieur Longchamp.

Papa secoua la tête comme s'il refusait de comprendre.

— Ma femme ne va pas... elle n'est pas...

— Si, monsieur, j'en ai peur. Elle est morte il y a environ dix minutes.

— Non ! hurla Jimmy. Vous n'êtes qu'un menteur, un sale menteur !

— Jimmy...

Papa voulut le prendre dans ses bras, mais Jimmy le repoussa violemment et se rua vers l'entrée du service.

— Elle ne va pas mourir, vous verrez. Elle ne peut pas mourir !

— Un moment, jeune homme, s'interposa le médecin. Vous n'avez pas le...

Jimmy ouvrit la porte à la volée, mais il n'alla pas plus loin. Il n'y avait plus personne à la place de maman, rien qu'un lit vide et un matelas nu. Mon frère les regarda fixement, incrédule.

— Où est-elle ? murmura papa en m'attirant contre son épaule.

Je lui entourai la taille et me blottis contre lui. Le médecin désigna une porte à mi-chemin du couloir.

— Nous l'avons transportée là-bas.

Papa se tourna lentement vers Jimmy qui revenait déjà, lui ouvrit les bras, et, cette fois, mon frère ne se déroba pas à son étreinte. Serrés tous les trois l'un contre l'autre, nous suivîmes à pas lents l'infirmière jusqu'au milieu du couloir, où elle s'arrêta.

Je n'avais pas conscience de bouger, ni même de respirer. Tout se passait comme dans un cauchemar, ce n'était plus moi qui gouvernais mon corps. Et tout au fond de moi, quelque chose espérait. Non, nous n'étions pas là, nous n'allions pas entrer dans cette pièce. C'était un mauvais rêve. J'allais me réveiller chez nous, dans mon lit. Papa et Jimmy aussi.

Mais l'infirmière ouvrit la porte. Et dans la lumière incertaine de la pièce, je vis maman étendue sur le dos, ses cheveux noirs étalés autour du visage, les bras le long du corps, paumes en l'air et les doigts recourbés.

Papa s'approcha de la civière et je l'entendis prononcer tout bas :

— Elle a trouvé la paix. Pauvre Sally Jean...

Ce fut comme si une digue se rompait. Je pleurai comme je n'avais jamais pleuré, à gros sanglots qui me déchiraient la poitrine. Papa prit la main de maman dans la sienne et resta ainsi, simplement, à contempler ses traits. Comme ils semblaient sereins... Plus de toux, plus d'efforts épuisants. En la regardant plus attentivement, je crus discerner sur ses lèvres la trace d'un sourire. Papa le vit, lui aussi, et il se retourna vers moi.

— Elle a dû t'entendre chanter, Aurore. Juste avant de mourir, elle t'a entendue, j'en suis sûr.

Jimmy aussi pleurait, à présent, mais il se tenait très droit, très raide, les yeux attachés sur maman. Les larmes ruisselaient sur ses joues, dégoulinaient sur son menton. Une part de lui-même s'abandonnait à l'émotion, l'autre la combattait farouchement, et pendant un long moment il resta plongé dans une sorte de stupeur. Puis il s'essuya les yeux du revers de la main et tourna les talons.

— Jimmy ! m'écriai-je. Où vas-tu ?

Sans répondre, il continua son chemin vers la porte.

— Laisse-le partir, dit papa. Il a besoin d'être seul quand il souffre. On est tous comme ça dans ma famille. (Son regard revint vers maman.) Adieu, Sally Jean. Je n'ai pas été un très bon mari pour toi. Nous avions fait de si beaux rêves, et je t'ai laissée sur ta faim. Je te demande pardon. Tu vas peut-être en réaliser quelques-uns, maintenant...

Il se pencha sur maman, l'embrassa pour la dernière fois. Puis il se releva, m'entoura de son bras et m'entraîna, sans que je sache très bien qui de nous deux prenait appui sur l'autre.

En sortant de l'hôpital, nous cherchâmes vainement Jimmy.

— Il n'est plus là, Aurore. Autant rentrer chez nous.

Pauvre Jimmy ! Où pouvait-il bien être ? Ce n'était pas bon pour lui de rester seul en un moment pareil. Même si les Longchamp savaient encaisser les coups durs, tout le monde a besoin de réconfort quand un tel malheur s'abat sur vos épaules. Je savais qu'il endurait la même torture que moi. Que le chagrin lui crevait le cœur, au point de sentir comme un grand trou dans la poitrine. Et qu'il s'en allait Dieu sait où, sans souci de lui-même ni de ce qui pouvait lui arriver.

Sous ses airs endurcis, Jimmy avait toujours terriblement souffert de voir maman malade ou malheureuse. Et je savais aussi que, lorsqu'il se sauvait, c'était souvent pour ne pas voir sa tristesse ou sa fatigue. Peut-être était-il devenu une espèce de loup solitaire, à la longue. Et maintenant, il se cachait dans l'ombre pour pleurer tout son saoul, sans témoins. Ce dont j'étais sûre, c'est que j'avais besoin de lui, autant que lui-même avait besoin de moi... du moins je l'espérais.

La première chose que je remarquai en quittant l'hôpital, c'est que les étoiles avaient disparu. Plus un rayon, plus une seule étincelle de lumière. Les nuages les avaient engloutis. Le monde était soudain sinistre, hostile et sombre.

Papa me serra contre lui et nous regagnâmes la voiture. Tout le long du trajet, je gardai les yeux fermés, la tête posée sur son épaule. Nous n'échangeâmes pas une parole avant d'arriver dans notre rue. Jusqu'à ce qu'il se gare devant notre immeuble et constate à voix haute :

— C'est Jimmy.

Je me redressai brusquement. Mon frère était assis sur le pas de la porte. Il ne bougea pas, même quand il nous eut reconnus. Je descendis et m'approchai lentement de lui.

— Comment es-tu rentré, Jimmy ?

— J'ai couru tout le long du chemin.

Il avait relevé la tête et, malgré le faible éclairage du hall, je pus voir qu'il était tout rouge et hors d'haleine. Et je l'imaginai, courant comme un fou pendant des kilomètres, brûlant le pavé, tentant d'échapper au terrible oiseau noir qui lui étreignait le cœur entre ses serres.

— Nous nous sommes occupés de tout, mon garçon, le rassura papa. Tu ferais mieux de rentrer, maintenant. Nous ne pouvons rien faire de plus.

— Je t'en prie, Jimmy ! implorai-je. Rentre.

Il me regarda, se leva et nous suivit dans la maison. Grâce à Dieu, Fern dormait comme un plomb. Mme Jackson se montra très compatissante et offrit de venir s'occuper d'elle le lendemain matin, mais je lui dis que je m'en chargerais. J'avais besoin d'activité. Un besoin vital.

Après son départ, nous nous retrouvâmes tous les trois incapables de parler, sans savoir que faire de nous-mêmes. Mais quand papa voulut se retirer dans sa chambre, il éclata en sanglots sur le seuil. Jimmy me consulta du regard et, tous les deux, nous allâmes l'entourer de nos bras. Ce fut ainsi, étroitement serrés l'un contre l'autre, que nous laissâmes le chagrin nous vider de nos forces et de nos larmes. Jamais le sommeil ne nous parut si bienvenu.

Naturellement, les funérailles furent aussi modestes que nos moyens : maman fut enterrée en dehors de Richmond, juste à la limite de la ville. Quelques collègues de papa et Mme Jackson assistèrent à la cérémonie. M. Moore aussi. Il me dit que la meilleure façon pour moi d'honorer la mémoire de maman était de continuer ma musique. Et Philippe amena Louise.

Je n'avais pas la moindre idée de ce que nous allions devenir, maintenant. Papa eut droit à une semaine de congé, rétribuée. Il fit ses calculs et décida qu'en épargnant au maximum nous pourrions payer Mme Jackson pour garder Fern jusqu'à la fin de l'année scolaire. Mais Jimmy ne l'entendait pas de cette oreille. Bien que le semestre fût presque achevé, à quelques jours près, il était plus que jamais résolu à quitter Emerson Peabody. Je le suppliai de revenir sur sa décision, au moins pour l'année en cours. Et j'avais presque gagné la partie quand un certain petit matin, quelques jours après ces événements, des coups violents ébranlèrent notre porte. Le bruit se répercuta dans tout l'appartement, lourd de mauvais présages. J'en eus froid dans le dos et mon cœur se mit à cogner contre mes côtes.

Ces coups frappés à la porte allaient changer nos vies pour toujours, et je ne devais jamais les oublier. Au cours de mille et mille nuits à venir, ils hanteraient mes rêves. Et, si doux que fût mon lit, si profond mon sommeil, ils reviendraient et reviendraient me réveiller.

Je venais juste de me lever et de passer ma robe de chambre pour aller préparer le petit déjeuner. Fern gigotait dans son berceau. Elle était trop jeune pour comprendre la tragédie que nous vivions, mais à travers nos voix, nos allures de fantômes et nos mines défaites, elle en devinait quelque chose. Elle pleurait moins, demandait moins souvent à jouer ; et quand elle cherchait maman et ne la trouvait plus, elle levait sur moi un regard interrogateur, si triste qu'il me poignait le cœur. Mais je me dominais : elle avait déjà vu couler assez de larmes.

Effrayée par cette grêle de coups, elle se dressa dans son berceau et se mit à pleurer. Je la pris dans mes bras et la cajolai tendrement.

— Allons, allons, Fern. Tout va bien...

Combien de fois maman l'avait-elle bercée des mêmes paroles ? Je les entendais encore. Je la serrai contre moi et me préparai à aller ouvrir quand papa se montra sur le seuil de sa chambre. Jimmy s'assit dans le canapé-lit. Nous nous regardâmes, tous les trois, puis nos yeux se fixèrent sur la porte.

— Qui peut bien venir d'aussi bonne heure ? marmonna papa en passant une main dans ses cheveux en broussaille.

Il se frictionna les joues pour se remettre les idées en place et traversa la salle de séjour. Je reculai jusqu'au lit et attendis, debout à côté de Jimmy. Fern cessa de pleurer et se tourna vers la porte, elle aussi. Et papa ouvrit.

Il y avait trois hommes. Deux agents de police et le veilleur de nuit de l'hôpital.

— Ormand Longchamp ? fit le plus grand des deux agents.

— Oui ?

— Nous avons un mandat d'arrêt contre vous.

Papa ne posa pas de questions. Il battit en retraite et soupira, comme si une chose à laquelle il s'était toujours attendu avait fini par arriver. Et il baissa la tête.

— Je l'ai reconnu du premier coup d'œil à l'hôpital, annonça le gardien. Et quand j'ai su que la récompense tenait toujours...

— Reconnu qui ? articulai-je, terrorisée. Que se passe-t-il, papa ?

— Nous arrêtons cet homme pour kidnapping, déclara le policier qui avait déjà parlé.

— Kidnapping ?

J'échangeai un regard avec Jimmy, qui bougonna :

— C'est ridicule.

Je me retournai vers papa. Il n'avait toujours pas ouvert la bouche pour se défendre, et ce silence me terrifiait.

— Kidnapping ? Mon père n'a jamais volé d'enfant ! Et qui aurait-il enlevé, d'abord ?

Le gardien ne laissa personne lui souffler sa réplique, il était bien trop fier de son exploit.

— Qui ? Mais vous, ma petite !

8

Papa, voleur d'enfants ?

J'étais assise toute seule, glacée d'effroi, dans une petite salle sans fenêtres du commissariat. Je ne pouvais pas m'arrêter de trembler, et par moments mes dents se mettaient à claquer malgré moi. J'étreignis frileusement mes épaules et considérai les murs d'un beige déteint, les vilaines éraflures au bas de la porte. On aurait dit que quelqu'un s'était acharné dessus à coups de pied pour essayer de sortir. Au bout d'une chaîne fixée au centre du plafond, une armature gris argent protégeait une ampoule unique. Sa lumière falote éclairait un mobilier métallique des plus sommaires : une petite table et quelques chaises.

Nous avions été amenés ici dans deux voitures différentes : papa dans l'une, Jimmy, Fern et moi dans la seconde. Mais dès notre arrivée, on nous avait séparés. Jimmy et moi ne doutions pas qu'il s'agissait d'un terrible malentendu et qu'une fois les choses tirées au clair on nous laisserait rentrer chez nous. Mais c'était la première fois que je pénétrais dans un commissariat de police, et je n'avais jamais eu aussi peur de ma vie.

La porte s'ouvrit enfin devant une petite femme replète en uniforme de police, chemisier blanc, tailleur bleu et cravate assortie. Elle avait des cheveux auburn, des sourcils broussailleux, et des paupières tombantes qui lui donnaient l'air ensommeillé. Pour s'asseoir en face de moi, elle dut contourner la table. Puis elle y posa le bloc-notes qu'elle tenait sous le bras et me dévisagea sans sourire.

— Je me présente, agent de police Carter.

Va pour Carter. Son nom m'était bien égal !

— Où sont ma petite sœur et mon frère ? Je veux voir papa ! Pourquoi nous avez-vous séparés ?

— Votre père, comme vous l'appelez, est en train d'être interrogé en particulier sous inculpation de kidnapping, rétorqua l'agent Carter. Quant à vous, Aurore (elle se pencha à travers la table, appuyée sur les avant-bras), j'ai quelques questions à vous poser pour compléter nos informations.

— Je ne veux pas répondre à vos questions ! m'emportai-je. Je veux voir mon frère et ma petite sœur.

Je n'aimais pas cette femme et n'essayais pas de m'en cacher. Elle se redressa et rejeta les épaules en arrière.

— En attendant, vous êtes tenue de coopérer.

— Il s'agit d'un malentendu, mon père ne m'a pas kidnappée. Je vis avec maman et lui depuis toujours. Ils m'ont tout raconté, ma naissance, quel genre de bébé j'étais !

Comment pouvait-elle être stupide à ce point ? Tous ces gens ne voyaient-ils pas qu'ils commettaient une effroyable erreur ?

— Ils vous ont enlevée quand vous étiez au berceau, déclara-t-elle en consultant ses notes. Il y a exactement quinze ans, un mois et deux jours.

Pour le coup, je souris.

— Quinze ans ? Mais je ne les ai pas encore ! Mon anniversaire tombe le 10 juin, vous voyez bien que...

— Vous êtes née en mai, ce changement de date est l'un des moyens dont ils se sont servis pour couvrir leur crime, expliqua-t-elle, d'un ton si détaché que mon sang se figea.

Je respirai à fond et secouai la tête avec énergie. Alors j'avais déjà quinze ans ? Non, impossible. Cette histoire ne tenait pas debout.

— Mais je suis née sur une autoroute, protestai-je, les larmes aux yeux. Maman m'a raconté cent fois cette histoire. Ils ne m'attendaient pas si tôt et je suis venue au monde dans une camionnette. Juste au moment où les oiseaux...

— Vous êtes née dans un hôpital, à Virginia Beach, affirma l'agent Carter en baissant le nez sur son bloc. Vous pesiez trois kilos deux cents.

De nouveau, je fis signe que non, mais elle insista.

— Il faut que je vérifie quelque chose. Veuillez déboutonner votre chemisier et le baisser, s'il vous plaît.

— Quoi !

— Personne n'entrera, on sait pourquoi je suis ici. Allons, je vous en prie. (Je ne fis pas le moindre geste.) Si vous ne coopérez pas, vous rendrez les choses plus difficiles pour tout le monde, y compris Jimmy et le bébé. Ils devront rester ici jusqu'à ce que l'enquête soit terminée.

Je baissai la tête. Les larmes que je ne contenais plus zigzaguaient sur mes joues. Je les écrasai de mes poings.

— Déboutonnez votre chemisier. Baissez-le.

— Mais pourquoi ? demandai-je en relevant la tête.

— Il y a une petite marque de naissance juste en dessous de votre épaule gauche, n'est-ce pas ?

Je la dévisageai, soudain glacée jusqu'à la moelle. Et c'est à peine si je m'entendis répondre :

— Oui.

Elle se leva et contourna la table.

— S'il vous plaît. Je dois m'assurer de ce détail.

Les doigts gourds, bien trop raides pour mener à bien ma tâche, je bataillai avec les boutons de mon chemisier.

— Non ! me récriai-je âprement, au moment où ils cédaient enfin.

Puis j'abaissai lentement ma manche, les yeux fermés, et j'éclatai en sanglots. Je sursautai quand l'agent Carter posa le doigt sur la fameuse marque.

— Merci, dit-elle en retournant s'asseoir. Vous pouvez vous reboutonner. Il nous reste à comparer les empreintes plantaires, mais Ormand Longchamp a déjà avoué, de toute façon.

J'enfouis mon visage entre mes mains.

— Non ! Je ne vous crois pas, rien de tout ça n'est vrai. Rien du tout !

— Je comprends que le choc soit rude pour vous, mais il va falloir vous y faire, dit l'agent Carter avec fermeté.

— Comment tout cela est-il arrivé ? Pourquoi ?

— Comment ? (Elle haussa les épaules et revint à ses notes.) Il y a quinze ans, les époux Longchamp étaient employés dans un hôtel, dans une station balnéaire proche de Virginia Beach. Sally Jean était femme de chambre et Ormand, homme de peine. Peu après votre retour de la maternité, Ormand et... (nouveau regard au carnet de notes) et Sally Jean disparurent avec vous, emmenant également une quantité considérable de bijoux.

— Ils n'auraient jamais fait ça ! larmoyai-je.

Une fois de plus, l'agent Carter haussa les épaules, le regard aussi inexpressif que son visage blême ; apparemment, elle avait assisté si souvent à ce genre de scènes qu'elle était blasée.

Non, m'entêtai-je à penser. Non ! Je suis en plein cauchemar et je vais me réveiller dans mon lit, chez nous. Maman ne sera pas morte et nous serons tous réunis, comme avant. J'entendrai Fern gigoter dans son berceau et je me lèverai pour voir si tout va bien. Peut-être même que je jetterai un coup d'œil sur Jimmy, par la même occasion. Et dans la demi-obscurité, j'arriverai juste à distinguer sa tête et je verrai qu'il dort comme un loir, dans notre canapé-lit. Je n'ai qu'à compter lentement jusqu'à dix et quand j'ouvrirai les yeux... Un... deux...

— Aurore ?

— Trois... quatre... cinq...

— Aurore ! Regardez-moi.

— Six... sept...

— Je suis censée vous préparer à retrouver votre véritable famille, en ce moment. Nous allons bientôt quitter le commissariat...

— Huit... neuf...

— Et monter dans une voiture de patrouille.

— Dix !

J'ouvris les yeux dans la lumière crue et ce fut la fin de mes espoirs, de mes prières, de tous mes rêves. La hideuse réalité reprit ses droits.

— Non ! hurlai-je en bondissant sur mes pieds. Papa !

— Aurore, asseyez-vous.

— Je veux papa ! Je veux le voir !

— Asseyez-vous immédiatement.

— Papa !

Je me retrouvai sur ma chaise, les bras maintenus le long du corps par la poigne vigoureuse de l'agent Carter.

— Arrêtez cette comédie, ou je vous ramène chez vous en camisole de force.

La porte s'ouvrit et deux policiers s'avancèrent dans la pièce.

— Besoin d'un coup de main ?

Je levai sur eux un regard brûlant de rage, de terreur et de frustration. Le plus jeune des deux semblait plutôt compréhensif. Il me fit penser à Philippe, avec ses cheveux blonds et ses yeux bleus.

— Allons, petite. Calmez-vous.

— J'ai la situation en main, jeta l'agent Carter sans relâcher sa prise.

Mais je cessai de me débattre.

— Ouais, je vois ça, commenta son jeune collègue. Ça n'a pas l'air d'aller tout seul.

Elle desserra son étreinte et j'en profitai pour me lever.

— Tu veux ma place, Dickens ?

Je bloquai ma respiration pour contenir mes sanglots, et le souffle me manqua. Je hoquetai pour reprendre haleine. Le jeune policier m'observait avec douceur.

— C'est un sale moment à passer pour une gamine. Elle ne doit pas être plus vieille que ma sœur, si ça se trouve.

— Tu te prends pour une assistante sociale ou quoi ?

— Nous partirons dès que vous serez prête, m'informa Dickens.

Et les deux hommes s'éclipsèrent.

— Rappelez-vous, menaça l'agent Carter, moins vous serez coopérative, plus ça durera et plus ce sera pénible. Surtout pour ceux que vous appelez vos frère et sœur. Alors, vous devenez raisonnable ou je vous enferme quelques heures pour réfléchir ?

— Je veux rentrer chez moi, dis-je d'une voix gémissante.

— Mais vous allez rentrer chez vous. Dans votre vrai foyer, chez vos véritables parents.

Je fis un signe de dénégation.

— Passons aux empreintes plantaires, maintenant. Enlevez vos chaussures et vos chaussettes.

Je m'affalai sur ma chaise et fermai les yeux une fois de plus, bien déterminée à ne les rouvrir que lorsque cette Mme Carter aurait terminé. Et à ne rien faire pour l'aider.

— Sacrée gamine ! bougonna-t-elle en me déchaussant.

Quand elle en eut fini avec les empreintes, ses deux collègues rentrèrent et attendirent debout qu'elle eût achevé son rapport. Elle avait à peine levé le nez de son bloc-notes que Dickens annonçait :

— Le capitaine désire que nous partions tout de suite.

— Rien que ça ! commenta-t-elle avec ironie. Si vous avez besoin de passer aux toilettes, Aurore, c'est le moment.

— Où allons-nous ?

Ce fut à peine si je reconnus ma voix. Tout dérivait autour de moi, je flottais dans une espèce de brouillard. J'avais perdu tout sens du temps et de l'espace, et jusqu'à la notion de ma propre identité.

— Vous retournez chez vous, dans votre vraie famille.

Dickens me prit gentiment par le bras et m'aida à me lever.

— Allons, mon petit, on y va. En passant aux lavabos, débarbouillez-vous la figure, vous avez tellement pleuré que vous en avez besoin. L'eau fraîche vous fera du bien.

Son bon regard et son sourire chaleureux me touchèrent. Où était papa ? Et Jimmy ? J'aurais voulu serrer ma petite Fern contre moi, couvrir de baisers ses joues veloutées et rebondies jusqu'à ce qu'elles deviennent toutes rouges. Qu'elle crie ou pleure, jamais plus je ne m'en plaindrais. Et même, j'aurais voulu l'entendre pleurnicher et répéter sa litanie, les bras tendus vers moi : « Aurore, debout. Aurore, debout »...

— Par ici, petite, dit l'officier Dickens en me pilotant vers les lavabos.

Je me sentis mieux après m'être lavé le visage à l'eau fraîche, et retrouvai un peu de ressort. Je passai aux toilettes avant de sortir, puis j'interrogeai du regard les deux policiers. C'est alors que, de l'autre côté du couloir, une porte s'ouvrit. Et j'entrevis papa, effondré sur une chaise, tête basse. Je ne fis qu'un bond jusqu'à la porte qui venait de s'ouvrir.

— Papa !

Il leva la tête et son regard passa par-dessus moi, vide et comme hypnotisé. On aurait dit qu'il ne me voyait pas.

— Papa, dis-leur que ce n'est pas vrai, qu'il s'agit d'un affreux malentendu !

Il fut sur le point de parler mais il y renonça, fit un signe de dénégation et, à nouveau, courba la tête. Une main se posa sur mon épaule et je hurlai de plus belle :

— Papa ! Je t'en prie, ne les laisse pas nous séparer !

Pourquoi ne réagissait-il pas, lui si prompt à la colère ? Où était passée sa force ? Comment pouvait-il les laisser faire ?

— Venez, Aurore, dit une voix derrière moi.

La porte de la pièce où se tenait papa commença à se refermer. Il leva les yeux sur moi et murmura :

— Je suis désolé, ma chérie. Je te demande pardon.

Et la porte fut refermée pour de bon.

Pardon ? Je libérai mon épaule et cognai du poing contre le battant. *Pardon pour quoi, papa ? Tu n'as pas pu faire ce dont ils t'accusent. C'est impossible !*

L'officier Dickens me tira en arrière, d'une poigne plus ferme cette fois.

— Allons-y, Aurore. Il le faut.

Je pivotai vers lui, les joues inondées de larmes.

— Il n'a même pas bougé de sa chaise ! Pourquoi ? Pourquoi n'a-t-il rien fait pour m'aider ?

— Parce qu'il est coupable, mon petit. Je suis navré pour vous. Il faut y aller, maintenant. Venez.

Je coulai un dernier regard en direction de la porte close. J'avais comme un grand trou dans la poitrine, là où j'aurais dû sentir battre mon cœur. La gorge me faisait mal, je tenais à peine sur mes jambes. Dickens dut presque me porter jusqu'à l'entrée du commissariat où nous attendait sa collègue, ma petite valise à ses pieds.

— J'y ai mis tout ce qui m'a semblé être à vous, expliqua-t-elle. Il n'y en a pas lourd.

Je baissai les yeux. Ma pauvre petite valise, où j'avais si souvent emballé avec tant de soin mes maigres possessions, à chacun de nos innombrables départs vers une nouvelle vie ! Gagnée par une panique soudaine, je m'agenouillai pour l'ouvrir, fouillai dans la pochette intérieure et poussai un soupir de soulagement : j'avais senti sous mes doigts le portrait de maman. Je m'en emparai, le pressai sur ma poitrine et me relevai. Les deux policiers m'entraînaient déjà quand je m'arrêtai tout net.

— Attendez ! Où est Jimmy ?

— Il est déjà parti pour un foyer de transit, où il restera jusqu'à ce qu'il soit placé, répondit l'agent Carter.

— Placé ? (Ce mot atroce me fit mal.) Placé où ?

— Dans une famille d'accueil, qui l'adoptera peut-être.

— Et Fern ? articulai-je, presque sans souffle.

— Elle aussi. Allons-y maintenant, la route est longue.

Jimmy et ma petite Fern ! Ils devaient être terrifiés de ne pas savoir ce qu'ils allaient devenir. Etait-il possible que je sois responsable de tout cela ? Après avoir vainement appelé maman, c'est moi que Fern appellerait, maintenant.

— Mais quand pourrai-je les voir ? Où, comment ? (J'implorai Dickens du regard, mais il ne fit que secouer la tête.) Jimmy, Fern... il faut que je les voie... je vous en prie...

— Trop tard, dit-il avec douceur. Ils sont partis.

Mme Carter me poussa vers la voiture de police qui nous attendait et passa ma valise à Dickens, qui la rangea dans le coffre. Puis il prit place au volant tandis que le second policier, sans un mot, ouvrait la porte arrière devant sa collègue et moi. Elle me fit asseoir sur la banquette, séparée du siège avant par un grillage. Il n'y avait pas de poignées à l'arrière, je n'aurais pas pu sortir sans qu'on m'ouvre de l'extérieur. Assise entre les deux agents, je me faisais l'effet d'être une criminelle en transfert.

La rapidité des événements me plongeait dans une sorte de stupeur. Puis la voiture démarra, et je recommençai à pleurer. Je venais enfin de mesurer ma solitude. Papa, Jimmy et Fern étaient partis. On m'emmenait dans une autre famille, vers une autre vie. Une terreur viscérale s'abattit sur moi comme la foudre. Se pouvait-il que je ne revoie jamais papa, ni Jimmy, ni Fern ?

— C'est injuste ! murmurai-je à mi-voix. C'est injuste !

L'agent Carter m'entendit.

— Essayez d'imaginer ce qu'ont ressenti vos parents en constatant que vous aviez disparu. Que leurs employés vous avaient enlevée. Vous croyez que c'était juste, ça ?

— C'est un malentendu, m'obstinai-je. Un malentendu !

Jamais papa et maman n'auraient causé un tort pareil à qui que ce soit. Papa, me voler à une autre famille ? Sans se soucier du chagrin des autres parents ? Et tous mes souvenirs d'enfance, toutes ces histoires que maman m'avait racontées ? Maman qui travaillait si dur pour que nous ne manquions de rien... Maman qui fondait à vue d'œil et s'usait la santé sans se plaindre, pourvu que nous ayons de quoi manger et nous vêtir, Jimmy, Fern et moi. Elle avait enduré trop de souffrances pour avoir voulu faire souffrir une autre mère.

— Ce n'est pas un malentendu, Aurore, fit la voix sèche de l'agent Carter. Aurore... répéta-t-elle d'un ton dubitatif. Je me demande ce qu'ils vont penser de ça.

A nouveau, mon pouls s'accéléra. Mon cœur battit une charge frénétique, j'en eus le corps tout secoué.

— Ce qu'ils vont penser de quoi ?

— De votre prénom. Ce n'est pas le vrai. Vous étiez déjà rentrée chez vous quand on vous a enlevée, et baptisée.

— Et je m'appelle comment ?

J'avais l'impression d'être une amnésique retrouvant peu à peu la mémoire. Obligée de réinventer un monde fait de visages aveugles, qu'il me fallait dessiner sur une feuille blanche, trait par trait.

L'agent Carter feuilleta son carnet.

— Eugénie, répondit-elle après quelques instants. C'est peut-être mieux qu'Aurore, finalement, conclut-elle avec sécheresse.

— Eugénie ? Eugénie comment ?

Sur le point de refermer son carnet, elle s'y replongea.

— C'est vrai, je suis stupide de ne pas vous l'avoir dit plus tôt. Eugénie Grace Cutler.

Mon cœur manqua un battement.

— Cutler ? Vous avez bien dit : Cutler ?

— Exact. Vous êtes la fille de Randolph Boyse Cutler et de Laura Sue Cutler. En fait, vous ne serez pas à plaindre, ma petite. Vos parents possèdent un hôtel très connu, le Cutler's Cove.

— Oh, non !

Pas ça, surtout pas ça !

— Ne faites pas cette tête-là, vous auriez pu tomber plus mal.

Mais je ne pensais qu'à Philippe.

— Vous ne comprenez pas, je ne peux pas être une Cutler ! Ce n'est pas possible.

— Mais si, c'est possible. Et tout ce qu'il y a de plus vrai, vous n'allez pas tarder à en avoir la preuve.

La voix me manqua. Je me renversai sur mon siège comme si je venais de recevoir un coup dans l'estomac. *Philippe était mon frère.* Alors cette ressemblance entre nous, que j'avais trouvée si merveilleuse et interprétée comme un signe du destin... voilà donc d'où elle venait ?

Et Clara Sue, l'abominable Clara Sue était... ma sœur ? Echanger Jimmy et Fern contre Philippe et Clara Sue, quel coup du sort !

Et voilà qui éclairait bien des mystères. Pas étonnant que papa et maman n'aient jamais voulu retourner chez eux ! Ils savaient qu'on les recherchait comme criminels et que la police commencerait par aller voir là-bas. Je m'expliquais enfin la réaction de maman quand je lui avais parlé d'aller au concert avec Philippe, et la requête qu'elle m'avait adressée sur son lit de mort.

« Il ne faudra jamais nous juger mal, Aurore. Nous t'aimons. Souviens-toi toujours de cela. »

Tout était vrai, inutile de m'obstiner à soutenir le contraire. Je devais accepter les faits, même sans les comprendre. Les comprendrais-je un jour, seulement ?

Une fois encore, je fermai les yeux, exténuée. Avoir tant pleuré, tant souffert, quitté si cruellement papa, Jimmy et Fern, perdu maman... où trouver la force d'endurer cette nouvelle calamité ? Epuisée, hébétée, je n'étais plus qu'une enveloppe vide, à peine l'ombre de moi-même. Un corps fantomatique, vaporeux, à la merci du vent mauvais. Les visages de Jimmy et de Fern eux aussi s'effaçaient, feuilles arrachées par la tourmente. Déjà, je ne les distinguais plus clairement.

La voiture de patrouille accéléra, m'emportant vers ma nouvelle famille et ma nouvelle vie.

Le voyage me parut durer une éternité. A notre arrivée à Virginia Beach, le ciel nocturne s'était un peu dégagé, les rares éclaircies laissaient apercevoir quelques étoiles. Mais je n'éprouvai aucun réconfort à les voir scintiller. Pour moi, elles avaient changé. Ce n'étaient plus que des larmes gelées, minuscules gouttes de glace fondant peu à peu dans la noirceur lugubre de la nuit.

Les policiers avaient bavardé entre eux pendant presque tout le trajet, et c'est à peine s'ils m'avaient adressé la parole, et encore moins regardée. Jamais je ne m'étais sentie aussi perdue ni aussi seule. J'avais un peu somnolé, de temps à autre, et accueilli avec soulagement ces courts moments d'oubli. Pour un instant au moins, j'échappais à l'horreur de mon sort. Chaque fois que je m'éveillais, je m'accrochais à l'espoir que tout cela n'était qu'un rêve. Et chaque fois, le chuintement monotone des pneus, le paysage ténébreux fuyant derrière les vitres et la conversation tranquille des policiers me ramenaient à la terrible réalité.

Je ne pouvais pas m'empêcher d'éprouver une certaine curiosité pour ce nouveau monde où je me voyais littéralement projetée. Mais nous roulions si vite, tout défilait à une telle allure que rien ne pouvait se fixer dans ma mémoire. En quelques secondes, nous nous retrouvâmes sur l'autoroute, loin du centre nerveux de la ville. Je savais que dans cette obscurité, tout près de là, se trouvait l'océan. Et j'écarquillai les yeux, jusqu'au moment où les champs firent place à un miroir immense d'un bleu sombre. Au loin, d'infimes points lumineux signalaient des bateaux de pêche ou de plaisance. Peu après, la côte de Virginia Beach se dessina, annoncée par un panneau routier, et nous pénétrâmes dans la zone du front de mer avec ses enseignes au néon, ses restaurants, ses motels et ses hôtels.

Je ne tardai pas à remarquer le grand panonceau indiquant l'entrée de Cutler's Cove. A peine un village, juste une longue rue bordée de petites boutiques et de restaurants. Bien que la vitesse m'empêchât de distinguer les détails, j'en vis assez pour me rendre compte que l'endroit possédait le charme tranquille et pittoresque des lieux anciens.

— D'après nos indications, c'est ici, affirma Dickens.

Je pensai à Philippe, toujours au collège, et me demandai s'il était déjà au courant des événements. Ses parents avaient dû lui téléphoner. Comment avait-il réagi à cette révélation brutale ? Il devait être sous le choc, lui aussi.

— Ce n'est pas si mal pour un nouveau départ, observa mon voisin de gauche, se décidant enfin à reconnaître ce que nous venions faire là.

— Et comment ! approuva l'agent Carter.

— Nous y sommes, constata Dickens, et je me penchai en avant.

Dans une anse du rivage s'étendait une longue plage de sable fin qu'on aurait cru ratissé, tant il était lisse et propre : une merveille. Les vagues elles-mêmes venaient le lécher doucement, tendrement, comme si elles craignaient de l'abîmer. En franchissant le portail qui donnait accès aux lieux, un écriteau attira mon attention : PLAGE RÉSERVÉE AUX CLIENTS DE L'HÔTEL CUTLER'S COVE. Puis la voiture s'engagea sur une longue allée et l'hôtel se dressa devant moi, sur une petite éminence gazonnée qui déroulait sans hâte les plis d'une pelouse passée au peigne fin.

C'était une imposante construction à deux étages, bleu pastel avec des volets blancs et dont une galerie couverte faisait le tour. Il y avait de la lumière dans presque toutes les chambres, et des lanternes japonaises suspendues à la galerie éclairaient l'escalier à double révolution, en bois blanchi. Les fondations en pierre polie réfléchissaient l'éclairage des jardins, qui leur conférait un éclat de perle. Des clients flânaient dans le parc, où j'aperçus deux petits kiosques, des bancs de pierre et de bois, des fontaines avec leur jet d'eau, toutes rondes ou découpées en forme de grands poissons. Les sources de lumière s'espaçaient régulièrement le long des allées bordées de haies, et les parterres somptueux se paraient de toutes les couleurs de l'arc-en-ciel.

— C'est un peu mieux que là d'où vous venez, non ? commenta l'agent Carter.

Comment pouvait-on être insensible à ce point ? Je lui lançai un regard furibond, m'abstins de répondre et me détournai vers la fenêtre, au moment où la voiture tournait dans l'allée circulaire.

— Continuez, ordonna Mme Carter. On nous a dit de faire le tour par-derrière.

Par-derrière ? Mais où donc étaient mes nouveaux parents, mes vrais parents ? Pourquoi ne s'étaient-ils pas précipités à Richmond, au lieu de m'envoyer chercher par des policiers, comme une criminelle ? Ils auraient dû être tout émus de me retrouver ! Peut-être l'étaient-ils autant que moi. Philippe leur avait-il parlé de nous ? Et Clara Sue ? Elle ferait tout ce qu'elle pourrait pour qu'ils me détestent, aucun doute là-dessus.

La voiture s'arrêta, mais mon cœur ne se calma pas pour autant. Il cognait comme un piston contre mes côtes. J'en perdis le souffle, je ne pouvais pas m'empêcher de trembler. O maman ! pensai-je avec désespoir. Si tu n'étais pas tombée malade, si on ne t'avait pas emmenée à l'hôpital, je ne serais pas là ! Pourquoi le sort est-il si cruel ? Tout cela ne peut pas être vrai ! Vous ne pouvez pas être des voleurs d'enfants, papa et toi. Il doit y avoir une autre explication, une que mes vrais parents connaissent et veulent me dire. O mon Dieu, implorai-je, faites qu'il en soit ainsi !

Sitôt garé, Dickens descendit et vint nous ouvrir la portière. Mme Carter brandit une liasse de papiers.

— J'en ai pour une minute, le temps de leur faire signer ça.

Je lorgnai les documents en question. Signer ça ? Alors on me livrait comme un paquet, par l'entrée de service ! Je restai plantée là, ma valise à la main, contemplant la petite porte à moustiquaire à laquelle menaient quatre marches de bois. Déjà en route, l'agent Carter remarqua mon hésitation et se retourna, les poings sur les hanches.

— Allons, remuez-vous ! C'est là que vous habiterez, maintenant, dans votre vraie famille. Venez ! ordonna-t-elle d'un ton rogue en m'empoignant par la main.

Derrière moi, j'entendis la voix de Dickens :

— Bonne chance, Aurore !

Et je me laissai entraîner vers la porte. Elle s'ouvrit brutalement devant un homme à moitié chauve, au teint blafard de croque-mort et à la silhouette interminable. Il portait un complet bleu marine et une cravate du même ton tranchait sur sa chemise blanche. En m'approchant, je remarquai ses sourcils touffus, sa bouche étirée, presque sans lèvres, et son nez en bec d'aigle. Se pouvait-il qu'il fût mon père ? Je ne lui trouvai aucune ressemblance avec moi.

— Par ici, s'il vous plaît, dit-il en s'effaçant devant nous. Mme Cutler vous attend dans son bureau. Mon nom est Collins, je suis le maître d'hôtel.

Son regard brun s'attacha un instant sur moi, inquisiteur, mais il ne daigna pas sourire. Tout était long chez lui, le bras, la main légèrement hâlée qu'il tendit pour nous indiquer le chemin. Il se mouvait avec des gestes lents et gracieux, un peu comme dans un film au ralenti.

Mme Carter inclina la tête et, par l'étroit couloir d'entrée, nous passâmes dans ce qui devait être l'arrière-cuisine et les réserves. Quelques portes ouvertes me permirent d'apercevoir des cartons de provisions diverses. Au bout du couloir, Collins nous fit signe de prendre sur la gauche.

— J'espère quand même arriver avant l'âge de la retraite ! lança aigrement l'agent Carter.

— Nous y sommes presque, rétorqua Collins.

Nous nous arrêtâmes enfin devant une porte, où il frappa discrètement.

— Entrez, fit une voix de femme à l'accent autoritaire.

Collins ouvrit, coula un regard à l'intérieur et annonça :

— Ils sont arrivés.

— Introduisez-les, ordonna la femme.

Ma mère ?...

Collins battit en retraite, Mme Carter entra la première et je la suivis sans hâte. Nous étions dans un bureau où flottait un parfum de lilas, mais je ne vis pas la moindre fleur. La pièce respirait l'austérité, le parquet de bois nu devait être le plancher d'origine. Un tapis bleu foncé de forme ovale, au grain serré, faisait face au canapé de cretonne d'un bleu plus clair, placé à angle droit par rapport au grand bureau de chêne. Tout y était impeccablement rangé, et sa petite lampe fournissait le seul éclairage des lieux. Elle projetait une lueur jaune vaguement inquiétante sur les traits de la vieille dame qui nous dévisageait.

Bien qu'elle fût assise, je me rendais compte qu'elle était de haute stature et son air majestueux me frappa. Cheveux blanc bleuté légèrement ondulés, coupe dégageant la nuque et les oreilles ornées de diamants taillés en poire comme ceux de son collier à monture d'or. Elle devait peser dans les soixante kilos, ce qui était peu pour sa taille, mais son assurance faisait oublier sa minceur et l'empêchait de paraître fragile. Sous la veste soyeuse de coton bleu qu'elle portait sur une blouse blanche à col plissé, elle se tenait très droite, le menton haut.

— Je suis l'agent de police Carter, annonça rapidement mon accompagnatrice, et voici Aurore.

— Quelles sont les formalités ? s'enquit la vieille dame que je supposai être ma grand-mère.

— Il me faut votre signature sur ce papier.

— Vous permettez ?

Ma grand-mère chaussa ses lunettes cerclées de nacre, parcourut d'un trait le document et signa au bas de la page.

— Merci, dit l'agent Carter, qui m'accorda un bref coup d'œil. Eh bien, il est temps de m'en aller. Bonne chance, murmura-t-elle en se retirant.

Sans un mot, ma grand-mère se leva et contourna le bureau. Je pus voir la longue jupe bleue qui lui descendait aux chevilles et les chaussures blanc cassé, d'une coupe étudiée pour la marche et presque masculine, estimai-je. La seule imperfection que l'on eût pu reprocher à sa toilette, et encore, était une petite grimace sur son bas, au-dessus du pied gauche.

Elle alluma un lampadaire placé dans un coin et m'étudia longuement de ses yeux gris, couleur de pierre. Mais j'eus beau scruter ses traits, je n'y trouvai guère de ressemblance avec moi. La bouche de ma grand-mère était plus grande et plus ferme que la mienne. Et ses prunelles ne comportaient pas la moindre trace de bleu.

Son teint lisse évoquait le marbre, et une unique tache de vieillesse marquait le haut de sa joue droite. Une touche de rouge à lèvres, un soupçon de rose aux pommettes, voilà pour le maquillage. Pas une mèche folle ne dérangeait l'ordre irréprochable de sa coiffure.

Maintenant qu'on y voyait mieux, je pus détailler à loisir la pièce lambrissée de bois précieux. Je remarquai une petite bibliothèque d'angle derrière le bureau, sur la droite. Et sur le mur du fond, un grand portrait d'homme... mon grand-père, probablement.

— Tu as bien les traits de ta mère. (D'un pas raide et majestueux, ma grand-mère retourna s'asseoir derrière son impressionnant bureau.) Et son air puéril, ajouta-t-elle avec dédain.

Du moins, j'en eus l'impression. Elle avait une façon de relever le coin de la lèvre, en finissant ses phrases...

— Assieds-toi, ordonna-t-elle sèchement.

Quand j'eus obéi, elle croisa les bras sur sa poitrine plate et se carra dans son fauteuil, sans perdre une once de sa raideur. A croire qu'elle portait un corset de fer.

— Si je comprends bien, tes parents n'ont fait que vagabonder pendant tout ce temps, observa-t-elle d'une voix coupante, et ton père n'a jamais exercé d'emploi stable.

Elle avait bien dit « tes parents » et « ton père ». Surprenant.

— Un pas grand-chose, poursuivit-elle. Je l'ai jugé au premier coup d'œil, mais mon mari avait un faible pour les chiens perdus et il les a engagés, lui et sa souillon, acheva-t-elle d'un air écœuré.

Là, j'explosai.

— Maman n'était pas une souillon !

En guise de réponse, elle vrilla son regard dans le mien comme pour en extraire la substance même de mon être. Un vrai sondage, une fouille en règle. Je commençai à me sentir on ne peut plus mal à l'aise.

— Tes manières laissent plutôt à désirer, dit-elle enfin, confirmant son opinion par un hochement de tête. (Je devais découvrir qu'elle agissait toujours ainsi, quand elle était certaine d'avoir raison.) On ne t'a jamais appris à respecter tes aînés ?

— Je respecte ceux qui me respectent.

— Tu dois d'abord mériter ce respect. Et j'ajouterai que tu n'en es pas là. Je vois que tu as besoin d'être reprise en main, remodelée. En un mot, rééduquée, conclut-elle avec arrogance.

Et d'un ton si péremptoire que j'en fus ébranlée. Cette femme si frêle vous imposait d'un seul regard une force et un pouvoir que je n'avais rencontrés chez aucune autre, pas même chez la redoutable Mme Turnbell. Ses yeux scrutateurs, implacables, vous transperçaient comme un couteau et vous glaçaient le sang dans les veines.

— Les Longchamp t'ont-ils déjà parlé de cet hôtel ou de notre famille ?

— Non, jamais.

Les larmes me brûlaient les paupières, mais pour rien au monde je ne lui aurais laissé soupçonner mon chagrin, ni à quel point elle me blessait.

— Peut-être s'agit-il d'un malentendu, ajoutai-je, sans trop d'espoir.

Le comportement de papa au commissariat m'en laissait peu. Et je sentais que s'il restait la moindre chance d'erreur, cette femme saurait redresser la situation. Elle semblait capable de tout plier à sa volonté, y compris le passé.

— Non, malheureusement, répliqua-t-elle, déplorant visiblement le fait autant que moi. Je me suis laissé dire que tu étais bonne élève, malgré la vie que tu avais menée. Est-ce le cas ?

— Oui.

Elle se pencha en avant, les mains à plat sur le bureau. Elle avait de longs doigts fins, et son poignet mince jouait librement dans le bracelet de sa montre en or. Une montre à large cadran, d'allure masculine, elle aussi.

— Nous n'envisageons pas de te laisser terminer l'année à Emerson Peabody. Les événements sont déjà assez embarrassants pour tout le monde, et je ne crois pas que cela serait souhaitable pour Philippe et Clara Sue. D'ailleurs nous avons tout le temps de réfléchir à tes études. Ici, la saison est commencée et ce n'est pas le travail qui manque.

Je louchai vers la porte. Où donc étaient mes vrais parents, et pourquoi laissaient-ils à ma grand-mère le soin de décider de mon avenir ?

Et moi qui avais tant rêvé de connaître mes grands-parents ! Ma vraie grand-mère était bien loin de l'image que je m'en faisais, par exemple ! Les petites gâteries, les câlins quand tout va mal, voilà ce que j'avais tant espéré d'une aïeule. Celle-ci n'avait rien de la grand-maman gâteau de mes rêves, aimante et douce, qui m'aurait transmis sa sagesse, dorlotée comme sa propre fille et chérie davantage encore.

— Tu vas devoir apprendre tout ce qui concerne l'hôtellerie, en commençant au bas de l'échelle, m'annonça sévèrement ma grand-mère. Nous ne tolérons pas la paresse, ici. Le travail forme le caractère, et tu as besoin de travailler dur, j'en suis sûre. J'ai déjà parlé de toi à ma gouvernante, Mme Boston, et nous avons licencié une femme de chambre pour te donner son emploi.

— Une femme de chambre ?

On m'assignait le même travail qu'à maman, alors ?

Mais pourquoi ma grand-mère tenait-elle à ce que je la remplace ?

— Tu n'es pas une princesse qui revient d'exil, déclara-t-elle avec rudesse. Tu vas reprendre ta place dans la famille, même si tu n'y as pas vécu longtemps. Et pour cela, tu dois tout apprendre de notre métier et de nos façons de vivre. Tout le monde travaille, ici, et tu ne feras pas exception. Je suppose que tu es paresseuse, étant donné...

— Je ne suis pas paresseuse. Je peux travailler aussi dur que vous, ou n'importe qui d'autre.

— Nous verrons, fit-elle avec son petit hochement de tête, les yeux à nouveau rivés sur moi. J'ai déjà pris des dispositions à ton sujet avec Mme Boston, elle va venir te chercher incessamment pour te montrer ta chambre. J'espère que tu la tiendras propre et en ordre. Le fait d'avoir une femme de ménage n'autorise personne à se montrer négligent.

— Je n'ai jamais été négligente, et j'ai toujours aidé maman dans les travaux du ménage.

— Maman ? Oh... je vois. Eh bien, continue dans cette voie, et fais-en ta règle de vie, désormais.

Grand-mère Cutler dut sourire, car je vis se relever le coin de sa lèvre.

— Où sont mon père et ma mère ?

— Ta mère ? énonça-t-elle comme si elle proférait un mot tabou. Ta mère vient d'avoir, fort à propos, une de ses crises dépressives. Ton père te verra dès que possible, il est très occupé. Très occupé, répéta-t-elle en soupirant. Cette situation n'est facile pour aucun de nous, et tout cela tombe vraiment au mauvais moment. (A l'entendre, c'était ma faute si l'on avait reconnu papa et si la police m'avait retrouvée.) En plein début de saison ! Ne t'attends pas à te faire chouchouter, personne n'en aura le temps. Fais ton travail, tiens ta chambre en ordre, écoute et apprends. Pas d'autres questions ?

Je n'eus pas l'occasion de répondre : on frappait à la porte.

— Entrez ! lança grand-mère Cutler.

L'arrivante était une Noire d'allure affable, aux cheveux soigneusement tirés en chignon. Pas très grande, en fait à peu près de ma taille, elle portait un uniforme de femme de chambre, avec bas blancs et souliers noirs.

— Madame Boston, voici... (Ma grand-mère s'interrompit comme si je venais à l'instant d'entrer dans la pièce et parut écouter une voix intérieure.) Que décidons-nous, pour ton nom ? Il est ridicule. Nous t'appellerons par ton véritable prénom, bien sûr. Eugénie. D'ailleurs c'était celui d'une de mes sœurs, qui est morte de la petite vérole, presque à l'âge que tu as.

— Mon prénom n'est pas ridicule et je ne veux pas en changer ! m'écriai-je.

Elle détourna vivement les yeux de Mme Boston, les fixa sur moi et débita d'une voix tranchante :

— On ne porte pas de surnoms, chez les Cutler. Nous avons des noms qui nous distinguent du commun et nous font respecter de tous.

— Je croyais que le respect devait se mériter ! ripostai-je du tac au tac.

Elle sursauta comme si je l'avais giflée.

— Tu t'appelleras Eugénie, aussi longtemps que tu vivras ici, décréta-t-elle sur un ton sans appel. (Quelle voix froide, dure, insensible... Elle n'avait donc pas d'oreilles pour entendre ?) Madame Boston, conduisez Eugénie dans sa chambre. Et surtout, passez par-derrière, ajouta-t-elle en m'effleurant d'un regard dégoûté

— Oui, madame.

— Mon nom me va très bien, on me l'a donné parce que je suis née au lever du jour !

Je ne pouvais plus retenir mes larmes. Papa m'avait si souvent raconté cette aventure ! Etait-ce un mensonge de plus ? Non, pas cela. Pas les oiseaux, ni cette histoire de chant et de musique... non !

Le sourire glacé de ma grand-mère me fit courir un frisson le long de l'échine.

— Tu es née au beau milieu de la nuit.

— Non. Ce n'est pas vrai.

— Crois-moi. En ce qui te concerne, je sais mieux que toi ce qui est vrai ou ne l'est pas.

Elle se pencha vers moi, les yeux soudain rétrécis : ils me firent penser à ceux d'un chat.

— Ta vie entière n'a été qu'un tissu de mensonges et d'illusions. Mais je te l'ai déjà dit, nous n'avons pas de temps à perdre en fadaises et en cajoleries, surtout en pleine saison. Reviens sur terre, et sans tarder. Dans la famille, on n'étale pas ses états d'âme devant les clients. Pour eux, cet endroit est un paradis et doit le rester. Ne t'avise pas d'aller pleurnicher comme une hystérique dans tous les coins de la maison, Eugénie.

Ma grand-mère se leva, contourna le bureau et s'arrêta devant Mme Boston.

— Je dois retourner à la salle à manger. Quand vous aurez montré sa chambre à Eugénie, emmenez-la à la cuisine et faites-la dîner. Elle prendra ses repas avec le personnel. Ensuite, conduisez-la chez M. Stanley pour qu'il lui trouve un uniforme. J'aimerais qu'elle entre en fonctions dès demain.

Sur ce, grand-mère Cutler se retourna vers moi et me toisa de si haut que j'eus l'impression d'être à ses pieds. J'aurais bien voulu détourner les yeux, mais j'en fus incapable. Son regard d'oiseau de proie me fascinait.

— J'entends que tu te lèves à sept heures, Eugénie, et que tu ailles sans traîner déjeuner à la cuisine. Ensuite, tu iras directement te présenter à M. Stanley, le chef du personnel, qui t'indiquera ce que tu dois faire. C'est bien compris ?

Comme je ne répondais pas, elle ajouta à l'intention de Mme Boston :

— Veillez à ce qu'elle n'oublie pas mes recommandations.

Et là-dessus, elle s'éclipsa.

La porte se referma doucement derrière elle, et pourtant ce bruit léger résonna en moi comme une détonation. Te voilà dans ta vraie famille, méditai-je, ton vrai foyer...

Bienvenue à la maison, Aurore !

9

Une nouvelle vie

— Prenez votre valise et suivez-moi, Eugénie, m'ordonna Mme Boston, sur le même ton qu'avait employé ma grand-mère.

— Je m'appelle Aurore, vous vous souvenez ?

— Si Mme Cutler désire qu'on vous appelle Eugénie, c'est le nom que vous porterez ici. Cutler's Cove est son royaume, et soyez sûre que personne n'y conteste son autorité. Pas même votre père, et... (les yeux de la gouvernante s'élargirent et elle acheva dans un murmure :) encore moins votre mère.

J'essuyai furtivement les larmes qui me brouillaient la vue. Mais quelle sorte de gens étaient donc mes parents pour trembler ainsi devant ma grand-mère ? N'étaient-ils pas curieux de me connaître ? Ils auraient dû accourir à ma rencontre, toutes affaires cessantes !

Mme Boston me pilota vers la porte de service et le long du boyau mal éclairé qui passait derrière la cuisine.

— Où m'emmenez-vous, maintenant ?

J'en avais plus qu'assez d'être promenée partout comme un chien en laisse.

— La famille habite la partie ancienne de la maison, m'expliqua mon cicérone.

Quand nous fîmes halte au bout du couloir, j'eus un aperçu du hall d'entrée. Moquette bleue, papier mural gris perle, et pas moins de quatre lustres étincelants de lumière. Derrière le comptoir de la réception, deux femmes d'âge mûr accueillaient les clients, tous fort bien vêtus. Les hommes en complet de ville, les femmes en toilettes élégantes et couvertes de bijoux. Dès leur arrivée, ils se rassemblaient en petits groupes qui allaient et venaient en bavardant.

A l'entrée de la salle à manger se tenait grand-mère Cutler. Elle ne nous jeta qu'un regard, glacial. Mais en voyant s'approcher quelques clients, comme par magie, elle devint tout sucre, tout miel. Une des arrivantes lui tendit la main, elles s'embrassèrent et grand-mère suivit le groupe dans la salle à manger. Non sans nous avoir octroyé un dernier coup d'œil, aussi réfrigérant que le premier. Mme Boston comprit instantanément le message.

— Allons, ne restons pas là, dépêchons-nous !

Nous passâmes devant un salon dont je remarquai tout de suite la grande cheminée en pierre de taille et le mobilier ancien, confortable et chaleureux. Sièges en bois sculpté garnis de coussins moelleux, rocking-chair en pin noirci, canapé rembourré aux accoudoirs pourvus de tablettes et tapis coquille d'œuf, épais comme un gazon. De nombreux tableaux décoraient les murs et des bibelots s'entassaient sur le manteau de la cheminée. Je crus même entrevoir un portrait de Philippe, debout près d'une femme qui devait être notre mère, mais je n'eus pas le temps de m'en assurer. Mme Boston marchait quasiment au pas de charge.

— La plupart des chambres sont à l'étage, mais il y en a une en bas, près de l'office, m'informa-t-elle. Mme Cutler m'a dit que ce serait la vôtre.

— C'est une ancienne chambre de bonne ?

Ma question demeurant sans réponse, je grommelai entre mes dents :

— Quand j'aurai mérité le respect, j'irai dormir en haut.

Qu'elle m'eût entendu ou non, la gouvernante ne fit pas de commentaires. Nous traversâmes la petite cuisine qui servait d'office, puis l'étroit couloir qui menait à ma chambre, sur la droite. La porte était ouverte et Mme Boston donna de la lumière en entrant.

La pièce était minuscule. Contre le mur de gauche, un lit à une place, dont une planche de bois teinté formait le chevet. Par terre, une carpette ovale au beige douteux. Sur la table de nuit — à un seul tiroir —, une petite lampe. A droite, un placard et une commode. Et juste en face de nous, l'unique fenêtre de la chambre. Il ne me fut pas possible de voir sur quoi elle donnait, il faisait nuit et les arrières de l'hôtel n'étaient pas éclairés. Mais elle n'avait pas de rideaux, rien qu'un store d'un jaune délavé.

— Vous voulez ranger vos affaires maintenant ou venir d'abord à la cuisine manger un morceau ?

Je posai ma petite valise sur le lit et contemplai tristement les lieux.

Nous avions souvent habité des appartements exigus, où Jimmy et moi devions partager une chambre à peine plus grande que celle-ci. Mais parce que je vivais dans une famille aimante, unie par des liens d'affection mutuels, je n'avais jamais attaché trop d'importance à ce manque d'espace. Nous nous arrangions, et il fallait bien que je garde le sourire pour relever le moral de Jimmy et pour que papa soit de bonne humeur. Mais ici, je n'avais personne à rendre heureux, personne à qui penser... sauf moi.

— Je n'ai pas faim.

C'était vrai. Mon cœur pesait comme une pierre dans ma poitrine, l'angoisse me nouait l'estomac.

Mme Boston parut un peu désemparée.

— C'est que... Mme Cutler tenait à ce que vous preniez quelque chose. Je reviendrai vous chercher tout à l'heure pour vous conduire à la cuisine, décida-t-elle. N'oubliez pas que nous devons aller voir M. Stanley pour vous procurer un uniforme. C'est un ordre de Mme Cutler.

— Ça, je ne risque pas de l'oublier !

Elle me dévisagea un instant, les lèvres pincées. Qu'avais-je bien pu faire pour la contrarier ? Brusquement, je me souvins d'une remarque de ma grand-mère. On avait licencié quelqu'un pour me donner son poste.

— Qui a-t-on renvoyé pour que je prenne sa place ? demandai-je précipitamment.

L'expression de Mme Boston me confirma dans mes soupçons.

— Agatha Johnson. Elle travaillait ici depuis cinq ans.

— Je suis désolée. Je n'ai vraiment pas voulu ça.

— N'empêche que la pauvre fille est à la rue et frappe à toutes les portes pour trouver un emploi. Avec un bébé sur les bras, en plus ! ajouta la gouvernante d'un air écœuré.

— Mais pourquoi Mme Cutler l'a-t-elle renvoyée ? Ne pouvait-elle pas nous garder toutes les deux ?

Ma grand-mère m'avait placée dans une position odieuse vis-à-vis des domestiques : ils ne devaient pas voir mon retour d'un bon œil. Et apparemment, elle avait tout fait pour ça.

— Mme Cutler tient ses comptes au plus près, commenta Mme Boston. Pas de gaspillage, et pas de bouches inutiles. Celui qui n'abat pas sa part d'ouvrage n'a qu'à faire ses paquets. Et du majordome au marmiton, chacun sait ce qu'il a à faire, ni plus, ni moins. C'est pour ça que l'hôtel marche si bien, alors que tant d'autres ont dû fermer boutique, ces derniers temps.

— Je suis vraiment désolée, je vous assure.

— Hum ! grogna-t-elle d'un ton peu amène. Bon, je reviens dans cinq minutes.

Une fois seule, je me laissai tomber sur le lit. Le matelas usagé avait perdu toute consistance et le sommier gémit sous mon poids, pourtant léger. Je pris mon courage à deux mains et ouvris ma valise. La vue de mes maigres possessions réveilla en moi tant d'émotions et de souvenirs que le cœur me fit mal. J'éclatai en sanglots. Je pleurais depuis un moment, les joues noyées de larmes qui s'égouttaient une à une de mon menton, quand une clarté furtive attira mon attention. Quelque chose de blanc dépassait de la pochette intérieure de ma valise : j'y glissai la main et en ramenai le merveilleux rang de perles de maman. Dans la confusion qui avait suivi le concert et la mort de maman, j'avais oublié de les rendre à papa. Et en les trouvant dans mon tiroir, l'agent Carter avait cru qu'elles m'appartenaient. Voilà pourquoi elles se trouvaient là !

Je les pressai contre moi, pleurant de plus belle sous l'afflux des souvenirs. Le passé me tirait en arrière avec une telle force que j'aurais voulu m'y engloutir. J'avais besoin de sentir maman me serrer dans ses bras et me caresser les cheveux. De voir le visage de Jimmy s'empourprer de colère et d'orgueil, les yeux de Fern s'illuminer à mon approche, ses petites mains se tendre vers moi. Les perles me rappelaient tout cela, et plus encore, attisaient mon chagrin jusqu'à m'en faire éclater le cœur.

Oh, papa ! criait en moi une voix que j'étais seule à entendre. Comment as-tu pu faire une chose pareille ? Pourquoi ?

Soudain, je sursautai : on frappait à la porte. J'enfouis promptement les perles dans un tiroir et m'essuyai les yeux du revers de la main.

— Qui est là ?

La porte tourna doucement sur ses gonds et quelqu'un passa la tête à l'intérieur : un homme, très beau, vêtu d'un complet sport de teinte fauve. Ses cheveux châtains, soigneusement tirés sur les côtés, ondulaient discrètement au-dessus du front et quelques fils argentés striaient ses tempes. Son teint hâlé avivait le bleu intense de ses yeux. Je lui trouvai l'allure affable et l'élégance d'une vedette de cinéma.

— Bonjour, dit-il en attachant le regard sur moi.

Je ne répondis pas, et il fit un pas dans la pièce.

— Je suis ton père, ajouta-t-il en me tendant la main, comme si la chose allait de soi. Randolph Boyse Cutler.

J'en restai pantoise. Jamais je ne me serais attendue à ce genre de présentation ! Les pères sont supposés prendre leurs enfants dans leurs bras, et non leur serrer la main. Je lui rendis son regard.

Il était grand, près d'un mètre quatre-vingt-cinq, mais très mince. Avec la même bouche aux contours tendres que Philippe, et son sourire. Et puisqu'on m'affirmait qu'il était mon père, je cherchai ce que je tenais de lui. Les yeux ? Ce sourire ?

Ses doigts pressèrent doucement les miens.

— Bienvenue à Cutler's Cove. Comment s'est passé ton voyage ?

— Mon voyage ?

A l'entendre, on aurait dit que je revenais de vacances ! J'allais répondre que j'avais fait un voyage épouvantable, mais il me devança.

— Philippe m'a déjà beaucoup parlé de toi, tu sais.

— Philippe ?

Ma vue se brouilla. Le seul fait de prononcer ce prénom me rappelait le monde auquel on m'avait arrachée. Un monde que je commençais à trouver si doux, avant la mort de maman. Si merveilleux. Plein d'espoirs et d'étoiles, et de baisers que j'avais pris pour des promesses d'amour.

— Il m'a dit que tu avais une voix superbe. Je meurs d'envie de t'entendre chanter.

Ma voix... chanter... tout cela me semblait si loin. Fini. Aboli. Car le chant vient du cœur, et le mien ne s'emplirait plus jamais de musique. Il s'était brisé.

— Je suis ravi que tu sois si jolie, mais cela aussi Philippe me l'avait dit. Ce sera une grande joie pour ta mère. Naturellement... (mon père consulta sa montre comme s'il avait un train à prendre)... toutes ces émotions lui ont causé un choc, et j'attendrai demain pour te conduire chez elle. Elle est sous traitement et son médecin nous a recommandé de la ménager. Tu imagines l'effet que cela peut faire ? Apprendre que son enfant perdue depuis quinze ans vient d'être retrouvée !... Mais je suis sûr qu'elle est aussi impatiente de te voir que je l'étais moi-même ! s'empressa-t-il d'ajouter.

— Et où est-elle, en ce moment ?

Je me figurais qu'on l'avait conduite à l'hôpital. Et malgré mon horreur pour ma situation, je ne pouvais pas m'empêcher d'éprouver une certaine curiosité envers ma mère. J'aurais bien voulu savoir de quoi elle avait l'air.

— Dans sa chambre. Elle se repose.

Dans sa chambre ? Si elle était tellement impatiente de me connaître, comment pouvait-elle supporter ça ?

— D'ici un jour ou deux, dès que je pourrai me libérer, je me ferai une joie de passer un moment avec toi. Et tu me raconteras ta vie, ton passé, enfin tout, quoi ! D'accord ?

Je baissai la tête. Inutile d'exhiber mes yeux rouges.

— Je comprends que tu sois bouleversée, reprit mon père. Mais avec le temps, tout s'arrangera, nous y veillerons.

Avec le temps... Je voyais mal ce que le temps pourrait arranger. Et eux encore moins. Je m'entendis parler comme si les mots sortaient tout seuls de ma bouche.

— Que sont devenus mon frère et ma sœur de lait ? Je veux le savoir !

— Nous nc sommes pas en mesure de te renseigner, dit mon père en faisant la moue. Comme vous n'êtes pas réellement apparentés, nous n'avons même pas le droit de nous informer à leur sujet. Il te faudra les oublier, j'en ai peur.

— Je ne les oublierai jamais, jamais ! Et je ne veux pas rester ici. Je ne veux pas ! Je ne veux pas !

Ce fut plus fort que moi, j'éclatai en sanglots, une fois de plus. J'en étais toute secouée.

— Allons, allons, tout va s'arranger...

Mon père me posa la main sur l'épaule et la retira instantanément, comme s'il avait commis une incongruité. Cet homme si beau et si gentil était mon père véritable et pourtant, il me demeurait étranger. Un mur se dressait entre nous, épais, solide, et qui n'était pas seulement l'œuvre du temps et de la distance, mais de nos modes de vie totalement différents. J'avais l'impression de me retrouver en pays étranger, ignorant tout de l'art de vivre et des usages. Et je n'avais personne pour me venir en aide, personne à qui me fier.

J'aspirai une grande gorgée d'air et fouillai dans mon sac à la recherche d'un mouchoir en papier. Visiblement désireux de se rendre utile, mon père m'offrit le sien, un carré de soie très douce.

— Tiens, essuie-toi les yeux. (Ce que je m'empressai de faire.) Mère m'a raconté votre entrevue et annoncé qu'elle avait des projets pour toi. Avec toutes les responsabilités qu'elle assume, tu devrais te sentir flattée. En principe, quand Mère prend en main les intérêts de quelqu'un, c'est pour son plus grand bien.

Il s'interrompit, sans doute pour me laisser le temps d'exprimer ma gratitude. Mais, loin d'en éprouver, je préférai le silence au mensonge et il poursuivit :

— C'est ma mère qui a été informée la première qu'on t'avait retrouvée, d'ailleurs elle sait toujours tout avant tout le monde, ici. (Il eut un grand sourire attendri.) Imagine sa surprise quand on a réclamé la récompense ! Elle avait perdu tout espoir depuis longtemps, comme nous tous.

Pourquoi ce flot de paroles ? Mon père se sentait-il

aussi nerveux que moi ? Une fois de plus, il consulta sa montre.

— Bon, il faut que je retourne à la salle à manger. Mère et moi bavardons toujours un moment avec nos pensionnaires, au dîner. La plupart d'entre eux viennent chez nous depuis des années et Mère les connaît tous par leur nom. Elle a une mémoire étonnante pour ça, comme pour les visages. Bien meilleure que la mienne.

Les traits de mon père s'illuminaient quand il parlait de Grand-mère. Etait-ce bien la même vieille dame qui m'avait accueillie si froidement, le regard dur et la langue acerbe ?

On frappa à la porte et Mme Boston se montra sur le seuil.

— Oh ! Désolée, monsieur Cutler. J'ignorais que vous étiez là.

— Ne vous excusez pas, madame Boston. Je m'en allais.

— Je viens voir si Eugénie n'a toujours pas envie de manger quelque chose.

— Eugénie ? Ah oui ! J'avais oublié ton vrai nom, pendant un moment.

— Je déteste celui-là. Je ne veux pas changer de prénom !

— Bien sûr que non, dit-il d'un ton conciliant qui m'arracha un soupir de soulagement.

Mais il ajouta presque aussitôt :

— Enfin, pas pour l'instant. Mais je suis certain que Mère saura te convaincre. D'une manière ou d'une autre, elle arrive toujours à vous faire entendre raison.

— Je ne veux pas changer de nom, m'obstinai-je.

— Bien, nous verrons, concéda-t-il sans conviction en balayant la pièce d'un regard. Tu ne manques de rien ?

Si je ne manquais de rien ? Mais *tout* me manquait ! Ma famille d'avant, ceux qui m'aimaient vraiment, pour qui je comptais. Et qui ne me traitaient pas comme une souillon crasseuse dont le seul contact risquait de les contaminer, eux et leur précieux petit univers. Je voulais dormir avec les miens. Et si la femme qui se reposait à l'étage était ma véritable mère, je voulais qu'elle me traite comme sa fille, au lieu de se faire dorloter par des médecins avant d'oser me regarder en face.

Je voulais que tout redevienne comme avant, même si la vie nous semblait dure. Ecouter Jimmy me parler dans le noir, partager avec lui mes espoirs et mes craintes. Je voulais entendre ma petite Fern m'appeler. Je voulais un papa qui m'accueille à bras ouverts et avec des baisers ; et surtout pas celui qui restait planté là sur le seuil, en me demandant de changer de nom !

Mais à quoi bon confier tout cela à mon vrai père ? Il n'aurait pas compris.

— Non, répondis-je.

— Parfait, alors tu ferais bien d'aller manger un peu. Emmenez-la dîner tout de suite, madame Boston, ordonna-t-il en s'éloignant.

Puis il se retourna pour ajouter à mon intention :

— Je reviendrai bavarder avec toi. Bientôt.

Et voilà. Il était parti.

— Je n'ai pas faim, répétai-je dès qu'il se fut éloigné.

— Il faut venir manger, mon petit, et sans traîner. Nous avons un horaire à respecter. Ça marche à la baguette, avec Mme Cutler.

Comprenant que la gouvernante n'abandonnerait pas la partie, je lui emboîtai le pas en direction de la cuisine. En arrivant au pied de l'escalier, je levai les yeux. Ma vraie mère se trouvait là-haut, dans sa chambre, toujours incapable d'affronter cette première rencontre. Mais qu'est-ce que j'étais pour elle ? Un monstre, une bête sauvage ? Et quand nous nous verrions face à face (il faudrait bien en venir là !), comment réagirait-elle ? Se montrerait-elle plus tendre et plus attentionnée que ma grand-mère ? Insisterait-elle pour qu'on m'installe tout de suite en haut, afin de m'avoir tout près d'elle ? La voix de la gouvernante me rappela à l'ordre.

— Allons, ce n'est pas le moment de lambiner !

Mais je restai le nez en l'air, toute songeuse.

— Madame Boston, si vous appelez ma grand-mère « Mme Cutler », comment appelle-t-on ma mère ? Est-ce que les gens ne les confondent jamais ?

— Il n'y a pas de danger !

— Ah bon ? Pourquoi ?

Elle leva les yeux pour s'assurer que personne ne risquait d'entendre, puis se pencha pour chuchoter à mon oreille :

— Votre mère, c'est « la petite madame Cutler », qu'on l'appelle. Et maintenant, venez. C'est pas l'ouvrage qui manque.

A la cuisine, serveurs et serveuses étaient alignés devant une longue table, attendant leurs plateaux. On se serait cru dans un hôpital. La nourriture était délicieuse, mais Mme Boston resta debout derrière moi pendant tout le repas, pressée de me voir finir. Dès que j'eus repoussé ma chaise, nous nous rendîmes chez M. Stanley. La cinquantaine, mince, cheveux bruns clairsemés, visage étroit, le chef du personnel avait de petits yeux et une longue bouche fine. Ses mouvements brefs et rapides lui donnaient un peu l'air d'un oiseau. Quand Mme Boston se fut acquittée des présentations, il recula de quelques pas et m'observa, les bras croisés.

— Humm ! fit-il en branlant du chef. Le vieil uniforme d'Agatha devrait lui aller.

Je n'avais pas plus envie des vieux oripeaux d'Agatha que de sa place, mais M. Stanley se souciait peu d'entrer dans les détails. C'était un homme efficace. Il alla chercher l'uniforme, des chaussettes blanches, des souliers blancs à ma pointure et me remit le tout comme si j'entrais dans l'armée. Je dus même lui signer un reçu.

— Ici, quand on casse quelque chose, on le paie. Si on égare quoi que ce soit, on le paie aussi. Dans cet hôtel, les choses ne disparaissent pas aussi vite qu'ailleurs, précisa-t-il avec orgueil. Je vous le garantis.

« Demain matin, en arrivant, vous irez dans l'aile gauche avec Sissy. Vous pouvez disposer.

— Vous saurez retrouver votre chambre ? me demanda Mme Boston, une fois dehors. (J'acquiesçai d'un signe.) Bon, alors à demain matin.

Je la regardai s'éloigner avant de retourner vers la partie ancienne de l'hôtel. Mais je n'allai pas plus loin que le salon : j'y entrai. Je voulais voir les photos de famille alignées sur le manteau de la cheminée. Sur l'une d'elles, Clara Sue encore enfant était debout aux côtés de Philippe, devant l'un des petits kiosques. Je retrouvai celle de Philippe et de notre mère, à laquelle je n'avais jeté qu'un bref coup d'œil. Mais juste au moment où je m'en emparais pour l'examiner de plus près, Grand-mère s'encadra dans l'embrasure de la porte. Je sursautai quand elle m'adressa la parole.

— A ta place, Eugénie, je prendrais une bonne nuit de repos. Tu dois t'habituer à ton nouvel emploi du temps.

Son regard passa de mon visage aux photographies, et je reposai vivement celle que je tenais en main.

— Je vous l'ai déjà dit, ripostai-je hardiment, je m'appelle Aurore.

Et sans attendre sa réponse, je courus m'enfermer dans ma chambre. Pendant quelques instants, je tendis l'oreille, sur le qui-vive. Et si Grand-mère m'avait suivie ? N'entendant aucun bruit de pas, je relâchai mon souffle et me tournai vers ma petite valise.

J'y pris le portrait de maman jeune fille, le posai sur la table de nuit et le contemplai longuement. J'entendais encore les dernières paroles qu'elle avait prononcées : « Il ne faudra jamais nous juger mal, Aurore. Nous t'aimons. Souviens-toi toujours de cela. » Oh, maman ! Regarde où nous en sommes, à présent. Pourquoi avez-vous agi ainsi, papa et toi ?

Je tirai les perles du tiroir où je les avais cachées, et

cela me fit du bien de les tenir dans ma paume. Je me sentais plus proche de maman. Mais je ne pouvais pas les porter, pas dans cet endroit horrible, ma nouvelle maison. Pour moi, elles étaient réservées aux occasions heureuses, et ma situation présente n'entrait certainement pas dans cette catégorie. Je les contemplai une dernière fois et les replaçai dans leur tiroir. Personne à Cutler's Cove ne devait connaître leur existence. Elles représentaient mon dernier lien avec ma famille, mon unique réconfort. Ce serait mon secret. Quand je me sentirais trop seule, que j'éprouverais la nostalgie du bonheur perdu, je n'aurais qu'à les sortir de leur cachette et les serrer dans ma main. Et peut-être qu'un jour viendrait où je pourrais à nouveau les porter.

Finalement, épuisée par la plus terrible journée de ma vie, je me déshabillai et me glissai sous la couverture. Elle sentait bon la propreté, mais elle était rugueuse et l'oreiller trop mou. Je détestais cette chambre, plus que le plus minable de tous nos appartements successifs.

Etendue sur le dos, j'observai pendant quelques instants les crevasses qui striaient comme un filet le plafond blanc, puis je me retournai pour éteindre la lampe. Aucune lumière ne filtrait du ciel couvert, je me retrouvai dans l'obscurité totale. Même quand mes yeux s'y furent accoutumés, j'eus peine à distinguer les contours de la commode et de la fenêtre.

Au temps où nous errions de ville en ville, c'était toujours dur de s'habituer à un nouvel endroit, surtout la nuit. Nous avions un peu peur, Jimmy et moi, mais au moins nous étions ensemble. Isolée dans la partie la plus ancienne de l'hôtel, je ne pouvais m'empêcher de guetter les mille petits bruits nocturnes, frissonnant au moindre craquement. Il me fallut un bon moment pour m'y faire et ne plus sursauter chaque fois.

Je tressaillis quand même lorsque je crus entendre... quoi donc ? Des pleurs ? Etouffés, certes, mais je ne me trompais pas. Quelqu'un pleurait : une femme. Je tendis l'oreille et la voix de ma grand-mère me parvint, reconnaissable, même si je ne pouvais pas comprendre ses paroles. Puis, aussi soudainement qu'ils avaient commencé, les pleurs cessèrent.

Le silence et la nuit se firent plus oppressants, lourds de menaces. Je restai à l'affût, guettant un son de voix, une parcelle de réconfort. Et je discernai bien des voix, mais si lointaines... On aurait dit une radio émettant d'une distance infinie, et elles ne m'apportaient ni sécurité ni réconfort. Pourtant, mon épuisement finit par prendre le dessus sur ma terreur. Je sombrai dans le sommeil.

J'avais retrouvé mon véritable foyer, et cependant je n'étais pas chez moi. Je me sentais étrangère dans ma propre maison, ma vraie famille. Combien de temps encore en serait-il ainsi ?

Le bruit de la porte m'éveilla en sursaut et pendant un instant j'oubliai où je me trouvais, ce qui m'était arrivé. Je m'attendais à entendre Fern appeler, à la voir sauter d'impatience dans son berceau. Mais lorsque je me dressai sur mon séant, je me trouvai face à face avec ma grand-mère. Aussi impeccablement coiffée qu'au moment de notre première entrevue, elle portait cette fois-ci un tailleur en coton gris anthracite, comme son chemisier, et des boucles d'oreilles en perles. Bagues et montre n'avaient pas changé.

Sa grimace réprobatrice et cette entrée subite ne manquèrent pas leur effet. J'eus l'impression que le cœur me battait dans la gorge.

— Que se passe-t-il ?

— Je me doutais que tu serais encore au lit ! lança-t-elle d'une voix acide. Je croyais t'avoir fait comprendre que tu devais être prête de bonne heure ?

— J'étais très fatiguée, mais je me suis endormie très tard. Quelqu'un pleurait.

Elle haussa les épaules et ses yeux se rétrécirent.

— Ridicule ! Personne n'a pleuré. Tu as dû rêver.

— Non, je n'ai pas rêvé. J'ai entendu quelqu'un pleurer.

Mon obstination m'attira les foudres de Grand-mère.

— Tu tiens absolument à me contredire ? Une fille de ton âge devrait savoir quand il convient de parler et quand il convient de se taire !

Je me mordis la lèvre. J'avais grande envie de répliquer, pourtant, et de lui demander pourquoi elle me traitait ainsi. Mais j'étais prise entre l'arbre et l'écorce, et bien obligée de filer doux. J'en tremblais de rage. On aurait dit que j'avais perdu la voix, que plus rien ne pourrait jamais sortir de moi, pas même une larme.

Grand-mère Cutler consulta sa montre.

— Il est sept heures. Si tu as l'intention de déjeuner, habille-toi immédiatement et file à la cuisine. Les membres du personnel qui prennent quelque chose le matin doivent manger avant les clients. A partir d'aujourd'hui, arrange-toi pour être à l'heure. A ton âge, tu devrais assumer tes responsabilités et ne pas compter sur les autres pour te les rappeler.

Cette fois, la coupe débordait. Ma colère explosa.

— Je me lève toujours de bonne heure, et j'assume parfaitement mes responsabilités !

Sans bouger de mon lit, je remontai le drap sur ma poitrine comme si cela pouvait apaiser les battements de mon cœur. Grand-mère me dévisagea avec attention, puis son regard dévia vers la table de chevet et elle fit un pas en avant, rouge de fureur.

— Qu'est-ce que c'est que ce portrait ?

— Celui de maman.

— Tu as apporté la photographie de Sally Jean Longchamp dans mon hôtel, là où n'importe qui peut la voir ?

Rapide comme l'éclair, elle s'empara de mon précieux

trésor. Je n'avais jamais vu quelqu'un se mouvoir aussi vite.

— Comment as-tu osé apporter ça ici ?

— Non ! m'écriai-je, mais trop tard.

La photo était en deux morceaux, et moi en larmes.

— Ce portrait m'appartenait, je n'avais que celui-là !

Grand-mère me toisa de toute sa hauteur.

— Ces gens étaient des kidnappeurs, des voleurs d'enfants ! siffla-t-elle entre ses dents, les lèvres serrées jusqu'à n'être plus visibles. Je te l'ai dit, je ne veux plus avoir le moindre contact avec eux. Raie-les de ton existence. (Elle jeta la photo de maman dans la corbeille à papiers.) Tu as dix minutes pour te présenter à la cuisine. La famille doit donner l'exemple au personnel, conclut-elle en tournant les talons.

Et la porte se referma sur mes sanglots.

Pourquoi ma grand-mère se montrait-elle si dure envers moi ? Ne comprenait-elle pas dans quel désarroi je me trouvais, arrachée à la famille que j'avais toujours prise pour la mienne ? Elle aurait pu me laisser un peu de temps pour m'adapter à ma nouvelle maison, ma nouvelle vie. Mais non, elle me traitait comme une fille des rues, une bonne à rien ! C'était révoltant. Je détestais cet endroit. J'aurais donné n'importe quoi pour être ailleurs.

Je bondis hors du lit et enfilai à la hâte un jean et un chemisier. Avec une seule idée en tête : quitter cette maison horrible, je me précipitai hors de ma chambre et sortis par la porte de service. Et tant pis si je me passais de petit déjeuner, tant pis si j'étais en retard au travail. La seule chose qui comptait pour l'instant, c'était ce regard haineux de ma grand-mère. Il me poursuivait.

Je marchai droit devant moi, tête basse, sans me demander où j'allais. J'aurais aussi bien pu tomber d'une falaise, pour ce que je m'en souciais ! Je finis quand même par lever les yeux. Je me trouvais devant une imposante arche de pierre, portant gravée l'inscription :

CIMETIÈRE DE CUTLER'S COVE. Tout à fait de circonstance, estimai-je. Au point où j'en étais, la mort eût sans doute mieux valu pour moi.

A travers le gouffre sombre du portail, je voyais luire les tombes au soleil du matin, pareilles à des os blanchis. Et sur la droite, j'aperçus un petit sentier où je me sentis entraînée, comme hypnotisée. Je m'y engageai d'un pas somnambulique. Le cimetière était entretenu avec le plus grand soin, l'herbe tondue à ras, les fleurs bien arrosées. Je ne fus pas longue à trouver la section où reposaient les Cutler, autrement dit mes ancêtres. Ils étaient tous là, arrière-grands-parents, oncles, tantes, cousins... ma famille, quoi ! Une vaste pierre indiquait la sépulture de mon grand-père et, juste derrière elle, un peu décalée sur la droite, j'en vis une autre beaucoup plus petite.

Intriguée, je m'en approchai pour lire l'inscription quand je m'arrêtai tout net. Je clignai des yeux, incrédule. Avais-je bien lu, ou la lumière matinale me jouait-elle un mauvais tour ? C'était impossible ! Je devais me tromper !

Je m'agenouillai pour effleurer du bout des doigts les quelques mots gravés sur la plaque.

EUGÉNIE GRACE CUTLER
TROP TÔT DISPARUE
MAIS JAMAIS OUBLIÉE

L'estomac noué, je comparai les dates avec celles de ma naissance et de ma « disparition ». Impossible de s'y méprendre : cette tombe était bel et bien... la mienne.

Je me relevai comme si le sol eût été chauffé au rouge. Les jambes molles, la nuque parcourue de frissons glacés, je détournai les yeux de cette preuve manifeste de ma non-existence. Je savais, sans le moindre doute, qui avait fait faire cette sépulture : grand-mère Cutler. Elle aurait certainement préféré que l'enfant que j'avais été y repose. Mais pourquoi ? Pourquoi cette hâte à me déclarer morte et enterrée ?

Je saurais bien forcer cette vieille sorcière à s'expliquer ! Je lui montrerais que je n'appartenais pas à une espèce inférieure qu'on peut fouler aux pieds, humilier et tourmenter. Non, je n'étais pas morte. J'étais bien vivante, et elle aurait beau faire, elle ne pouvait rien contre cela !

Mon premier soin en regagnant ma chambre fut de reprendre dans la corbeille la malheureuse photo de maman. Son beau sourire déchiré me fit mal, comme si c'était mon cœur que grand-mère avait coupé en deux. Je cachai les morceaux dans un tiroir, sous ma lingerie. Je les recollerais plus tard, sans doute, mais maman ne serait plus jamais la même.

Je passai mon uniforme et me rendis aussitôt à la cuisine. Il y avait foule. Serveurs, femmes de chambre, filles de salle, chasseurs, réceptionnistes... A mon arrivée, toutes les conversations cessèrent, tous les visages se tournèrent vers moi. Ce fut exactement comme si j'entrais dans une classe pour la première fois. Ils devaient tous savoir qui j'étais, maintenant.

Mme Boston m'appela et je me joignis au groupe des femmes de chambre. Je voyais bien qu'elles m'en voulaient d'avoir pris la place d'une autre, qui avait réellement besoin de travailler. Quoi qu'il en soit, les présentations faites, Mme Boston me désigna Sissy et je m'assis à ses côtés.

C'était une jeune Noire un peu plus petite que moi, mais plus vieille de cinq ans malgré les apparences : je lui aurais donné mon âge. Elle portait les cheveux très court, comme si on les avait coupés au bol.

— On ne parle que de toi, m'informa-t-elle. Les gens savaient depuis toujours que le bébé Cutler avait disparu, mais tout le monde te croyait morte. Mme Cutler avait même fait graver une pierre tombale à ta mémoire.

— Je sais, je l'ai vue.

— C'est vrai ?

— Pourquoi ont-ils fait ça ?

— A ce qu'on dit, ce serait Mme Cutler qui aurait pris cette décision, après être arrivée à la conclusion qu'on ne te retrouverait jamais vivante. Je ne suis pas allée à la cérémonie, bien sûr, j'étais trop petite. Mais ma grand-mère m'a raconté que personne de la famille n'y avait assisté. Mme Cutler a dit à tout le monde qu'ils te considéraient comme morte depuis le jour de ton enlèvement.

— Personne ne m'a parlé de ça, pourtant. J'ai découvert la tombe tout à fait par hasard, en cherchant la concession de la famille au cimetière.

— Je suppose qu'ils vont la faire enlever, maintenant.

— Pas si ma grand-mère peut l'empêcher, grommelai-je.

— Qu'est-ce que tu dis ?

— Rien.

Je frissonnais encore au souvenir de la petite tombe et du nom que j'y avais lu. Même si je ne l'acceptais pas comme le mien, c'était bien moi qu'il désignait. L'effet était le même. Je n'étais pas fâchée d'avoir du travail pour me changer les idées.

Après le petit déjeuner, nous nous rendîmes avec les autres femmes de chambre dans le bureau de M. Stanley. Il distribua les tâches en fonction des départs et des arrivées prévus pour la journée, et Sissy et moi nous partageâmes l'aile est. Quinze chambres en tout, chacune de nous se chargeant d'un côté du couloir. Juste avant l'heure du déjeuner, mon père vint me chercher.

— Ta mère est prête à te recevoir, Eugénie.

— Je m'appelle Aurore, je vous l'ai déjà dit, rétorquai-je en lui emboîtant le pas.

Après l'avoir vu gravé sur cette pierre tombale, l'autre prénom m'était plus odieux que jamais.

— Ne trouves-tu pas qu'Eugénie fait plus distingué, ma chérie ? C'était le prénom d'une sœur de ma mère, qui est morte toute jeune.

— Je sais, mais je ne l'ai jamais porté, et il ne me plaît pas.

— Tu pourrais changer d'avis, si tu voulais bien essayer ?

— Je ne veux pas, réaffirmai-je.

Mais il n'eut pas l'air d'entendre, ou ne fit aucun cas de ma réponse.

Nous débouchâmes dans la partie ancienne de l'hôtel et nous engageâmes dans l'escalier. Mon pouls s'accélérait à chaque marche. Au premier, je foulai une épaisse moquette ivoire. Un papier moderne à pois bleu clair tapissait les murs, et tout au bout du couloir, une grande baie déversait des flots de lumière. Au passage, mon père m'indiqua une porte sur la droite.

— C'est la chambre de Philippe, m'expliqua-t-il, et la suivante, celle de Clara Sue. Notre appartement se trouve par ici, à ta gauche, et celui de ta grand-mère juste après le tournant.

Devant la porte de gauche, il s'arrêta, ferma les yeux, les rouvrit. On aurait dit qu'un poids lui oppressait la poitrine.

— Il faut que tu saches... ta mère est une femme très délicate, très nerveuse d'après les médecins. Nous devons la ménager, lui éviter les chocs. Elle vient d'une famille d'aristocrates du Sud et elle a mené une existence très protégée. Mais c'est pourquoi je l'aime. A mes yeux, elle est comme... une œuvre d'art, une porcelaine fragile, ravissante, exquise. Elle a besoin de sécurité, d'être choyée, dorlotée. D'ailleurs, tu n'imagines pas quelle épreuve tout cela a été pour elle. En fait... elle a un peu peur de toi.

— Peur de moi ? Mais pourquoi ?

— Eh bien... l'éducation de deux enfants l'a déjà beaucoup fatiguée, tu comprends. Et tout d'un coup, se trouver face à face avec toi, disparue depuis si longtemps et qui as mené une vie si différente de la nôtre, cela l'effraie un peu. Tout ce que je te demande, c'est d'être patiente. Bon...

Il reprit son souffle et posa la main sur la poignée.

— Allons-y.

Ce fut comme si j'entrais dans un autre monde.

Nous étions dans un salon. Je remarquai d'abord le tapis lie-de-vin, le mobilier ancien mais si bien entretenu qu'il paraissait neuf. Ce fut plus tard seulement que je réfléchis à sa valeur : il remontait à la fin du XIXe.

Sur la gauche, vers le fond, une vaste cheminée de pierre, avec un portrait encadré d'argent posé en plein milieu. Celui d'une jeune femme en robe longue de mousseline claire, debout sur une plage, une ombrelle à la main. De chaque côté du portrait, aux deux extrémités de la tablette, un vase élancé ne contenant qu'une seule rose. Et au-dessus, décorant le trumeau, une peinture de ce qui devait être l'hôtel Cutler's Cove à sa fondation.

On y voyait de petits groupes de gens flânant sur les pelouses, d'autres assis sous la galerie qui cernait la demeure. L'homme et la femme debout côte à côte devant l'entrée étaient-ils mes grands-parents ? Pardessus les toits, de petits nuages floconneux dérivaient dans le ciel peint.

Immédiatement à ma gauche se dressait un piano, avec une partition sur le lutrin. Mais j'eus l'impression qu'on ne l'avait mise là que pour la figuration. En fait, toute la pièce avait un je-ne-sais-quoi d'inhabité, de figé, comme une salle de musée.

— Par ici, dit mon père en me désignant la porte à double battant, en face de nous.

Et il l'ouvrit d'un geste élégant, une main sur chaque poignée. Je m'avançai dans la chambre et retins de justesse une exclamation de surprise. Elle était si spacieuse ! Plus que n'importe lequel de nos nombreux appartements, estimai-je. Un tapis de haute laine bleu azur se déployait jusqu'à l'immense lit à colonnes qui trônait contre le mur du fond, encadré par deux grandes baies aux rideaux de dentelle. Les murs étaient tendus de velours bleu nuit, sauf celui de droite. Celui-là (un miroir d'un seul tenant doublant les proportions de la pièce), une longue coiffeuse en marbre blanc veiné d'écarlate l'occupait entièrement. Sur la tablette s'espaçaient des vases de jonquilles et deux chaises à haut dossier lui faisaient face, garnies de coussins dont les tons s'alliaient à ceux du marbre. Je ne jetai qu'un coup d'œil par la porte de la salle de bains, à droite elle aussi, mais j'eus le temps d'entrevoir la baignoire gigantesque et la robinetterie dorée. A gauche s'ouvrait une garde-robe plus grande que la chambre que j'occupais, sans compter la penderie. Un vrai salon d'habillage.

Appuyée à deux gros oreillers bien douillets, ma mère semblait presque perdue dans l'immensité du lit. Son négligé de soie rose s'ouvrait sur une chemise en dentelle. A notre approche, elle leva les yeux de son magazine et replaça un chocolat dans la boîte posée à côté d'elle, sur le drap. Elle avait des perles aux oreilles, du rouge à lèvres et un trait de fard soulignait ses paupières. On s'attendait à la voir sauter du lit, enfiler une robe à danser et s'en aller au bal.

— Nous voici, Laura Sue, crut bon d'annoncer mon père en me faisant signe d'avancer plus près. N'est-elle pas ravissante, notre petite fille ?

Je dévisageai la femme qu'on me présentait comme ma véritable mère et dus m'avouer que je lui ressemblais. J'avais ses cheveux blonds, dorés comme les blés, ses yeux bleus et son teint de pêche. J'admirai son cou de cygne, la grâce de ses épaules, sur lesquelles roulait en vagues fluides sa chevelure soigneusement brossée, lisse comme de la soie.

Elle me détailla brièvement, entre deux battements de cils, et aspira une gorgée d'air comme si le souffle lui manquait. Puis elle porta la main à sa poitrine et tourmenta nerveusement le médaillon en forme de cœur qui reposait entre ses seins. L'énorme diamant qui ornait son petit doigt paraissait presque trop lourd pour sa main frêle.

J'eus besoin d'air, moi aussi. Le parfum des jonquilles emplissait la pièce, presque étouffant. Je découvris que chaque table ou tablette avait son vase, sinon plusieurs à la fois.

La première question de ma mère ne s'adressa pas à moi.

— Pourquoi est-elle en uniforme de femme de chambre ?

— Oh, tu connais Mère. Elle a tenu à la mettre immédiatement au courant des us et coutumes de la maison.

— Eugénie, murmura enfin ma mère d'une voix mourante, est-ce bien toi ?

En me voyant secouer la tête, elle se tourna vers mon père d'un air désemparé. Il fronça les sourcils.

— Je dois t'avertir, Laura Sue, qu'Eugénie a été élevée sous le nom d'Aurore. Elle ne se sent pas très à l'aise quand on l'appelle autrement.

Ma mère ouvrit de grands yeux, battit des paupières et m'offrit une moue perplexe.

— Ah ? Mais c'est grand-mère Cutler qui a choisi ton nom !

J'eus le sentiment que, pour elle, ce nom était gravé dans la pierre pour l'éternité, sans discussion possible.

— Et alors ? Ça m'est bien égal !

Cette fois, elle parut franchement effrayée et le regard qu'elle jeta à mon père fut un appel au secours.

— Ils l'ont appelée Aurore ? Aurore tout court ?

— Cela ne fait rien, Laura Sue. Aurore et moi sommes tombés d'accord pour qu'elle essaie de s'habituer à Eugénie.

— Je n'ai jamais dit que j'étais d'accord !

Les yeux de ma mère s'assombrirent.

— O mon Dieu, que d'ennuis en perspective ! gémit-elle en portant la main à sa gorge.

Une sonnette d'alarme tinta au plus profond de moi. J'avais vu maman malade à mourir, mais jamais dans un pareil état de faiblesse et de désarroi que cette femme.

— Alors elle ne répond pas quand on l'appelle Eugénie ?

Elle se tourna vers moi, la voix plus plaintive que jamais.

— Tu ne peux plus te faire appeler Aurore, maintenant. Qu'est-ce que les gens penseraient ?

— Mais c'est mon nom ! m'écriai-je, au bord des larmes.

A la voir, je crus qu'elle allait pleurer, elle aussi. Et brusquement, elle battit des mains.

— J'ai trouvé ! Quand nous te présenterons à quelqu'un d'important, tu seras Eugénie Grace Cutler. Entre nous, pour le personnel et la famille, tu seras Aurore, si tu y tiens. Cela te semble-t-il raisonnable, Randolph ? A ton avis, est-ce que Mère approuvera ?

— Nous verrons, répondit mon père d'un air soucieux.

Mais devant la mine désolée de sa femme, il se détendit.

— Bon, je lui en parlerai.

— Pourquoi ne pas lui dire tout simplement que vous en avez décidé ainsi ? demandai-je à ma mère, plus par curiosité que sous l'effet de la colère.

A nouveau, elle porta la main à sa poitrine.

— Je... je ne supporte pas les discussions. Cela donnera-t-il lieu à des discussions pénibles, Randolph ?

— N'aie aucune inquiétude à ce sujet, Laura Sue. Je suis certain qu'Aurore et Mère finiront par s'entendre.

— Tant mieux... (Elle soupira de soulagement.) Tant mieux ! Alors c'est décidé.

Qu'avait-on décidé ? Je consultai mon père du regard, et il me sourit d'un air qui se voulait rassurant. Ma mère aussi souriait... comme une petite fille ravie par la promesse d'une nouvelle robe ou une séance de cirque.

— Viens ici, Aurore, que je puisse te voir comme il faut. Tout près de moi, dit-elle en m'indiquant une chaise que je m'empressai d'approcher du lit. Tu es vraiment jolie. Quels beaux yeux, et quelle chevelure...

Elle tendit la main pour me caresser les cheveux et je remarquai ses ongles longs, roses et parfaitement polis.

— Es-tu heureuse d'avoir retrouvé ton foyer ?

— Non ! répondis-je, sans doute un peu trop vite, car elle cilla et se redressa comme si je l'avais giflée. Je ne suis pas encore habituée, expliquai-je, et ceux avec qui je vivais me manquent. Pour moi, c'était ma seule famille.

— Bien sûr... Pauvre petite fille, comme tout cela a dû être affreux pour toi ! (Elle esquissa un sourire que je trouvai délicieux et qui lui valut un regard plein d'adoration de mon père.) Je ne t'ai eue que quelques heures à moi, à peine le temps de te serrer dans mes bras. Moins de temps que Mme Dalton, la nourrice ! ajouta-t-elle d'une voix éplorée en levant vers mon père des yeux pleins de tristesse.

Il approuva d'un signe de tête navré.

— Quand je serai en état de te recevoir, il faudra venir me voir chaque fois que tu pourras. Tu me raconteras tout sur toi, où tu vivais, ce que tu faisais... Est-ce que ces gens te traitaient bien, au moins ?

Elle eut une grimace de souffrance, comme si elle se préparait à entendre le pire. Qu'on m'avait battue, séquestrée ou affamée, que sais-je !

— Oui, affirmai-je sans hésiter.

— Mais ils étaient si pauvres !

— Et alors ? Ils m'aimaient et je les aimais, c'est cela qui compte !

Les mots jaillirent malgré moi. Jimmy et la petite Fern me manquaient tellement que j'en tremblais intérieurement.

— O mon Dieu, Randolph ! larmoya ma mère. Je savais que ce serait une épreuve terrible !

— Ne t'affole pas, Laura Sue, il faudra du temps, je te l'ai dit. Tout le monde y mettra du sien, surtout Mère.

— Oui, je sais, je sais. Eh bien... je ferai tout ce que je pourrai pour toi, Aurore, mais j'ai peur de ne pas être encore assez forte pour l'instant. J'espère que tu comprends.

— Mais oui, la rassura mon père. Elle comprend.

— Plus tard, quand tu auras appris à te conduire dans le monde, nous donnerons une petite soirée de retrouvailles. Ce sera charmant, non ? s'enquit-elle en souriant.

— Je sais me conduire dans le monde.

Le ravissant sourire s'évapora.

— Mais bien sûr que non, mon cœur. Il m'a fallu un temps fou pour maîtriser toutes les subtilités du savoir-vivre, et pourtant j'ai été élevée dans un milieu raffiné, entourée du plus grand luxe. Nous recevions sans cesse, et des gens très en vue. Sais-tu seulement accueillir des invités, faire la révérence, baisser les yeux quand on t'adresse un compliment ? Je suis certaine que non. Tu ignores tout des préséances à table dans un dîner officiel, tu ne sais pas distinguer les couverts, comment il convient de manger et de se servir. Tu as tellement de choses à apprendre ! J'essaierai de t'aider de mon mieux, mais il faudra être patiente, c'est promis ?

J'évitai son regard. Toutes ces choses étaient-elles donc si importantes pour elle, en un pareil moment ? N'eût-il pas mieux valu apprendre d'abord à nous connaître, nouer de véritables liens ? C'est à mes désirs et à mes besoins qu'elle aurait dû penser, avant tout le reste.

— Et nous pourrons avoir des conversations plus personnelles... entre femmes.

Je levai les yeux, subitement intéressée.

— Entre femmes ?

— Bien sûr ! Parler toilette, soins de beauté... Nous ne pouvons pas te laisser telle que tu es !

— N'oublie pas qu'elle va travailler tout l'été à l'hôtel, Laura Sue, intervint doucement mon père.

— Et après ? Cela ne l'empêche pas de soigner sa mise. C'est ma fille, et je tiens à ce qu'elle en ait l'air.

— Et... de quoi ai-je l'air, pour l'instant ?

— Oh, ma chérie ! Tu as vu tes cheveux ? Il te faut une bonne coupe et une mise en plis, mon coiffeur s'occupera de toi. Et tes ongles... (elle eut à nouveau sa petite grimace douloureuse)... ils ont sérieusement besoin d'une manucure.

— Je ne peux pas faire les lits, nettoyer les chambres et soigner mes ongles, observai-je.

— Elle a raison, Laura Sue.

— Mais faut-il vraiment qu'elle soit femme de chambre ?

— Mère estime que c'est la meilleure façon de commencer.

Ma mère eut une mimique résignée, comme si les décrets de Grand-mère étaient parole d'évangile. Puis elle soupira et attacha sur moi un regard plein de douceur.

— A l'avenir, change-toi avant de venir me voir et mets une jolie toilette, je ne supporte pas les uniformes. Et pense à prendre une douche et à te laver les cheveux d'abord, s'il te plaît. N'apporte pas de saleté et de poussière ici.

Mon expression dut être éloquente, car ma mère comprit aussitôt combien elle m'avait blessée.

— O mon Dieu, Aurore chérie ! Pardonne-moi si je t'ai paru manquer de cœur. Je n'oublie pas combien tout cela a dû être pénible pour toi aussi, mais rends-toi compte, toutes les jolies choses que tu auras, tous les avantages que cela présente ! Tu seras une Cutler de Cutler's Cove, ce qui est un honneur en soi et un privilège. Et quand tu verras une foule de beaux partis se disputer ta main, le passé ne sera plus qu'un mauvais rêve pour toi... comme pour moi, ajouta-t-elle.

Sa voix mourut sur ces derniers mots. Elle parut sur le point de manquer d'air, chercha son souffle et enchaîna tout d'une haleine :

— Quelle chaleur, mon Dieu ! Voudrais-tu brancher le ventilateur, s'il te plaît, Randolph ?

— Voilà, ma chérie.

Ma mère se renversa dans ses oreillers et s'éventa avec son magazine.

— C'est trop, geignit-elle d'une voix suraiguë laissant présager la crise de nerfs. Moi qui ai déjà tant de mal avec Clara Sue et Philippe ! Il faut que tu m'aides, Randolph.

— Mais certainement, Laura Sue. Aurore ne te créera aucun problème.

— Tant mieux.

Moi, lui créer des problèmes ? Quelle idée ! Je n'étais pas un bébé qu'il faut surveiller à tout instant !

— Est-ce que tout le monde est au courant pour elle, Randolph ? demanda-t-elle, les yeux au plafond.

Exactement comme si je ne me trouvais pas dans la même pièce qu'elle. Charmante impression.

— Si tu veux parler de Cutler's Cove, oui : tout le monde connaît la nouvelle.

— Grands dieux ! Que vais-je devenir ? Partout où j'irai, les gens vont m'assaillir de questions. C'est tout simplement insupportable, Randolph !

— Je répondrai aux questions, Laura Sue, ne t'inquiète pas.

Les doigts légers de ma mère se posèrent sur sa gorge.

— Je sens que mon cœur s'emballe, Randolph. Comme il bat vite ! Je ne peux presque plus respirer...

— Allons, ce ne sera rien, Laura Sue. Reste calme.

Vaguement inquiète, j'interrogeai mon père du regard. Il me désigna la porte d'un signe de tête et annonça :

— Il est temps que je retourne travailler, maintenant.

— Oh... mais oui, mon très cher. D'ailleurs, j'ai besoin d'une petite sieste. Nous aurons l'occasion de bavarder un peu plus tard, ajouta ma mère à mon intention. Randolph, rappelle le Dr Madeo, s'il te plaît.

— Mais il y a tout juste une heure qu'il est parti, Laura Sue, il...

— Je t'en prie. Il faut qu'il me prescrive un autre traitement, celui-ci ne me réussit pas.

— Très bien, soupira mon père, qui sortit sur mes talons.

Je me retournai, le temps d'un dernier regard. La main toujours posée sur sa poitrine, ma mère avait fermé les yeux.

— Elle va aller mieux, elle est sujette à ce genre de crise, ce sont les nerfs... (Mon père me tapota l'épaule d'un geste rassurant.) Mais d'ici un jour ou deux, tu la verras debout en grande toilette à la porte de la salle à manger, accueillant nos clients aux côtés de Mère.

Il se trompait en attribuant ma tristesse et mon trouble à l'inquiétude. Ma mère demeurait une étrangère pour moi. Nous nous ressemblions, c'est vrai, mais il n'y avait pas eu le moindre élan chaleureux entre nous. Et je m'imaginais mal appelant « maman » cette femme qui ne m'avait même pas tendu les bras. Par contre, elle s'était arrangée pour que je me sente gênante, sale et mal éduquée. Une espèce de sauvageonne ramassée dans les rues qu'il fallait dresser comme un chien perdu.

J'évitai le regard de mon père. L'argent, la puissance et les honneurs associés au privilège d'être une Cutler... Rien de tout cela ne pouvait remplacer un seul instant d'amour de ma vie d'autrefois, quand j'étais une Longchamp. Mais qui se souciait de savoir cela, ici ? Personne, et surtout pas mes vrais parents.

Oh, maman ! appelai-je au fond de ma détresse. Papa, maman, répondez-moi... pourquoi avez-vous fait cela ? J'aurais préféré ne jamais savoir la vérité. Il eût mieux valu, pour nous tous, que cette pierre tombale érigée pour une enfant volée restât dans l'ombre d'un paisible cimetière, nouveau mensonge après tant d'autres.

Dans un monde qui se révélait plein de mensonges, un de plus, un de moins... quelle importance, après tout ?

10

Je trouve un frère et je perds un amour

Au cours des jours suivants, c'est à peine si je vis mon père. Toujours débordé, il allait et venait comme une abeille affairée, tandis que ma grand-mère arpentait tranquillement l'hôtel avec une majesté royale. A chacune de nos brèves entrevues, il renouvelait sa promesse de passer plus de temps avec moi, pour l'oublier aussitôt et me répéter exactement la même chose à la prochaine occasion. Apparemment, ma présence lui était aussi agréable qu'une épine dans le pied. Quant à ma mère, elle n'avait toujours pas bougé de sa chambre.

Puis, un beau jour, elle apparut à la porte de la salle à manger pour accueillir les pensionnaires, vêtue d'une ravissante robe turquoise. Ses cheveux soyeux, tout bouclés, lui arrivaient à l'épaule, et son collier de diamants jetait des feux aveuglants sous l'éclat des lustres. Qui eût pu soupçonner qu'elle eût jamais été malade ? Son teint rose, ses yeux brillants, la souplesse de sa chevelure mouvante, tout en elle respirait la santé.

Debout dans un recoin du hall, je les observais, grand-mère et elle, recevant les clients comme si une longue amitié les unissait à chacun d'eux. Elles souriaient avec chaleur, pressaient des mains, tendaient la joue et rendaient les baisers, radieuses. Il semblait que ce défilé de pensionnaires leur insufflât une énergie et un dynamisme inépuisables.

Mais quand il eut pris fin et que tout le monde fut entré, grand-mère Cutler toisa ma mère d'un œil étrangement sévère, avant de passer dans la salle à manger. Ma mère ne s'avisa pas tout de suite de ma présence, elle semblait sur le point de fondre en larmes. Puis mon père vint la chercher pour la conduire à table et elle se tourna légèrement vers moi.

Je lui trouvai une expression très bizarre, presque effrayante : on aurait dit qu'elle ne me reconnaissait pas. La tête inclinée sur l'épaule, elle me dévisagea d'un air perplexe et chuchota quelque chose à mon père. Lui aussi se retourna, me vit et m'adressa un petit signe de la main. Ma mère s'éloigna sans lui et il traversa le hall.

— Alors, comment vas-tu ? Tu manges à ta faim, au moins ?

J'acquiesçai en silence. En deux jours, c'était la troisième fois qu'il me posait cette question.

— Tant mieux. Demain, tu auras de quoi t'occuper davantage et aussi plus de distraction. Philippe et Clara Sue reviennent à la maison, l'année scolaire est terminée.

— Demain ?

J'avais perdu toute notion du temps.

— Hé oui... bon, je me sauve. Le déjeuner va être servi. Dès que j'aurai un moment de libre, nous parlerons un peu tous les deux, promit mon père en tournant les talons.

Alors c'était demain que Philippe arrivait... Je découvris que je redoutais son retour. Comment réagirait-il à cette situation nouvelle ? Se sentirait-il gêné ? Peut-être n'oserait-il pas me regarder en face. Lui qui m'avait embrassée, caressée, y avait-il pensé souvent depuis ? En éprouvait-il du dégoût ? Ni lui ni moi n'étions coupables, pourtant. Nous n'avions pas triché : on avait triché avec nous.

Restait Clara Sue. Jamais je nc pourrais la considérer comme une sœur. Et elle qui me haïssait déjà tant ! La seule idée de ce fameux lendemain me donnait des sueurs froides.

Un peu plus tard, je partis en exploration à travers l'hôtel. En général, une fois mon travail avec Sissy terminé, mon après-midi m'appartenait. Le seul problème c'est que je n'avais le plus souvent rien à faire. Je me retrouvais seule, sans personne à qui parler. Sissy était occupée ailleurs, et comme les grandes vacances n'avaient pas commencé, il n'y avait personne de mon âge parmi les pensionnaires. Au fond, j'étais quand même impatiente de voir arriver Philippe et Clara Sue. Au début, les choses ne seraient pas faciles, forcément. Mais nous finirions par nous y adapter, il le fallait. Après tout, nous formions une famille, non ?

Une famille. C'était la première fois que j'envisageais le mot sous son jour nouveau, et son rapport avec le changement survenu dans ma vie. Voilà ce que nous étions désormais, Philippe, Clara Sue, grand-mère Cutler, mes vrais parents et moi : une famille. Un clan, uni par des liens indissolubles. Et rien ne pourrait y changer quoi que ce soit.

J'étais une Cutler. Cette seule pensée m'apportait un sentiment de réconfort et de sécurité que je n'aurais pas cru possible. Mais à peine avait-elle pris corps dans mon esprit que je me sentis coupable. Je songeai instantanément à papa et à maman, à Jimmy et à Fern. Ils étaient ma famille, eux aussi, malgré tout ce que pouvaient dire les gens. Et je les aimerais toujours. Mais cela m'interdisait-il pour autant d'apprendre à aimer mon autre famille, la vraie ?

Ecartant momentanément ce problème un peu lourd à porter, je me consacrai à ma randonnée d'exploration. De pièce en pièce et d'étage en étage, j'examinai tout dans le moindre détail, fascinée par le luxe et la magnificence de Cutler's Cove. Moquettes feutrées, tapis d'Orient, tentures somptueuses ; sièges de cuir souple, lampes Tiffany scintillant de tout l'éclat de leurs vitraux, rayonnages en bois poli croulant sous les livres... et ce n'était pas tout !

Les tableaux, les sculptures, les porcelaines, les innombrables vases emplis de fleurs odorantes, tout cela me laissait sans voix. Mais le plus surprenant, le plus fabuleux, c'est que j'étais ici chez moi. J'appartenais à cet univers éblouissant : mon nouveau monde. J'étais née dans l'opulence de la famille Cutler, et voilà que j'y retournais. J'allais avoir un peu de mal à m'y habituer !

Chaque pièce surpassait en splendeur la précédente, et je perdis bientôt tout point de repère. Comment regagner le hall, maintenant ? Je franchis un tournant dans l'espoir de m'orienter, mais le couloir s'arrêtait là. Plus de chambres, pas d'escalier, rien qu'une porte dans le mur. Dévorée de curiosité, je l'ouvris. Elle grinça sur ses gonds et un relent de moisissure m'assaillit les narines. De l'autre côté régnait l'obscurité la plus totale. Je tâtonnai à la recherche d'un interrupteur et dès que la lumière jaillit, je me sentis mieux. Sans plus hésiter, je m'aventurai dans ce qui semblait être un corridor désaffecté. Je le suivis tout du long. Il s'achevait par une autre porte, que je poussai en me mordant la lèvre.

J'avançai d'un pas, au milieu d'un fatras de caisses, de malles et de meubles recouverts de housses. Et subitement, une sorte de fièvre s'empara de moi. Un débarras ! Quel meilleur endroit pour découvrir le passé d'une famille ? J'allais pouvoir fouiller tout à mon aise parmi ces épaves que le temps laisse derrière lui.

Avidement, je m'agenouillai devant l'une des malles. Qu'importait la poussière accumulée sur le plancher ? Je ne pouvais plus attendre.

L'un après l'autre, je soulevai tous les couvercles ; et de découverte en découverte, l'après-midi s'envola. Des photographies, encore, et encore. Grand-mère Cutler, jeune femme, mais déjà tout aussi sévère qu'à présent. Mon père, depuis son enfance jusqu'à son mariage avec ma mère. Il y avait aussi des photos d'elle, mais bizarrement, elle ne semblait pas heureuse. Sur tous les clichés on lui voyait un regard lointain, lourd de tristesse. Je les retournai pour lire les dates et m'aperçus qu'ils avaient tous été pris après ma disparition. Pas étonnant qu'elle eût l'air si malheureuse !

Je trouvai aussi des photos de Philippe, de Clara Sue, de l'hôtel à différentes époques, montrant clairement son expansion et ses embellissements successifs. Puis j'eus l'idée de consulter ma montre. Six heures, déjà ! Plus qu'une demi-heure avant le dîner, et je devais être dans un bel état. Un coup d'œil dans un miroir me renseigna : j'étais noire de poussière. Plus question de flâner si je voulais être prête pour le dîner. Je rassemblai précipitamment les albums pour les ranger dans leur malle, quand une chemise de carton attira mon attention. Je ne l'avais pas remarquée, placée comme elle était, tout au fond... Consciente de perdre un temps précieux, je ne pus résister à la tentation et repoussai les autres papiers pour m'en saisir. Puis je la vidai de son contenu.

Pendant un instant, la surprise me cloua sur place. J'avais sous les yeux les coupures de presse qui relataient mon enlèvement !

Oubliant le dîner, je les parcourus, une par une. Tous les récits concordaient, chacun développant ce que je savais déjà, ni plus, ni moins. Certains articles étaient illustrés de photographies de mes véritables parents, alors en pleine jeunesse. Je scrutai attentivement leurs traits, essayant de comprendre ce qu'ils avaient pu éprouver.

Je me sentais toute drôle, après avoir lu tous ces récits sur mon enlèvement. Jusque-là, une partie de moi-même se refusait encore à croire que papa et maman aient pu commettre un acte pareil. Mais à présent je tenais les preuves en main, noir sur blanc. Nier les faits ne m'était plus permis.

— Alors c'est là que tu es ! On peut savoir ce que tu fabriques, au juste ?

Cette voix ! Inutile de me demander à qui elle appartenait. Je me laissai tomber sur mes talons, lâchant les coupures qui s'éparpillèrent sur le plancher. Quand je me retournai, le regard furibond de grand-mère Cutler me fit froid dans le dos.

— Je t'ai posé une question. Qu'est-ce que tu fabriques ici ?

— Je regardais, c'est tout, articulai-je avec effort.

— Tu regardais, c'est tout ? Tu fouinais, oui ! Comment oses-tu fouiller dans les affaires d'autrui ? (Elle émit un ricanement méprisant.) J'aurais dû m'en douter ! Quand on a été élevée par un kidnappeur et une voleuse...

— Vous n'avez pas le droit de dire ça de papa et de maman !

Grand-mère Cutler ignora ma protestation indignée.

— Et ce fouillis... Ah, c'est du propre !

Ou voyait-elle du fouillis ? Les malles étaient ouvertes, simplement, et leur contenu parfaitement en ordre. Il ne restait qu'à rabattre les couvercles. J'avais bien envie de regimber, mais un nouveau coup d'œil en direction de ma grand-mère m'en dissuada. Son visage avait viré au rouge, elle pouvait à peine se contenir.

— Je suis désolée, m'excusai-je en tripotant nerveusement les perles de mon collier.

Je m'étais sentie si seule ce matin-là, en m'éveillant, maman me manquait tellement... plus que jamais. Rompant la promesse que je m'étais faite, j'avais mis son collier, et cela avait suffi pour que je me sente mieux. Je n'aurais pas dû, mais je n'avais pas pu m'en empêcher. J'avais gardé le collier caché sous mon chemisier, certaine que maman aurait aimé me voir le porter.

Les yeux de grand-mère Cutler faillirent lui sortir de la tête.

— Où as-tu pris ça ?

Je sursautai au son de sa voix et la vis s'approcher, menaçante.

— Pris quoi ? balbutiai-je en tremblant, sans comprendre.

Elle cracha les mots comme un serpent son venin.

— Ces perles.

— Ah, celles-là ? dis-je en baissant les yeux, désarçonnée. Je les ai toujours eues, elles viennent de ma famille.

— Menteuse ! Tu les as volées, avoue-le. Tu les as trouvées dans une de ces malles.

Cette fois, la moutarde me monta au nez. Comment osait-elle m'accuser de vol ?

— C'est faux ! Ces perles appartenaient à maman. Papa me les a données pour que je les porte le soir du concert. (Je n'en menais pas large, mais je défiai grand-mère Cutler du regard.) Elles sont à moi.

— Je ne te crois pas. Tu ne les avais jamais portées avant. Et si tu y tiens tellement, insista-t-elle d'un ton dédaigneux, comment se fait-il que je ne les aie jamais vues sur toi ?

J'allais répliquer lorsque grand-mère Cutler me prit littéralement d'assaut. Prompte comme l'éclair, elle m'arracha le collier. Les merveilleuses perles de maman, soigneusement nouées une par une, ne se détachèrent pas du fil, mais n'empêche : je les avais perdues. Grand-mère les brandit triomphalement, le poing serré :

— A présent, elles sont à moi !

Je bondis sur mes pieds et lui empoignai la main.

— Non ! Rendez-les-moi !

Je n'acceptais pas de perdre les perles de maman, je ne *pouvais* pas. C'était tout ce qui me restait d'elle, maintenant que grand-mère avait méchamment déchiré sa photo.

— Elles sont à moi, c'est vrai. Je vous le jure.

D'une poussée brutale, grand-mère me rejeta à genoux sur le plancher poussiéreux du grenier. Je ne pus retenir un gémissement, tant la poitrine me faisait mal.

— Et n'essaie plus jamais de lever la main sur moi, compris ?

Je lui décochai un regard meurtrier, sans mot dire. Mon silence ne fit qu'accroître sa colère et elle saisit à pleine main une mèche de mes cheveux qu'elle tordit cruellement.

— Quand je te pose une question, j'exige une réponse.

Les paupières me brûlaient, mais pas question de pleurer. Pour rien au monde je n'aurais donné cette satisfaction à Grand-mère.

— Oui, dis-je en grinçant des dents. J'ai compris.

Curieusement, cette concession parut lui rendre un semblant de raison. Elle lâcha mes cheveux et je frictionnai mon crâne douloureux.

— Bien, susurra-t-elle en coulant un regard vers les malles ouvertes. Bon, remets tout ça dans l'état où tu l'as trouvé. Quant à ces papiers, il faudra les brûler, conclut-elle avec ce coup d'œil redoutable que j'avais appris à connaître.

Je n'en restai pas moins sur mes positions.

— Vous savez que je dis la vérité. Vous savez que ces perles appartenaient à Sally Jean Longchamp.

— Absolument pas. Tout ce que je sais, c'est que je n'avais pas revu ces perles depuis le jour de ta disparition.

— Quoi ! Qu'est-ce que vous dites ?

Elle me toisa d'un petit air satisfait.

— A ton avis ?

— Ces perles appartenaient à ma mère ! C'est la vérité. Quant à vos insinuations, je n'y crois pas.

— J'ai toujours su la vérité, Eugénie. Sally Jean et Ormand Longchamp ont volé ces perles, exactement comme ils t'ont volée, toi. Les deux faits sont aussi indéniables l'un que l'autre.

Elle mentait. Il fallait qu'elle mente. Cette nouvelle atteinte à la mémoire de papa et de maman était plus que je ne pouvais en supporter. Je *ne pourrais pas* le supporter !

Sur cette dernière flèche, grand-mère Cutler s'éclipsa, emportant le dernier lien qui me rattachait au passé. Mais contre toute attente, je gardai les yeux secs. Je venais de faire une découverte. Peu m'importait de conserver les reliques de ce passé disparu : il vivait dans ma mémoire. J'avais mes souvenirs de papa et de maman, de Jimmy et de Fern. Et cela, grand-mère Cutler ne pourrait jamais me le prendre.

Le lendemain matin, je me jetai à corps perdu dans mon travail, bien décidée à ne penser ni à ce qui m'attendait, ni aux événements de la veille. Au déjeuner, je ne m'attardai pas non plus avec les autres femmes de chambre ni le reste du personnel. Nombreux étaient ceux et celles qui m'en voulaient encore d'avoir pris la place d'Agatha. Si j'essayais de me montrer amicale, il se trouvait toujours quelqu'un pour remettre Agatha sur le tapis et demander de ses nouvelles. A plusieurs reprises, je fus tentée de me lever et de leur jeter en pleine figure :

— Ce n'est pas moi qui l'ai renvoyée ! Je n'ai pas demandé à être femme de chambre, ni à revenir ici ! Comment pouvez-vous être aussi durs et aussi cruels ?

La langue me démangeait de leur envoyer ma tirade, mais je me contenais. Que j'ouvre seulement la bouche, et je savais trop bien ce qui m'arriverait. Je me retrouverais plus seule que jamais, Sissy elle-même cesserait de m'adresser la parole. Et ma grand-mère trouverait là un autre prétexte à me sermonner et à me traîner plus bas que terre. Mais que pourrait-elle inventer pour m'humilier davantage, moi qu'elle avait reléguée au fin fond de l'hôtel dans un cagibi en guise de chambre, comme si j'étais une tare qu'il lui fallait cacher et s'efforcer d'oublier ?

Je commençais à me sentir glisser dans les limbes, entre deux mondes. Je n'étais acceptée ni par les Cutler, ni par le personnel. Je n'avais que mon ombre pour compagnie, ma solitude m'enveloppait comme un linceul. A croire que je devenais invisible.

J'étais donc seule dans ma chambre, pendant la pause qui suivait le déjeuner, quand on frappa à ma porte. Presque aussitôt, Mme Boston entra, les bras chargés de vêtements sur lesquels trônait un sac de chaussures.

— La petite madame Cutler m'a dit de vous descendre ça, expliqua-t-elle en s'avançant dans la pièce.

— Qu'est-ce que c'est ?

— Je viens de terminer le ménage chez Mlle Clara Sue, et ça n'a pas été sans mal. Elle est tellement brouillonne ! On pourrait s'attendre à ce qu'une jeune fille de bonne famille tienne sa chambre et ses affaires en ordre, mais elle...

La gouvernante secoua la tête et laissa tomber son fardeau sur le pied de mon lit.

— Voilà. Tout ça, c'est ce que Clara Sue ne met plus. Il y a des effets qui datent de l'année dernière, ou à peu près, mais comme elle est un peu plus forte que vous, ça devrait vous aller. Il y a même des choses qu'elle n'a jamais portées, tellement elle est gâtée. Tenez, regardez-moi ça ! (Mme Boston tira un chemisier de la pile.) Il y a encore l'étiquette.

Effectivement, il avait l'air tout neuf. Je me mis à fouiller dans le paquet. Ce ne serait pas la première fois que je porterais des vêtements usagés, et le fait en lui-même ne me choquait pas. Mais hériter les restes de Clara Sue... l'idée me hérissait. J'étais loin d'avoir oublié les avanies qu'elle m'avait fait subir au collège.

Mais d'autre part, l'envoi venait de ma mère, à qui je

n'avais pratiquement plus parlé depuis notre première entrevue. Elle pensait donc à moi ? De sa part, le geste méritait sans doute une marque de reconnaissance.

— C'est ma mère qui a choisi cela pour moi ?

Mme Boston opina du bonnet, non sans quelques réserves.

— Enfin, choisi... pas exactement. Elle m'a demandé de trier tout ce que Clara Sue ne mettait pas ou dont elle ne voulait plus, et de voir si ça pouvait vous servir.

J'essayai une chaussure de basket. Clara Sue avait un an de moins que moi, mais elle était beaucoup plus fortement charpentée. Ses vieux souliers m'iraient parfaitement, les jupes et les chemisiers aussi. Il y avait même un sac de sous-vêtements. La gouvernante précisa :

— Tout ça est bien trop petit pour elle, maintenant.

Je vis tout de suite que les slips m'iraient, mais le soutien-gorge vieux d'un an était beaucoup trop grand.

— Faites votre choix et dites-moi ce que vous ne prenez pas, me recommanda Mme Boston. Je connais des tas de gens qui s'en contenteraient... Agatha Johnson, par exemple.

— Ah oui ? Eh bien je n'ai pas le temps de m'occuper de ça pour l'instant, ripostai-je vertement. Il faut que j'aille au salon de jeux. Je suis censée le nettoyer entre une heure et deux, quand la plupart des clients sont ailleurs.

Je repoussai les vêtements, ce qui fit grimacer la gouvernante, et je sortis sur ses talons pour m'acquitter de mes devoirs.

Je venais d'astiquer la dernière table et de ranger les chaises quand j'entendis la voix de Philippe.

— Aurore...

Je tournai la tête et l'aperçus dans l'embrasure de la porte, derrière moi. Il portait un pantalon kaki, une chemise bleu clair à col ouvert, et sa chevelure soigneusement coiffée soulignait son aspect tranquille et détendu. Rien en lui ne me parut changé. Quant à moi...

J'avais perdu tout souci de mon apparence, depuis mon arrivée à Cutler's Cove. Le matin, je me contentais de relever mes cheveux sous un foulard, comme les autres femmes de chambre. Et après ma séance de nettoyage, mon uniforme n'était plus très net. En plus, il pleuvait pour la première fois depuis le début de mon séjour, et mon humeur s'en ressentait. Pour moi qui avais déjà des idées noires, ce ciel brouillé n'arrangeait rien. Et je travaillais avec acharnement pour lutter contre le froid humide qui me transperçait les os.

Je me retournai complètement pour faire face à la porte.

— Bonjour, Philippe.

— Comment vas-tu ?

— Bien. Enfin... si on veut, parvins-je à répondre.

Mais je ne pus empêcher mes lèvres de trembler et mes épaules se soulevèrent, secouées de sanglots silencieux. Les jours passés à Emerson Peabody m'apparaissaient comme un rêve... un rêve qui avait viré au cauchemar le jour de la mort de maman. Voilà ce que je pensais en regardant Philippe.

— Je me suis mis à ta recherche à peine arrivé, annonça-t-il sans bouger de sa place. Je n'ai même pas pris le temps de déballer mes affaires. Dès que j'ai eu posé mes valises, j'ai demandé à Mme Boston où je pourrais te trouver. Elle m'a appris que Grand-mère t'avait logée en bas et te faisait travailler comme femme de chambre. Ça, c'est tout à fait ma grand-mère, tu vois... enfin je veux dire : *notre* grand-mère !

Il se tut, une fois de plus. Entre nous, les silences s'éternisaient, et les quelques pas qui nous séparaient creusaient un véritable gouffre. Tous ces événements si rapidement survenus avaient fait de lui un étranger pour moi. Que lui dire, et comment le lui dire ? Autant de questions angoissantes qui mettaient mes pensées en déroute.

Mais subitement, il sourit, ses yeux pétillèrent et je retrouvai sa petite grimace espiègle, si familière.

— Non, franchement ! s'exclama-t-il en secouant la tête avec insistance. Je ne peux pas croire que tu sois ma sœur. Ça, vraiment... c'est trop !

— Mais c'est vrai, Philippe. Et que pouvons-nous y faire ?

— Je n'en sais rien, dit-il en s'avançant dans la pièce. Alors, comment trouves-tu l'hôtel ? Pas mal, non ? Le parc est superbe... enfin, quand il ne pleut pas !

— Je n'ai exploré que l'intérieur, en fait. J'ai beaucoup travaillé et passé pas mal de temps toute seule, dans ma chambre.

Le sourire de Philippe s'élargit.

— Ah oui ? Eh bien, tu sauras comment t'occuper, maintenant que je suis là. Je revisiterai tout Cutler's Cove avec toi, de fond en comble. Je te montrerai mes coins préférés, mes anciennes cachettes...

Pendant un instant, nos regards se nouèrent et je sentis mon cœur s'emballer, mes joues s'enflammer. Comment me voyait-il, maintenant ? Etais-je encore à ses yeux la plus jolie fille qu'il ait jamais rencontrée ?

— Quand tu auras ton jour de repos, reprit-il en hâte, nous irons sur la plage ramasser des coquillages et...

— Je n'ai pas de jour de repos.

— Pas de jour de repos ? Mais ça ne tient pas debout, voyons ! Tout le monde en a un. Je vais immédiatement régler la question avec M. Stanley.

Je haussai les épaules et rangeai mon matériel de nettoyage dans mon panier à roulettes.

— Aurore...

Philippe s'était rapproché, mais quand sa main toucha la mienne, j'eus un sursaut instinctif et m'écartai de lui. Ce fut plus fort que moi. Tout ce qui m'avait paru si exaltant me semblait désormais souillé, comme le linge que je changeais chaque matin. Je me sentais coupable de regarder Philippe dans les yeux, d'écouter sa voix enjôleuse, de le laisser s'occuper de moi. Et même de rester seule avec lui dans le salon de jeux.

— Aurore, il ne s'est pas passé un jour sans que je pense à toi et à ce que tu as dû endurer. Je voulais t'appeler, et même quitter l'école pour venir te voir, mais Grand-mère a estimé qu'il valait mieux attendre.

Mon attention s'aiguisa.

— Grand-mère ? Que lui as-tu dit à notre sujet ?

— Ce que je lui ai dit ? (Philippe haussa les épaules comme s'il s'agissait d'une chose anodine et sans conséquence.) Simplement que nous étions devenus bons amis, que tu étais une fille très bien et que tu chantais à ravir. Elle m'a posé des questions sur tes parents et je lui ai parlé de la maladie et de la mort de ta mère. Et aussi de ma surprise quand j'avais appris ce qu'ils avaient fait.

Je me détournai pour lui cacher mes larmes.

— Je ne sais pas pourquoi ils ont agi ainsi, ni comment tout cela a pu arriver.

— Grand-mère non plus. Elle n'en revenait pas.

Cette fois-ci, je le regardai bien en face.

— Pourquoi... pourquoi as-tu appelé ta grand-mère, au lieu de parler à... à ton père, ou à ta mère ?

C'étaient aussi les miens, mais j'avais toujours du mal à les considérer comme tels. Philippe retrouva le sourire.

— Oh, c'est à elle que j'ai recours, en général. D'aussi loin que je me souvienne, elle a toujours tout dirigé, et... tu as vu Mère, n'est-ce pas ? (Il leva les yeux au ciel.) Les choses sont déjà assez pénibles pour elle comme ça. D'ailleurs, si j'avais appelé Père, il lui aurait demandé conseil, de toute façon. Une maîtresse femme, non ?

— Un tyran, tu veux dire.

— Allons donc !

— Elle ne veut plus que je m'appelle Aurore, mais Eugénie, seulement je refuse. Elle fait pression sur tout le monde pour imposer ce prénom, et personne n'ose lui tenir tête. Ils ont tous bien trop peur.

— Je lui parlerai et elle finira par comprendre, tu verras.

— Qu'elle comprenne ou non, ça m'est bien égal, par exemple ! Je ne veux pas changer de nom pour son bon plaisir.

Ma détermination parut impressionner Philippe. A nouveau, nous nous dévisageâmes et il se rapprocha de moi.

— Ne t'inquiète pas, tout s'arrangera.

— Rien ne s'arrangera, rétorquai-je d'une voix éplorée, jamais. J'essaie de m'occuper le plus possible pour ne pas trop penser à Jimmy et à Fern, mais... (Je levai sur Philippe un regard plein d'espoir.) Tu as eu des nouvelles ? Tu sais ce qu'ils sont devenus ?

— Non, désolé. Oh, j'allais oublier ! M. Moore t'envoie ses amitiés. Il dit que tu dois continuer ta musique, envers et contre tout. Et qu'il espère t'entendre un jour chanter au Carnegie Hall.

Pour la première fois depuis bien longtemps, je souris.

— Je n'ai pas tellement eu le cœur à chanter ni à jouer du piano, ces jours-ci.

— Patience, Aurore, cela reviendra.

Philippe reprit ma main et cette fois, il la serra fermement dans la sienne. Il devina ma détresse et son regard s'adoucit.

— Ce n'est pas facile d'oublier ce que tu as été pour moi, même maintenant.

— Je sais, chuchotai-je en baissant la tête.

— Personne ne peut nous reprocher nos sentiments, ni à toi, ni à moi. Ce sera notre secret, tu veux ? (Je levai les yeux, toute surprise. Il avait l'air si sincère !) Pour moi, tu restes la plus jolie fille que j'aie jamais rencontrée.

Il accentua la pression de ses doigts et se rapprocha encore... comme s'il s'attendait à ce que je l'embrasse sur les lèvres. Que souhaitait-il me voir faire, ou m'entendre dire ? Je lui retirai ma main et fis un pas en arrière.

— Merci, Philippe, mais nous devrons essayer de voir les choses différemment, maintenant. Tout est changé.

— Ce n'est pas facile pour moi non plus, tu sais ? rétorqua-t-il, visiblement déçu. Je sais que tu as souffert, mais moi aussi. Tu n'as pas idée de ce que j'ai subi au collège !

Il ajouta ces mots d'un ton courroucé, le front creusé de rides. Puis, aussi aisément que s'il changeait de masque, il reprit son expression rêveuse et romantique.

— Mais chaque fois que la tristesse me gagnait, je m'obligeais à penser à toutes les choses merveilleuses que nous pourrions faire à Cutler's Cove, tous les deux. J'étais sérieux, tout à l'heure, affirma-t-il avec élan. Je veux tout te montrer, l'hôtel, le parc, la ville, et te faire découvrir l'histoire de notre famille.

— Merci. J'y réfléchirai.

Il s'écarta de moi, sans se départir un instant de son ensorcelant sourire. Mais pour moi, c'était comme si nous nous regardions à travers une immense vallée dont la largeur augmentait sans cesse. Le Philippe que j'avais connu s'éloignait, se dissolvait jusqu'à n'être plus qu'un souvenir, s'évanouissait, en même temps que se creusait la faille qui nous séparait. Et voilà, il avait disparu, remplacé par un nouveau Philippe : mon grand frère.

Adieu mon tout premier amour, toi qui devais être la plus tendre et la plus romantique folie de ma vie. Finies les délirantes envolées dans les nuages. Je pleurais nos baisers passionnés, dispersés à jamais aux quatre vents du ciel. Le cœur noyé de chagrin, je ne distinguais plus mes larmes d'avec la pluie.

Quatre vieux messieurs entrèrent dans le salon de jeux et prirent place autour d'une table pour leur partie de ramy quotidienne. Philippe et moi les observâmes pendant quelques instants, avant de nous retourner l'un vers l'autre.

— Bon, décida-t-il, je ferais mieux d'aller défaire mes valises. Je n'ai pas encore vu maman, mais j'imagine dans quel état elle doit être. Migraine, dépression... N'empêche ! ajouta-t-il en riant. J'aurais voulu assister à votre première rencontre. J'ai dû manquer quelque chose ! Tu me raconteras tout ça plus tard, quand nous serons seuls.

« Je commence à travailler ce soir, au dîner. Tout le monde surveille tout le monde, ici ! commenta-t-il en amorçant un mouvement de retraite. Dès que je me serai libéré, je viendrai te chercher et nous irons faire un petit tour, d'accord ?

— D'accord.

Il s'éclipsa sans attendre et je le suivis des yeux tandis qu'il s'éloignait, avant de retourner à mes occupations.

Quand j'en eus terminé, je regagnai ma chambre pour aller me reposer, comme à l'ordinaire. La pluie avait fait place à un petit crachin tenace, et la pièce était bien sombre malgré la lampe allumée. J'attendais Philippe, à l'affût du moindre bruit de pas dans le couloir. Je ne tardai pas à entendre marcher et quand la porte s'ouvrit, je me préparai à le voir entrer. C'était Clara Sue. Nous échangeâmes un regard sans chaleur, puis elle ricana, les mains aux hanches :

— Non, mais ce n'est pas vrai ! Je ne peux pas y croire !

— Bonjour, Clara Sue.

La reconnaître pour ma sœur ne m'enchantait guère, mais quoi ! Il fallait bien avaler la pilule.

— Quelle situation ! s'exclama-t-elle, les yeux plus ronds que jamais. Tu n'as pas idée de ce que cela a pu être gênant pour nous, à Peabody !

— J'ai déjà parlé à Philippe. Je sais que ça n'a pas été drôle pour lui de supporter tous ces ragots, mais...

— Des ragots ?

Elle eut un rire bref et sans joie, puis je vis ses traits se durcir.

— S'il n'y avait eu que ça ! Il restait tout seul dans son coin, sans adresser la parole à qui que ce soit. Mais je n'avais pas l'intention de me laisser priver de mon plaisir pour si peu, clama-t-elle en s'avançant dans la pièce.

Elle examina les murs nus, la fenêtre sans rideaux.

— Avant, c'était ma nourrice noire qui habitait là. Mais de son temps, la chambre était nettement mieux.

— Désolée, je n'ai pas encore eu le temps de la décorer.

Clara Sue revint brusquement vers mon lit : elle venait de reconnaître quelques-uns de ses vêtements de rebut.

— Hé mais... on dirait un de mes chemisiers... et une de mes jupes !

— Mme Boston me les a apportés après avoir nettoyé ta chambre.

— Tu vivais avec de drôles de gens, dis donc ? Des voleurs d'enfants ! Pas étonnant que tu aies eu l'air si crasseuse et Jimmy si fagoté.

— Jimmy n'était pas fagoté, ripostai-je vertement, et je n'ai jamais été crasseuse. Nous étions pauvres, je l'avoue, mais certainement pas sales. Je n'avais pas beaucoup de vêtements, c'est vrai, mais je les nettoyais régulièrement.

Clara Sue haussa les épaules, signifiant par là que mes paroles ne changeraient rien à son opinion, et revint à la charge.

— Jimmy était bizarre, tout le monde le disait. Un vrai sauvage.

— Jimmy était timide, bon, plein de douceur et pas du tout bizarre. Il avait peur, c'est tout. Peur de ne pas être accepté par toute cette bande de snobs.

Cela me rendait folle de parler de lui au passé comme s'il était mort, encore plus que toutes les méchancetés que débitait Clara Sue.

— Et d'abord, pourquoi le défends-tu tellement ? Ce n'était pas ton vrai frère. (Elle étreignit son buste et arbora une moue écœurée.) Etre forcée de vivre avec des étrangers, quelle horreur ! Ce devait être abominable.

— Absolument pas. Mes parents ont toujours...

— Ce n'étaient pas tes parents ! aboya Clara Sue. Je te défends de les appeler comme ça. Donne-leur le nom qu'ils méritent : voleurs d'enfants !

Je me détournai, les yeux brûlants de larmes. Je ne voulais pas qu'elle me voie pleurer, mais que pouvais-je répondre ? Elle avait raison, et elle prenait un malin plaisir à me couvrir de ridicule.

— Le pire de tout, c'était vous deux, Philippe et toi.

Elle grimaça, la bouche tordue comme si elle venait d'avaler de l'huile de foie de morue.

— Pas étonnant qu'il soit resté tout seul à bouder dans son coin ! Il mourait de honte et il se sentait si bête d'avoir fait la cour à sa sœur. Et tout le monde le savait, en plus !

Elle grimaça de plus belle et son rictus boursoufla ses joues, déjà beaucoup plus rebondies que les miennes. Nous avions la même couleur de cheveux et d'yeux, mais la ressemblance s'arrêtait là. Pour le dessin de la bouche et la silhouette, nous étions très différentes.

— On ne peut pas reprocher à Philippe une chose qu'il ignorait, observai-je sans me fâcher.

Combien de temps nous faudrait-il nous défendre et nous excuser ? Et qui aurait supporté une tension pareille ?

— Quand même, c'était dégoûtant. Et jusqu'où êtes-vous allés ? s'émut Clara Sue en s'approchant de moi. Tu peux bien me le dire, va ! D'ailleurs je t'avais prévenue, à propos de Philippe. Alors je ne vois pas ce que tu pourrais m'annoncer de si surprenant. Je suis ta sœur, maintenant, et la seule personne en qui tu puisses avoir confiance, ajouta-t-elle, tout émoustillée.

Je la dévisageai, perplexe. Etait-elle sincère ? Pouvais-je vraiment lui faire confiance ? Elle devina mon hésitation.

— Je suis contente que Mme Boston t'ait donné mes vieux vêtements, affirma-t-elle. J'aime mieux que tu en hérites, plutôt que de les jeter ou de les donner au secours populaire. Et je regrette toutes les choses que je t'ai faites, ajouta-t-elle très vite. Mais je ne savais pas qui tu étais et ça ne me plaisait pas de voir Philippe te tourner autour. Je devais avoir une perm... une prem...

— Une prémonition ?

— Oui, c'est ça. Merci. Tu es intelligente, ça me fait plaisir. (Elle repoussa quelques vêtements, s'assit sur mon lit et une étincelle de convoitise s'alluma dans ses yeux.) Alors, raconte. Je sais qu'il t'a emmenée dans son coin favori. Vous avez dû vous embrasser tant et plus, je parie ?

— Pas vraiment, répondis-je en prenant place à côté d'elle.

Après tout, cela pourrait être merveilleux d'avoir une sœur à peu près de mon âge. J'arriverais sans doute à lui pardonner ses méchancetés, et nous apprendrions à nous aimer. Nous pourrions tout partager, nos pensées, nos rêves, nos toilettes... et des tas d'autres choses. J'avais toujours souhaité avoir une sœur de cet âge. Toutes les filles n'ont-elles pas besoin d'une confidente ?

Clara Sue attacha sur moi un regard de sympathie, amical et en même temps plein d'impatience.

— Est-ce que Philippe était ton premier amoureux ? (Je fis signe que oui.) Moi je n'en ai jamais eu, enfin pas pour de bon.

— Oh, ça ne tardera pas. Tu es très jolie.

— Je sais. Ce n'est pas l'occasion qui m'a manqué, remarque. Il y a des tas de garçons qui auraient bien voulu, mais aucun ne me plaisait vraiment. Et aucun n'était aussi beau ni aussi gentil que Philippe. Toutes mes amies sont folles de lui, elles étaient très jalouses de toi.

— C'est bien ce que je pensais.

Clara Sue gloussa de rire.

— Tu sais que Louise a le béguin pour Jimmy ? J'ai trouvé une lettre d'amour qu'elle n'a jamais osé lui envoyer. Une page entière de « Je t'aime » et de « Tu es le garçon le plus sympa et le plus beau que je connaisse ». Et elle avait même écrit des mots d'amour en français ! J'ai volé sa lettre et je l'ai montrée à toutes les filles.

— Tu n'aurais pas dû, cela lui a sûrement fait de la peine.

Clara Sue battit des paupières et se renversa en arrière, prenant appui sur ses mains.

— Bof ! Elle est nulle, de toute façon. Tu es la seule qui se soit jamais occupée d'elle. Et d'ailleurs...

Elle se redressa subitement.

— ... je me suis servi de sa lettre pour l'obliger à faire certaines choses. T'espionner, par exemple, ou coopérer quand nous t'avons arrosée avec cet affreux truc.

— C'était vraiment méchant, Clara Sue, même si tu ne m'aimais pas beaucoup.

Elle haussa les épaules et répliqua :

— Je t'ai dit que je regrettais, non ? Et toi, tu as gâché un des mes meilleurs manteaux. J'ai dû le jeter.

— Tu l'as jeté ? Il suffisait de le nettoyer !

— A quoi bon ? (Elle eut un petit sourire oblique.) C'était bien plus simple d'en demander un autre à papa. Je lui ai dit qu'on m'avait volé le mien et il m'a donné l'argent pour en acheter un neuf. Mais peu importe, parle-moi plutôt de Philippe, m'ordonna-t-elle en se penchant en avant d'un air avide. Qu'est-ce que vous avez fait ensemble, en plus de vous embrasser ?

— Rien.

Elle parut profondément déçue.

— Tu l'as laissé te tripoter, je parie ? Je suis sûre qu'il en avait envie. Il a essayé avec une de mes amies, l'année dernière. Et il a fourré ses mains sous son chandail, même s'il prétend que c'est faux.

Je secouai la tête avec énergie. Je ne tenais pas à

entendre ce genre de racontars sur Philippe, et je l'imaginais mal en train de forcer une fille à subir ses avances.

— Je comprends que tu sois gênée, maintenant que tout le monde est au courant de la situation, reprit Clara Sue.

Elle plissa les paupières et je crus retrouver le regard métallique de notre grand-mère.

— Ecoute, je l'ai vu t'embrasser dans la voiture, le soir du concert. Un vrai baiser sur la bouche, comme au cinéma... n'est-ce pas que j'ai raison ? chuchota-t-elle.

J'eus beau agiter la tête avec frénésie, elle prit un air averti qui en disait long : elle ne me croyait pas.

— Et il est parti à ta recherche dès son arrivée, non ? Je l'ai entendu laisser tomber ses valises et filer de sa chambre. Est-ce qu'il t'a trouvée ? (J'acquiesçai d'un signe.) Alors, qu'est-ce qu'il a dit ? Il était fâché ? Il devait se sentir complètement ridicule, sûrement ?

— Plutôt déprimé, et ça se comprend.

— Je te crois ! J'espère qu'il ne va pas oublier que tu es sa sœur, à présent, lança-t-elle abruptement.

Et après m'avoir longuement dévisagée, elle ajouta :

— Est-ce qu'il t'aurait encore embrassée sur la bouche, par hasard ?

— Bien sûr que non, protestai-je, nous sommes tous les deux conscients de la situation.

Clara Sue demeura sceptique, et une pensée soudaine alluma un éclair dans ses yeux.

— Qu'est-ce que mon père a dit en te voyant ?

— Il... il m'a souhaité la bienvenue. Il a aussi promis d'avoir une longue conversation avec moi, mais il n'a pas encore eu le temps. Il est très occupé.

— Il est toujours très occupé, c'est pour ça que je fais ce que je veux de lui. Il préfère me donner ce que je demande et avoir la paix. Et qu'est-ce que tu penses de Mère ? Je crois que je m'en doute, reprit Clara Sue en pouffant de rire. Si elle se casse un ongle ou si Mme Boston range une brosse à cheveux de travers, elle tombe en pâmoison. Je vois d'ici la tête qu'elle a dû faire en apprenant la nouvelle !

— Je suis désolée de la savoir si fragile et si souvent malade. Elle est si belle !

Clara Sue branla du chef, les bras croisés sous les seins. Sa silhouette se formait, elle ne tarderait pas à devenir une vraie jeune fille. Chez elle, les rondeurs de l'enfance commençaient à faire place à ces courbes que, d'après moi, bien des garçons trouveraient appétissantes.

— Grand-mère dit que Mère est tombée malade juste après ton enlèvement et que c'est ma naissance qui l'a sauvée, affirma Clara Sue, visiblement très fière. Ils m'ont voulue tout de suite, pour se consoler de t'avoir perdue, et voilà que tu es retrouvée !

Elle m'observa un long moment, sans cacher sa déception, puis retrouva brusquement le sourire.

— Alors, Grand-mère te fait travailler comme femme de chambre, il paraît ?

— Oui.

— Moi je suis réceptionniste, maintenant, et je dois être en grande tenue pour recevoir les clients dans le hall. Cette année, je me laisse pousser les cheveux, et demain Grand-mère m'envoie chez le coiffeur pour une mise en plis.

Elle débita sa tirade en se contemplant dans le miroir avec complaisance, puis me jeta un coup d'œil furtif.

— Les femmes de chambre portent les cheveux courts, d'habitude. Grand-mère y tient.

— Je n'ai pas l'intention de couper les miens.

— Si Grand-mère te l'ordonne, tu les couperas. D'ailleurs il faudra bien, avec ton travail, sinon ils seront sales tous les soirs. Ils le sont déjà.

Je n'avais rien à répondre à cela : je ne m'étais pas lavé les cheveux depuis des jours. Je n'attachais plus la moindre importance à mon apparence et trouvais plus simple de porter un foulard.

— C'est pour cela que j'ai toujours refusé les corvées domestiques, minauda Clara Sue. Et maintenant, Grand-mère estime que je suis assez jolie pour travailler à la réception, et assez âgée pour assumer certaines responsabilités.

— Tant mieux, je m'en réjouis pour toi. Personnellement, j'aurais horreur de frayer avec tous ces gens et de me forcer à sourire à tout bout de champ.

De la moue dédaigneuse de Clara Sue, il ne resta plus trace. Mais la riposte ne tarda pas.

— Et moi, je suis sûre que ta présence est très gênante pour tout le monde. Pour l'instant, on dirait que la famille s'arrange pour te montrer le moins possible.

J'inclinais à partager son avis, mais ce n'était pas une raison pour le lui montrer. Je haussai les épaules.

— C'est possible.

— Quand même, je n'arrive toujours pas à le croire ! (Elle se leva et m'étudia avec attention, la tête penchée sur l'épaule.) Peut-être que je n'y arriverai jamais. Peut-être même qu'il reste encore une chance pour que ce ne soit pas vrai, finalement ?

— Crois-moi, Clara Sue, je le souhaite autant que toi, sinon plus. Tu ne peux pas savoir à quel point !

Ses yeux s'arrondirent de stupéfaction.

— Quoi ! Et pourquoi ça ? Tu ne regrettes pas ta misère, tout de même ! Maintenant tu es une Cutler de Cutler's Cove. Tout le monde sait qui nous sommes et l'hôtel est un des plus prestigieux de la côte, plastronna-t-elle, brandissant l'étendard de l'orgueil familial.

Une arrogance que je commençais à bien connaître, et qui lui venait tout droit de grand-mère Cutler.

— Nous étions pauvres, c'est vrai, mais nous nous aimions tellement ! Je ne peux pas m'empêcher de regretter ma petite sœur Fern et Jimmy.

— Mais ce n'était pas ta famille, enfin ! C'est nous ta

famille, à présent, que ça te plaise ou non... Eugénie, acheva-t-elle avec un sourire satisfait.

— Ce n'est pas mon prénom !

— Grand-mère dit que si, et chez nous sa parole a force de loi, susurra Clara Sue en gagnant la porte. Bon, il faut que j'aille me faire belle pour prendre mon premier tour à la réception. Au fait... (Sur le point de sortir, elle s'arrêta un instant.) Il y a des tas de garçons de ton âge qui descendent à l'hôtel, chaque été. Je pourrai t'en présenter un ou deux, maintenant que tu ne peux plus courir après Philippe. Quand tu auras terminé ton travail, mets quelque chose de correct et viens me rejoindre dans le hall.

Elle me lança ces derniers mots comme on jette un os à un chien, juste avant de se retirer. Derrière elle, le battant heurta le chambranle avec un petit bruit qui résonna désagréablement à mes oreilles. Exactement comme si je venais d'entendre se fermer la porte de ma cellule.

Et c'était bien à quoi ressemblait cette chambre sinistre, avec ses murs nus et ses pauvres meubles fatigués. Je m'y sentais tellement seule, abandonnée, isolée... une condamnée mise au secret, en somme. Je courbai la tête et croisai les mains sur mes genoux. Cette conversation avec Clara Sue avait ramené mes pensées vers Jimmy. Etait-il déjà placé dans une famille ? Aimait-il ces gens, son nouveau cadre de vie ? Peut-être avait-il une nouvelle sœur, et qui sait ? Peut-être ses nouveaux parents étaient-ils meilleurs que les Cutler, capables de comprendre ce qu'il avait enduré. Pensait-il à moi, s'inquiétait-il pour moi ? Mon cœur me soufflait que oui, et j'en avais mal pour lui.

Et Fern ? A son âge, on s'adapte vite, cela me rassurait un peu. Mais elle me manquait terriblement. Je l'imaginais s'éveillant dans une chambre inconnue, m'appelant, pleurant en voyant arriver une étrangère... Elle devait être terrifiée, et rien que d'y penser, j'en avais les larmes aux yeux.

Je comprenais maintenant pourquoi nous avions déménagé si souvent et si vite, toujours au milieu de la nuit ! Papa avait pris peur en se croyant reconnu... lui ou maman. Et voilà pourquoi nous évitions le Sud et n'avions jamais mis les pieds dans la famille. Nous étions des fugitifs, et nous n'en savions rien. Mais pourquoi m'avaient-ils enlevée ? Je ne pouvais pas supporter de rester dans l'ignorance. Il fallait que je sache, et je saurais. Toute l'histoire.

J'ouvris le tiroir de ma table de chevet et en tirai un bloc de correspondance à en-tête de l'hôtel. Puis je commençai une lettre, comptant bien trouver le moyen de la faire parvenir à son destinataire.

Cher papa,

Comme tu dois le savoir, on m'a ramenée chez mes véritables parents, les Cutler. J'ignore ce que sont devenus Fern et Jimmy, mais les policiers m'ont dit qu'ils seraient placés dans des familles d'accueil, deux familles différentes, probablement. Nous sommes donc tous séparés, chacun de son côté.

Quand les policiers sont venus me chercher, tu ne t'es pas défendu et cela m'a fait très mal. Et au commissariat, tout ce que tu as trouvé à dire, c'est que tu regrettais. Eh bien ça ne suffit pas pour effacer tout le chagrin et toutes les souffrances que tu as causés.

Je ne comprends pas pourquoi vous m'avez enlevée aux Cutler, maman et toi. Ce n'est sûrement pas parce qu'elle ne pouvait pas avoir d'enfants, puisqu'elle a eu Fern. Alors quel démon vous a poussés à faire ça, je me demande ?

Je sais que cela peut paraître sans importance de connaître vos raisons, maintenant que tout est fini, mais je ne peux pas vivre avec ce mystère et ce chagrin. Et je sais que Jimmy souffre autant que moi, où qu'il soit. S'il te plaît, veux-tu essayer de m'expliquer pourquoi vous avez agi ainsi, maman et toi ?

Nous avons le droit de savoir. Garder le secret n'a plus aucun sens pour toi maintenant: tu es en prison et maman est morte.

Mais pour nous, c'est important! Réponds-moi, je t'en prie!

Aurore

Je pliai soigneusement la page, la glissai dans une enveloppe de l'hôtel et quittai ma chambre. Je me rendis chez la seule personne qui, je l'espérais, serait en mesure de faire parvenir cette lettre à papa : mon vrai père.

Après avoir frappé à la porte du cabinet de travail, j'attendis la réponse de mon père pour ouvrir et m'arrêtai sur le seuil, hésitante. Il était assis à son bureau, une liasse de papiers et une agrafeuse devant lui.

— Oui ?

Le bref regard qu'il me jeta me fit croire un instant qu'il avait oublié qui j'étais.

— Il faut que je vous... il faut que je te parle, annonçai-je, bien décidée à le lui rappeler. S'il te plaît.

— C'est que... je n'ai pas beaucoup de temps en ce moment. Je croule sous la paperasse, comme tu vois. Grand-mère Cutler ne supporte pas que le courrier prenne du retard.

Indifférence ou acceptation tacite ? Il n'avait pas tiqué sur le tutoiement, c'était déjà ça ! Je me sentis un peu moins exclue et insistai :

— Je ne serai pas longue.

— Bon, d'accord, entre et assieds-toi, capitula-t-il en repoussant de côté sa montagne de papiers. Alors, tu as déjà vu Philippe et Clara Sue ?

— Oui, dis-je en prenant place en face du bureau.

— Je suppose que cela va être une expérience peu

banale de vous retrouver frère et sœurs, tous les trois, après vous être connus comme camarades de collège ?

— Certainement.

— Ecoute, je suis désolé d'avoir si peu de temps à te consacrer pour le moment, mais comme tu vois...

Mon père se redressa et désigna d'un geste large l'ensemble de la pièce, comme si la liste de ses responsabilités et de ses problèmes était affichée aux murs.

— ... tant que les choses n'ont pas repris leur rythme de croisière, ce n'est pas le travail qui manque. Mais j'ai quand même projeté une petite sortie en famille, j'attends seulement que Clara Sue se décide. Quand elle aura choisi sa soirée, nous irons dîner tous ensemble, vous trois, ta mère et moi, dans un des meilleurs restaurants de fruits de mer de Virginie. Ce sera sympathique, non ?

— Tout à fait.

— Tu n'as pourtant pas l'air très emballée, observa-t-il avec un petit rire étouffé.

— C'est plus fort que moi, je ne peux pas m'habituer à ma nouvelle vie ni oublier ce qui s'est passé. Je sais que cela viendra avec le temps, enfin en principe...

— Mais personne ne te demande d'oublier ton passé, enfin, pas complètement. Je te comprends, je sais que cela prendra du temps. Bon, alors... (Mon père se pencha en avant et caressa le rubis de sa chevalière.) En quoi puis-je t'aider ?

Sa sollicitude me donna l'audace de m'expliquer.

— Je n'arrive pas à comprendre pourquoi ils ont fait ça. Vraiment pas.

— Fait quoi ? Oh, les Longchamp, tu veux dire ? Non, bien sûr que non. Ces choses-là sont déjà assez difficiles à comprendre pour un adulte, à plus forte raison pour un enfant.

— C'est pourquoi j'ai écrit une lettre, annonçai-je dans la foulée, brandissant mon enveloppe.

Les sourcils de mon père devinrent deux accents circonflexes surmontant deux demi-dollars.

— Une lettre ? Et à qui ?

— A papa... enfin, à l'homme que j'ai toujours appelé comme ça.

— Je vois, fit mon vrai père en plissant les paupières.

Et ses yeux prirent cette teinte métallisée que j'avais déjà vue si souvent dans ceux de ma grand-mère.

— Je veux qu'il me dise pourquoi ils ont fait ça, déclarai-je d'une voix résolue. Je dois savoir.

— Hm-hmm. Bon, écoute-moi, Aurore... Ne dis pas à ma mère que je continue à t'appeler comme ça ! observa-t-il en baissant la voix, mi-sérieux, mi-plaisant.

Mais son sourire s'effaça bien vite et son regard redevint grave.

— J'espérais que tu ne tenterais pas d'entrer en contact avec Ormand Longchamp. Cela ne peut que rendre les choses plus difficiles pour tout le monde, même pour lui.

Je baissai le nez sur mon enveloppe, la vue brouillée de larmes, et m'essuyai les yeux d'un geste puéril. Une enfant, voilà ce que j'étais, égarée dans le monde insensé des adultes. Je sentis mon cœur se serrer comme un poing, soudain pesant comme une pierre.

— Je ne peux pas commencer une nouvelle vie sans savoir, dis-je en relevant la tête. C'est au-dessus de mes forces.

Mon père me dévisagea longuement, tranquillement.

— Je vois, dit-il enfin.

— J'espérais que tu saurais découvrir où il est détenu et que tu lui ferais parvenir ceci de ma part.

Pris de court, mon père loucha vers la porte comme s'il craignait une oreille indiscrète. Puis il prit sa chevalière entre le pouce et l'index de la main gauche et se mit à la faire tourner autour de son petit doigt, tout songeur.

— Je ne sais pas, marmonna-t-il. Cela pourrait créer des complications avec les autorités.

— C'est très important pour moi.

— Et comment peux-tu savoir s'il te dira la vérité ? Il vous a menti, il a inventé des histoires invraisemblables. Je ne cherche pas à te détacher de lui, crois-moi, mais tu sais bien que c'est vrai.

— Je voudrais seulement essayer, implorai-je. S'il ne me répond pas ou s'il ne veut rien me dire, je couperai les ponts avec lui, je te le promets. Définitivement.

— Je vois.

Subitement, mon père s'empara de sa pile de feuillets et la replaça entre nous, comme un rempart. Je ne le voyais pratiquement plus mais je l'entendis grommeler.

— Bon, on verra, je ne sais pas... avec tout ce travail... Grand-mère Cutler est tellement pointilleuse...

Il se mit à agrafer des papiers, sans même leur jeter un coup d'œil, me sembla-t-il. On aurait dit qu'il composait ses liasses au hasard. Et il reprit sa litanie :

— Ne mettons pas la charrue avant les bœufs. Il faut réfléchir, préparer le terrain, songer aux conséquences... C'est une lourde responsabilité...

— Je t'en prie ! explosai-je. Il n'y a que toi qui puisses m'aider ! Je n'ai personne d'autre à qui m'adresser.

Il arrêta net ses manipulations.

— Bon, très bien. Nous verrons.

— Merci.

Je lui tendis l'enveloppe, déjà cachetée, et il y jeta un coup d'œil avant de la glisser prestement dans son tiroir. Cela fait, il se métamorphosa littéralement. Son air soucieux disparut : il me sourit.

— Et maintenant, si nous nous occupions un peu de ta toilette ? J'en ai discuté avec Laura Sue, hier soir. Il y a un tas de choses que Clara Sue ne met plus et qui pourraient t'aller. J'enverrai Mme Boston te les porter et tu pourras choisir ce qui te convient.

— Elle est déjà venue.

— Parfait, parfait. Laura Sue aimerait t'emmener

faire des courses, d'ici un jour ou deux, pour que tu t'achètes ce qui te manque. Bon, as-tu autre chose à me demander, pour l'instant ?

Je me levai et fis signe que non.

— Merci.

— C'est un miracle, une bénédiction que tu nous aies été rendue, dit mon père en se levant à son tour.

Puis il contourna son bureau et s'apprêtait à me reconduire quand il s'exclama :

— Oh, j'oubliais ! Philippe m'a appris que tu étais une excellente pianiste.

— Pas tellement, je viens juste de commencer.

— Quand même, nous serions ravis que tu montes nous jouer quelque chose, Laura Sue et moi.

J'allais répondre mais il baissa les yeux vers son bureau et me devança :

— Je te demande pardon, Aurore, je suis tellement occupé en ce moment... mais je me rattraperai bientôt, et nous passerons de longs moments ensemble.

Occupé à quoi ? A agrafer des papiers ? C'était un travail de secrétaire, cela !

— Tout s'arrangera, reprit-il en ouvrant la porte devant moi, ce n'est qu'une question de temps.

— Merci.

Subitement, il se pencha et m'embrassa sur la joue, ou plutôt l'effleura, presque à la dérobée. Puis il me serra la main tout aussi furtivement et referma la porte derrière moi. Très vite, comme s'il craignait qu'on l'ait surpris en train de m'embrasser, après m'avoir accordé un entretien.

Cet étrange comportement, la dureté plutôt surprenante de ma grand-mère, les inexplicables malaises de ma mère... tout cela me plongeait dans une confusion proche du désespoir. Comment ferais-je pour ne pas sombrer dans ces eaux inconnues, sans cesse abreuvées de tourments nouveaux ?

Et qui serait ma planche de salut ?

11

Trahison

Au début, j'écartai résolument l'idée de porter les vêtements de rebut de Clara Sue, mais je me ravisai. J'en avais assez d'être dans la peau d'une femme de chambre négligée, surmenée. Je voulais me sentir en beauté, redevenir moi-même. J'espérais que Philippe, une fois remplis ses devoirs d'hôte, viendrait me chercher pour me faire faire le tour du propriétaire. Sitôt le dîner fini, je retournai donc dans ma chambre et essayai diverses combinaisons parmi les effets dont je disposais. Finalement, mon choix se porta sur un corsage à manches courtes en coton bleu clair à boutons de nacre, et sur une jupe plissée bleu marine. Je trouvai dans le sac une paire de chaussures plates, très jolies, et à part quelques petites traces sur les côtés, presque neuves.

Puis je libérai mes cheveux et les brossai longuement. Ils avaient vraiment besoin d'un shampooing et d'une coupe, et les pointes étaient plutôt fourchues. Clara Sue aurait droit aux soins d'un coiffeur, elle obtenait des vêtements neufs chaque fois qu'elle le voulait, on lui prodiguait toutes sortes d'égards. Grand-mère Cutler finirait-elle par m'accepter et me traiter de la même façon ? Je ne pouvais pas m'empêcher d'y rêver. Je me voyais entrant chez un coiffeur, vêtue d'une nouvelle robe... Moi aussi j'aurais préféré siéger derrière le comptoir de la réception, au lieu de faire le ménage dans les chambres.

Je décidai de relever mes cheveux en les nouant avec un ruban. Maman m'avait si souvent répété que je devrais me coiffer de façon à dégager les oreilles. « Il faut les montrer, ma chérie : elles sont si jolies ! » Le souvenir de ses paroles amena un sourire sur mes lèvres et une étincelle de plaisir dans mes yeux. Je me réjouis que le retour de Philippe m'ait rendu ma coquetterie. C'était bon de faire à nouveau des projets, après tant de jours lugubres passés à ruminer mon malheur !

Mais, même après m'être changée et coiffée, je me trouvai toujours mauvaise mine. Le coin de mes paupières s'affaissait, mes cheveux autrefois radieux et mouvants avaient perdu leur éclat, mon sourire aussi, ternis par tant d'épreuves et de souffrances. Ni les soins d'une esthéticienne, ni les vêtements les plus coûteux ne pourraient masquer la profonde mélancolie qui m'habitait. D'un geste que j'avais souvent vu faire à maman, je me pinçai les joues pour leur donner un peu de couleur et consultai mon miroir.

Et tout à coup, je me demandai pourquoi je me donnais tout ce mal. Philippe n'était plus mon amoureux, désormais. A quoi me servirait d'être en beauté ? Pourquoi me soucier tellement de lui plaire ? N'étais-je pas en train de jouer avec le feu ? J'en étais là de mes réflexions quand un pas retentit dans le couloir. J'allai entrouvrir la porte pour voir qui pouvait bien venir et, à ma grande surprise, je vis s'approcher un employé en uniforme.

— Votre père m'envoie vous prier de monter dans son appartement. Il souhaite que vous jouiez du piano pour votre mère.

Son message délivré, l'homme s'en fut sans autre commentaire. Cette convocation n'avait rien de l'invitation affectueuse que j'attendais, mais enfin, c'était toujours un début ! Pleine d'espoir, je pris le chemin de l'étage réservé aux Cutler à part entière. D'ici la fin de l'été, nous formerions peut-être une famille unie, après tout. On verrait bien...

Je trouvai Philippe et Clara Sue installés au chevet de ma mère, dans des fauteuils qu'ils avaient rapprochés de son lit. Adossée à deux gros oreillers rebondis, elle avait dénoué ses cheveux qui s'épandaient en vagues souples sur ses épaules frêles. Soigneusement maquillée, elle portait ses boucles d'oreilles et sa rivière en diamants, et son déshabillé laissait voir sa chemise en satin mordoré. Philippe lui tenait la main. Clara Sue, les bras croisés et renversée sur son siège, arborait un sourire affecté.

— Comme tu es jolie, Aurore ! s'écria ma mère. Les vêtements de Clara Sue te vont parfaitement.

— Sauf que cette jupe est ridiculement démodée, intervint ma charmante sœur, qui s'attira cette réponse de mon père :

— La mode, c'est ce qui vous va.

Elle décroisa les jambes, les recroisa et se tortilla dans son fauteuil. Manifestement, elle n'appréciait pas que mon père prît ma défense, ni la façon dont il me regardait.

— Nous avons de la chance avec nos filles, observa-t-il. Clara Sue et Aurore sont toutes les deux ravissantes.

Je levai les yeux sur Philippe et m'aperçus qu'il me dévisageait intensément, un léger sourire aux lèvres. Clara Sue loucha de son côté, puis du mien, et une lueur d'envie passa dans ses yeux.

— Je croyais que nous ne devions plus l'appeler Aurore, mais Eugénie. C'est ce que Grand-mère a décidé, non ?

— Mais dans l'intimité, ce n'est pas pareil, protesta ma mère. N'est-ce pas, Randolph ?

— Bien sûr que non, la rassura mon père en serrant

gentiment ma main dans la sienne. Tu peux bien lui faire ce plaisir, Clara Sue ?

— Grand-mère n'aimera pas ça, rétorqua-t-elle en me foudroyant du regard. Tu as reçu le prénom de sa sœur défunte, comme un présent sacré. Tu devrais être reconnaissante, au lieu de t'accrocher à ce nom grotesque.

— Il n'a rien de grotesque !

— Aurore ? ricana Clara Sue. Ce n'est pas un nom, ça !

— Tais-toi ! la rabroua Philippe, et ma mère gémit d'une voix éplorée :

— Oh, je t'en prie, Clara Sue. Pas de querelles ce soir, je suis si lasse... Tu comprends, expliqua-t-elle à mon intention, l'arrivée des estivants est toujours une telle épreuve ! Il faut se rappeler qui est qui, s'arranger pour qu'ils se sentent chez eux. Tout le monde est sur la brèche et personne n'a le droit d'être fatigué, malade ou de mauvaise humeur. Grand-mère Cutler ne le tolérerait pas, ajouta-t-elle avec une note d'amertume, en jetant à Père un coup d'œil glacial.

Mais il se frotta les mains et sourit comme s'il n'avait rien entendu.

— Eh bien, nous voilà tous réunis, maintenant, et nous devrions en remercier le ciel. N'est-ce pas miraculeux ? Et quelle meilleure façon d'accueillir Aurore dans la famille que de lui demander de jouer pour nous ?

— Quelque chose d'apaisant, Aurore, si tu veux bien ? implora ma mère. Pas du rock and roll, je ne pourrais pas supporter cela en ce moment.

Elle regarda furtivement Clara Sue, qui de toute évidence ne savait plus que dire et eût bien voulu être ailleurs.

— Je ne joue pas du tout de rock and roll, annonçai-je. Mais M. Moore, mon professeur de musique, m'a appris un de ses morceaux favoris. Je vais tâcher de m'en souvenir.

Je ne fus pas fâchée que personne ne me suive dans le salon, cela m'épargnerait de jouer sous le regard furibond de Clara Sue. Mais quand je pris place au piano, Philippe vint me rejoindre. Il resta debout près de moi et me fixa avec une telle insistance que je me mis à trembler.

Comme M. Moore me l'avait appris, je fis quelques gammes préliminaires et pus vérifier que l'instrument était accordé.

— Un chef-d'œuvre, ce morceau ! ironisa Clara Sue, dans l'espoir de me ridiculiser.

Mais personne ne rit, et Philippe trouva les mots qu'il fallait :

— Détends-toi, tu es en famille, maintenant.

Il me posa la main sur l'épaule, s'assura d'un coup d'œil que personne ne nous voyait et m'embrassa furtivement dans le cou. Puis, devant mon regard étonné, il ajouta :

— Pour te porter chance !

Exactement comme je le faisais à Emerson Peabody, je fermai les yeux afin de m'isoler du reste du monde. Et dès la première note, je glissai dans mon royaume intérieur, un univers de musique où ni les mensonges, ni la maladie, ni la haine, ni le malheur n'avaient droit de cité. Seuls y régnaient le sourire et l'amour. Si le vent y soufflait, c'était une brise tout juste assez forte pour caresser les feuilles. S'il y passait quelques nuages, c'étaient des vapeurs d'une blancheur neigeuse, duveteuse, pareilles à des oreillers de soie gonflés de douceur.

Mes doigts effleurèrent le clavier et commencèrent à se mouvoir sur les touches, comme animés de leur volonté propre. Les notes affluaient d'elles-mêmes, passant de l'ivoire à mes mains, à mes bras, créant autour de moi un cocon de sécurité et m'enfermant dans un cercle magique. Ni les regards jaloux, ni les rires moqueurs ne pouvaient plus m'atteindre. Ressentiment, amertume, sarcasmes, tout était oublié. Et jusqu'à la présence de Philippe à mes côtés.

Quand je cessai de jouer, il y eut un temps d'arrêt, comme une attente. Les doigts frôlant le clavier, encore tout palpitants, je gardais les yeux fermés.

Je les rouvris quand l'ovation éclata. Père s'était approché jusqu'au seuil et battait des mains, Philippe en faisait autant à mes côtés, et Mère de son lit, plus discrètement. J'entendis même le bref applaudissement de Clara Sue.

— Merveilleux ! s'exclama mon père. J'en parlerai à Mère. Peut-être te fera-t-elle jouer devant nos clients.

— Oh non, je ne pourrais jamais !

— Bien sûr que si. Qu'en penses-tu, Laura Sue ?

— C'était superbe, Aurore ! s'écria-t-elle avec ferveur.

Je me levai. Philippe rayonnait comme un soleil. Je revins dans la chambre où j'eus la surprise de voir ma mère me tendre les bras. Elle me serra contre elle, m'embrassa légèrement sur la joue, et quand elle me libéra je vis des larmes dans ses yeux. Mais il y avait aussi, dans sa façon de m'observer, quelque chose qui me laissa perplexe et me fit frissonner. J'eus le sentiment qu'elle ne me voyait pas vraiment, mais plutôt quelqu'un d'autre à travers moi. Comme si je n'existais pas.

Je l'interrogeai du regard, cherchant sur son visage une réponse à ma question muette. Je me trouvais si près d'elle que je pus vraiment me rendre compte de la finesse de ses cils et de la délicatesse de ses traits... ces traits dont j'avais hérité. Ses yeux surtout me fascinaient, si bleus, si clairs, à la fois éclatants et voilés de mystère : deux joyaux resplendissants de beauté. Juste en dessous, je découvris de légères taches de rousseur, exactement semblables aux miennes. Sa peau était si diaphane que je distinguais le fin réseau de veines qui sillonnaient ses tempes, à partir du coin des paupières.

Ses cheveux exhalaient un délicieux arôme de jasmin. Et quelle douceur dans son sourire, dans la caresse de sa joue contre la mienne... je ne m'étonnais plus que papa la chérisse à ce point. Elle respirait la fraîcheur malgré sa santé fragile. C'était une fleur éclatante, la femme la plus adorable et la plus ravissante que j'eusse jamais vue.

— C'était vraiment superbe, répéta-t-elle, il faudra venir souvent jouer pour moi. Tu veux bien ?

J'inclinai la tête, puis je me tournai vers Clara Sue. Rouge et bouffie d'envie, la bouche dure, les yeux brûlants de haine, elle pinçait les lèvres au point que des taches blanches apparaissaient aux commissures. Les poings serrés sur les genoux, elle m'assassinait du regard. Et brusquement, elle se leva.

— Il faut que j'aille voir Grand-mère.

— Déjà ? gémit ma mère. Tu viens juste de rentrer du collège et nous n'avons même pas encore eu le temps de bavarder. Moi qui aime tellement t'écouter papoter sur tes amies et sur leurs familles, d'habitude.

Le regard de Clara Sue passa rapidement de moi à Mère et elle nous assena cette déclaration surprenante :

— Moi ? Je ne papote jamais.

— Mais je voulais seulement...

— Grand-mère a dit que nous avions trop de travail en ce moment pour nous tourner les pouces !

— Oh, je déteste ces façons de parler ! geignit ma mère avec une grimace de dégoût. Randolph ?

A cet appel au secours, Père fournit la réponse appropriée.

— Je suis sûr qu'elle ne te demande pas de retourner travailler sur-le-champ, Clara Sue. Elle sait que tu es chez nous.

— Mais j'ai promis, enfin !

Père soupira, adressa à ma mère un haussement d'épaules significatif, et elle se laissa retomber sur ses oreillers comme si elle venait d'entendre sa sentence de mort. Pourquoi fallait-il qu'elle prenne tout au tragique ? Devait-elle cette fragilité nerveuse à mon enlèvement ? J'en fus désolée pour elle, et plus triste que jamais. Cela rendait tellement plus grave à mes yeux l'acte qu'avaient commis papa et maman !

— Je suis fatiguée, de toute façon, annonça-t-elle subitement. Je crois que je vais me préparer pour la nuit.

Père approuva aussitôt :

— Très bien, ma chérie.

— Et si je t'emmenais tout de suite faire un petit tour d'horizon ? me proposa Philippe en s'approchant de moi.

Les yeux de Clara Sue lancèrent des éclairs.

— Depuis le temps qu'elle est là, elle n'a pas besoin de ça, voyons !

— Elle n'a fait que travailler, jusqu'ici, elle n'a sûrement pas eu le temps de voir grand-chose. Ce n'est pas ton avis, papa ?

— Si, bien sûr. Nous avons tous été si occupés... D'ailleurs, je projette une petite sortie en famille pour la semaine prochaine. Un dîner dans un restaurant de fruits de mer, à Virginia Beach. Si votre mère se sent assez bien, naturellement.

— Mardi soir, je travaille, prévint Clara Sue.

— Eh bien, je parlerai au grand patron pour essayer de faire concorder nos plans avec ton horaire, lui dit Père en souriant.

Mais elle ne lui rendit pas son sourire et planta les poings sur les hanches.

— Grand-mère déteste ce genre de contretemps. Elle tient à ce que l'hôtel fonctionne comme un métronome.

Elle fronçait toujours le nez lorsqu'elle était d'humeur maussade ou querelleuse. Ce qui lui dilatait les narines et la faisait ressembler à un petit cochon.

— Nous verrons, temporisa Père, sans se fâcher.

Ce qui m'étonna. Si quelqu'un avait besoin d'une bonne semonce, c'était bien Clara Sue.

— Il faut que j'y aille, répéta-t-elle avec obstination.

Et elle sortit en coup de vent.

— Seigneur, ce que je peux détester la saison d'été !

s'écria Mère. Tout le monde est sur les nerfs. Je voudrais pouvoir dormir jusqu'au mois de septembre.

En voyant poindre deux larmes minuscules au coin de ses yeux, Père accourut à son chevet.

— Allons, allons, ma chérie, ne te laisse pas déprimer par quoi que ce soit, cet été. Tu te rappelles ce qu'a dit le Dr Madeo : il faut t'endurcir. Chasser de ton esprit tout sujet d'inquiétude et ne penser qu'à des choses agréables. Cela nous sera facile, maintenant que nous avons retrouvé Aurore. Notre fille est si jolie, si douée !

Mère sourit à travers ses larmes.

— Oui, j'ai beaucoup aimé son jeu.

— Certains artistes de grand talent se sont déjà produits à Cutler's Cove, Aurore, m'expliqua Père. Ce serait merveilleux de pouvoir t'ajouter à la liste, un de ces jours.

Il sourit, mais je vis que ma mère pleurait toujours, et pour de bon, maintenant. De vraies larmes de chagrin. Une fois de plus, je surpris dans ses yeux une expression qui me troubla, mais j'évitai soigneusement de m'appesantir sur la question.

Le lendemain, une effervescence inaccoutumée régnait à travers tout l'hôtel. Le personnel s'affairait dans tous les coins, astiquait, frottait, fourbissait, jusqu'à ce que tout reluise comme un sou neuf. A la cuisine, le chef Nussbaum préparait un festin, et dehors, les jardiniers passaient le parc au peigne fin. En voyant Sissy filer devant moi comme une flèche, une pile de nappes en dentelle sur les bras, je ne pus contenir ma curiosité.

— Mais qu'est-ce qu'il se passe, à la fin ?

Elle s'arrêta net et me dévisagea, les yeux ronds.

— Comment, tu ne sais pas ? Tu ne sais vraiment pas quel jour on est ?

— Non, avouai-je. Il y a quelque chose de spécial que je devrais savoir ?

— Et comment ! C'est l'anniversaire de Mme Cutler ! On donne une fête à tout casser, ce soir, avec décorations, gâteau d'anniversaire, une kyrielle d'invités et des tonnes de cadeaux.

Sur ces importantes nouvelles, Sissy continua son chemin, me laissant ruminer mon problème. C'était l'anniversaire de grand-mère Cutler, et on ne m'en avait rien dit ! Mais même si je l'avais su, qu'est-ce que cela aurait changé ? Je n'ignorais pas ce qu'elle pensait de moi, et pour cause : elle n'en faisait pas mystère. Pourquoi me soucierais-je de son anniversaire ?

Soudain, je me rappelai ce que disait maman : Agis envers les autres comme tu souhaiterais qu'ils agissent envers toi. Vis-à-vis de Grand-mère, mes sentiments étaient plutôt du genre « œil pour œil, dent pour dent », mais je ne pouvais pas oublier les paroles de maman. Je soupirai. Ne pourrais-je enterrer la hache de guerre, pour une fois ? Ce serait peut-être l'occasion que j'attendais, un premier pas vers un mieux entre ma grand-mère et moi ? Mais comment lui faire un joli cadeau ? Mes économies étaient si minces...

Je pouvais toujours demander un peu d'argent à Père, mais ce ne serait pas la même chose. Le présent devait venir de moi. D'ailleurs, telle que je la connaissais, un cadeau au-dessus de mes moyens ne ferait qu'éveiller son incurable méfiance. Tout à coup, la solution m'apparut, géniale. J'offrirais à Grand-mère un présent venu du cœur, un de ceux qui ne s'achètent pas. Une chanson !

Oui, je chanterais pour elle, je ferais ce premier pas vers un rapprochement... et mon chant arrangerait tout.

J'avais des ailes aux pieds en courant vers ma chambre pour m'exercer. Comme il me tardait que la fête commence !

Ce soir-là, je m'habillai avec un soin tout particulier. Pour commencer, je me douchai longuement, lavai mes cheveux et les frictionnai au baume lustrant. Une fois secs, ils avaient repris tout leur volume et tombaient en ondes souples et brillantes sur mes épaules.

Après avoir inspecté ma garde-robe, je choisis une jupe plissée blanche, un chemisier en soie rose et un cardigan rose et blanc. J'interrogeai mon miroir, me trouvai fort jolie et m'élançai vers le hall. C'était là que grand-mère Cutler accueillait ses invités et recevait leurs présents.

On l'avait décoré de guirlandes et de ballons multicolores, et une longue banderole proclamant « Joyeux anniversaire » le traversait d'un mur à l'autre. Une file de clients et d'invités s'était déjà formée, chacun attendant son tour de venir saluer Grand-mère. En dernier lieu venaient Philippe et Clara Sue, portant chacun un paquet enveloppé de papier enluminé. Celui de Philippe était minuscule, celui de Clara Sue énorme. Pendant un instant, je me sentis gênée d'avoir les mains vides, puis je repris mon aplomb. Moi aussi, j'avais un cadeau pour grand-mère Cutler !

Clara Sue fronça le nez d'un air dédaigneux et m'inspecta des pieds à la tête.

— Qu'est-ce que tu fabriques ici ? Tiens, c'est bizarre... j'ai déjà vu ces vêtements quelque part. Oh mais oui ! s'esclaffa-t-elle. Ils étaient à moi, avant que je ne me décide à les jeter ! Tu sais quoi ? Nous devrions t'appeler « Aurore d'occasion », ça t'irait bien. Tu as tout de la seconde main, ma parole, cracha-t-elle avec un rire cruel. Les habits comme la famille !

Philippe lui lança un regard noir et prit aussitôt ma défense.

— On dirait que tu es jalouse, Clara Sue. Serait-ce parce que tes vêtements ont plus d'allure sur Aurore qu'ils n'en ont jamais eu sur toi ?

— Merci, Philippe. Et merci à toi aussi, Clara Sue,

ajoutai-je, bien résolue à ignorer ses mesquineries. Je n'ai jamais rien eu d'aussi joli.

— Cela doit être dur de s'habituer à la soie quand on a vécu des années dans de la toile à sac, fit-elle d'une voix doucereuse.

Je me mordis la langue et me tournai vers Philippe.

— Qu'as-tu acheté pour Grand-mère ?

— Du parfum, répondit-il, tout fier. C'est son préféré, il coûte cent dollars le flacon.

Clara Sue s'interposa brutalement entre nous deux.

— Moi, j'ai un vase fait à la main, importé de Chine. Et toi, que lui as-tu acheté ?

— Je n'ai eu ni le temps ni l'argent nécessaires pour acheter quoi que ce soit, dus-je admettre. Je compte lui offrir un chant.

Clara Sue me toisa d'un œil de poisson frit.

— Un chant ? Tu plaisantes ou quoi ? Un chant !

— Parfaitement, un chant. Qu'y a-t-il de mal à ça ?

Je sentis mes joues prendre feu. Peut-être aurais-je dû offrir quelque chose de plus tangible à grand-mère Cutler. Il était encore temps. Je pouvais toujours aller chercher un bouquet à la boutique-cadeaux de l'hôtel.

— Ce n'est pas sérieux ! s'exclama Clara Sue. Qu'est-ce qu'il t'a pris ? Tu es si radine que ça ?

— Pas du tout, je t'ai dit pourquoi je n'avais pas de cadeau. D'ailleurs, c'est l'intention qui compte.

— Et tu as l'intention de nous écorcher les oreilles, si je comprends bien ? Wouaouh ! Génial !

— Ça suffit, Clara Sue, intervint sévèrement Philippe. Aurore a raison, c'est l'intention qui compte.

Je souris à Philippe tandis que la file avançait.

— Merci pour le vote de confiance.

— Ne te traçasse pas, dit-il en me décochant un clin d'œil. Ton présent fera son petit effet, je te le garantis.

Il nous fallut une demi-heure pour arriver devant

grand-mère Cutler. Mes parents se tenaient à ses côtés, en grande tenue. J'eus droit à un sourire de mon père, mais ma mère ne m'adressa qu'un regard angoissé. Philippe fut le premier à tendre son cadeau à Grand-mère. Elle le déballa lentement, en prenant soin de ne pas déchirer le papier. Après quoi, elle déboucha le flacon, tapota son poignet et son cou avec le bouchon et respira longuement, d'un air ravi.

— Merci, Philippe. Tu sais que j'adore ce parfum.

Puis Clara Sue s'approcha avec son présent, et une fois de plus Grand-mère ôta soigneusement l'emballage, pour extraire d'un cocon de papiers de soie un vase ravissant décoré d'un motif oriental. Elle ne ménagea pas ses éloges.

— Il est exquis, Clara Sue. Absolument exquis ! Je le mettrai dans ma chambre.

Clara Sue me poussa du coude et, avant même d'embrasser Grand-mère sur la joue, me souffla à l'oreille :

— Allez, vas-y pour ta chansonnette ! Je sens que ça va être un succès.

C'était mon tour. J'en avais l'estomac noué, mais je me dominai et m'avançai vers grand-mère Cutler en m'efforçant de sourire. Bien droite dans son fauteuil sculpté, elle me toisa de toute sa hauteur.

— En voilà une surprise !

Elle tendit les mains, attendant que j'y dépose mon cadeau, et demanda d'une voix glacée :

— Eh bien ?

Je m'éclaircis nerveusement la gorge.

— Mon cadeau n'est pas enveloppé, Grand-mère.

— Tiens ? fit-elle en m'examinant avec une attention étrange. Il ne l'est pas ?

— Non. Je... c'est une chanson. Pour votre anniversaire.

Rassemblant mon courage, j'entonnai les premières notes de la chanson que j'avais choisie, ma préférée, celle que je chantais avec le plus d'assurance : « Par-dessus l'arc-en-ciel. » Et soudain, je ne fus plus à Cutler's Cove. Je volais par-dessus l'arc-en-ciel, au royaume de mes rêves. J'avais retrouvé maman et papa, Jimmy et Fern. Nous étions tous réunis, heureux et en sécurité. Et personne ne pourrait plus jamais nous séparer.

Quand le chant s'acheva, j'avais les larmes aux yeux. L'assistance éclata en applaudissements, et je souris à la cantonade. Philippe et mes parents battaient des mains, eux aussi, mais pas Clara Sue. Je me tournai vers Grand-mère. Elle aussi applaudissait, mais pas parce qu'elle était fière de moi, oh non ! Elle faisait cela par pure convenance, pour la galerie. Moi, je n'eus droit qu'à un regard polaire, et si ses lèvres dessinèrent un sourire, son visage demeura totalement dénué d'émotion. Un vrai bloc de glace.

Petit à petit, les invités gagnèrent la salle à manger, certains me félicitant au passage, et nous nous retrouvâmes en famille. Rien moins que rassurée, je me jetai à l'eau :

— Est-ce que ma chanson vous a plu, Grand-mère ?

Elle se leva instantanément et laissa tomber, plus réfrigérante que jamais :

— Une chanson, c'est tout ?

Je me tournai successivement vers mes parents, Philippe, Clara Sue, mais personne ne prit ma défense. Je me retrouvai seule, une fois de plus.

— C'est tout, murmurai-je d'une voix à peine distincte.

Grand-mère Cutler m'ignora délibérément pour s'adresser au reste de la famille.

— Eh bien, qu'attendons-nous pour passer à table ?

Et elle entraîna tout son monde vers la salle à manger, sans m'accorder l'aumône d'un regard. J'en restai sans voix. Quel nouveau crime avais-je donc commis ? A deux doigts de la crise de nerfs, je m'enfuis sans demander mon reste. Dussé-je vivre cent ans, je n'oublierais jamais cette abominable soirée.

Le lendemain, je ruminais mon chagrin dans le hall quand je vis s'approcher Philippe.

— Ne fais pas cette tête-là, et ne pense plus à hier soir. Grand-mère s'amadouera, tu verras. Allez, viens ! Tu as besoin de te remonter le moral ! dit-il en me prenant la main.

Et je le laissai m'entraîner au-dehors.

Le ciel s'était dégagé, tout paraissait neuf à la chaude lumière du soleil. L'herbe sentait bon et le parc entier brillait d'un vert éclatant. Et moi aussi, je posais sur toutes choses un regard neuf. Jusque-là, j'avais passé presque tout mon temps à l'intérieur, à travailler, ou enfermée dans ma chambre. Mais la bonne humeur de Philippe était communicative, c'était comme si je voyais par ses yeux. Et je découvrais enfin la splendeur de Cutler's Cove.

Sur ma gauche s'étendait le miroir bleuté d'une immense piscine, flanquée à son extrémité la plus proche de l'hôtel d'un petit bassin pour les enfants. A l'opposé s'élevait un pavillon de bains bleu et blanc, rutilant de fraîcheur. De nombreux clients, ravis de profiter du beau temps revenu, prenaient un bain de soleil au bord de l'eau, dans des transats. Des garçons circulaient parmi eux, offrant avec empressement leurs services. Et tout au bout, près du pavillon, le maître nageur perché sur sa haute chaise surveillait les baigneurs.

Sur la droite, un lacis de petits sentiers contournait les parterres et les fontaines. Ils menaient tous à un grand kiosque central peint en vert lumineux, où quelques vacanciers jouaient aux cartes autour des tables disposées çà et là. D'autres se contentaient de bavarder tranquillement sur les bancs de jardin, savourant dans la détente la douceur de l'après-midi.

Nous nous engageâmes sur un étroit chemin, dallé de pierres espacées, où je m'arrêtai bientôt devant un massif de tulipes. Philippe en profita pour cueillir un gardénia blanc et le piqua dans mes cheveux.

— Superbe, constata-t-il en reculant d'un pas.

Je m'assurai d'un regard furtif que personne ne pouvait nous voir, mais mon cœur battait à tout rompre.

— Oh, Philippe ! Tu n'aurais pas dû.

— Et pourquoi pas ? Nous sommes chez nous, non ?

Il reprit ma main et nous poursuivîmes notre promenade.

— Nous avons un terrain de base-ball, m'apprit-il en désignant une haute clôture, à l'extrême droite. Cutler's Cove a son équipe de soft-ball et nous jouons tantôt contre les clients, tantôt contre le personnel des autres hôtels.

— Je ne me rendais pas compte que tout était si beau et si grand ! m'exclamai-je. Quand je suis arrivée, il faisait noir et personnellement, je n'ai pas visité grand-chose.

Philippe se rengorgea.

— Tout le monde nous envie cette propriété, à la fois pour ses dimensions et pour ce que nous avons su en tirer. Aucun établissement de vacances ne peut rivaliser avec le nôtre, sur toute la côte.

Ce légitime orgueil me fit sourire, et il s'en aperçut.

— Je m'exprime comme un dépliant publicitaire, non ?

— C'est normal que tu sois fier de l'entreprise de ta famille, je trouve.

— De *ta* famille aussi, maintenant, ne l'oublie pas.

Je balayai le paysage du regard. Que tout cela fût mon héritage à moi aussi... possible. Mais il me faudrait du temps pour en prendre conscience. Je devais me persuader que si je n'avais pas été enlevée au berceau, c'est ici que j'aurais grandi, ici que je me serais sentie chez moi.

Nous fîmes halte près d'une fontaine et Philippe me dévisagea longuement. Le bleu de ses yeux s'intensifiait à mesure qu'il réfléchissait, et soudain, une pensée impromptue les fit pétiller.

— Viens, je vais te montrer quelque chose... un secret.

Il m'entraîna si vite que je faillis tomber.

— Philippe !

— Oh, pardon ! Pas de mal ?

Je fus bien forcée de rire.

— Non, ça va.

— Viens, répéta-t-il en me tirant à sa suite vers la partie la plus ancienne des bâtiments.

Nous dévalâmes un escalier de pierre menant à une petite porte en bois écaillé et blanchi, munie d'une poignée de fer. Ses gonds rouillés étaient tellement gauchis qu'elle racla le ciment quand Philippe tenta de l'ouvrir, et il dut la soulever un peu pour y parvenir.

— Je n'ai pas remis les pieds ici depuis la rentrée des classes, m'informa-t-il.

— Qu'est-ce que c'est, cet endroit ?

— Ma tour d'ivoire, dit-il d'un air mystérieux. Je venais toujours ici quand ça n'allait pas, ou quand j'avais envie d'être seul.

Il faisait noir comme dans un four, à l'intérieur. Une bouffée d'air froid et humide nous sauta au visage.

— Ne t'inquiète pas, me rassura Philippe, il y a l'électricité.

Il entra lentement, le premier, et reprit ma main. Cette fois, un petit frisson me picota les doigts quand ils s'entrelacèrent aux siens. Je le suivis.

— La plupart des maisons de Cutler's Cove n'ont pas de caves, m'expliqua-t-il, mais la nôtre, si. Nous sommes sur l'emplacement des premières fondations. Autrefois, quand l'hôtel n'était qu'une auberge, c'est ici qu'habitait le gardien.

Il tâtonna dans l'obscurité pour atteindre un fil pendant, actionnant l'unique lampe de la pièce, et le tira.

Une lueur jaunâtre jaillit de l'ampoule nue, révélant des murs et un sol en ciment, quelques étagères, une petite table en bois blanc et ses quatre chaises, deux vieilles commodes et un lit métallique. Un matelas fatigué et taché en constituait la seule garniture.

— Il y a une fenêtre par là, précisa Philippe en tendant la main, mais on la laisse fermée pour que les animaux n'entrent pas. Et regarde, sur les étagères : il reste encore quelques-uns de mes vieux jouets.

Il s'en approcha et me montra des petits camions, des autos miniature et un pistolet à capsules, tous à moitié rouillés. Puis il pointa le doigt vers la droite.

— Il y a même une salle de bains, par là.

Je me dirigeai vers l'étroite embrasure et fis l'inventaire du réduit : des toilettes, un lavabo minuscule, une baignoire, ces deux derniers maculés de vilaines traînées brunes. Et des toiles d'araignée dans tous les coins.

— Ça a besoin d'un bon nettoyage, mais tout fonctionne, déclara Philippe en me rejoignant.

Il s'agenouilla près de la baignoire et tourna le robinet : un liquide roussâtre s'en échappa en gargouillant.

— C'est normal, depuis le temps que tout ça n'a pas servi ! commenta-t-il.

Il laissa couler l'eau jusqu'à ce qu'elle redevienne claire et se releva.

— Alors ? Que penses-tu de ma retraite ?

Je souris et promenai mon regard autour de moi. L'endroit n'était guère plus engageant que la plupart de ceux où nous avions vécu avant la naissance de Fern, tous les quatre... Mais je n'aurais jamais osé l'avouer à Philippe.

— Tu n'auras qu'à venir ici quand tu en auras assez du branle-bas de l'hôtel, dit-il en allant vers le lit.

Il s'y laissa tomber et rebondir une ou deux fois, pour essayer l'élasticité du sommier, avant d'annoncer :

— J'y apporterai un peu de literie, de la vaisselle propre et du linge de toilette.

Puis il s'étendit de tout son long, les bras sous la nuque, et contempla longuement les poutres du plafond. Mais au bout d'un moment, son regard dévia, s'attacha à moi. Ses lèvres sensuelles s'entrouvrirent et il me dévisagea intensément.

— Je ne pouvais pas m'empêcher de penser à toi tout le temps, Aurore, même en sachant qu'il ne fallait plus le faire. Enfin... pas de cette façon-là.

Et moi, je ne pouvais pas détacher les yeux des siens, si magnétiques et si persuasifs ! Il se redressa brusquement.

— C'est pourtant agréable de penser à toi comme à deux filles différentes. Celle avec qui j'ai partagé des instants magiques, tels que je n'en avais jamais connu, et... ma nouvelle sœur. Mais je ne peux pas oublier l'autre ! ajouta-t-il précipitamment.

Je l'approuvai d'un signe et baissai les yeux sans mot dire. Instantanément, il bondit sur ses pieds.

— Je te demande pardon. Je t'ai mise mal à l'aise en parlant comme ça ?

A nouveau, mon regard se perdit dans la douceur de ses yeux bleus. Malgré moi, mon esprit revenait sans cesse à cette première journée d'école où il était venu partager ma table, à la cafétéria. A cet instant, je m'étais dit qu'il était le plus beau garçon que j'eusse jamais rencontré.

— Comment pourrais-je m'habituer à l'idée que tu es ma sœur ? C'est impossible !

— Il faudra bien, pourtant.

Nous étions si proches l'un de l'autre que j'en tremblais. Voir ces lèvres, qui s'étaient pressées sur les miennes avec tant de fougue... mais si je fermais les yeux, je sentais aussitôt tressaillir mes seins, au seul souvenir de ses caresses. Il avait raison, au moins sur un point. Ce changement survenu dans nos relations était trop brutal, trop surprenant. Ce serait difficile à accepter.

— Aurore, chuchota-t-il, puis-je te prendre un instant dans mes bras, rien que pour...

— Oh, Philippe ! Nous ne devrions pas. Il faut essayer...

Ignorant ma protestation, il me prit par les épaules, m'attira à lui et me serra de toutes ses forces. Son haleine chaude effleurait ma joue, il s'accrochait à moi comme si j'étais le seul être au monde qui pût le sauver. Je sentis ses lèvres frôler mes cheveux, mon front, et mon cœur défaillit quand il resserra son étreinte, écrasant mes seins sur sa poitrine.

— Aurore, répéta-t-il dans un souffle.

Ses mains emboîtèrent mes épaules et ce contact eut sur moi un effet presque électrique. D'étranges vibrations coururent le long de mes bras, déchaînant en moi cet incendie des sens qu'une fille de mon âge n'est pas censée connaître. Une voix intérieure me criait que c'était mal, qu'il fallait empêcher Philippe d'aller plus loin. Mais il saisit mes poignets pour les maintenir à mes côtés et m'embrassa dans le cou, descendit vers ma gorge... puis il me libéra pour porter rapidement la main vers ma poitrine. Instantanément, je m'écartai de lui.

— Assez, Philippe, il ne faut pas ! Nous ferions mieux de nous en aller, dis-je en faisant un pas vers la porte.

— Non, ne pars pas. Je suis désolé. Je m'étais interdit d'agir ainsi quand je me retrouverais seul avec toi, mais je n'ai pas pu m'en empêcher. Je suis désolé, répéta-t-il.

Je me retournai et m'aperçus qu'il en avait bien l'air, en effet. Il semblait au supplice. L'instant d'après, il souriait et se rapprochait de moi.

— Je te promets que cela n'arrivera plus. Je voulais seulement te prendre dans mes bras pour voir si je saurais me comporter avec toi comme un frère. Pour te réconforter, te souhaiter la bienvenue, et non pour te... te toucher de cette façon-là. (Il courba la tête d'un air coupable.) Je suppose que je n'aurais pas dû t'amener ici tout de suite...

Puis il attendit, les yeux pleins d'espoir, et je vis bien

ce qu'il voulait : que je proteste et continue à nier la réalité !

— Ne restons pas là, Philippe.

J'avais peur, maintenant, peur de ce que j'avais découvert en moi quand il m'avait attirée dans ses bras. A cette seconde même, je m'étais sentie fondre, dévorée par un désir fou de vivre notre roman jusqu'au bout.

D'un geste vif, Philippe tira le cordon de la lampe, nous replongeant dans l'obscurité. Puis il me prit par la main et la serra.

— Dans le noir, nous pouvons faire semblant de n'être pas frère et sœur. Je ne te vois pas et tu ne me vois pas.

La pression de ses doigts s'accentua.

— Philippe !

— Je plaisantais, dit-il avec un petit rire, en libérant ma main.

Je bondis jusqu'au seuil et ne me retournai qu'une fois dehors, pour m'assurer qu'il refermait la porte et me suivait. Mais nous venions à peine de poser le pied dans l'escalier qu'une ombre mouvante nous figea sur place. Nous levâmes tous les deux la tête en même temps, pour croiser le regard courroucé de grand-mère Cutler.

Le visage congestionné de fureur, elle nous toisait de si haut que sa silhouette en prenait des proportions formidables. Ses yeux lançaient des éclairs.

— Clara Sue pensait bien que vous seriez là, tous les deux ! siffla-t-elle. Eugénie, je t'attends dans mon bureau d'ici cinq minutes. Quant à toi, Philippe, va immédiatement rejoindre Collins à la salle à manger. Il a besoin de toi.

Sur ce, elle tourna prestement les talons.

Mon sang ne fit qu'un tour. Je crus que mon cœur allait éclater, mes joues prendre feu. Philippe tourna vers moi un visage décomposé. Où était cet air assuré qu'il promenait dans tout le collège ? On aurait dit un pantin de chiffon. Il regarda s'éloigner Grand-mère, puis ramena les yeux sur moi.

— Je... il vaut mieux que j'y aille, bégaya-t-il. Désolé.

— Philippe !

Je pouvais toujours crier... Il escalada les dernières marches et disparut. Je respirai un bon coup avant de reprendre mon ascension. Un gros nuage tourmenté glissait devant le soleil, lourd de menaces.

En me voyant traverser le hall, Clara Sue eut un sourire satisfait derrière son comptoir. Manifestement, elle n'avait toujours pas digéré l'enthousiasme avec lequel Père et Mère avaient salué ma performance au piano. Ni les applaudissements que j'avais récoltés pour mon chant pas plus tard que la veille. J'allai frapper à la porte de Grand-mère.

Je la trouvai assise à son bureau, le dos bien droit, la tête haute et les bras plaqués aux accoudoirs de son fauteuil : le Président de la Cour suprême en personne. Les nerfs tendus à craquer, je restai debout en face d'elle. Il s'en serait fallu d'un rien pour que je m'effondre.

— Assieds-toi, m'ordonna-t-elle d'une voix tranchante.

D'un geste du menton, elle me désigna le fauteuil qui faisait face au bureau. Je m'y laissai glisser, les paumes collées aux accoudoirs, moi aussi, mais pas pour les mêmes raisons, et levai vers elle un regard inquiet.

— Eugénie, je n'ai qu'une question à te poser. Jusqu'où les choses sont-elles allées, entre ton frère et toi ?

— Comment cela ?

— Ne me force pas à entrer dans les détails ni à évoquer ce qu'il vaut mieux taire, gronda-t-elle, pour reprendre aussitôt un ton plus détendu : Je sais qu'à Emerson Peabody, avant de savoir ce que tu étais pour lui, Philippe te faisait la cour et qu'il ne t'était pas indifférent, ce qui peut se comprendre. S'est-il produit quoi que ce soit dont notre famille ait à rougir ? demanda-t-elle en haussant un sourcil inquisiteur.

Mon cœur cessa de battre, comme s'il attendait que mon cerveau en ébullition retrouve un peu de calme. Une bouffée de chaleur me monta des entrailles à la poitrine, gagna ma gorge qu'elle enserra dans un cercle de feu. Je suffoquais, j'avais la fièvre, la langue me collait au palais. Et le silence s'éternisait, s'épaississait jusqu'au malaise. Ce fut ce qui me donna la force de surmonter mon angoisse. Je déglutis péniblement et repris mon souffle.

— Absolument rien, articulai-je d'une voix sourde que je ne reconnus pas moi-même. Quelle horrible question !

— Il serait encore bien plus horrible que tu aies quelque chose à avouer, rétorqua grand-mère Cutler en m'étudiant avec une attention aiguë. Philippe est un jeune homme en pleine santé, et comme tous ses pareils, il a le sang chaud. Et toi, tu as suffisamment d'expérience pour comprendre mon point de vue, j'imagine ?

Elle attendit un signe d'assentiment de ma part mais je me contentai de la regarder, les dents plantées dans ma lèvre inférieure et le pouls sous pression.

— Et tu n'es pas dénuée non plus de ces charmes que la plupart des hommes trouvent irrésistibles, ajouta-t-elle avec dédain. Par conséquent, c'est essentiellement sur toi que repose la responsabilité d'une conduite irréprochable.

— Nous n'avons rien fait de mal, insistai-je, incapable de retenir les larmes qui me brûlaient les yeux.

— Et j'entends bien que cela continue ainsi. Désormais, je t'interdis de rester un instant seule avec lui, c'est clair ? Vous ne vous isolerez jamais dans aucune chambre de cet hôtel, et tu ne le recevras chez toi qu'en présence d'un tiers.

— On nous punit pour ce que nous n'avons pas fait ? C'est injuste !

— Ce sont des mesures de prudence... du moins jusqu'à ce que vous soyez capables de vous conduire en véritables frère et sœur, concéda-t-elle, un peu radoucie. Tu ne dois jamais perdre de vue combien les circonstances ont été, et sont encore... inhabituelles. Je sais mieux que toi ce qu'il convient de faire.

— Vraiment ? Vous savez toujours tout mieux que tout le monde, n'est-ce pas ? Vous décidez comment chacun doit vivre, agir et même s'adresser à son prochain ! (Je ne me contenais plus et laissais libre cours à ma colère.) Eh bien, moi, je refuse !

— Tu ne feras que rendre les choses plus difficiles pour vous deux, je te préviens.

Je parcourus la pièce d'un regard éperdu. Où étaient mon père et ma mère ? Pourquoi mon père, au moins lui, n'assistait-il pas à cette entrevue ? N'étaient-ils donc que des marionnettes, les uns et les autres, dont ma grand-mère tirait les fils à sa guise ? Pourquoi la laissaient-ils ainsi régenter leurs vies ?

Elle changea de position et de ton de voix, comme pour me signifier que le chapitre était clos.

— Bon, je t'ai laissé le temps nécessaire pour t'acclimater et assumer tes nouvelles responsabilités, mais je vois que tu persistes dans tes anciennes habitudes.

— Quelles anciennes habitudes ?

Elle se pencha en avant et s'empara d'un objet posé sur son bureau.

— Ce nom ridicule, pour commencer. Tu as réussi à désorienter le personnel, il est temps que cela finisse. Tu as vécu au jour le jour, jusqu'ici, et à ta place bien des filles se contenteraient de ce que tu as maintenant. Je suis en droit d'attendre quelques marques de gratitude. Tu pourrais porter ceci sur ton uniforme, par exemple, comme presque tout mon personnel.

— Porter quoi ?

Elle retourna vers moi le badge qu'elle tenait à la main et je me penchai à mon tour pour l'examiner. Une petite plaque de cuivre où se détachait le mot EUGÉNIE, en grosses lettres noires.

Mon cœur bondit dans ma poitrine et battit contre mes côtes une charge frénétique. Les joues me cuisaient comme des pommes rôties au four. Ainsi, Grand-mère voulait faire de moi sa conquête, me marquer au fer, prouver à tout l'hôtel que rien ni personne ne pouvait lui résister !

— Jamais je ne porterai ça, ripostai-je. J'aimerais mieux être placée dans une famille d'accueil.

Elle secoua la tête et les coins de sa bouche s'abaissèrent en signe de commisération.

— Tu porteras cette plaque. Et je ne t'enverrai pas dans une autre famille, malgré l'envie que j'en ai. Dieu sait que je n'hésiterais pas à le faire, si seulement cela pouvait mettre fin à tous ces ennuis !

« J'espérais que tu avais enfin compris où était ta place et que tu étais prête à te conformer aux règles de ta nouvelle vie. J'espérais que tu finirais par te mettre au diapason de notre famille et en acquérir la distinction. Je vois que le milieu sordide où tu as été élevée t'a marquée. Que les choses n'iront pas aussi vite que je le souhaitais. Et que, malgré certains talents et qualités qui plaident en ta faveur, tu t'accroches à ta rustrerie et à tes manières de sauvageonne.

— Je ne changerai pas de prénom. Jamais.

Grand-mère me foudroya de son regard d'acier.

— Fort bien. Retourne dans ta chambre et restes-y jusqu'à ce que tu changes d'avis et consentes à porter ce badge sur ton uniforme. D'ici là, tu n'iras pas travailler, ni prendre tes repas à la cuisine. Et personne ne t'apportera quoi que ce soit à manger non plus.

— Père et Mère ne vous laisseront pas faire.

Elle eut un sourire apitoyé, et je criai d'une voix misérable, les joues sillonnées de larmes :

— Non, ils ne vous laisseront pas faire ! Ils m'aiment, ils veulent que nous formions une vraie famille.

— Mais nous serons, nous sommes une famille. Une excellente famille, même. Néanmoins, si tu veux t'y intégrer, tu dois d'abord te décrasser de ton regrettable passé. Donc, lorsque tu auras accepté de porter ce badge et reconnu ainsi tes droits légitimes...

— Non ! Pas ça ! (Je balayai mes larmes de mes poings et ma voix s'éteignit comme un souffle.) Non, pas ça...

Ignorant ma protestation, Grand-mère poursuivit entre ses dents serrées :

— ... lorsque tu auras épinglé ce badge à ton uniforme, tu pourras retourner à tes devoirs.

Elle s'interrompit pour m'observer avec acuité et reprit sur un ton si assuré que je sentis mes genoux trembler :

— Nous verrons bien. Tout l'hôtel sera mis au courant de ta désobéissance. Personne ne t'adressera la parole ni le moindre signe d'amitié tant que tu ne te seras pas soumise. Tu pourrais t'épargner bien des désagréments, Eugénie... ainsi qu'à tout le monde, d'ailleurs, ajouta-t-elle en me tendant la plaque.

Je secouai la tête et répétai, comme si je priais le ciel que ce fût vrai :

— Mon père ne vous laissera pas faire.

— Ton père ! fulmina-t-elle avec une véhémence dont je restai toute saisie. Justement, voilà encore une preuve de ton incroyable obstination. Tu n'ignores pas quels actes répréhensibles a commis Ormand Longchamp, et tu cherches à rester en contact avec lui.

Je lui jetai un regard alarmé. Elle se renversa en arrière, ouvrit un tiroir et en tira la lettre que j'avais remise à mon vrai père pour la faire parvenir à papa. Le cœur me manqua. Comment Père avait-il pu lui remettre cette lettre ? Je lui avais pourtant expliqué tout ce qu'elle représentait pour moi ! Il n'y avait donc personne en qui je puisse avoir confiance, dans cette maudite maison ?

Grand-mère me lança l'enveloppe à travers le bureau.

— Je t'interdis de communiquer avec cet homme, ce voleur d'enfants. Prends ça, va dans ta chambre et n'en sors pas, même pour aller manger. Quand tu seras disposée à faire partie de cette famille, de cet hôtel, et à accepter cet immense héritage, reviens chercher ton badge. D'ici là, je ne veux plus te revoir. Tu peux disposer.

Je voulus me lever, mais pendant un long moment mes jambes refusèrent d'obéir. J'étais clouée à mon fauteuil, paralysée par la force indomptable de Grand-mère. Comment pouvais-je espérer avoir le dessus ? Elle gouvernait l'hôtel et la famille en souveraine absolue. Et moi, le membre le plus humble du clan, j'avais été ramenée de force dans son royaume. Papa était en prison, mais d'une certaine façon, je me sentais encore plus captive que lui.

Je me levai lentement, les jambes molles. J'aurais voulu m'enfuir de ce bureau, de cet hôtel, mais pour aller où ? Qui voudrait m'accueillir ? Je ne savais rien de la famille de papa et de maman en Géorgie, et vraisemblablement, ils n'avaient jamais entendu parler de moi, ni de Jimmy, ni de Fern. Si je me sauvais, Grand-mère lancerait-elle la police à mes trousses ? Probablement, à moins qu'elle ne soit ravie de me voir disparaître. Mais même dans ce cas, elle serait obligée d'informer les autorités. Et où que j'aille, une fille comme moi se ferait vite repérer. Je serais ramenée séance tenante.

Et tout le monde me donnerait tort. Aux yeux de tous, je passerais pour l'ingrate petite va-nu-pieds qu'il fallait briser, rééduquer, contraindre à devenir une jeune fille accomplie. Alors que Grand-mère, au contraire, apparaîtrait comme la protectrice aimante et bienveillante dont on a trompé la confiance. Personne ne voudrait plus rien savoir de moi, jusqu'à ce que j'aie prouvé ma soumission, en devenant ce qu'elle voulait que je sois.

Tête basse, j'amorçai un mouvement de retraite. Vers qui me tourner, désormais ?

Je n'avais jamais regretté si cruellement l'absence de Jimmy. Tout me manquait en lui. Cette façon qu'il avait de plisser les yeux quand il réfléchissait profondément. Son sourire confiant, lorsqu'il était certain d'avoir raison. La chaude tendresse que je lisais si souvent dans ses yeux noirs. Je l'entendais encore m'assurer qu'il serait toujours là quand j'aurais besoin de lui, et jurer de me protéger. Et j'avais tant besoin de sa présence, de son réconfort, de sentir qu'il veillait sur moi !

J'ouvris la porte du bureau et sortis sans me retourner. Les activités de l'après-midi s'achevaient, le hall se remplissait rapidement, dans un brouhaha d'excitation joyeuse. Je vis beaucoup d'enfants et d'adolescents en compagnie de leurs parents, et comme eux richement vêtus, satisfaits, détendus. Tout le monde était gai, plein d'entrain, ravi de passer les vacances en famille. Pendant quelques instants, je contemplai avec envie ces gens heureux. A quoi devaient-ils cette chance ? Qu'avaient-ils fait pour naître parmi les élus de ce monde ? Et moi, qu'avais-je fait pour mériter cette existence orageuse et confuse où rien n'était ce qu'il aurait dû être ? De faux parents, des frères et sœurs qui n'étaient pas les bons, voilà ce que j'avais reçu en partage.

Et un tyran pour grand-mère.

Accablée, je traversai le hall et fis la seule chose qu'il me restait à faire : regagner ma chambre, devenue désormais ma prison. Mais je ne plierais pas. Plutôt mourir de faim que renoncer à mon nom, même s'il n'était qu'un mensonge de plus.

Car le mensonge, quelquefois, nous est infiniment plus nécessaire que la vérité.

12

Une prière exaucée

En regagnant ma chambre, je fis halte au pied de l'escalier qui menait chez mes parents. J'en voulais toujours à mon père de m'avoir trahie, mais j'estimais que ma mère, au moins, devait être mise au courant de la façon dont me traitait Grand-mère. Je n'hésitai qu'un instant et grimpai les marches quatre à quatre, pour me trouver nez à nez avec Mme Boston. Elle venait juste de porter son dîner à ma mère.

— Elle n'est pas malade, au moins ? m'inquiétai-je.

Et si la gouvernante s'abstint de répondre : « Quand ne l'est-elle pas ? », ce fut à peu près ce que signifiait sa mimique.

Quand elle fut partie, j'allai frapper discrètement à la porte de la chambre et entrai chez ma mère.

— Aurore ! Comme c'est gentil ! s'exclama-t-elle en levant les yeux de son plateau, installé sur une table de lit.

Elle était adossée à ses oreillers, comme d'habitude, et comme d'habitude elle s'était fardée et semblait toute prête à rejeter ses couvertures pour enfiler des souliers de bal. Elle portait une chemise de nuit soyeuse ornée d'un col en dentelle, un nombre incalculable de bagues et de bracelets, et deux larmes d'or aux oreilles.

— Tu es venue m'offrir un dîner en musique ?

Elle eut un sourire plein de douceur. Quel visage angélique ! pensai-je, émue par la fragilité que révélaient ses grands yeux. Je fus tentée de me conformer à ses désirs et de me mettre au piano, de lui jouer un morceau et de me retirer sans faire la moindre allusion à mes malheurs.

— J'avais l'intention de descendre dîner, tu sais. Mais quand j'ai commencé à m'habiller, j'ai été prise d'une épouvantable migraine. Elle commence à se calmer un peu, mais je ne voudrais rien faire qui risque de la réveiller, tu comprends ? (De la pointe du menton, elle me désigna un siège.) Viens t'asseoir près de moi, et raconte-moi quelque chose pendant que je mange, tu veux bien ?

Je rapprochai la chaise du lit et ma mère, toujours souriante, se mit en devoir de dîner. Elle découpa sa nourriture en morceaux minuscules et picora par-ci, par-là, levant de temps en temps les yeux au ciel comme si l'effort l'épuisait. Après quelques instants de ce manège, elle laissa échapper un profond soupir.

— Parfois, j'aimerais pouvoir me nourrir en dormant et sauter les repas, cela ne t'arrive jamais ? C'est une telle corvée, surtout dans un hôtel. Les gens font tant d'histoires pour la nourriture ! C'est une véritable obsession, chez eux, tu as remarqué ?

— Justement, je vais sauter les repas, glissai-je, saisissant la balle au bond. Sauf que moi, ce ne sera pas de mon plein gré.

— Quoi ?

Elle s'apprêtait à rire, mais l'intensité de mon regard l'avertit qu'il ne s'agissait pas d'une plaisanterie. Elle laissa retomber sa fourchette.

— Il y a quelque chose qui ne va pas ? Oh, non, ne me dis pas ça ! implora-t-elle en pressant les mains sur sa poitrine.

Mais j'insistai.

— Il faut que je te parle. Tu es ma mère, et je n'ai que toi à qui me confier.

— Tu es malade ? Ce sont ces affreuses crampes d'estomac, n'est-ce pas ? Ou alors, c'est la mauvaise époque ? hasarda-t-elle sur un ton plein d'espoir, en reprenant sa fourchette.

Elle se remit à chipoter, scrutant chaque morceau avec attention avant de le piquer d'un geste vif pour le porter à sa bouche.

— Je déteste cette période du mois, c'est affreusement ennuyeux et dégoûtant. Quand cela m'arrive, je ne bouge pas de mon lit. Ah, les hommes ne savent pas la chance qu'ils ont ! Dans ces cas-là, si Randolph se montre désagréable avec moi, je n'ai qu'à lui rappeler ce que j'endure et il se tait instantanément.

— Si seulement il ne s'agissait que de ça, ce ne serait pas grave ! Non, c'est beaucoup plus sérieux.

Mère s'arrêta de mâcher et me dévisagea.

— As-tu prévenu ton père ? A-t-il fait appeler le médecin ?

— Je ne suis pas malade, Mère. Enfin, pas exactement. Voilà : je viens d'avoir un entretien avec grand-mère Cutler.

— Oh ! fit-elle, comme si cette seule phrase expliquait tout.

— Elle veut m'obliger à épingler sur mon uniforme un badge au nom d'Eugénie.

Je ne dis rien de Philippe, non pour éviter de l'embarrasser mais parce que je n'aurais pas supporté d'en parler. Elle baissa les yeux, lâcha encore une fois sa fourchette et repoussa son plateau.

— O mon Dieu ! Je ne peux pas manger quand je suis contrariée. Le docteur dit que ce serait mauvais pour ma digestion et que je pourrais avoir des crampes d'estomac.

— Désolée, je n'avais pas l'intention de gâcher ton dîner.

— Eh bien, tu l'as gâché quand même ! s'écria-t-elle avec une aigreur inattendue. Je t'en prie, je ne veux plus entendre parler de tout ça.

— Mais... grand-mère Cutler m'a consignée dans ma chambre jusqu'à ce que je porte cette plaque, avec interdiction de manger. Le personnel des cuisines refusera de me servir mes repas si elle leur en donne l'ordre.

— Interdiction de manger ?

Mère secoua la tête, le regard ailleurs.

— S'il te plaît, peux-tu intercéder pour moi ?

— Tu aurais dû en parler à ton père, dit-elle en évitant toujours de me regarder.

— Je ne peux pas. D'ailleurs il ne fera rien pour m'aider. Je lui ai remis une lettre pour... pour l'homme qui prétendait être mon père et il a promis de la poster. Mais au lieu de le faire, il l'a donnée à grand-mère Cutler.

Cette fois, elle se tourna vers moi et un lent sourire se dessina sur ses lèvres, très différent de son sourire habituel. On aurait dit un rictus de dégoût.

— Je n'en suis pas surprise. Il promet facilement et oublie instantanément sa parole ! Mais pourquoi tenais-tu à écrire à Ormand Longchamp, sachant ce qu'il avait fait ?

— Parce que je... je voulais savoir pourquoi il avait agi ainsi. Je ne comprends toujours pas, et je n'ai pas eu l'occasion de le lui demander. La police m'a emmenée trop vite et conduite directement ici. Mais grand-mère Cutler m'interdit tout contact avec lui, expliquai-je en exhibant l'enveloppe.

Les yeux de ma mère se rétrécirent, soudain méfiants.

— Mais pourquoi avoir confié cette lettre à Randolph ?

— Je ne savais pas où l'envoyer. Et il avait promis de se renseigner et de la poster pour moi.

— Il n'aurait jamais dû faire une telle promesse.

Mère demeura longtemps songeuse, le regard fixe et lointain.

— Et moi, qu'aurais-je dû faire ? m'écriai-je âprement.

J'espérais qu'elle assumerait son rôle de mère et se préoccuperait de mon sort. Au lieu de quoi, elle baissa la tête en signe de défaite et répondit précipitamment :

— Porte sa plaque, et enlève-la quand tu ne travailles pas.

— Mais pourquoi devrait-elle me dicter ma conduite ? Tu es ma mère, non ?

Elle releva la tête, les yeux assombris par une tristesse infinie.

— Oui, souffla-t-elle, je suis ta mère... mais je n'ai plus ma force d'autrefois.

J'éprouvai soudain devant sa faiblesse un sentiment de frustration.

— Et pourquoi ? Quand es-tu tombée malade ? Après mon enlèvement ?

J'aurais tant voulu en savoir plus !

Elle fit un signe d'assentiment, se laissa retomber sur ses oreillers et fixa le plafond.

— Oui, soupira-t-elle. Ma vie a changé, après cela.

— Je suis désolée, Mère. Mais je ne comprends toujours pas. C'est pourquoi j'ai écrit à l'homme que j'ai toujours pris pour mon père. Où m'a-t-il enlevée ? A l'hôpital ? Ou m'aviez-vous déjà ramenée à la maison ?

— Tu étais ici, chez nous. Cela s'est passé en pleine nuit, quand tout le monde dormait. L'un des appartements que nous tenons fermés te servait de nursery. Nous l'avions aménagée si joliment ! se remémora-t-elle en souriant. Tout avait été remis à neuf, le papier, les tapis, le mobilier... c'était ravissant. Chaque jour de ma grossesse, Randolph m'apportait un nouveau jouet ou quelque chose à accrocher au mur.

« Il avait engagé une nourrice, bien sûr. Une certaine Mme Dalton. Elle avait deux enfants, mais ils étaient adultes et indépendants, ce qui lui a permis de venir s'installer ici. (Mère soupira.) Elle n'est restée que trois jours...

« Randolph voulait la garder quand même, il espérait tellement qu'on te retrouverait ! Mais grand-mère Cutler l'a renvoyée en l'accusant de négligence. Randolph en a eu le cœur brisé. Il ne l'estimait pas coupable, mais que pouvait-il faire ?

Mère parut chercher son souffle, ferma les yeux, les rouvrit.

— Je le revois, debout dans l'embrasure de cette porte, en train de pleurer. Il t'aimait tellement ! Jamais je n'ai vu un adulte perdre la tête à ce point-là pour un nouveau-né. Il serait resté à ton chevet jour et nuit, s'il avait pu !

« Tu es née avec une toison de cheveux d'or, tu sais ? Et tu étais si menue ! C'est pourquoi nous n'avons pas pu te ramener tout de suite à la maison. Pendant longtemps, Randolph a regretté que tu n'aies pas été plus menue encore. Il répétait sans cesse que nous ne t'aurions peut-être pas perdue, si cela avait été le cas...

« Naturellement, il espérait toujours et n'abandonnait pas les recherches. A la moindre fausse alerte, il traversait tout le pays. Et un beau jour, grand-mère Cutler a décidé de mettre fin à cet espoir.

— Et elle a fait graver cette pierre tombale.

Les yeux de Mère s'agrandirent de surprise.

— J'ignorais qu'on t'en avait parlé.

— Je l'ai vue. Pourquoi avez-vous laissé grand-mère Cutler faire une chose pareille, Père et toi ? Je n'étais pas morte.

— Grand-mère Cutler a toujours eu une volonté de fer. Le père de Randolph disait tout le temps qu'elle était forte comme un chêne et dure comme le granit. Quoi qu'il en soit... elle nous a instamment priés de regarder les choses en face et de reprendre une vie normale.

— Mais cela a dû être affreux pour vous, non ? Comment avez-vous pu accepter cela ?

J'imaginais mal qu'une mère consente à enterrer symboliquement son enfant, sans même savoir s'il était mort.

— Ce fut une cérémonie très simple, très brève, célébrée dans la plus stricte intimité. Et très efficace. Après cela, Randolph a abandonné tout espoir, et nous avons attendu Clara Sue.

— Tu l'as laissée te contraindre à abandonner. A m'oublier.

J'avais pris malgré moi un ton accusateur, et Mère fut aussitôt sur la défensive.

— Tu es trop jeune pour comprendre ces choses, ma chérie.

Je lui jetai un regard ulcéré. Il y a des choses que l'on connaît d'instinct, sans avoir besoin de vieillir pour les comprendre. L'amour d'une mère pour son enfant, par exemple. Maman n'aurait jamais laissé qui que ce soit la forcer à assister aux funérailles de son enfant perdu.

Totalement déroutée, je tentai d'en savoir plus.

— Mais si j'étais si fragile, ne couraient-ils pas un grand risque en m'enlevant ?

— Bien sûr ! se hâta de répondre Mère. C'est pourquoi grand-mère Cutler a tellement insisté sur le fait que tu n'avais pas pu survivre.

— Vous aviez une nourrice à demeure, pourtant. Alors comment s'y sont-ils pris ?

Et dire que je parlais tranquillement de l'acte abominable commis par papa et maman ! Je n'en revenais pas moi-même.

— Je ne me rappelle pas exactement les circonstances... (Mère se passa la main sur le front.) Oh, cette maudite migraine qui revient ! Voilà ce que c'est de m'avoir obligée à me souvenir de toutes ces choses atroces.

— Je te demande pardon, Mère, mais il faut que je sache.

Elle eut un petit signe de tête conciliant, soupira... et sourit.

— Je comprends, mais nous en reparlerons plus tard, si tu veux bien. Tu es de retour, maintenant. Le pire est derrière nous.

Je me rappelai les paroles de Sissy.

— La pierre tombale est toujours là, elle.

— Seigneur, quel esprit morbide, Aurore !

— Pourquoi m'ont-ils kidnappée, Mère ?

La tête penchée sur l'épaule, elle me lança une œillade furtive.

— Personne ne t'en a parlé ? Même pas grand-mère Cutler ?

Mon cœur manqua un battement. Il m'avait fallu du courage pour poser cette question. Et j'avais peur de la réponse.

— Non.

— Sally Longchamp venait d'accoucher d'un enfant mort-né. Ils t'ont prise à sa place, tout simplement. C'est une raison de plus pour que ta grand-mère tienne tellement à changer ton nom, j'imagine.

— Quelle raison ? m'entendis-je demander dans un souffle.

— Très peu de gens sont au courant, en fait. Randolph ne l'a jamais su. Il se trouve que je l'ai appris... un peu par hasard, mais bon : je l'ai appris. Et ta grand-mère aussi, bien sûr. Rien de ce qui se passe à Cutler's Cove ne lui échappe, ou peu s'en faut, ajouta Mère avec âcreté.

— Mais quelle raison, enfin ?

— Le bébé des Longchamp était une fille, comme le mien. Et ils voulaient l'appeler Aurore.

Je compris qu'il était inutile d'insister davantage pour que Mère intercède en ma faveur. Elle avait fait son choix, celui qui à long terme se révélait le plus payant et lui simplifiait la vie : plier devant la volonté de Grand-mère. D'ailleurs, précisa-t-elle, il ne servait à rien de vouloir s'opposer à grand-mère Cutler : elle parvenait toujours à ses fins.

Je ne partageais pas l'avis de Mère, naturellement. J'étais encore sous le choc de ses révélations. Certes, la naissance d'un enfant mort-né avait dû être une expérience affreuse pour papa et maman. Il n'en restait pas moins qu'ils avaient commis un acte épouvantable en me volant à mes véritables parents. Un geste égoïste, cruel. Et quand je pensais à Père, pleurant dans l'embrasure de la porte, mon cœur saignait pour lui.

Je regagnai ma petite chambre et me laissai choir sur le lit, les yeux dans le vague. Il s'était mis à pleuvoir, un nouvel orage d'été nous arrivait de l'océan. Le crépitement des gouttes sur les murs et sur les vitres évoquait à s'y méprendre un roulement de tambour. Ce serait plutôt martial, comme berceuse. Je ferais sûrement des cauchemars, et je n'avais vraiment pas besoin de ça ! Je pensai à papa et à maman se faufilant dans l'escalier quand tout sommeillait dans la maison. Je ne connaissais pas Mme Dalton, la nourrice. Mais je me la représentai, dormant comme une souche, tournant probablement le dos à la porte. Papa entrait sur la pointe des pieds et me prenait vivement dans ses bras. Avais-je pleuré quand il m'avait tendue à maman ? Sans doute, et elle avait dû me serrer tendrement contre elle et m'embrasser les joues, pour que je me sente à nouveau en sécurité.

Puis, avec leur fardeau bien enroulé dans une couverture, ils avaient descendu sans bruit l'escalier et s'étaient sauvés par la porte de derrière. Une fois dehors, ils avaient facilement trouvé leur chemin jusqu'à leur voiture qui les attendait, avec le petit Jimmy endormi sur le siège arrière, et loin de se douter qu'il allait avoir une petite sœur.

Quelques instants leur avaient suffi pour prendre place à bord et s'enfuir dans la nuit.

Je serrai fortement les paupières quand j'imaginai Nanny Dalton trouvant mon berceau vide. Je vis mes parents accourir de leur chambre, Grand-mère surgir de la sienne au pas de charge. Réveillé par le bruit, Philippe s'asseyait dans son lit, terrifié. Il avait dû avoir besoin de réconfort, lui aussi.

Tout l'hôtel était sens dessus dessous. Grand-mère vociférait des ordres à tout le monde. On allumait partout, on appelait la police, le personnel était envoyé fouiller le parc et les environs. En un rien de temps, le petit village de Cutler's Cove entrait en effervescence : la nouvelle se répandait comme une traînée de poudre. Des sirènes hurlaient, des voitures de police affluaient... trop tard. Papa et maman étaient déjà loin. Et moi, âgée de quelques jours à peine, je ne me rendais compte de rien.

Penser à tout cela me fit si mal que j'en frissonnai de souffrance. Il me semblait que mon cœur allait se fendre. A quoi bon m'obstiner ? Mon nom lui-même n'était qu'un mensonge. Il appartenait à une autre, une petite fille qui n'avait jamais eu la chance d'ouvrir les yeux pour voir l'aurore. A peine sortie des ténèbres, d'autres ténèbres s'étaient refermées sur elle.

Je suffoquai, le corps secoué de sanglots.

— Inutile de rester là, à te vautrer dans tes larmes. Obéis à Grand-mère et tu seras tranquille.

Je pivotai tout d'une pièce. Clara Sue ! Elle était entrée furtivement dans ma chambre, sans frapper et sans faire grincer la porte, comme une espionne. Et maintenant, elle s'adossait au chambranle, un affreux rictus de satisfaction plaqué sur le visage. Dans l'intention manifeste de me faire subir le supplice de Tantale, elle grignotait un gâteau au chocolat. Je balayai mes larmes du revers de la main et la rabrouai d'un ton acerbe.

— Tu es priée de frapper avant d'entrer chez moi.

— Mais j'ai frappé. Seulement tu braillais tellement que tu n'as rien entendu. Tu n'as pas besoin de te laisser mourir de faim, tu sais ?

Elle mordit une nouvelle bouchée de gâteau et ferma les yeux, pour bien me faire comprendre quel régal je manquais.

Je cédai à un accès inattendu de méchanceté.

— Tu vas devenir encore plus grosse, avec ça !

Du coup, elle rouvrit les yeux. Tout ronds.

— Moi ? Je ne suis pas grosse !

— Crois ce que tu veux, concédai-je en haussant les épaules. Si cela peut te faire plaisir... très bien, tu ne l'es pas.

Ma désinvolture ne fit que l'enrager davantage.

— Mais je ne le suis pas ! J'ai une silhouette très développée pour mon âge et très féminine, tout le monde le dit.

— Par politesse. Qui aurait le toupet de traiter quelqu'un de grosse mémère... surtout la fille de la propriétaire !

Cet argument irréfutable la fit tiquer. Elle battit des paupières.

— Tiens, regarde ! (J'indiquai mon placard d'un geste du menton.) Tous ces vêtements qui ne te vont plus, et tous ceux que tu n'as jamais pu mettre !

Ses yeux se rétrécirent de dépit, au point que ses joues parurent encore plus bouffies. Et soudain, elle sourit.

— Tu dis ça parce que tu as faim. Tu voudrais bien que je te donne mes restes !

Derechef, je haussai les épaules et m'assis dans mon lit, calée contre l'oreiller.

— Sûrement pas. Je ne mangerai jamais ce genre de sucreries, je n'appelle pas ça de la nourriture.

— Tu verras. Dans vingt-quatre heures tu auras si faim que ton estomac gargouillera. Et tu auras des crampes.

— J'ai déjà eu faim, Clara Sue, à un point que tu ne peux pas imaginer. Je peux rester des jours et des jours sans manger, précisai-je, forçant la note à plaisir. (Et je ne fus pas déçue : elle faisait une de ces têtes !) Il est arrivé plus d'une fois que papa ne trouve pas de travail et que nous n'ayons que des miettes à nous partager. Quand l'estomac commence à tirailler, il suffit de boire beaucoup et la douleur disparaît.

— Mais... ce n'est pas pareil. Ici, tu peux sentir toutes les odeurs de cuisine. Et tout ce qu'on te demande, c'est de porter ton badge !

— Pas question, et d'ailleurs ça m'est égal, affirmai-je avec une sincérité dont je fus la première étonnée. Tant pis si je dépéris dans ce lit, je m'en moque.

Elle recula comme si j'étais contagieuse.

— C'est complètement idiot.

— Ah oui ? (Je lui lançai un regard meurtrier.) J'y pense, pourquoi as-tu été raconter des histoires à Grand-mère sur Philippe et moi ? Car c'est bien ce que tu as fait, non ?

— Pas du tout. Je lui ai simplement dit... ce que toute l'école savait déjà. Que Philippe te faisait un peu la cour et que vous étiez sortis ensemble.

— Tu en as dit plus que ça, j'en suis certaine.

— Non, je t'assure.

— Aucune importance, de toute façon. Et maintenant, s'il te plaît, laisse-moi seule.

Je soupirai avec ostentation, m'allongeai sur mon lit et fermai les yeux.

— C'est Grand-mère qui m'a envoyée. Avant de faire une déclaration au personnel à ton sujet, elle veut savoir si tu as changé d'avis.

— Alors dis-lui... dis-lui que je ne changerai pas de nom et qu'elle peut m'enterrer sous son monument funéraire, si ça lui chante.

Les yeux de Clara Sue faillirent lui sortir de la tête.

— Espèce de mule, siffla-t-elle en opérant un mouvement de retraite, tu le regretteras. Personne ne prendra ton parti et ce ne sera pas drôle, tu verras.

— Ce n'est déjà pas si drôle que ça. Oh, s'il te plaît... ferme la porte en t'en allant.

Le regard toujours incrédule, elle s'exécuta, me laissant seule avec mes problèmes.

Elle avait raison, évidemment. Ce serait beaucoup plus pénible de jeûner au milieu d'une pareille abondance. Sans compter les odeurs alléchantes qui flottaient à travers l'hôtel, drainant les clients vers la salle à manger où les attendaient entremets délicieux et desserts succulents. Rien que d'y penser, j'en avais l'eau à la bouche. Mieux valait essayer de dormir.

D'ailleurs j'étais épuisée, physiquement et moralement. L'averse continuait, l'air humide sentait le moisi et me faisait frissonner. Je me débarrassai de mon uniforme, m'enroulai dans ma couverture et tournai le dos à la fenêtre. La pluie cinglait les carreaux, l'orage grondait, le monde entier semblait trembler — ou alors était-ce moi ? Je ne tardai pas à m'endormir, et ce fut le bruit qui me tira du sommeil. Des cris, des pas pesants. Quelques instants plus tard, ma porte s'ouvrit à la volée et Grand-mère fit irruption dans ma chambre, suivie de Sissy et de Burt Hornbeck, le responsable de la sécurité.

Je m'entortillai dans ma couverture et m'assis.

— Que se passe-t-il ?

Grand-mère tira brutalement Sissy par le poignet pour la placer à la fois tout près d'elle et bien en face de moi. Burt Hornbeck, lui, s'avança pour l'encadrer de l'autre côté et me dévisagea tandis que Grand-mère annonçait :

— Bien ! Je veux vous entendre raconter toute l'histoire devant Burt, qui en sera témoin.

Sissy baissa la tête puis la releva lentement pour me regarder, les yeux agrandis et brillants, mais pas seulement de frayeur. Je crus y lire un soupçon de tristesse et de pitié.

— Raconter quoi ? demandai-je. Quelle histoire ?

Grand-mère se tourna vers Sissy et, la lèvre méprisante et la voix acide, se lança dans un interrogatoire en règle.

— Pour les chambres, chacune de vous se charge d'un côté du couloir, c'est bien ça ?

— Oui, madame.

— Les numéros pairs pour elle, les impairs pour vous ?

— Hm-hmm.

— C'est donc elle qui aurait dû faire le ménage du 150 ?

Mon regard dévia sur la silhouette massive de Burt Hornbeck. Brun, la quarantaine environ, les yeux noirs et plutôt petits, il me souriait toujours avec chaleur, quand il nous arrivait de nous rencontrer. Mais cette fois-ci, il gardait une mine revêche. A côté du visage furibond de Grand-mère, le sien avait l'air d'un satellite en orbite.

— Oui, madame, dit encore Sissy.

Je n'y tins plus.

— Bon, nous avons chacune notre côté et moi les numéros pairs. Et après ?

— Sors de ton lit !

Je coulai vers Burt un regard gêné : je ne portais que mon slip et mon soutien-gorge. Le brave homme comprit et se tourna vers la fenêtre pendant que je me levais, en me drapant le plus étroitement possible dans ma couverture.

— Serais-tu nue ? suggéra ma grand-mère, comme si une telle tenue dans son établissement fût un péché mortel.

— Non, je suis en sous-vêtements. Que me voulez-vous ?

— Que tu me rendes le collier d'or de Mme Clairmont, et immédiatement, grinça-t-elle en tendant sa longue main fine bien à plat, doigts raides et paume en l'air.

Ses yeux crachaient des flammes.

— Quel collier ?

J'interrogeai Burt Hornbeck du regard, mais il ne changea pas d'expression.

— Inutile de nier ! J'ai réussi à persuader Mme Clairmont, qui se trouve être une de mes plus anciennes clientes, de garder le silence sur tout cela. Mais je lui ai promis que son collier lui serait rendu. Et il le sera, affirma Grand-mère, le menton haut et le cou si rigide qu'on l'aurait cru taillé dans le marbre.

— Je n'ai pas pris son collier ! Je ne suis pas une voleuse.

Elle eut un petit mouvement de tête ironique.

— Voyez-vous ça ! Tu as vécu toute ta vie avec des voleurs, mais tu ne voles pas. C'est évident.

— Nous n'avons jamais volé !

— Jamais ?

Ses lèvres se tordirent en une moue sardonique et une lueur si mauvaise passa dans ses yeux que je me hâtai de détourner les miens. Mes genoux s'entrechoquaient, et pourtant je n'avais rien à me reprocher. J'avalai ma salive, clamai une nouvelle fois mon innocence et cherchai le regard de Sissy. Mais la pauvre fille, terrorisée, évita de croiser le mien.

— Fouillez cette chambre de fond en comble, Burt, jusqu'à ce que vous ayez retrouvé le collier.

A contrecœur, il se dirigea vers la petite commode.

— Il n'est pas là ! protestai-je. Mais puisque je vous ai dit... je vous jure...

Les yeux de Grand-mère luisaient comme des tisons.

— Te rends-tu compte, articula-t-elle avec une lenteur appuyée, à quel point tout cela peut être embarrassant pour Cutler's Cove ? Jamais, au grand jamais, depuis la fondation de ce prestigieux hôtel, un client n'a vu quoi que ce soit disparaître de sa chambre. Je n'emploie que des gens dévoués, durs à l'ouvrage et qui respectent la propriété d'autrui. Pour eux, travailler chez nous est un honneur.

— Je ne l'ai pas volé ! larmoyai-je, les joues ruisselantes.

M. Hornbeck avait vidé mes tiroirs et les retournait, maintenant. Il alla même regarder derrière, dans le meuble.

— Sissy, jappa Grand-mère, occupez-vous de son lit. Enlevez toute la literie et retournez le matelas.

— Oui, madame.

Et Sissy s'empressa d'ôter mes draps, non sans jeter sur moi un regard désolé, implorant mon pardon.

— Je ne quitterai pas cette chambre sans le collier, annonça Grand-mère, les bras croisés sur son buste plat.

— Alors préparez-vous à passer la nuit ici !

Ebranlé par mon accent de défi, M. Hornbeck se retourna, le sourcil arqué. Manifestement, il commençait à douter de ma culpabilité. Il interrogea Grand-mère du regard.

Moi aussi je l'observais. Sa bouche ridée, froncée comme une bourse à cordelière, avait viré au pourpre. Je m'attendais à voir un de ses sourires caustiques déchirer sa peau desséchée et à l'entendre croasser comme une sorcière.

— Tu ne trompes personne avec tes airs provocants, dit-elle enfin. Et surtout pas moi.

— Pensez ce que vous voulez, tous autant que vous êtes, cela m'est bien égal. Je n'ai pas volé de collier.

Sissy avait fini d'ôter mes draps, ma couverture, mon oreiller. Elle retirait le matelas. M. Hornbeck se baissa pour aller voir sous le lit et regarda ma grand-mère en secouant la tête.

— Cherchez dans ses chaussures, ordonna-t-elle à Sissy, qui s'agenouilla docilement.

Elle fouilla chaque paire de souliers, puis mes socquettes et mes poches, tandis que M. Hornbeck explorait le reste de la pièce. Quand tous les deux revinrent bredouilles, grand-mère Cutler m'étudia d'un œil soupçonneux, puis s'adressa à M. Hornbeck.

— Veuillez sortir un instant, Burt.

Il ne se le fit pas dire deux fois. C'était trop ! Je tremblais de frayeur et d'indignation. Et ma grand-mère se rapprocha de moi.

— Enlève cette couverture.

— Quoi !

Je lançai un coup d'œil éperdu à Sissy qui se tenait à l'écart, aussi terrifiée que moi.

— Ote ça !

Je lâchai la couverture et ne pus m'empêcher de rougir sous l'examen affreusement précis que Grand-mère fit subir à chaque pouce de mon corps. Puis elle leva les yeux vers les miens et, littéralement, les sonda. J'eus le sentiment qu'elle se livrait à une fouille intime, vampirique, et tentait d'absorber la substance même de mon être pour me placer sous son contrôle.

— Enlève ton soutien-gorge.

Je reculai, le cœur battant.

— Obéis, ou j'appelle la police. Et on t'emmènera au poste pour un examen complet encore beaucoup plus embarrassant, crois-moi.

Un flot de souvenirs m'assaillit, terriblement vivace. Le commissariat, l'interrogatoire... Une fois de plus, mes larmes jaillirent. Mais ma persécutrice ne se laissa pas attendrir. Ses yeux d'acier conservèrent leur dureté glacée.

— Je ne cache pas de collier, je vous le répète.

— Alors fais ce que je te dis.

Je coulai un regard vers Sissy qui baissa la tête, gênée pour moi. Lentement, mes mains s'élevèrent jusqu'à l'agrafe de mon soutien-gorge, dans mon dos. Je le fis glisser jusqu'à mes coudes, croisai vivement les bras devant ma poitrine et restai immobile, toute tremblante. Grand-mère s'avança pour inspecter soigneusement mon soutien-gorge où, naturellement, elle ne trouva rien, mais elle ne s'estima pas satisfaite.

— Baisse ta culotte, maintenant.

Oh, non ! Quelle ignominie de sa part ! Je pleurais à chaudes larmes, le corps entier secoué de sanglots.

— Allons, je ne vais pas y passer la nuit.

Au comble de la gêne, je fermai les yeux et fis descendre mon slip jusqu'à mes genoux. Pour m'entendre dire aussitôt de me retourner.

— Bon, ça va.

Je remontai mon slip, remis mon soutien-gorge et m'enroulai à nouveau dans ma couverture. Je n'aurais pas tremblé davantage si j'avais été nue en pleine tempête de neige. Mes dents claquaient, mais Grand-mère n'y prit pas garde ou ne daigna pas s'en apercevoir.

— Si tu as caché ce collier dans l'hôtel, où que ce soit, je le saurai, proclama-t-elle. Un jour ou l'autre, d'une façon ou d'une autre, comme tout ce qui se passe dans cet hôtel. Absolument tout. Et ce collier est unique en son genre : des rubis sertis de petits diamants. Si tu espères le vendre clandestinement, tu n'as aucune chance.

Refoulant mes larmes et sans ouvrir les yeux, je secouai la tête avec véhémence.

— Je n'ai pas pris ce collier ! Je ne l'ai pas pris.

— Je te préviens. Si je sors de cette pièce et que nous te trouvons par la suite en possession du collier, je devrai te remettre aux mains de la police. Est-ce clair ? Une fois sortie de cette chambre, je ne peux plus couvrir ton crime.

— Je n'ai rien volé.

Grand-mère pivota et saisit la poignée de la porte.

— Tu n'imagines pas dans quel embarras je me trouve par ta faute. Tu es rebelle et entêtée, tu refuses de m'écouter et de m'obéir. Et pour couronner le tout, tu voles ! Je m'en souviendrai. Et maintenant, allons-nous-en !

Elle jeta un regard bref à Sissy, qui bafouilla quelques mots de regret et sortit sur ses talons.

Je m'affalai sur mon matelas nu et pleurai toutes les larmes de mon corps. Puis je refis mon lit et me fourrai sous les draps, croyant à peine à la réalité de ce que je venais de vivre. Si c'était un rêve, c'était un vrai cauchemar !

La tension nerveuse m'avait vidée de mes forces. Je dus glisser dans le sommeil, sans doute pour m'évader de cette horreur, car lorsque je rouvris les yeux, la pluie avait cessé. Mais le froid humide persistait, et dehors il faisait absolument noir. Pas de lune, pas une étoile, rien que le sifflement du vent qui pénétrait partout, fouettant le parc et la maison de sa colère.

Je m'assis et m'adossai au chevet du lit, bien enveloppée dans ma couverture. Puis je décidai de me lever et de m'habiller. Il fallait que je parle à quelqu'un, et ce fut à Philippe que je pensai en premier. Mais quand je voulus ouvrir la porte, la poignée résista. Je la secouai, abasourdie.

— *Non!* hurlai-je. *Ouvrez cette porte!*

Je tendis l'oreille, mais tout resta silencieux. Je m'acharnai sur la poignée, en vain. A l'idée que j'étais enfermée dans ce réduit, la panique s'empara de moi. C'était sûrement Grand-mère qui avait trouvé ce nouveau raffinement à mon supplice. Déçue de n'avoir pas trouvé le collier dans ma chambre, elle se vengeait sur moi.

— Ouvrez cette porte, quelqu'un !

Je tambourinai à grands coups sur le panneau, jusqu'à ce que mes poings rougissent et que les bras me fassent mal. Puis j'écoutai. Quelqu'un m'avait entendue : on venait ! Sissy, probablement.

— Qui est là ? appelai-je. S'il vous plaît, aidez-moi ! Je suis enfermée.

J'attendis. Malgré le silence, je savais qu'il y avait quelqu'un. Je sentais une présence. Ma mère ? Mme Boston ?

— Qui est là ? Je vous en prie !

Une voix me parvint enfin, celle de mon père. Il parlait par l'interstice de la porte.

— Aurore...
— S'il te plaît, ouvre-moi, je veux sortir.
— Je lui ai dit que tu n'avais pas pris le collier.
— Non, je ne l'ai pas pris.
— Je savais bien que tu n'étais pas une voleuse.
— Je ne l'ai pas pris ! m'emportai-je.

Allait-il m'ouvrir à la fin ? Pourquoi parlait-il par la rainure ? Il devait être debout de l'autre côté, la bouche collée à cette fente.

— Mère découvrira le fond des choses, elle y parvient toujours.

— C'est très cruel d'avoir agi ainsi et de m'enfermer ensuite. S'il te plaît, ouvre-moi.

— Ne la juge pas cruelle, Aurore. Elle peut paraître dure, quelquefois, mais quand elle sait à quoi s'en tenir sur les gens, il est rare qu'ils ne la trouvent pas juste. Et en général, ils sont heureux de l'avoir écoutée.

— Elle n'est pas infaillible, tout de même ! Ce n'est qu'une vieille dame qui dirige un hôtel, pas un dieu.

J'attendis, espérant qu'il ouvrirait la porte, mais il n'en fit rien et ne dit rien non plus.

— *Père !* implorai-je. *Ouvre-moi, s'il te plaît !*

— Mère n'agit que pour ton bien. Elle veut seulement t'éduquer, redresser toutes tes mauvaises habitudes.

— Mais elle n'a pas besoin de m'enfermer pour ça, me lamentai-je. Je n'ai pas vécu comme une bête sauvage. Nous n'étions ni voleurs, ni crasseux, ni débiles !

— Bien sûr que non, mais tu as tellement de choses à apprendre ! Tu fais partie d'une famille respectable, maintenant, et grand-mère Cutler souhaite simplement que tu t'y adaptes.

« Je sais que c'est difficile pour toi, mais Mère dirigeait déjà cet hôtel avant ma naissance, et elle a beaucoup d'intuition dans tous les domaines. Pense à ce qu'elle a fait de Cutler's Cove, et au nombre de gens qui viennent ici chaque année.

La voix qui me parvenait par la fente de la porte était douce et mesurée. Je m'exprimai sur un tout autre ton.

— Je ne porterai jamais cette satanée plaque !

Cette fois, le silence dura si longtemps que je me crus abandonnée.

— Père ?

— Quand tu nous as été enlevée, ce n'est pas seulement ta mère et moi qui t'avons perdue. Grand-mère Cutler aussi.

Père éleva la voix pour ajouter :

— Elle en a eu le cœur brisé.

— Pas possible ? C'est pourtant bien elle qui a fait élever un mémorial à mon nom au cimetière, non ?

C'était insensé, cette conversation à travers une porte, mais cela rendait aussi certaines choses plus faciles à dire.

— Oui, mais elle a fait ça pour préserver mon équilibre mental. Je l'en ai remerciée, plus tard. Je ne pouvais plus travailler, je négligeais Clara Sue et Philippe. Je passais mon temps à appeler la police et à courir les routes dès qu'on signalait la moindre piste. Alors tu vois bien que cela n'a pas été si grave que ça, finalement.

Pas si grave que ça, enterrer symboliquement un enfant qui n'était pas mort ? Mais qu'est-ce que c'était que cette famille ? Drôle de mentalité...

— Je t'en prie, ouvre-moi. J'ai horreur d'être enfermée.

— J'ai une idée, proposa-t-il au lieu d'ouvrir la porte. Les gens qui ne sont que de simples relations m'appellent M. Cutler, mais pour les amis et les intimes je suis Randolph.

— Oui, et alors ?

— Imagine qu'Eugénie soit pour toi ce qu'est pour moi M. Cutler, ou Mme Cutler pour Laura Sue. Qu'en penses-tu ? Tes amis continueront à t'appeler par ton surnom.

— Ce n'est pas un surnom. C'est *mon* nom.

— Nous le garderons dans l'intimité, si tu veux. Et

Eugénie pourrait être, heu... ton nom officiel, pour l'hôtel. Qu'en dis-tu ?

— Je n'en sais rien.

Je m'éloignai de la porte et réfléchis, les bras croisés. Si je n'acceptais pas, ils étaient capables de me laisser enfermée là-dedans !

— Ce n'est qu'un petit compromis, et tu seras tellement tranquille, après. Nous sommes en pleine saison, l'hôtel est plein et...

— Et ma lettre à Ormand Longchamp ? Pourquoi l'as-tu remise à Grand-mère ?

— Elle l'a toujours ?

— Non, c'est moi qui l'ai. Elle me l'a rendue et m'a interdit tout contact avec lui. Elle adore ça, interdire !

— Oh, je suis désolé, je... je croyais qu'elle allait la faire parvenir à destination. Nous en avons discuté, et même si l'idée ne l'emballait pas, elle a dit qu'elle remettrait cette lettre au chef de la police de Cutler's Cove pour qu'il s'en occupe. A mon avis, elle devait être si bouleversée que...

— Elle n'a jamais eu l'intention de l'envoyer. Pourquoi ne t'en es-tu pas chargé toi-même ?

— Oh, j'imagine que j'aurais pu, c'est simplement que... Mère et le chef de la police sont bons amis et j'ai cru... Je suis désolé. Tu sais quoi ? enchaîna Père hâtivement. Si tu acceptes de porter le badge, je remettrai moi-même la lettre au chef de la police pour qu'il la fasse suivre. Que penses-tu de ce marché ? Je demanderai même un reçu pour que tu sois certaine qu'elle est arrivée.

Je connus quelques instants de trouble intense, livrée au chaos des pensées et des sentiments les plus contradictoires. Cet enlèvement jetait une ombre odieuse sur l'image que je gardais de papa et de maman. Jamais je ne pourrais leur pardonner. Pourtant, au plus profond de moi, subsistait le secret espoir qu'il devait y avoir une explication à leur conduite. Il fallait que je connaisse la version de papa.

Je tenais le moyen de communiquer avec lui, à condition d'y mettre le prix. Grand-mère Cutler s'arrangeait toujours pour imposer sa volonté à tous, soit. Mais cette fois, moi aussi j'avais une chance d'obtenir quelque chose.

— Si j'accepte, pourras-tu t'arranger pour savoir ce que sont devenus Fern et Jimmy ?

— Fern et Jimmy ? Tu veux parler des vrais enfants Longchamp ?

— Oui.

— J'essaierai, je te le promets. Oui, j'essaierai.

Mais je me souvenais trop bien de l'opinion de Mère sur ses promesses, si facilement prodiguées et si vite oubliées.

— Tu essaieras, sérieusement ?

— Sérieusement.

— Bon. Et les gens qui le voudront pourront m'appeler Aurore ?

— Bien sûr.

— Alors tu vas m'ouvrir ?

— Où est la lettre ? obtins-je en guise de réponse.

— Pourquoi ?

— Glisse-la sous la porte.

— Comment ? Pourquoi ne m'ouvres-tu pas ?

— Je n'ai pas la clef. J'irai la chercher et je parlerai à Mère de notre accord.

Je fis ce qu'il me demandait, et aussitôt, j'entendis son pas s'éloigner. Je me retrouvai seule avec le sentiment désagréable d'avoir conclu un pacte avec le diable.

J'étais assise sur le lit, à attendre, quand la clef tourna dans la serrure. La porte s'ouvrit devant Philippe.

— Mais tu étais enfermée ! Qui a bien pu...

— Grand-mère. Elle s'imagine que j'ai volé un collier. Et tu ferais mieux de ne pas t'attarder ici, Grand-mère ne veut pas que nous restions seuls ensemble. Clara Sue lui a raconté je ne sais trop quoi et...

— Je suis au courant, mais cette fois je n'y peux rien. Il faut que tu viennes avec moi.

— Que je vienne avec toi ? Où ça, et pourquoi ?

Il poussa un soupir à fendre l'âme.

— Fais-moi confiance et suis-moi, vite.

— Mais...

— Je t'en prie, Aurore ! implora-t-il.

— Et comment t'es-tu procuré la clef de ma chambre, d'abord ?

— La clef ? Mais... elle était dans la serrure !

— Quoi !

Alors mon père avait menti, mais pourquoi ? Et où était-il allé ? Demander la permission de libérer sa propre fille ?

Philippe me prit par la main et m'entraîna dans le couloir, vers une sortie latérale.

— Philippe !

— Tais-toi, et ne fais pas de bruit, m'ordonna-t-il.

Une fois dehors, nous contournâmes en toute hâte l'angle de la maison. Mais quand je vis qu'il prenait le chemin du petit escalier, je m'arrêtai net.

— Non, Philippe.

— Suis-moi, c'est tout ce que je te demande. Vite, avant que quelqu'un ne nous voie.

— Pourquoi ? insistai-je, mais il me tira d'une secousse, m'obligeant à avancer.

— Philippe, que venons-nous faire ici ?

Pour toute réponse, il poussa la porte de sa retraite et m'y fit entrer avec lui, dans le noir. J'étais furieuse, et j'ouvrais déjà la bouche pour protester, quand il actionna le cordon de la lampe.

Le passage brutal de l'obscurité à la lumière m'éblouit. Je fermai les yeux, les rouvris...

Et me retrouvai face à face avec Jimmy.

13

Une bouffée du passé

Je restai clouée sur place, à la fois de surprise et de ravissement.

— Jimmy ! Qu'est-ce que tu fais ici ?

Jamais je n'avais été aussi heureuse de voir quelqu'un. Il me dévorait du regard, une lueur taquine au fond de ses yeux noirs. Et si manifestement heureux de me voir, lui aussi, que cela me fit chaud au cœur.

— Salut, Aurore !

Pendant quelques instants, nous nous dévisageâmes sans trop savoir que faire de nous-mêmes, puis je me jetai dans ses bras. Philippe nous observait, souriant à demi.

— Tu es trempé jusqu'aux os, constatai-je en m'écartant de lui pour secouer mes mains toutes mouillées.

— L'averse m'est tombée dessus juste à la sortie de Virginia Beach.

— Comment es-tu venu ?

— En auto-stop. Je commence à avoir le coup de main, ajouta Jimmy à l'adresse de Philippe.

Ma joie était telle que ma voix la trahit. Elle grimpa dans les aigus.

— Mais comment... Pourquoi ?

— Je me suis sauvé, je n'en pouvais plus. Je voulais retrouver ma... mes parents de Géorgie et vivre avec eux. Mais en route, je me suis dit que je pourrais m'arrêter ici et te revoir encore une fois.

— Il a envoyé quelqu'un me chercher à l'hôtel, pour me prévenir qu'un élève de Peabody m'attendait dehors, expliqua Philippe. Du diable si je me doutais... enfin bref, c'était lui.

— J'ai pensé qu'il valait mieux passer par Philippe, je ne voulais pas courir de risques. Je ne retournerai jamais là-bas, annonça résolument Jimmy en relevant le menton d'un air bravache.

— Je lui ai dit qu'il pouvait rester quelques jours dans ma cachette, Aurore. Nous lui apporterons à manger, des vêtements secs et un peu d'argent.

— Mais, Jimmy... ils vont te faire rechercher !

— Eh bien, tant pis, mais ça m'étonnerait. Personne ne s'intéresse à moi, rétorqua-t-il, les yeux durcis par une soudaine flambée de colère. Je ne savais pas si nous aurions une autre chance de nous revoir, Aurore. Il fallait que je vienne.

Nos regards se nouèrent, il me sourit, et le souvenir des jours anciens passa entre nous comme un rayon de soleil. Nous étions tellement plus heureux jadis, ensemble... Soudain, je me sentis en sécurité à Cutler's Cove.

— Je retourne à l'hôtel pour chiper un peu de nourriture à la cuisine, annonça Philippe. Je lui rapporterai aussi de quoi se changer et une serviette. Mais surtout, qu'il ne se montre pas ! Ma grand-mère en ferait tout un foin, s'excusa-t-il à l'intention de Jimmy. Alors ne mets pas le nez dehors avant d'avoir inspecté les environs, d'accord ?

Jimmy fit signe qu'il avait bien compris.

— Bon, j'en ai pour un petit quart d'heure, pas plus.

Sur ce, Philippe s'esquiva. Et entre Jimmy et moi, tout redevint aussitôt comme avant.

— Enlève-moi ces vêtements mouillés, lui conseillai-je sur le ton maternel que j'employais jadis.

Il se débarrassa de sa chemise et la lumière fit briller sa peau humide. Il n'y avait pas longtemps que nous étions séparés, et pourtant, je le trouvai changé. Plus mûr, plus grand, les épaules plus larges et les bras plus musclés. Je plaçai sa chemise sur le dossier d'une chaise tandis qu'il s'asseyait sur le lit pour se déchausser.

— Raconte-moi ce qui t'est arrivé après qu'on nous a emmenés au commissariat, Jimmy. Et Fern, sais-tu ce qu'elle est devenue ?

— Non, je ne l'ai pas revue depuis notre arrivée au poste. Moi, ils m'ont conduit dans un foyer de transit, là où on vous met en attendant de vous placer. J'étais parmi les plus âgés, et nous dormions sur des lits de camp, à peu près aussi larges et aussi confortables que celui-ci. La chambre était bondée, et il y avait un pauvre gosse qui a pleurniché toute la nuit. Les autres n'arrêtaient pas de lui crier dessus mais il avait trop peur pour se calmer. J'ai dû me battre avec eux pour les empêcher de le terroriser.

— Pas possible ? le taquinai-je en souriant.

— Ils se croyaient très forts en maltraitant un petit ! s'échauffa-t-il. Et au bout du compte, on m'a envoyé dormir à la cave, à même le sol. C'était dégoûtant, plein d'insectes et même de rats.

« Le lendemain, ils m'avaient déjà trouvé une famille d'adoption. Je crois qu'ils étaient surtout pressés de se débarrasser de moi. Les autres étaient jaloux, mais s'ils avaient su où j'allais !

« C'est un éleveur de poulets qui m'a emmené, Léon Coons. Un gros bonhomme ronchon, avec une face de bouledogue et une cicatrice en plein milieu du front. On aurait dit qu'il avait reçu un coup de hache. Sa femme était deux fois plus grande que lui, mais il la traitait comme une gamine. Ils avaient deux filles. C'est sa femme qui m'a encouragé à me sauver. Elle s'appelait Beryl et elle n'avait pas quarante ans, mais je ne pouvais pas le croire. On aurait dit un bout de bois sec, et ses cheveux étaient tout blancs. Elle avait beau se mettre en quatre, Coons rouspétait tout le temps. La maison n'était jamais assez propre, les plats n'avait pas de goût, bref : il se plaignait à longueur de journée.

« J'avais une chambre confortable, mais c'était un esclave qu'il était venu chercher, voilà pourquoi il lui fallait un garçon de mon âge. La première chose qu'il a faite, ça a été de m'apprendre à mirer les œufs. Il fallait que je me lève avant l'aube, pour travailler avec ses filles, les pauvres ! Elles étaient plus âgées que moi mais tellement maigres : de vrais épouvantails ! Avec des grands yeux noirs, tristes, mais tristes... on aurait dit des chiens battus.

« Coons me faisait faire tous les travaux l'un après l'autre. Pelleter la literie des poulets, trimbaler les sacs de grain. Nous commencions à travailler avant l'aube et une heure après le coucher du soleil, on y était encore.

« Au début, je me moquais bien de ce qui pouvait m'arriver, j'étais trop déprimé. Mais au bout d'un moment j'en ai eu tellement assez de ce travail et d'entendre Coons crier sans arrêt que...

« Non, ça doit être le soir où il m'a battu que je me suis décidé. Il rouspétait encore à propos du dîner, alors je lui ai dit que c'était délicieux, et bien trop bon pour lui. Il m'a envoyé un de ces revers de main... tellement raide que je suis tombé de ma chaise.

« Je lui aurais bien rendu la pareille mais si tu avais vu ce gars, Aurore... Une armoire à glace, et des muscles en béton. C'est ce soir-là, un peu plus tard, que Beryl est venue me trouver. Elle m'a fortement conseillé de filer, comme les autres. Apparemment, ce n'était pas la première fois qu'il faisait mourir à la tâche un enfant du service d'adoption. Et là-bas, ils s'en moquent, tu penses. Ils en ont tellement ! Ils sont trop contents qu'on leur en demande.

— Oh, Jimmy ! Et si Fern était confiée à de mauvais parents ?

— Ça m'étonnerait. Les bébés, c'est différent. Des tas de braves gens veulent des bébés parce qu'ils ne peuvent pas en avoir. Ne fais pas cette tête-là, voyons ! me reprocha-t-il en souriant. Je suis sûr qu'elle va très bien.

— Ce n'est pas pour ça, Jimmy, mais ce que tu dis me rappelle une chose affreuse. J'ai su pourquoi papa et maman m'avaient enlevée. Elle venait juste d'avoir un bébé... un enfant mort-né.

Ses yeux s'agrandirent, puis il acquiesça d'un signe, comme s'il avait toujours su la vérité.

— Alors papa lui a suggéré de t'enlever, conclut-il. C'est bien de lui, il n'y a pas de doute. Et regarde dans quel pétrin il nous a fourrés. Enfin, moi, en tout cas. Toi, je suis certain que tu n'as pas ce genre de problèmes.

— Oh, Jimmy ! m'écriai-je en m'asseyant à ses côtés. Mais si, justement. Je déteste cet endroit.

— Quoi ? Cet hôtel faramineux et... et tout le reste ? Pourquoi ? Qu'est-ce qui ne va pas ?

Je me lançai dans une description de ma véritable mère et de son état nerveux. Jimmy buvait mes paroles, l'air de plus en plus étonné à mesure que je lui dévidais l'histoire de mon enlèvement et ses effets sur Mère, devenue peu à peu cette malade chronique s'étiolant au milieu de tout son luxe.

— Mais ils ont dû être heureux de t'avoir retrouvée, quand même ?

Je secouai la tête.

— A peine arrivée, on m'a transformée en femme de chambre et reléguée dans une petite pièce, loin des appartements de la famille. Quant à la façon dont Clara Sue m'a traitée, tu t'en doutes !

Je lui racontai comment j'avais été accusée de vol et l'ignoble fouille que j'avais dû subir.

— Elle t'a obligée à te déshabiller ?

— Entièrement. Et après, elle m'a enfermée dans ma chambre.

Il me dévisagea, l'air incrédule.

— Et ton père, dans tout ça ? Tu ne l'as pas mis au courant de ce qu'elle t'avait fait ?

— Il est tellement bizarre, Jimmy !

Brièvement, je lui relatai notre conversation à travers la porte et comment j'avais fini par accepter un compromis.

— Alors il est parti, soi-disant pour chercher la clef, mais elle était dans la serrure. C'est Philippe qui me l'a dit en venant me chercher pour m'amener ici.

— Et moi qui me figurais que tu menais la vie de château !

— Ma grand-mère ne désarmera jamais, j'en ai peur. Pour une raison que j'ignore, elle me hait. Ma seule vue lui est insupportable. Et dire que papa a pu faire une chose pareille ! (Je baissai le nez vers mes genoux.) Je n'arrive toujours pas à le croire.

— Eh bien moi, si ! s'emporta Jimmy, avec une violence qui me fit relever la tête : ses yeux jetaient des flammes. Tu ne veux pas le croire parce que tu n'as jamais voulu penser du mal de qui que ce soit, mais maintenant, il le faut bien.

Je lui parlai de ma lettre à papa.

— J'espère qu'il me répondra et me donnera sa version des événements.

— Sûrement pas. Et même s'il le fait, ce ne sera qu'un tissu de mensonges.

— Jimmy, voyons ! Tu ne peux pas continuer à le détester. C'est toujours ton père, même si ce n'est plus le mien.

— Je ne veux plus penser à lui comme à un père. Il est mort avec maman.

La rage mauvaise qui brûlait son regard me serra le cœur. Les paupières me brûlaient, à moi aussi. Je fus incapable de contenir mes larmes.

— Pleurer n'y changera rien, Aurore : les choses sont ce qu'elles sont. Je vais aller vivre en Géorgie chez les parents de maman, s'ils veulent bien de moi. Cela m'est égal de travailler dur, si c'est pour la famille.

— J'aimerais pouvoir venir avec toi, Jimmy. J'ai toujours le sentiment que ma vraie famille est là-bas, et non ici.

— Impossible. Si tu le faisais, nous serions vite rattrapés, tu peux en être sûre.

— Je sais, acquiesçai-je, pleurant de plus belle.

Maintenant que Jimmy était là, je ne pouvais plus dominer mon chagrin.

— Je suis désolé de te voir si malheureuse, Aurore, dit-il en m'entourant les épaules de son bras. La nuit, quand toutes ces horreurs m'empêchaient de dormir, cela me remontait le moral d'imaginer ta nouvelle vie, confortable, protégée, plus riche qu'avant. Je pensais que tu méritais tout cela et qu'au fond c'était peut-être un bien. Je me moquais pas mal de ce qui pouvait m'arriver, si toi au moins tu vivais mieux, avec des gens meilleurs.

— Oh, Jimmy ! Je ne pourrai jamais être heureuse si tu es malheureux, et à l'idée que cette pauvre petite Fern se trouve chez des étrangers...

— Elle est assez jeune pour oublier et repartir de zéro.

Ce n'était plus le Jimmy d'autrefois qui parlait, mais un garçon plus vieux, plus mûr. L'épreuve lui avait enseigné une sagesse au-dessus de son âge, en le dépouillant de son enfance.

Il me tenait toujours par les épaules, le visage si proche du mien que son souffle me frôlait la joue. Je me sentais toute bizarre, étourdie par un tournoiement d'émotions confuses. Jimmy, mon frère d'autrefois, n'était plus qu'un garçon s'intéressant à moi, et celui qui m'avait montré un intérêt si vif était devenu mon frère... Leurs baisers, leurs sourires et leur façon de me serrer dans leurs bras prenaient un sens tout différent, à présent.

Encore tout récemment, si Jimmy m'avait tenue et touchée ainsi, je me serais sentie coupable. Maintenant, le trouble qui s'insinuait en moi me semblait délicieux, et je ne savais plus que dire ni que faire. Très tendrement, il prit mon visage entre ses mains et sécha mes larmes sous ses baisers. J'en ressentis une chaleur soudaine, qui rayonna dans tout mon être. Avant, je me serais interdit cette joie. Mais maintenant... je la laissai monter en moi et me dilater le cœur.

Les yeux de Jimmy sondaient les miens, sérieux, inquiets, intenses. Une boule se forma dans ma gorge. Qu'était devenu mon frère de jadis ? Et qui était ce garçon, ce jeune homme qui me buvait du regard ? Le sien trahissait une véritable torture, infiniment plus grande que toutes les souffrances que j'avais pu endurer.

Un pas dans l'escalier nous fit dresser l'oreille. Philippe. Jimmy me lâcha instantanément et se pencha en avant pour achever de se déchausser.

— Désolé, vieux, mais tu devras te passer de repas chaud. Je n'ai fait qu'un saut à la cuisine et j'ai filé avant que quelqu'un me voie et se demande ce que je faisais là.

— Froid ou chaud, peu importe, dit Jimmy en prenant le plat des mains de Philippe. C'est toujours un repas. Merci.

— Je t'ai aussi apporté quelques-uns de mes vêtements — ils devraient t'aller —, une couverture et une serviette.

— Sèche-toi et change-toi avant de manger, Jimmy, conseillai-je.

Il passa dans la salle de bains, se dépouilla de ses vêtements humides et, après une bonne friction, revint dans ceux de Philippe. Le pantalon était un peu long et la chemise un peu trop grande pour lui, mais il releva les manches et retourna l'ourlet. Philippe et moi le regardâmes engloutir sa nourriture. Il enfournait les bouchées tout rond, sans même prendre le temps de mâcher.

— Je te demande pardon, mais je meurs de faim. Je n'avais pas assez d'argent pour m'arrêter dans un restaurant.

— Aucune importance. Bon, il faut que je file, maintenant. Grand-mère m'a vu entrer, tout à l'heure, et elle va sûrement ouvrir l'œil pour s'assurer que j'ai rejoint les autres. Demain matin, au petit déjeuner, je mettrai quelque chose de côté. Je t'apporterai ça un peu plus tard, dès que je pourrai me libérer.

— Merci.

Philippe nous dévisagea l'un après l'autre.

— Alors... à plus tard. Passe une bonne nuit, Jimmy

Nous le regardâmes s'éloigner et dès qu'il eut disparu dans l'escalier, Jimmy s'étonna :

— Pourquoi tient-il tellement à ce que sa grand-mère le voie avec les clients de l'hôtel ?

Je lui fis part des médisances de Clara Sue et des interdictions de Grand-mère. Etendu sur le lit, les bras sous la nuque, il m'écoutait avec une attention concentrée. Ses yeux s'étaient rétrécis et un curieux petit sourire lui pinçait les lèvres.

— Moi aussi je me faisais du souci pour ça, tu penses ! Je me demandais ce que vous pouviez bien ressentir, tous les deux. Au collège, tu ne jurais déjà plus que par lui.

Je m'apprêtais à répondre que Philippe avait beaucoup de mal à accepter les choses, qu'il regrettait toujours nos anciennes relations, mais je craignis de peiner Jimmy. Inutile de compliquer la situation, il avait suffisamment d'ennuis.

— Cela n'a pas été facile, dis-je simplement.

— Je m'en doute. Tu dois t'habituer à penser à lui comme à un frère, et oublier que moi, j'étais le tien.

— Mais je ne veux pas l'oublier, Jimmy !

Il parut déçu, et tout triste.

— Tu voudrais que je t'oublie ? Tu voudrais m'oublier, toi aussi ?

Peut-être le désirait-il, après tout, méditai-je avec mélancolie. Peut-être était-ce le seul moyen pour lui de recommencer une nouvelle vie. Mais il protesta avec énergie :

— Je ne veux pas que tu te sentes salie par ce qui s'est passé, Aurore. Et surtout, ne laisse personne te culpabiliser !

Je hochai la tête et m'assis sur le bord du lit. Nous restâmes un moment ainsi, sans rien dire. La vieille bâtisse craquait et gémissait sous les assauts du vent de mer qui s'infiltrait dans toutes ses fissures. Et le même vent nous apportait l'écho du juke-box, éparpillant les sons joyeux à travers la nuit.

— Je raconterai à la famille que papa et maman sont morts, dit Jimmy, le regard absent. Ils n'ont pas besoin de connaître tous ces détails sordides, et ça me donnera une chance de refaire ma vie.

— Je déteste penser que tu vas commencer une nouvelle vie sans moi, Jimmy.

Il eut ce sourire désarmant de douceur dont j'aimais tant me souvenir.

— Juste pour une fois, faisons semblant que tout est comme avant. Laisse-moi m'endormir en t'écoutant parler de toutes les choses merveilleuses qui nous attendent.

Il se poussa pour me faire de la place et je m'étendis à ses côtés. Puis, la tête posée sur son bras, je fermai les yeux, et le temps revint en arrière. C'était sur un de nos vieux lits-divans délabrés que nous étions couchés, dans un de nos misérables appartements d'autrefois. La pluie battait les murs décrépits et le vent giflait les fenêtres, qui menaçaient de s'ouvrir sous la rafale.

Mais Jimmy et moi, blottis l'un contre l'autre, trouvions un réconfort dans la chaleur de nos corps. Et quand il ferma les yeux, comme jadis, je me mis à tisser pour lui des arcs-en-ciel étincelants.

— Tu verras, tout s'arrangera, Jimmy. Nous avons traversé des moments terribles, mais tous les orages ont une fin. Les nuages se dispersent et le soleil brille à nouveau pour nous combler de ses promesses.

« Tu retrouveras les parents de maman et ils t'accueilleront à bras ouverts. Tu auras des oncles, des tantes, des cousins ! Et ils ne sont peut-être pas si mauvais que nous le pensions, ils ont même peut-être une grande exploitation agricole.

« Et toi, tu es fort, Jimmy, tu travailles dur et cela les aidera beaucoup. En un rien de temps, la ferme sera devenue tellement prospère que les gens viendront de partout pour la voir. Et ils demanderont : "Qui est ce jeune homme qui vous a si bien aidé à réussir ?"

« Mais toi, il faut que tu me promettes de m'écrire et...

Je rouvris les yeux. Les siens étaient toujours fermés et il respirait lentement, régulièrement. Pauvre Jimmy, si fatigué, si fourbu ! Il avait dû faire des kilomètres à pied, rester sous la pluie pendant des heures et des heures, endurant stoïquement tout cela pour me revoir une dernière fois.

— Bonne nuit, Jimmy, chuchotai-je, comme je l'avais fait si souvent.

Je souffrais de devoir le laisser seul dans cet endroit sinistre, mais après tout, il en avait vu d'autres !

Sur le seuil, je fis halte un instant et me retournai. Je n'en croyais pas mes yeux de voir Jimmy couché là, sorti tout droit de mes rêves. Je me faufilai au-dehors, puis dans l'escalier, avec des précautions de voleur. Personne en vue : je pus contourner tranquillement le bâtiment et rentrer sans encombre. Je venais de m'engager dans le petit couloir quand je vis s'ouvrir la porte de ma chambre, et Clara Sue en sortir. Je franchis vivement la distance qui nous séparait.

— Qu'est-ce que tu fais ici ?

Un instant désarçonnée, elle trouva le moyen de sourire.

— Grand-mère m'a envoyée déverrouiller ta porte. Qui t'a ouvert ?

— Aucune idée.

— Si je découvre la coupable, je la dénoncerai et Grand-mère la renverra, menaça-t-elle d'une voix sucrée.

— Je te répète que je ne sais pas qui c'est. Et je n'aurais pas dû être enfermée, pour commencer.

— Si tu avais un peu de plomb dans la cervelle, Grand-mère n'aurait pas eu à le faire, riposta mon aimable sœur.

Et sur un haussement d'épaules, elle s'en alla.

Je la trouvai plutôt pressée de me quitter, et m'assurai qu'elle était bien partie avant de rentrer chez moi.

Je me mis en robe de chambre et passai dans la salle de bains, exténuée. Je n'avais qu'une idée : me fourrer sous les draps. Mais quand je revins et rabattis ma couverture, je compris ce que Clara Sue était venue faire. Mon sang se figea dans mes veines, et j'eus l'impression d'avoir un glaçon à la place du cœur.

Là, sur mon drap, trônait un collier d'or serti de rubis et de diamants. Clara Sue l'avait dérobé chez Mme Clairmont et déposé là pour me faire accuser. Et maintenant, que faire ? Si je le rendais, tout le monde penserait que je l'avais volé et le rapportais parce que j'avais peur de Grand-mère. Personne ne croirait que Clara Sue avait machiné tout cela.

Un bruit de pas retentit dans le couloir et je connus un moment de panique. Et si elle revenait avec Grand-mère, après être allée raconter à M. Hornbeck qu'elle m'avait vue avec le collier ? Je cherchai fébrilement du regard un endroit où le cacher et compris que c'était exactement ce qu'elle souhaitait me voir faire. On fouillerait à nouveau ma chambre, on trouverait le bijou et tout le monde serait convaincu de ma culpabilité.

Je me figeai, incapable de prendre une décision, mais

par bonheur les pas s'éloignèrent. Je relâchai mon souffle et m'emparai du collier. Ce fut comme si je commettais un acte interdit : il me brûlait la main. J'éprouvai un besoin irrépressible d'ouvrir la fenêtre et de le jeter dans le noir, mais je me contins. Qu'arriverait-il si on le retrouvait le lendemain si près de ma fenêtre ?

Fallait-il le remettre à mon père ? A ma mère ? Ou aller trouver Philippe et le lui donner ? Il me croirait certainement quand je lui raconterais ce qu'avait fait Clara Sue, mais la seule idée de me promener dans tout l'hôtel avec cette pièce à conviction me terrifiait. On pourrait me fouiller en route, si Clara Sue avait déjà parlé à quelqu'un.

Et pourtant, le collier devait retourner chez Mme Clairmont. Il avait peut-être beaucoup de valeur à ses yeux, ne serait-ce que d'un point de vue sentimental. Pourquoi devrait-elle souffrir à cause de la mesquinerie jalouse de Clara Sue ?

Je pris le parti de m'habiller et de courir le risque. Une fois en uniforme, je glissai le collier dans ma poche et sortis sans perdre un instant. Il n'était pas encore bien tard et certains clients se promenaient dans le parc. D'autres flânaient dans les couloirs, jouaient aux cartes, et certains s'étaient rassemblés dans le salon de musique pour écouter un quatuor à cordes. Il y avait de grandes chances pour que Mme Clairmont ne fût pas dans sa chambre. Je me rendis droit à la lingerie pour y prendre le passe-partout de l'étage et me hâtai le long du corridor dont Sissy et moi avions la charge.

Mon cœur battait à tout rompre, j'étais sûre que j'allais m'évanouir à peine entrée chez Mme Clairmont. On me retrouverait étendue sur le sol, le collier dans la main... je voyais déjà la scène. Heureusement pour moi, le couloir était désert. J'essuyai la sueur qui perlait à mon front, allai frapper à la porte et attendis. Si Mme Clairmont était chez elle, je pourrais toujours prétendre que je m'étais trompée de numéro. Mais personne ne répondit et j'introduisis vivement le passe-partout dans la serrure. L'infime cliquetis qu'il produisit en tournant me fit l'effet d'un fracas épouvantable. Je crus l'entendre résonner dans tout l'hôtel et me préparai à voir une foule accourir.

J'attendis encore un instant, l'oreille tendue. La chambre était plongée dans l'obscurité, totalement silencieuse. Evitant tout risque inutile, je me penchai pour lancer le bijou sur la commode. Un bruit léger m'annonça qu'il était arrivé à bon port, je refermai la porte et dus m'y reprendre à deux fois pour faire jouer le passe-partout, tellement mes mains tremblaient. Et juste au moment où je me retournais pour m'en aller, j'entendis des voix dans le couloir.

Affolée à l'idée d'être surprise à l'étage et sans jeter un regard en arrière, je m'enfuis dans la direction opposée. Seulement voilà... le chemin que je parcourais si vite me ramena dans le hall.

Mon père dut appeler à trois reprises : « Eugénie ! » avant que je ne me rende compte que c'était à moi qu'il s'adressait. Je m'arrêtai net et pivotai sur mes talons, pour m'apercevoir qu'il me faisait signe. Clara Sue aurait-elle déjà été raconter qu'elle m'avait vue en possession du collier ? Je m'approchai à pas comptés.

— J'allais justement chez toi, Eugénie. Je voulais m'assurer que Clara Sue était allée te libérer dès qu'elle avait eu la clef.

— Il y avait une clef sur la porte, ripostai-je d'un ton incisif.

— Ah bon ? Je ne l'ai pas vue. En tout cas, cet incident pénible est terminé. J'ai le plaisir de t'informer que ta grand-mère apprécie notre petit compromis, ajouta Père avec un sourire furtif.

Et il tira de sa poche la maudite plaque d'identité.

Je la considérai avec étonnement. Elle ne m'avait pas semblé si grande, la première fois. Je n'aurais pas été surprise que Grand-mère ait pris la peine d'en commander une autre, juste pour me faire comprendre qu'elle parvenait toujours à ses fins. Et que plus je lui tiendrais tête, plus j'aurais lieu de m'en repentir. C'était bien dans sa manière, en tout cas.

Je pris lentement le badge sur la paume de mon père, et ma main se referma sur lui comme sur un bloc de glace.

— Veux-tu que je te l'attache moi-même ?

— Non, merci, je peux le faire, répondis-je en joignant le geste à la parole.

Père était radieux.

— Eh bien, voilà, ça y est ! Bon, le travail m'attend, alors à demain. Bonne nuit, Eugénie.

Sur ce, mon père s'éclipsa, me laissant le sentiment très net d'avoir été marquée au fer.

J'en fus d'ailleurs beaucoup moins affectée que j'aurais dû l'être. Le seul fait de savoir Jimmy près de moi m'apportait un tel réconfort... Le lendemain, sitôt mon travail fini, j'irais le rejoindre et nous passerions toute la journée à bavarder. Enfin, presque, car il faudrait bien me montrer de temps en temps à l'hôtel, pour qu'on ne se demande pas où j'étais passée.

Pour la première fois depuis mon arrivée à Cutler's Cove, j'allai me coucher le cœur tranquille, et impatiente de voir se lever le soleil.

Le lendemain matin, grand-mère Cutler fit une apparition dans la cuisine pendant le petit déjeuner. Elle vint droit à ma table, tout en disant bonjour à chacun, et s'arrêta pour vérifier que je portais bien sa précieuse plaque. En la voyant épinglée à mon uniforme, elle se redressa de toute sa hauteur : ses yeux brillaient de satisfaction.

Je me gardai bien de paraître insolente ou maussade. Si elle s'avisait de m'enfermer à nouveau dans ma chambre, je ne pourrais pas voir Jimmy. Et si je trouvais le moyen de forcer la consigne, je risquais de le faire découvrir. Je sortis avec Sissy pour m'acquitter de mes tâches, et je mis tant de cœur à l'ouvrage qu'elle-même le remarqua. En quittant la dernière chambre dont j'avais la charge, je me trouvai nez à nez avec grand-mère Cutler. Oh, non, pas ça ! Elle allait me trouver une nouvelle corvée, et je ne pourrais pas voir Jimmy ! Je retins mon souffle.

— Le collier de Mme Clairmont est miraculeusement revenu à sa place, observa-t-elle en me vrillant de son regard d'acier.

Je rétorquai avec assurance :

— En tout cas, je ne l'ai jamais pris.

— J'espère que rien ne disparaîtra plus de chez elle, fut la réponse de Grand-mère.

Et elle s'éloigna en faisant claquer ses talons.

Je ne retournai pas dans ma chambre pour me changer. A pas de loup, je pris la direction de la partie la plus ancienne de l'hôtel et contournai le bâtiment jusqu'à la retraite de Philippe.

Un soleil radieux réchauffait l'atmosphère, et j'espérais pouvoir faire sortir Jimmy de sa cave obscure pour me promener avec lui parmi les jardins et les fontaines. Il m'avait semblé si pâle et si harassé, la veille. Il avait besoin de chaleur, de lumière. Pour moi, même quand tout allait de travers, la seule caresse du soleil sur mon visage avait toujours suffi à me rendre courage.

Comme j'atteignais le petit escalier de ciment, je vis quelques clients arrêtés non loin de là pour bavarder et attendis qu'ils s'éloignent pour continuer mon chemin. Quand je me glissai dans la petite chambre sombre, je trouvai Jimmy assis sur le lit, frais et dispos et impatient de me voir. Il m'accueillit d'un grand sourire éclatant.

— Philippe est déjà venu m'apporter à manger et m'a

donné vingt dollars pour mon voyage en Géorgie, m'annonça-t-il.

Puis il se renversa en arrière et éclata de rire.

— Qu'est-ce qu'il te prend ?

— Tu es si drôle avec cet uniforme et ce foulard ! Ton badge brille comme si ta grand-mère t'avait décerné une médaille.

— Ravie qu'il te plaise. Personnellement, je le déteste.

J'ôtai mon fichu et secouai la tête pour libérer mes cheveux.

— Tu as passé une bonne nuit ?

— Je ne me souviens même pas de ton départ. Et quand je me suis réveillé, pendant un moment, je me suis demandé où j'étais, puis je me suis rendormi. Pourquoi t'es-tu sauvée comme ça ?

— Tu t'es endormi si vite que j'ai préféré te laisser te reposer.

— Je ne me suis réveillé pour de bon que quand Philippe est entré, c'est dire si j'étais à bout ! J'ai voyagé nuit et jour pendant quarante-huit heures. J'ai même dormi sur le bas-côté de la route, la nuit d'avant.

— Oh, Jimmy ! Tu aurais pu avoir un accident !

— Ça m'était bien égal, je voulais arriver ici à tout prix. Alors, qu'est-ce que ça fabrique, une femme de chambre ? Parle-moi un peu de cet hôtel. Je n'en ai pas vu grand-chose, hier soir. C'est bien ?

Je lui décrivis les lieux, en quoi consistait mon travail, et j'allais lui toucher deux mots du personnel, de Sissy et de Mme Boston, quand il m'arrêta. C'étaient surtout mon père et ma mère qui l'intéressaient.

— Mais qu'est-ce qui ne va pas chez elle, au juste ?

— Je ne sais pas très bien, Jimmy. Elle n'a pas l'air malade. La plupart du temps, elle a une mine superbe et elle est en beauté, même quand elle reste au lit avec ses migraines. Mon père la traite comme une poupée de porcelaine.

— Alors c'est ta grand-mère qui dirige tout, en fait ?

— Oui. Tout le monde a peur d'elle, mais personne n'ose dire du mal d'elle, même en privé. Mme Boston prétend qu'elle est dure, mais juste. Je ne l'ai pas trouvée très juste avec moi, commentai-je tristement.

Sur quoi je lui parlai de ma pierre tombale. Ses yeux s'agrandirent quand j'en vins à ce que je savais de mes funérailles symboliques.

— Mais comment sais-tu si la tombe est toujours là ?

— Elle y était à mon arrivée. En tout cas, personne ne m'en a parlé.

— C'est normal. Ils ont dû la faire enlever, sûrement.

Jimmy s'adossa au mur et réfléchit intensément.

— Quand même, papa a eu un sacré culot pour voler un bébé sous le nez de sa nourrice ! Enfin, presque.

— C'est aussi mon avis, observai-je, soulagée de voir que lui aussi trouvait ces détails assez troublants.

— A moins qu'il ait bu, bien sûr...

— Mais il n'aurait jamais pu prendre toutes ces précautions, on l'aurait entendu.

Il m'approuva d'un signe de tête.

— D'ailleurs tu ne le crois pas capable d'avoir commis une chose pareille, n'est-ce pas, Jimmy ? Au fond de toi, tu sais bien que non.

— Mais il a avoué, Aurore, on l'a inculpé. Et devant nous, il n'a même pas essayé de nier. (Il baissa les yeux, accablé.) Je crois que je ferais mieux de m'en aller.

Mon cœur s'arrêta, et un vertige me saisit. Je voulais désespérément fuir cette prison, partir avec lui. Je me sentais piégée, ici, et j'avais besoin d'air, du souffle du vent sur ma peau et dans mes cheveux, de me sentir à nouveau vivante et libre.

— Mais, Jimmy, tu devais rester quelques jours pour te reposer et reprendre des forces.

— Pour qu'ils me trouvent ? Je ne ferais que vous attirer des ennuis supplémentaires, à Philippe et à toi.

— Non, Jimmy, protestai-je avec énergie. Et je ne veux pas que tu partes si vite. Je t'en prie, pas encore.

Son regard plongea dans le mien et une vague d'émotions confuses nous fit gonfler le cœur, avec la force irrépressible d'une marée.

— Quelquefois, dit-il enfin, avec une douceur fervente que je ne lui connaissais pas, il m'est arrivé de souhaiter que tu ne sois pas ma sœur.

Mon souffle se bloqua dans ma poitrine.

— Pourquoi, Jimmy ?

— Je... je te trouvais si jolie. J'aurais voulu être ton amoureux, avoua-t-il. Tu me poussais toujours à choisir telle ou telle de tes amies pour sortir avec elle, mais moi... je ne voulais que toi. C'est pour ça que j'étais si jaloux de te voir t'enticher de Philippe.

Son regard se fit lointain, et pendant un moment je ne sus plus que dire. J'éprouvai la tentation irréfléchie de l'entourer de mes bras et de lui dévorer le visage de baisers. J'aurais voulu poser sa tête sur ma poitrine et la serrer contre moi. Et une fois de plus, mes larmes débordèrent.

— Oh, Jimmy, c'est trop injuste ! Tout est devenu si compliqué !

— Je sais, Aurore. Mais quand j'ai appris que tu n'étais pas vraiment ma sœur, je n'ai pas pu m'empêcher d'être heureux, même si je trouvais cela triste. J'étais malheureux que tu t'en ailles, bien sûr, mais ce que j'espérais... Non, se reprit-il, le regard à nouveau lointain. Je ne devrais pas espérer.

— C'est faux, Jimmy, tu peux espérer. Mais je t'en prie, explique-toi. Je te promets que je ne me moquerai pas de toi, insistai-je en le voyant rougir.

— Je le sais bien, Aurore, tu ne te moques jamais de moi. Mais c'est plus fort que moi, j'ai honte d'y penser, et encore plus d'en parler.

Ma voix se fit encore plus pressante.

— Dis-le, Jimmy. Je veux te l'entendre dire.

Il me dévisagea intensément, détaillant chacun de mes traits comme s'il voulait les graver dans sa mémoire.

— J'espérais que si je m'en allais et restais assez longtemps loin de toi, tu finirais par ne plus penser à moi comme à un frère et que si je revenais un jour, je pourrais t'aimer... autrement, débita-t-il tout d'une haleine.

Il se fit un extraordinaire silence, comme si la terre avait cessé de tourner sur son axe et que plus un son ne fût audible dans tout l'univers. Tout s'était comme figé en plein élan, la vie du dehors, les oiseaux dans le ciel. L'océan lui même paraissait vitrifié, les vagues suspendues et attendant l'instant de retomber, le ressac soudain pétrifié sur la plage. Le monde entier guettait, attendait.

Jimmy venait de prononcer les mots enfouis depuis des années au plus profond de nous-mêmes, car nos cœurs avaient su bien avant nous la vérité et nourri secrètement les sentiments que nous avions crus coupables, défendus.

Me serait-il possible un jour de réaliser ses rêves, de ne plus le considérer comme un frère, de le toucher et de l'embrasser sans avoir l'impression de commettre un péché ?

Il se leva et annonça d'un ton morose :

— Tu comprends maintenant pourquoi il faut que je parte.

Mais je le retins vivement par le poignet.

— Non, Jimmy. J'ignore encore si je pourrai être un jour pour toi celle que tu désires que je sois, mais nous ne le saurons jamais si nous nous séparons. Il faut attendre, sans cesser de nous poser la question, jusqu'à ce que cette attente s'use d'elle-même et cesse d'être un tourment pour nous.

— Je ne cesserai jamais de t'attendre, toi, dit Jimmy, avec tant de détermination que mes derniers doutes s'évanouirent. Si loin que je sois, si longtemps que dure cette séparation, rien n'y fera. Jamais.

— Ne pars pas, Jimmy, implorai-je, suspendue à son poignet.

Il finit par se détendre, se renversa en arrière et nous restâmes ainsi l'un près de l'autre, en silence, mes doigts enserrant toujours leur prise. Il regardait devant lui, et sa poitrine se soulevait et s'abaissait à un rythme précipité qui trahissait son émotion.

— J'ai le cœur qui bat comme un fou, chuchotai-je en posant ma tête sur son épaule.

Un flot de chaleur me parcourut le corps. Le moindre contact avec lui suffisait à me donner la fièvre, maintenant...

— Moi aussi.

Je plaquai la paume sur sa poitrine et élevai sa main jusqu'à mon buste, pour que chacun puisse sentir battre le cœur de l'autre. A l'instant où ses doigts effleurèrent mes seins, il ferma les yeux comme dans un accès de souffrance.

— Jimmy, murmurai-je, je ne sais pas si je serai un jour ta petite amie, mais je ne veux pas passer ma vie à me le demander.

Avec une lenteur infinie, il approcha le visage du mien. Nos bouches n'étaient plus qu'à quelques millimètres l'une de l'autre. Ce fut moi qui fis le premier geste vers lui, mais il y répondit instantanément et, pour la première fois, nous nous embrassâmes comme le font tous les amoureux du monde. Tous les souvenirs des années où nous avions vécu comme frère et sœur s'imposaient à nous avec une force dévastatrice, accusateurs, omniprésents, mais nous restions soudés l'un à l'autre.

Et quand nous nous séparâmes, Jimmy scruta mes traits avec une gravité croissante, ses yeux noirs cherchant au fond des miens le moindre signe de reproche. Mais je souris, et sa tension se relâcha.

— Nous n'avons pas été présentés officiellement, jeune homme.

— Pardon ?

— Je suis Aurore Cutler, et vous ? Jimmy comment ?
— Très drôle.
— Ce n'est pas drôle, Jimmy. Nous nous rencontrons pour la première fois... d'une certaine façon. Tu n'es pas d'accord ? Alors pourquoi ne pas faire semblant de...
— Tu veux toujours faire semblant, Aurore !
— Essaie, Jimmy, juste pour une fois. Pour moi. S'il te plaît.
Il secoua la tête en soupirant.
— Très bien. Je suis James Longchamp, les fameux Longchamp de Géorgie, vous savez ? Mais vous pouvez m'appeler Jimmy.
Je pouffai.
— Tu vois ? Ce n'était pas si difficile !
Je me laissai tomber sur le côté et levai le regard sur lui. Son sourire s'élargit, gagna ses yeux, et son visage s'illumina.
— Tu es une drôle de fille, vraiment pas comme tout le monde, dit-il en faisant courir ses doigts le long de mon bras, du poignet à l'épaule.
Quand il effleura mon cou, je fermai les yeux. Je le sentis se pencher vers moi, frôler ma joue de ses lèvres. L'instant d'après, il avait repris ma bouche.
Ses mains remontèrent jusqu'à ma poitrine et je gémis, l'attirant contre moi. Tant que durèrent nos baisers et nos caresses, je fis taire la voix qui s'efforçait de me faire entendre raison. J'étais dans les bras de Jimmy, de mon frère Jimmy. S'il eut les mêmes pensées, elles furent vite étouffées par l'émoi qui montait en nous, aiguisé par le contact de nos corps et la fougue de nos étreintes.
J'étais emportée par un tourbillon d'émotions enivrantes, comme si je me trouvais sur un manège. Mais le manège tournait de plus en plus vite et m'étourdissait, au point que je crus m'évanouir. Je ne m'étais même pas rendu compte que Jimmy avait déboutonné ma blouse d'uniforme et que ses doigts s'égaraient sous

mon soutien-gorge. J'en pris conscience quand la pointe de mes seins tressaillit sous sa caresse. J'aurais voulu qu'il arrête ce jeu... et je désirais qu'il continue. Je rouvris les paupières et le dévisageai.

Les yeux clos, il semblait perdu dans un rêve. Une sorte de râle assourdi s'échappait de ses lèvres, presque une plainte. Ma jupe remonta le long de mes cuisses, il s'insinua entre mes jambes et je sentis son sexe durcir contre moi. Un sursaut de panique me traversa de part en part.

— Jimmy !

Il s'arrêta instantanément et rouvrit les yeux. J'y lus sa propre surprise horrifiée devant ce qu'il avait fait, ce qu'il était en train de faire. Mon cœur cognait si fort contre mes côtes que je pouvais à peine respirer. Quand j'eus repris mon souffle, je posai la main sur l'épaule de Jimmy. Mais il s'écarta violemment, comme si elle l'avait brûlé, et me tourna le dos.

— Ce n'est rien, Jimmy, dis-je à mi-voix.

— Je te demande pardon.

— Ce n'est rien, répétai-je. J'ai eu peur, voilà tout. Mais pas à cause de ce que nous avons été l'un pour l'autre. J'aurais eu peur avec n'importe qui.

Il pivota et me jeta un regard sceptique.

— C'est vrai, je t'assure.

— Mais pour toi je suis toujours un frère et tu y penses tout le temps, c'est ça ? Tu ne peux pas l'oublier ?

Il était tellement résigné d'avance que sa déception se lisait sur ses traits. Ses yeux s'étaient assombris et un pli amer barrait son front.

— Je n'en sais rien, Jimmy, franchement.

Sur le coup, je crus qu'il allait pleurer et m'empressai d'ajouter :

— Ne me demande pas d'aller trop vite mais... j'aimerais bien essayer. (Son sourire reparut instantanément.) Alors, tu vas rester un peu ?

— Voyons... j'ai quelques rendez-vous d'affaires urgents avec mes associés d'Atlanta, mais je devrais pouvoir différer cela de quelques jours.

— Tu vois bien que tu sais faire semblant, toi aussi !

Il éclata de rire et reprit sa place, allongé à mes côtés.

— C'est grâce à toi, Aurore. Tu as toujours eu le don de chasser mes idées noires. (Il suivit du doigt le contour de mes lèvres et retrouva son sérieux.) Si seulement quelque chose de bon pouvait sortir de tout cela...

— C'est ce qui arrivera, Jimmy, tu verras.

Il acquiesça d'un bref signe de tête.

— Tes vrais parents et ta grand-mère peuvent bien dire ce qu'ils veulent, ça m'est égal. Tu ne pouvais pas t'appeler autrement qu'Aurore. Aucune ombre ne te résiste, même la plus noire : tu brilles.

Nous eûmes le même réflexe en même temps : fermer les yeux. Et nos lèvres se rapprochaient déjà pour un nouveau baiser quand la porte s'ouvrit à la volée, nous faisant sursauter. Clara Sue se tenait sur le seuil étroit, les poings sur les hanches et les traits déformés par un mauvais sourire. Elle jubilait.

14

La pire des violences

— Tiens, mais quelle bonne surprise ! roucoula Clara Sue en s'avançant tranquillement dans la pièce. Je m'attendais à te trouver avec Philippe et voilà que je tombe sur ton...

Elle fit mine d'hésiter et sourit finement.

— Comment dois-je l'appeler ? Ton frère, ton amoureux ? Les deux, si ça se trouve ! conclut-elle en gloussant.

Jimmy devint cramoisi.

— Tu vas la boucler, oui ?

— Je t'en prie, Clara Sue, implorai-je. Jimmy a dû se sauver de chez son père adoptif, un homme épouvantable. Il a passé par des moments terribles et maintenant il est en route pour rejoindre sa famille de Géorgie.

Les mains bien campées sur les hanches, elle me cingla d'un regard haineux.

— Grand-mère m'a envoyée à ta recherche. Des enfants se sont lancés dans une bataille de nourriture, à la cafétéria, et on a besoin de toutes les femmes de chambre pour nettoyer le gâchis.

Son regard se posa de nouveau sur Jimmy et son sourire torve se fit encore plus ambigu.

— Tu vas le garder combien de temps caché ici ? Grand-mère serait furieuse, si elle savait ça.

La menace était on ne peut plus claire.

— Ne t'inquiète pas, dit vivement Jimmy. Je m'en vais.

— Si quelqu'un a besoin de s'inquiéter, ce n'est pas moi, toujours !

Je levai vers Jimmy des yeux suppliants.

— Non, ne pars pas, je t'en prie. Pas déjà !

Clara Sue adopta soudain un ton tout différent, presque suave.

— Très bien, qu'il reste. Je ne dirai rien à personne. Ça pourrait être très amusant, finalement.

— Je ne vois pas en quoi, rétorqua Jimmy. Je ne tiens pas à attirer d'ennuis à qui que ce soit.

— Est-ce que Philippe est au courant de tout ça ?

— C'est lui qui a caché Jimmy.

Le rictus de Clara Sue se mua en mimique indignée.

— Personne ne me dit jamais rien ! gémit-elle. Tu débarques, et hop ! tout le monde oublie que je fais partie de la famille. (Son regard retrouva sa dureté menaçante.) Tu ferais mieux d'y aller, avant que Grand-mère n'envoie quelqu'un d'autre te chercher.

— Jimmy, tu ne vas pas partir, au moins ?

Il dévisagea Clara Sue avant de répondre :

— Pas tout de suite, à condition qu'elle promette de ne pas moucharder et de ne pas te causer de problèmes.

J'adressai une prière muette à Clara Sue. Je l'aurais volontiers écharpée à coups d'ongles pour l'histoire du collier, mais je ne me permis pas même une allusion. Si je voulais protéger Jimmy, il fallait en passer par ses volontés.

— J'ai dit que je ne parlerais pas, il me semble ?

— Merci, Clara Sue ! (Déjà sur le chemin de la porte, je me retournai vers Jimmy.) Je te promets de revenir dès que possible.

Clara Sue s'attarda derrière moi, les yeux fixés sur Jimmy, mais il l'ignora et retourna s'asseoir sur le lit.

— C'est Louise Williams qui serait contente de savoir qu'il est là ! s'esclaffa-t-elle. On la verrait accourir au grand galop.

Sa plaisanterie tomba à plat. Jimmy n'eut ni un mot, ni un regard pour elle, et elle dut se résigner à me suivre. Une fois dans le petit escalier, je m'efforçai de l'attendrir.

— Aide-nous, s'il te plaît. Jimmy en a vu de toutes les couleurs chez cet homme cruel. Il a voyagé en stop, il est resté des jours sans manger. Il a besoin de reprendre des forces.

Elle demeura un instant silencieuse, puis retrouva le sourire.

— C'est une chance que Mme Clairmont ait récupéré son collier, non ?

— Oui, c'est une chance.

Nous échangeâmes un regard venimeux. Et moi qui espérais l'attendrir... Je vis ses paupières se plisser.

— Très bien, je t'aiderai, mais donnant, donnant. Il faudra que tu fasses quelque chose pour moi, toi aussi.

— Moi ? Je ne vois pas quel service je pourrais bien te rendre.

Je n'en revenais pas. Père et Mère lui passaient tous ses caprices. Elle habitait à l'étage, dans une chambre confortable et accueillante. Elle avait un travail agréable qui lui permettait de rester à son avantage toute la journée, propre, nette et bien habillée.

— J'y réfléchirai. Et toi, file à la cafétéria avant que Grand-mère ne me passe un savon pour ne pas t'avoir dénichée et ne me demande ce qui m'a retardée.

Tête basse, je pris docilement le chemin de l'entrée principale. Je me faisais l'effet d'être un pantin dont cette odieuse Clara Sue tirait les ficelles.

— Attends ! Je sais ce que tu pourrais faire pour moi !

Je me retournai, sur le qui-vive.

— Quoi donc ?

— Grand-mère se plaint toujours de mon fouillis. Elle dit que je suis désordonnée et que je donne trop de travail à Mme Boston. Je me demande pourquoi elle se fait tant de souci pour cette femme, d'ailleurs. Ce n'est qu'une domestique, mais bon, peu importe. Dès que tu auras fini ton nettoyage, va ranger ma chambre. J'irai voir un peu plus tard comment tu t'en es tirée.

« Et ne vole rien, compris ? Surtout pas de colliers ! lança-t-elle en tournant les talons, sur un ton de sergent instructeur.

Et elle s'en fut dans la direction opposée.

Mon sang ne fit qu'un tour. Est-ce que cette chipie me prenait pour sa bonne, par hasard ? Je faillis lui courir après pour lui crêper le chignon, mais un regard vers la petite porte de service me rappela instantanément ce pauvre Jimmy. Il serait obligé de s'enfuir si je faisais du scandale. La rage au cœur, je me hâtai de rejoindre mes collègues à la cafétéria.

Clara Sue n'avait pas exagéré, c'était une vraie catastrophe. Ketchup, frites, lait, moutarde, glaces et soda barbouillaient copieusement les murs. J'avais déjà assisté à ce genre de bataille au collège — pas à Peabody, bien sûr ! —, mais je n'avais jamais vu un gâchis pareil. Et naturellement, ce n'était pas moi qui avais dû nettoyer. Mais maintenant, je comprenais ce que cela représentait pour le personnel, et je compatissais. Je me mis aussitôt à laver une table, après avoir dû contourner des flaques de lait et de ketchup. La pièce était jonchée de débris de nourriture.

— C'est bien le genre de ces sales petits gosses de riches, maugréa Sissy dès qu'elle me vit arriver. Et ils trouvaient ça drôle, en plus ! Tu crois qu'ils se seraient sentis gênés en voyant le résultat ? Penses-tu ! Ils sont sortis en riant comme des fous. Mme Cutler était hors d'elle. Les jeunes générations ne savent plus élever leurs enfants, et de son temps, on savait mieux se tenir, voilà ce qu'elle nous dit toujours.

Grand-mère ne tarda pas à se montrer sur le seuil pour surveiller notre travail. Puis, quand tout fut terminé, elle et M. Stanley se livrèrent à une inspection minutieuse des lieux et je crus le moment venu de monter chez Clara Sue. Erreur ! M. Stanley nous envoya à la buanderie, Sissy et moi, pour laver et faire sécher le linge de table. Cela nous prit deux bonnes heures. Et pourtant, je me démenai comme quatre, à l'idée de savoir Jimmy bouclé dans sa cave, guettant mon retour. J'avais une peur bleue qu'il soit parti sans m'attendre.

Ma corvée finie, je filai comme une flèche vers la cachette, mais Clara Sue m'arrêta en chemin. Elle me cherchait et m'ordonna d'un ton impérieux :

— Dépêche-toi d'aller faire ma chambre. Grand-mère va venir voir tout à l'heure si tout est en ordre.

— Et alors ? Tu ne peux pas la ranger toi-même ?

— Je dois m'occuper des enfants de certains clients très importants, et d'ailleurs tu es plus douée que moi pour le ménage. Obéis, un point c'est tout. Si tu tiens vraiment à ce que je vous aide, Jimmy et toi, ajouta-t-elle avec son sourire en biais.

— Mais il faut qu'il déjeune, quand même ! Il ne peut pas rester sans manger toute la journée.

— Ne te tracasse pas, je m'en charge.

— Fais bien attention, surtout. Ne te fais pas surprendre.

— Moi ? Pas de danger. En matière de dissimulation, c'est moi la plus douée... Eugénie !

Sur ce, elle s'éloigna en gloussant de rire.

Grand-mère Cutler avait raison sur un point : Clara Sue était une vraie souillon. Ses sous-vêtements traînaient sur les chaises, ses souliers sous le lit ou devant les armoires, les jupes et les chemisiers sur le plancher ou sur le bois du lit... et jusque sur le tabouret de sa coiffeuse. Quant à celle-ci, n'en parlons pas. Flacons débouchés, traces de crème et de poudre sur la tablette, et même sur le miroir.

Le lit défait était jonché de journaux de mode et de fanzines. Sous la courtepointe, je découvris une boucle d'oreille et cherchai en vain la seconde. Clara Sue avait semé ses bijoux un peu partout, y compris sur le bureau et la commode, dont tous les tiroirs étaient d'ailleurs ouverts.

Certains laissaient pendre des bas et des chaussettes, et quand je voulus les ranger, je m'aperçus que tout s'y trouvait fourré pêle-mêle. Les slips avec les socquettes, les T-shirts avec les bas... bref, j'en avais pour un moment. Et je ne m'étonnais plus que grand-mère Cutler se soit fâchée.

Mais quand j'ouvris la penderie, alors là ! Pas un seul vêtement accroché correctement. Pantalons, jupes, vestes... tous pendouillaient de travers, quand ils ne s'entassaient pas sur le plancher. Clara Sue n'avait aucun respect pour ses propres effets : elle obtenait tout trop facilement.

Il me fallut deux heures supplémentaires pour venir à bout de ma tâche, mais je laissai la pièce dans un ordre impeccable et sans un grain de poussière. Et malgré ma lassitude, je me faufilai prestement dehors pour aller rejoindre Jimmy.

Mais en entrant dans sa retraite, je la trouvai vide. Comme la porte de la salle de bains était restée ouverte, un coup d'œil me suffit pour m'en assurer. Il avait dû se lasser de m'attendre, méditai-je sombrement. Et une fois de plus, il s'était sauvé ! Je m'affalai sur le lit de camp. Jimmy était parti. Je ne le reverrais peut-être plus jamais, je n'aurais sans doute plus jamais de ses nouvelles. Accablée de fatigue, de frustration et de chagrin, je laissai couler mes larmes. Elles débordaient. Je pleurai à m'en rendre malade, les épaules secouées de sanglots, emplissant de mes gémissements la petite pièce humide et sombre. Je m'y sentais piégée, emmurée. Nous avions passé toute notre vie dans ce genre d'endroits étriqués, délabrés, et ça continuait ! Comment reprocher à Jimmy d'avoir voulu s'échapper d'ici ? Je n'y remettrais jamais les pieds.

Epuisée, je finis par me lever et passai la main sur mes joues maculées de poussière et de larmes. Et je m'en allais, tête basse, quand je découvris que je n'étais plus seule.

— Jimmy ! Où étais-tu ? Je croyais que tu avais repris la route sans me dire au revoir !

— Tu aurais dû savoir que je ne t'aurais jamais fait ça, Aurore.

— Mais où étais-tu, alors ? On aurait pu te voir et...

Je surpris une étrange lueur dans ses yeux.

— Que s'est-il passé ?

— En fait, j'avais bel et bien pris la fuite, avoua-t-il avec gêne. Je fuyais Clara Sue.

Je revins avec lui jusqu'au lit.

— Quoi ! Qu'est-ce qu'elle a fait ? Qu'est-il arrivé ?

— Elle m'a apporté un repas et elle est restée pendant que je mangeais, à me raconter des tas d'âneries sur Louise et les autres filles. Elle... elle m'a posé des questions dégoûtantes sur nous deux et la façon dont nous vivions avant. J'en devenais enragé, mais je me retenais : je la connais, elle t'aurait fait encore plus de misères. Et après ça...

Il évita mon regard et se laissa tomber sur le lit.

— Après ça ? répétai-je en m'asseyant près de lui.

— Elle est devenue très gentille.

Subitement, mon pouls s'accéléra.

— Comment ça, très gentille ?

— Elle voulait que je l'embrasse et que... et tout ça. Finalement, je lui ai dit que j'avais besoin d'air et je suis sorti. Je me suis caché du côté du terrain de base-ball jusqu'à ce que je sois sûr qu'elle était partie, et je suis revenu en catimini. Ne t'inquiète pas, on ne m'a pas vu. Personne n'a fait attention à moi.

— Oh, Jimmy !

— Ce n'est pas grave. Mais je crois que je ferais mieux de filer avant qu'elle ne s'arrange pour tout gâcher.

Je baissai la tête, au bord des larmes une fois de plus. Jimmy me releva le menton.

— Eh bien, qu'est-ce qui ne va pas ? Je ne t'ai jamais vue aussi triste.

— Je n'y peux rien, Jimmy. Ce sera tellement dur, quand tu ne seras plus là. Quand je suis arrivée et que je ne t'ai pas trouvé, j'ai cru...

— C'est ce que je vois, coupa-t-il avec un petit rire en se levant pour passer dans la salle de bains.

Il en revint avec un gant de toilette mouillé et me nettoya les joues. Puis, comme je retrouvais le sourire, il m'embrassa doucement sur les lèvres.

— Entendu, je reste pour cette nuit. Je partirai demain dans la journée.

— Ça me fait vraiment plaisir, Jimmy ! Je m'esquiverai discrètement pour venir dîner avec toi, et je m'arrangerai pour revenir un peu plus tard. Nous... nous passerons toute la nuit ensemble ! Rassure-toi, m'empressai-je d'ajouter en voyant sa mine inquiète, personne ne le saura.

Il eut un hochement de tête méditatif.

— Sois prudente. Je sens que je risque de te créer beaucoup d'ennuis, et tu en as eu plus que ta part avec la famille Longchamp.

— Ne dis jamais ça, Jimmy. Je sais que je suis censée être plus heureuse, maintenant que je suis une Cutler, parce que ma nouvelle famille est riche. Mais ce n'est pas le cas et je ne cesserai jamais de vous aimer, Fern et toi. Le reste m'est bien égal, je vous aimerai toujours.

— C'est ça, continue, je suis tout à fait d'accord.

— Bon, je vais faire ma toilette, me changer et me montrer un peu dans l'hôtel pour qu'on ne soupçonne rien, annonçai-je en me levant. Je mangerai avec le personnel, mais juste du bout des dents. Je réserverai mon appétit pour notre dîner. De ton côté, tu crois que ça ira ?

— Moi ? Bien sûr. J'étouffe un peu dans ce trou mais je laisserai la porte entrouverte. Et plus tard, s'il fait assez doux et assez sombre, j'irai faire un plongeon dans la piscine.

— Alors je me baignerai avec toi. (Je traversai la pièce et me retournai sur le seuil.) Je suis si heureuse que tu sois venu, Jimmy. Si heureuse !

Il m'offrit un sourire éclatant, lumineux, qui me paya de toutes mes peines. Et je m'en fus le cœur léger, transportée de joie à l'idée de passer une nuit avec lui, comme autrefois. Mais j'avais à peine regagné l'hôtel et pris le chemin de l'aile familiale que j'entendis les voix de Grand-mère et de Mme Boston. Elles venaient de redescendre, après avoir été inspecter la chambre de Clara Sue. Je me tins en retrait jusqu'à ce que j'aie vu passer Grand-mère, raide comme la justice et le visage de marbre. Quel port de reine, et quelle assurance dans toute sa personne ! Même une mouche n'aurait pas osé croiser son chemin.

Dès qu'elle se fut éloignée, je me risquai dans le couloir. Mais au moment où j'arrivais à hauteur du salon, Mme Boston passa la tête à la porte et m'appela.

— Maintenant, dites-moi la vérité, m'ordonna-t-elle en levant les yeux vers l'étage. C'est vous qui avez fait la chambre de Clara Sue, n'est-ce pas ?

J'hésitai. Quelles nouvelles calamités allait-elle encore m'attirer ? Elle croisa les mains sous les seins et m'étudia d'un air soupçonneux.

— Cette fille n'a jamais su ranger comme ça, je la connais ! Alors, que vous a-t-elle donné ou promis, pour vous convaincre de faire le travail à sa place ?

— Rien, j'ai seulement voulu lui rendre service, affirmai-je.

Mais je détournai les yeux un peu trop vite. Je n'avais jamais su mentir et je détestais ça.

— Quoi qu'elle vous ait promis, vous n'auriez pas dû. Elle s'arrange toujours pour que ses tâches retombent sur quelqu'un d'autre. Mme Cutler essaie d'obtenir qu'elle assume ses propres responsabilités. Voilà pourquoi elle lui avait donné l'ordre de faire sa chambre avant le dîner.

— Elle m'a dit que grand-mère Cutler était très fâchée parce qu'elle vous donnait trop de travail, justement.

— Ah, pour ça oui, Seigneur Dieu ! Cette fille me donne de l'ouvrage pour deux, et c'est comme ça depuis qu'elle est au monde.

Ce dernier commentaire me fit réfléchir. Je sautai sur l'occasion.

— Madame Boston, vous étiez là quand j'ai été enlevée, non ?

Ses yeux se rétrécirent et un tremblement imperceptible agita ses lèvres.

— Oui.

— Vous connaissiez la femme qui a été ma nourrice pendant ces quelques jours... Nanny Dalton ?

— Je la connaissais avant et nous sommes restées en relation après. Elle vit toujours, mais c'est elle qui a besoin d'une garde à demeure, à présent.

— Et pourquoi ça ?

— Elle est très malade : le diabète. Elle vit avec sa fille, juste à la sortie de Cutler's Cove.

La gouvernante s'interrompit et me jeta un coup d'œil oblique.

— Mais pourquoi me posez-vous ces questions ? Ça ne sert à rien de réveiller les mauvais souvenirs.

— Mais comment papa... comment Ormand Longchamp a-t-il pu m'enlever juste sous son nez ? Vous ne vous rappelez pas quelques détails de l'histoire ?

— Aucun, et je n'aime pas remuer les cendres. C'est arrivé, c'est fini et voilà tout. Maintenant, laissez-moi terminer mon travail, conclut-elle en s'éclipsant.

Intriguée par son étrange réaction, je la regardai s'éloigner, toute songeuse.

Comment pouvait-elle avoir oublié les circonstances de mon enlèvement ? Si elle était tellement liée avec Mme Dalton, elle devait sûrement savoir comment les choses s'étaient passées. Et pourquoi mes questions la mettaient-elle si mal à l'aise ?

Loin de me laisser rebuter par son attitude, j'étais plus que jamais résolue à tirer tout cela au clair.

Je me hâtai le long du couloir, pressée d'ôter mon uniforme sale et de faire une grande toilette. Je mourais d'envie de me prélasser sous une douche bien chaude et de me laver les cheveux. Je voulais qu'ils soient propres et qu'ils sentent bon quand j'irais retrouver Jimmy. Je les brosserais longuement, pour qu'ils brillent comme autrefois, et je choisirais quelque chose de ravissant parmi les laissés-pour-compte de Clara Sue. Ce serait sans doute la dernière nuit que nous passerions ensemble d'ici des années, tous les deux. Je voulais lui rappeler les temps heureux, où nous étions pleins de joyeuse confiance et d'espoir. Autant pour moi que pour lui, je voulais ressusciter le passé.

Sitôt arrivée dans ma chambre, je me débarrassai de tous mes vêtements, les entassai dans un coin et me drapai dans une serviette. Puis j'entrai dans la petite salle de bains. Il fallait toujours quelques minutes pour que l'eau soit à la bonne température. Je tournai le robinet et me reculai pour attendre qu'elle chauffe, quand tout à coup la porte s'ouvrit brutalement derrière moi.

Avec un hoquet de surprise, je repris vivement ma serviette et m'y enroulai de nouveau. Philippe s'avança en souriant d'un air innocent, les yeux brillants et dilatés, et referma soigneusement derrière lui.

— Philippe ! Qu'est-ce que tu viens faire là ? Je prends une douche !

— Et alors ? Continue, ça ne me dérange pas.

D'un geste délibérément provocant, il s'adossa à la porte, les bras croisés.

— Sors d'ici, Philippe, avant que quelqu'un ne passe par là et t'entende.

— Personne ne viendra, affirma-t-il sans se troubler. Grand-mère s'occupe de ses clients. Père est dans son bureau, Clara Sue avec ses amis et Mère... Mère se demande si elle est oui ou non en état de descendre dîner ce soir. Nous ne risquons rien, conclut-il avec son déconcertant sourire.

— Tu te trompes, et je ne veux pas de toi ici. Je t'en prie... implorai-je.

Il continuait à m'observer, de bas en haut et de haut en bas, avec un plaisir manifeste. Je resserrai ma serviette autour de moi, mais elle était trop petite pour offrir une protection suffisante. Quand je la remontais pour cacher ma poitrine, elle découvrait le haut de mes cuisses, et quand je la tirais vers le bas, elle dénudait presque entièrement mes seins.

Philippe se passa la langue sur les lèvres avec gourmandise. Puis il m'adressa une petite grimace friponne et se rapprocha d'un pas. Je m'écartai de lui jusqu'à ce que mon dos touche le mur.

— C'est pour Jimmy que tu voulais te faire belle ?

— Je... je me préparais simplement à aller dîner. J'ai beaucoup travaillé, aujourd'hui, et je me sens crasseuse. Alors va-t'en, s'il te plaît.

— Tu es bien assez propre pour moi.

Je me crispai quand il se rapprocha encore. Une seconde plus tard, les mains plaquées au mur, il m'enfermait entre ses bras comme dans une cage. Ses lèvres effleurèrent ma joue.

— Philippe, as-tu oublié qui nous sommes l'un pour l'autre, maintenant, et tout ce qui s'est passé ?

— Je n'ai rien oublié, et surtout pas...

Il m'embrassa sur le front et sa bouche descendit vers la mienne.

— ... surtout pas notre nuit sous les étoiles, si brutalement interrompue par cette bande d'imbéciles. Je m'apprêtais à t'apprendre ce que tu devrais savoir, à ton âge. Je suis un excellent professeur, tu sais. Tu me remercieras, tu verras. Tu ne voudrais pas que ce soit un autre qui fasse ton éducation, tout de même ?

Sa main se posa sur mon épaule.

— Tu as eu un avant-goût de ce que c'était, chuchota-t-il sans me quitter des yeux. Ne me dis pas que tu ne veux pas en savoir plus ?

— Philippe, tu ne peux pas... nous ne pouvons pas... S'il te plaît...

— Mais si, nous pouvons, à condition de savoir nous arrêter à temps et pour ça, fais-moi confiance. Je tiens toujours mes promesses. Et je t'ai promis de vous aider, Jimmy et toi, non ? insista-t-il en haussant un sourcil éloquent.

Oh, non, pas lui ! D'abord Clara Sue, et maintenant Philippe... tous les deux allaient-ils profiter des ennuis de Jimmy pour m'imposer leurs volontés ?

— Philippe, je t'en prie, ce n'est plus possible et je n'y suis pour rien. Crois-moi, je regrette autant que toi que les choses aient tourné de cette façon. Mais nous ne pouvons rien y changer, il faut accepter les faits.

— Et je les accepte comme un nouveau défi.

Sa main descendit encore et il promena les doigts sur le bord de ma serviette. Je m'y accrochai désespérément.

— Mais ce n'est pas juste, ajouta-t-il, les traits soudain durcis par la colère. Tu savais à quel point je désirais te toucher, te caresser, et tu m'as laissé croire que tu me le permettrais.

— Mais ce n'est pas ma faute !

— Ce n'est la faute de personne... à moins que ce ne soit celle de ton père, mais qui s'en soucie, pour le moment ? Comme je te l'ai dit... (son doigt s'insinua sous le rebord de la serviette) ... nous n'avons pas besoin d'aller aussi loin que n'importe quel garçon avec n'importe quelle fille, comme si nous n'étions pas frère et sœur. Ce ne sera plus qu'un petit jeu sans importance, mais je t'ai promis de te l'apprendre et...

— Je n'ai pas besoin de l'apprendre.

— Et je le ferai, reprit-il en abaissant d'un cran la serviette que je ne parvenais pas à retenir.

Je me contorsionnai pour lui échapper, ce qui ne lui servit qu'à raffermir sa prise. Il eut une mimique appréciative quand l'étoffe glissa, découvrant mes seins.

— Philippe, arrête !

Il me saisit par la saignée du coude et me ramena les bras en arrière.

— Si quelqu'un t'entend crier, nous aurons tous des problèmes, menaça-t-il. Toi, moi, et surtout Jimmy.

Ses lèvres encerclèrent un de mes mamelons et passèrent goulûment de l'un à l'autre.

Je fermai les yeux, refusant de croire à la réalité. J'avais rêvé qu'un jour il me tiendrait tendrement dans ses bras, mais cela n'avait rien à voir avec mes rêves. C'était une manœuvre tortueuse et brutale. Mon corps me trahissait, répondait aux caresses, atteint d'un trouble étrange sous ces attouchements qu'il n'avait jamais connus. Mais mon esprit se rebellait. J'étais comme aspirée par des sables mouvants, doux, chauds... Une sensation plutôt agréable, sur le moment, mais je sentais venir d'autres dangers.

Sous les pincements légers des doigts de Philippe, je me tortillai de plus belle. La pointe de sa langue traça un trait entre mes seins et il se baissa, lentement, jusqu'à ma taille où mes mains s'agrippaient encore à la serviette. Et soudain, il mordit l'étoffe à belles dents, comme un chien enragé.

— Philippe, s'il te plaît, arrête !

D'une seule secousse, irrésistible, il arracha la serviette-éponge, la jeta à mes pieds et leva sur moi des yeux fous de désir. La lueur que j'y vis brasiller me fit battre le cœur encore plus vite, lui qui menait déjà une sarabande effrénée. Clouée au mur, je ne pouvais plus échapper à Philippe.

J'enfouis mon visage entre mes mains aussitôt qu'il libéra mes bras pour enserrer mes cuisses, les attirer à lui et y presser le front. Mes genoux mollirent et, les joues brûlantes sous mes paumes, je glissai lentement le long du mur, jusqu'au sol.

— Aurore, haleta-t-il, c'est si bon de te tenir ainsi contre moi. C'est la seule chose qui compte, oublie tout le reste.

Je ne pus que pleurer quand ses doigts explorèrent chaque parcelle de mon corps, caressants, insistants.

— Tu n'aimes pas ça ? Tu ne trouves pas que c'est délicieux ?

Soudain, il cessa ses cajoleries et j'écartai les mains, l'échine parcourue par une véritable décharge électrique : il commençait à déboutonner son pantalon. Je rassemblai mes forces pour le repousser, espérant l'éloigner suffisamment pour avoir le temps de gagner la porte. Mais il me saisit par les poignets et les tordit jusqu'à ce que je me retrouve allongée sur le dos, à même le plancher de bois brut.

— Philippe ! Arrête avant qu'il ne soit trop tard !

D'un seul mouvement, rapide et bref, il se faufila entre mes jambes.

— Aurore, ne sois pas si terrifiée. Je ne peux pas m'empêcher de te désirer. Je croyais que je pourrais, mais tu es trop jolie, dit-il d'une voix entrecoupée. Pourquoi attacher tellement d'importance à tout ça ?

Les poings serrés, je tentai de lui marteler le front, mais que peut un oiseau contre un renard ? Le combat était inégal. Philippe n'en parut même pas incommodé, au contraire. Il se coula plus confortablement contre moi, ses lèvres taquinèrent le creux de mes seins et descendirent de plus en plus bas, sans cesser leur manège.

Brusquement, je le sentis se presser sur mon ventre. Son sexe durci et tendu exigeait son plaisir, et il pénétra ma chair tendre et serrée qui résista, se déchira, saigna.

Je criai, sans plus m'inquiéter d'être surprise avec Philippe ni du danger que courait Jimmy. Le choc de cette intrusion brutale au plus intime de moi-même balaya tout autre souci. Je n'avais plus conscience que d'une chose : ce viol dont j'étais la victime, corps et âme.

Mon cri strident produisit un effet immédiat sur Philippe. Il se retira.

— Tais-toi, implora-t-il, c'est fini, j'arrête.

En quelques secondes, il s'était relevé, reboutonné et avait rebouclé sa ceinture. Je me retournai à plat ventre et éclatai en sanglots convulsifs, la tête entre mes bras.

— Tu n'as pas aimé ça ? demanda-t-il très bas en s'agenouillant près de moi, et sa paume effleura mes reins. Maintenant, au moins, tu auras une idée de ce que c'est.

Je hoquetai à travers mes larmes :

— Va-t'en, Philippe ! Laisse-moi tranquille !

— Allons, ce n'est rien, juste le choc. Toutes les filles ont la même réaction. Ce n'est rien, répéta-t-il en se levant.

Mais j'eus le sentiment que c'était surtout lui qu'il cherchait à convaincre, et sa voix baissa jusqu'au soupir.

— Tu ne peux pas m'en vouloir de te désirer, Aurore ?

— Laisse-moi tranquille, Philippe, insistai-je d'un ton beaucoup plus ferme. C'est tout ce que je demande.

Il y eut un long silence, puis je l'entendis ouvrir la porte de la salle de bains et s'en aller.

Je me relevai, afin de m'assurer qu'il était bien parti, et cette fois je pris soin de m'enfermer à clef. Puis je baissai les yeux sur mon corps meurtri par les baisers dévorants de Philippe. Ses lèvres avides avaient laissé des marques rouges sur mes seins, mon ventre, partout où elles s'étaient posées. Cette profanation de ma chair, si brève qu'elle eût été, me laissait une sensation de souillure. Je ne trouvai qu'un moyen de mettre fin à mes sanglots : je passai sous la douche. L'eau avait eu le temps de chauffer longuement, mais j'endurai la brûlure comme une purification. Elle dissolvait les traces que les doigts de Philippe avaient laissées sur moi, vivants souvenirs de ses baisers. Je me frictionnai avec une telle vigueur que de nouvelles marbrures affleurèrent sur ma peau rougie, littéralement récurée. Et tout le temps que dura l'opération, j'eus l'impression que je me lavais dans mes larmes. Ce qui aurait dû être un don merveilleux, accordé dans un élan d'extase romantique, s'était réduit à un acte sordide et dépravé. Je m'étrillais avec une sorte de fureur.

Finalement, épuisée par mes efforts acharnés, je sortis de la douche et me séchai. Jamais je n'avais éprouvé une telle fatigue, et sitôt dans ma chambre, je m'effondrai sur mon lit. Je ne pouvais même plus pleurer. Je sombrai dans le sommeil, et ne m'éveillai qu'en entendant frapper discrètement à ma porte.

Philippe ? A la seule idée qu'il était revenu, mon cœur s'emballa. Je décidai de ne pas donner signe de vie, pour qu'il me croie absente et s'en aille. Mais les coups s'intensifièrent et quelqu'un appela :

— Aurore ?

Je reconnus la voix de Père. Se pouvait-il que Philippe, vexé d'avoir été repoussé, soit allé lui parler de Jimmy ? Aussi fourbue que si j'avais passé un jour entier à travailler aux champs, je me levai lentement, enfilai ma robe de chambre et allai ouvrir. Mon père souriait, mais en l'espace d'une seconde ce sourire s'effaça.

— Tu ne te sens pas bien ?

— C'est que...

J'aurais voulu tout lui raconter, me délivrer par des mots et des cris de toutes les violences que j'avais subies, et dont ma défloration n'était que la dernière. Je voulais réclamer justice, exiger l'amour et la sollicitude qui m'étaient dus. Et qu'on me traite au moins comme un être humain, sinon comme un membre de la famille. Mais je ne sus que baisser les yeux et secouer la tête.

— C'est la fatigue, simplement.

— Ah ! J'essaierai de t'obtenir un jour de congé.

— Merci.

— J'ai quelque chose pour toi.

Mon père porta la main à sa poche de poitrine et en extirpa une enveloppe.

— Qu'est-ce que c'est ?

— L'accusé de réception émanant de la prison. Ta lettre est parvenue à Ormand Longchamp, j'ai tenu ma promesse.

Je pris le papier des mains de mon père et contemplai la signature officielle. Papa avait reçu, et vraisemblablement déjà lu ma lettre. Cela me laissait au moins l'espoir d'obtenir une réponse.

— Mais ne sois pas trop déçue s'il ne répond pas, commenta Père. Je suis bien certain qu'il a honte et qu'il n'osera pas s'expliquer devant toi. En fait, il ne doit pas savoir quoi dire.

J'acquiesçai d'un signe, fixant toujours le reçu et refoulant mon envie de pleurer. Puis je relevai la tête et attachai sur mon père un regard scrutateur.

— Quand même, c'est difficile à comprendre. Comment a-t-il pu m'enlever pratiquement sous les yeux de ma nourrice ?

— Oh, il a bien calculé son coup ! Il a attendu qu'elle quitte la nursery pour aller voir Mme Boston dans sa chambre. N'en déduis pas qu'elle te négligeait : tu dormais et elle s'est accordée une petite pause. Mme Boston et elle étaient très liées. Il devait rôder dans les couloirs pour guetter l'occasion, et quand elle s'est présentée, il t'a emmenée et s'est sauvé par la porte de service.

Mon attention s'aiguisa.

— Ma nourrice était allée chez Mme Boston ?

Mon père confirma ses propos d'un geste du menton. Mais pourquoi Mme Boston n'avait-elle pas mentionné ce détail quand je l'avais questionnée, un peu plus tôt ? Il avait pourtant une importance énorme, comment avait-elle pu l'oublier ?

— Nous n'avons découvert ta disparition que lorsque Nanny Dalton est retournée dans la nursery, poursuivit mon père. Elle a d'abord supposé que nous t'avions prise dans notre chambre et elle est venue frapper chez nous, dans tous ses états. Tu devines mon affolement !

« — Si nous l'avons prise ? ai-je répété. Que voulez-vous dire ? Non, elle n'est pas avec nous.

« Il y avait peu de chances pour que grand-mère Cutler soit venue te chercher, mais nous nous sommes précipités à son appartement. Quand j'ai enfin compris ce qui était arrivé, j'ai couru dans tout l'hôtel, mais il était déjà trop tard. Bien trop tard.

« Un membre du personnel avait aperçu Ormand Longchamp dans l'aile réservée à la famille. Nous avons tiré nos conclusions. Mais le temps d'avertir la police, lui et sa femme avaient fait du chemin, et personne ne savait dans quelle direction.

« J'ai bondi dans ma voiture et j'ai sillonné les environs, espérant avoir la chance de tomber sur lui... mais il aurait fallu un miracle, bien sûr.

Père soupira et son visage prit une expression maussade et courroucée, que je m'expliquai sans peine.

— Même s'il t'écrit, et quoi qu'il te dise dans sa lettre, cela ne pourra pas justifier son acte inqualifiable. Rien ne saurait l'excuser.

« Je suis navré que sa femme soit morte et qu'il ait mené une vie si dure, mais peut-être fallait-il qu'ils soient punis pour ce crime atroce.

Je sentis les yeux me picoter et détournai vivement la tête. Mes larmes débordaient, zigzaguaient sur mes joues. Père me posa doucement la main sur l'épaule.

— Je sais combien tout cela a été dur pour toi, ma chérie. Mais tu es une Cutler, tu survivras, et tu deviendras ce que tu étais destinée à devenir.

« Bon, le devoir m'appelle, il faut que j'y aille. Toi, tu devrais essayer de manger un morceau.

Je me souvins brusquement de Jimmy. Et son dîner ? Il fallait que je m'en occupe !

— J'ai une idée, reprit mon père. Je vais faire un saut

à la cuisine, demander qu'on te prépare un plateau et qu'on te le porte. Ça te convient ?

C'était même exactement ce qu'il me fallait... pour Jimmy et moi.

— Très bien, Père. Merci.

— Si tu ne te sens toujours pas mieux dans un moment, fais-moi prévenir et je t'enverrai le médecin de l'hôtel, ajouta-t-il en s'en allant.

Une fois seule, je m'examinai dans la glace. N'avais-je pas trop mauvaise mine ? Jimmy ne devait rien savoir de ce qui s'était passé entre Philippe et moi. S'il l'apprenait, il deviendrait fou furieux, voudrait me venger et ne ferait que s'attirer des complications catastrophiques. Il fallait que je m'arrange pour paraître en pleine forme, sinon son instinct l'avertirait qu'une chose terrible m'était arrivée. Il ne devait pas voir non plus les quelques meurtrissures qui subsistaient, sur mon cou et sur mon décolleté.

Je m'approchai du placard et fis mon choix. Une jolie jupe bleue, un chemisier blanc dont le grand col dissimulerait la plupart des marques. Je brossai mes cheveux en arrière, les nouai d'un ruban et mis un soupçon de rouge à lèvres. Un peu de rose sur mes joues aurait masqué leur pâleur, mais je n'en avais pas, il fallut m'en passer.

Quelques coups à la porte m'avertirent qu'on m'apportait mon dîner et j'allai ouvrir. C'était bien l'un des aides-cuisiniers, qui me remit un plateau copieux. Après l'avoir remercié, je refermai derrière lui et attendis qu'il se fût éloigné pour ouvrir à nouveau, sans faire le moindre bruit. J'examinai prudemment les alentours. Puis, une fois certaine que la voie était libre, je me hâtai le long des couloirs jusqu'à la sortie de service, portant devant moi mon plateau fumant.

— Ouf ! Je suis rassasié, annonça Jimmy en levant le nez de son assiette. Il y a au moins une chose de bien dans cet hôtel : la nourriture. Mais je me sens comme un poulet en cage dans ce trou, Aurore. Je ne peux pas tenir plus longtemps.

— Je sais, soupirai-je tristement. Et... et si tu m'emmenais, Jimmy ?

— Quoi ?

— Ecoute, je me moque bien de la bonne cuisine, du cadre luxueux, de toute la famille ! Ça m'est bien égal qu'elle soit si respectable, et que les gens trouvent l'hôtel fabuleux. J'aimerais mieux partir avec toi et vivre pauvrement, au milieu de gens que je pourrais aimer.

« Les parents de papa et de maman ne sauront rien, si nous ne parlons de rien. Nous leur dirons simplement que maman est morte. Et pour expliquer que papa est en prison, eh bien... nous inventerons une raison.

— Vraiment, Aurore, je ne sais pas...

— Je t'en prie, Jimmy. Je ne peux pas rester ici.

— Mais les choses vont aller de mieux en mieux, pour toi. Bien mieux en tout cas que si tu venais en Géorgie. D'ailleurs, je te l'ai dit. Si tu te sauves avec moi, on enverra la police à nos trousses, et elle aura vite fait de nous retrouver.

Son regard était si tendre, si plein de sollicitude... je ne parvenais pas à en détacher le mien.

— Jimmy, cela ne t'arrive jamais de penser que nous vivons un cauchemar horrible et qui n'en finit pas ? Tu n'aimerais pas te réveiller et t'apercevoir que finalement, tout n'était qu'un mauvais rêve ? Peut-être que si nous le souhaitions assez fort... Essayons, décidai-je en fermant les yeux.

« Je souhaite que toutes ces affreuses choses n'aient jamais eu lieu. Je souhaite me retrouver avec toi dans un endroit magique où nous pourrons vivre nos rêves les plus chers et les plus secrets. Un endroit où rien de laid ni de sordide ne pourra nous atteindre.

— Moi aussi, Aurore, chuchota-t-il en se penchant vers moi, et je sentis d'abord son souffle sur mes lèvres.

Puis ce fut la caresse de sa bouche, et quand il m'embrassa, mon corps s'abandonna. Cher Jimmy... Pourquoi n'était-ce pas lui qui m'avait arrachée à mon innocence enfantine pour me révéler ma féminité ? Ce droit lui revenait. Je m'étais toujours sentie en sécurité avec lui, partout et en toutes circonstances. Car il s'était toujours montré plein d'égards, ne songeant qu'à me protéger et à me rendre heureuse, et cela, je l'avais toujours su. Le malheur et l'épreuve avaient tissé nos liens fraternels. Et maintenant, si l'amour lui-même nous rapprochait plus étroitement l'un de l'autre, ce n'était que justice, me semblait-il. Ou même notre destinée, pourquoi pas ?

Mais la brutalité de Philippe nous avait frustrés d'un trésor : celui que partagent les êtres jeunes et amoureux quand ils entrent dans la vie, main dans la main. Il nous avait volé l'ineffable douceur de l'innocence offerte dans la joie, lorsque une fille se donne librement au garçon qu'elle aime et dont elle est aimée. Je me sentais souillée, spoliée, salie. Jimmy perçut ma tension et crut que son attitude en était cause.

— Je te demande pardon, Aurore.

— Mais pourquoi, Jimmy ? C'est très bien ainsi.

— Non, ce n'est pas bien du tout. Tu ne peux pas t'empêcher de penser au temps où nous dormions ensemble, dans un de nos minables lits-divans. J'en suis sûr. Et moi je ne continue pas à te considérer comme une sœur. Je voudrais t'aimer. Je t'aime. Mais il nous faudra du temps, sinon rien ne sera jamais propre et clair entre nous.

Il voulut détourner les yeux mais, malgré lui, son regard tourmenté revint se poser sur moi. Comme il m'aimait, et comme il luttait contre lui-même, partagé entre sa droiture foncière et son amour... J'en eus le cœur chaviré. Mes pulsions se déchaînaient, mes élans sensuels exigeaient satisfaction ; mais un autre moi, le plus sage, approuvait la retenue de Jimmy et ne l'en aimait que davantage. Il voyait juste. Si nous cédions trop vite à la tentation, nous le regretterions amèrement. Nos remords se dresseraient entre nous, et notre amour en souffrirait. Il ne pourrait jamais s'épanouir au grand jour.

— Tu as raison, Jimmy, c'est vrai. Mais si je t'ai toujours aimé comme un frère, maintenant c'est différent. Je te promets d'apprendre à t'aimer comme une femme peut aimer un homme, et peu importe le temps que cela prendra. Je saurai attendre.

— Tu penses vraiment ce que tu dis, Aurore ?

— Vraiment, Jimmy.

Il sourit et déposa un baiser sur ma joue. Mais si léger qu'il fût, ce simple contact fit courir un frisson à travers tout mon corps.

— Je ferais mieux de partir ce soir, je crois bien...

— Oh non, Jimmy, s'il te plaît ! Je resterai toute la nuit avec toi et nous bavarderons jusqu'à ce que tu ne puisses plus garder les yeux ouverts.

— D'accord, concéda-t-il avec un petit rire, mais il faudra que je me lève très tôt. Ma meilleure chance de voyager en stop, c'est avec les routiers, et ils partent de bonne heure.

— Je prendrai le petit déjeuner avec le personnel et je t'apporterai le tien. Ici aussi, nous commençons tôt, cela nous laissera un peu de temps à passer ensemble. Mais quand tu seras en Géorgie, tu m'écriras, au moins ? Et tu me donneras ton adresse ?

L'imaginer si loin de moi m'était insupportable, maintenant.

— Bien sûr. Et dès que j'aurai assez d'argent, je reviendrai te voir.

— Promis ?

— Promis.

Nous nous étendîmes sur le lit de camp, moi bien pelotonnée dans les bras de Jimmy, pour nous raconter nos rêves. Il n'avait jamais fait de projets d'avenir, tout au moins pas de carrière. Mais à présent, il envisageait d'entrer dans l'armée de l'air, quand il aurait l'âge voulu, et même de devenir pilote.

— Mais si la guerre éclatait, Jimmy ? Je serais folle d'inquiétude ! Pourquoi ne choisirais-tu pas une autre profession, avocat par exemple, ou médecin, ou...

— Voyons, Aurore ! Où trouverais-je assez d'argent pour m'offrir des études ?

— Je pourrais en gagner de mon côté pour te permettre d'entrer en faculté.

Il resta un moment silencieux, immobile, puis il posa sur moi un regard chargé de tristesse.

— Tu ne voudras pas de moi si je ne deviens pas quelqu'un d'important, c'est ça ?

— Mais pas du tout ! Je ne serai jamais comme ça.

— Tu ne pourras pas t'en empêcher, tu verras.

— Non, protestai-je avec véhémence. Ce n'est pas vrai.

— Ce n'est peut-être pas vrai pour l'instant, mais quand tu auras vécu assez longtemps ici, tu changeras. C'est ainsi, dans ces vieilles familles du Sud. On est riche et on le reste. On décide ce que feront les filles, qui elles épouseront...

— Ça ne se passera pas comme ça pour moi.

— On verra bien, s'obstina Jimmy, convaincu d'avoir raison.

Ce qu'il pouvait être buté, quand il s'y mettait !

— James Gary Longchamp, ne m'explique pas qui je suis ni ce que je deviendrai, tu veux bien ? Je suis moi-même, Aurore. Et ni mon tyranneau de grand-mère ni qui que ce soit ne me transformeront en une autre. Elle peut toujours s'égosiller à m'appeler Eugénie, si ça lui chante.

Jimmy éclata de rire et j'eus droit à un autre baiser sur la joue.

— Très bien, comme tu voudras. Je ne crois pas qu'elle soit de taille à lutter contre toi, de toute façon. Je me demande bien de qui tu tiens un caractère pareil ! De ta mère, peut-être ?

— Ça m'étonnerait. Elle ne sait même pas se fâcher : elle pleurniche. Et pourquoi se fâcherait-elle, d'ailleurs ? Elle obtient tout ce qu'elle veut.

— Et ton père ?

— Oh, lui !... Je le vois mal en train de piquer une colère. On dirait que rien ne peut l'atteindre. Il est mou comme une chique.

— Alors tu dois ressembler à ta grand-mère. Peut-être plus que tu ne crois.

— J'espère que non ! Elle n'a rien de l'aïeule que j'imaginais. C'est une...

Je me tus brusquement : des pas sonnaient dans l'escalier. La porte s'ouvrit en coup de vent, de la lumière jaillit dans l'allée de service et je saisis la main de Jimmy. Deux policiers se tenaient sur le seuil.

— Vous voyez bien, fit dans leur dos la voix de Clara Sue. Je ne mentais pas.

— Allons-y, mon petit gars, dit l'un des deux agents.

Jimmy se leva lentement, le menton haut.

— Je ne retournerai pas là-bas !

L'homme s'avança vers lui, mais il fit un pas de côté. Et quand l'autre tendit le bras pour le retenir, il se baissa et lui échappa encore.

— Jimmy ! m'écriai-je.

L'autre policier ne fit qu'un bond jusqu'à lui, le ceintura et le souleva du sol. Il eut beau se débattre, les deux hommes unirent leurs efforts et ils eurent tôt fait de l'immobiliser. Je m'entendis hurler :

— Lâchez-le !

— Ou tu nous suis sans faire d'histoires, dit celui qui

le tenait par-derrière, ou nous te passons les menottes. Alors, petit, qu'est-ce que tu décides ?

— Ça va, ça va, grogna Jimmy, rouge de honte et de colère. Allons-y.

L'homme desserra sa prise et Jimmy se tint coi, la tête basse, ruminant sa défaite.

— En route ! ordonna l'autre équipier.

Je pivotai vers Clara Sue, toujours vissée sur le pas de la porte.

— Comment as-tu osé faire ça ? Espèce de sale petite égoïste !

Elle s'effaça pour laisser passer le trio mais Jimmy se retourna :

— Je reviendrai, Aurore, je te le promets. Je ne sais pas quand, mais je reviendrai.

— Remue-toi ! bougonna l'un des deux policiers en le poussant dans le dos.

Et il franchit le seuil en trébuchant.

— Jimmy !

Je le suivis en courant, escaladai les marches et m'arrêtai net. En haut de l'escalier se tenaient mon père et ma grand-mère, Clara Sue juste derrière eux.

— Retourne immédiatement dans ta chambre, Eugénie, m'intima grand-mère Cutler. Quelle honte ! Ta conduite est inqualifiable.

Père me posa la main sur l'épaule.

— Obéis... va dans ta chambre.

Sa voix était un peu plus douce que celle de Grand-mère, mais son visage fermé trahissait sa déception. Je suivis des yeux le groupe qui s'éloignait, sur le point de passer devant l'entrée principale.

— Je vous en prie, implorai-je, ne les laissez pas le ramener là-bas ! Cet homme n'était qu'une brute, Jimmy a tellement souffert chez lui ! Je vous en prie...

— Ce n'est pas notre affaire, décréta Grand-mère.

Et mon père abonda aussitôt dans son sens.

— Nous ne pouvons rien pour lui, et il est illégal d'héberger un fugitif.

— Ce n'est pas un fugitif ! Non, pas ça. S'il vous plaît...

Je me retournai du côté où je croyais trouver Jimmy mais il avait déjà disparu derrière le bâtiment.

— Jimmy ! hurlai-je en m'élançant sur ses traces.

Mon père tenta aussitôt de m'en empêcher.

— Eugénie ! Reviens ici tout de suite.

Mais j'eus beau courir — le temps que j'arrive devant le perron de l'hôtel, les policiers avaient poussé Jimmy à l'arrière de la voiture de patrouille et claqué la porte. Tandis qu'ils s'installaient à l'avant, Jimmy se pencha vers la vitre et ses lèvres articulèrent silencieusement :

« Je reviendrai. »

Puis le gyrophare clignota, et j'entendis rugir le moteur.

— Jimmy !

Je sentis une main se poser sur mon épaule, apaisante. Celle de Père. Et dans mon dos s'éleva la voix pincée de ma grand-mère.

— Quel scandale ! C'est affreusement embarrassant. Et dire que mes clients voient ça !

— Tu ferais mieux de rentrer, me conseilla Père.

Convulsée de sanglots, je suivis des yeux la voiture qui emportait Jimmy dans la nuit.

15

Révélations

Mon père accentua doucement la pression de sa main sur mon épaule et la voiture disparut en contrebas, sur la route. Lèvres serrées, les yeux brûlants de rage, Grand-mère vint se camper en face de moi. Les lanternes du parc et les lampes du porche illuminé projetaient sur son visage une clarté spectrale. Le cou en avant, elle avait tout de l'épervier prêt à foncer sur une souris ; et j'eus le sentiment que la souris, c'était moi.

— Comment as-tu osé faire une chose pareille ? siffla-t-elle, puis elle se retourna promptement vers mon père. Je t'avais dit qu'elle ne valait pas mieux qu'un chien perdu ! Une bête sauvage, voilà ce qu'elle est. Elle va nous ramener toute la tribu si nous n'y mettons pas le holà, tu peux en être sûr. Sa place n'est pas ici. Il existe des écoles spécialisées pour éduquer les gens de son espèce. Elle ira.

— C'est vous qui êtes une bête sauvage, pas moi !

— Eugénie ! protesta Père avec une violence inattendue.

Je me libérai d'une secousse.

— Je ne suis pas Eugénie, tu m'entends ? Je suis Aurore. Aurore ! insistai-je en me battant la poitrine à coups de poing.

Rassemblés sur le perron et la galerie, les clients de l'hôtel m'observaient, bouche bée. Je vis quelques vieilles dames secouer la tête d'un air outré, mais les hommes semblaient plutôt prendre mon parti. Subitement, Philippe s'ouvrit un passage dans la foule et s'approcha de nous, la mine effarée.

— Mais que se passe-t-il, à la fin ?

Il se tourna vers Clara Sue qui se tenait à l'écart, manifestement très contente de sa petite personne. Elle lui décocha un sourire satisfait. Père, lui, soupira bruyamment.

— Tu ferais mieux de rentrer, maintenant. Nous parlerons de tout cela quand tout le monde aura repris son sang-froid.

— Non ! m'écriai-je. Tu n'aurais pas dû les laisser l'emmener. Tu n'aurais pas dû !

Ma voix se brisa sur un sanglot, et Père se rapprocha de moi.

— Eugénie, voyons, dit-il d'une voix apaisante.

Grand-mère en grinçait des dents.

— Fais-la rentrer, immédiatement !

Mais quand elle leva les yeux vers sa chère clientèle, elle sourit à la cantonade.

— Tout va bien, aucune raison de vous alarmer. Ce n'est qu'un petit malentendu.

Père tenta de me prendre la main et sa voix se fit suppliante :

— Je t'en prie, Eugénie, rentrons.

— Non ! rétorquai-je en reculant hors de sa portée. Je déteste cet endroit. Je le déteste !

Et, tournant le dos à tout le monde, je pris ma course le long de l'allée. Clara Sue choisit cet instant pour placer sa tirade.

— Franchement, papa, tu es bien trop indulgent pour Aurore, ce n'est plus un bébé. Laisse-la se débrouiller. Comme on fait son lit, on se couche : elle n'a que ce qu'elle mérite.

Ses paroles me mirent des ailes aux pieds. La sale petite vipère, quand même ! Je ne pouvais plus retenir mes larmes, mes poumons semblaient sur le point d'éclater, mais je courais toujours. Et c'est en sanglotant, à moitié aveuglée par mes larmes, que je me retrouvai dans la rue et pris le premier tournant venu.

Je courus à en perdre le souffle, jusqu'à ce que la douleur qui me taraudait les côtes m'oblige à ralentir. Je passai progressivement à une allure moins vive, puis à la marche. Tête basse et la main au côté, je n'avançais plus qu'à peine, sans savoir où j'étais ni où j'allais. La rue avait obliqué sur la gauche, sans doute en direction de l'océan car le bruit du ressac me paraissait tout proche. Finalement, je débouchai en vue de quelques gros rochers et m'y adossai pour reprendre haleine.

Il faisait très sombre, presque froid, et la lune jetait une lueur jaunâtre sur la mer. De temps en temps, une gerbe d'écume parvenait jusqu'à moi et m'aspergeait le visage. Triste à mourir, je songeai au pauvre Jimmy, emmené comme un criminel et littéralement escamoté sous mes yeux, happé par les ténèbres. L'obligerait-on à retourner chez cet abominable fermier ? Qu'avions-nous donc fait pour mériter tout cela ? Je dus me mordre la lèvre pour contenir mes sanglots. J'avais la gorge et la poitrine en feu d'avoir tant pleuré.

Soudain, j'entendis quelqu'un m'appeler. Sissy s'était lancée à ma recherche, au hasard des rues.

— C'est ton papa qui m'envoie.

— Mon père, rectifiai-je aussitôt, la voix haineuse. Il n'est pas mon papa, et je ne rentrerai pas à l'hôtel. Pas question.

— Qu'est-ce que tu comptes faire, alors ? Tu ne vas tout de même pas passer la nuit ici ? Il faut que tu rentres.

— Ils ont emmené Jimmy comme... comme un gibier traqué. Si tu avais vu ça !

— J'ai tout vu, de la galerie latérale. Qui était-ce ?

— C'était mon... le garçon que j'avais toujours pris pour mon frère. Il s'était sauvé de chez son père adoptif, un homme terriblement cruel.

— Oh !

— Et je n'ai absolument rien pu faire pour l'aider ! me lamentai-je en m'essuyant les joues. Rien !

Je me levai en soupirant, accablée par le sentiment de mon impuissance. Sissy avait raison : je devais rentrer. Où pourrais-je bien aller, sinon ?

— Je déteste Clara Sue, dis-je entre mes dents serrées. Elle a été dénoncer Jimmy à ma grand-mère pour qu'elle appelle la police. Elle est mesquine, rancunière, abjecte ! C'est elle qui a volé le collier de Mme Clairmont, exprès pour me faire accuser. Après, je l'ai vue se glisser dans ma chambre pour le cacher dans mon lit.

— Mais je croyais que Mme Clairmont l'avait retrouvé !

— Je suis allée le remettre dans sa chambre en cachette, mais c'est Clara Sue qui l'avait pris. Je sais que personne ne me croirait, mais c'est la vérité.

— Moi, je te crois. Cette gamine est pourrie jusqu'à l'os. Mais ça lui retombera dessus, un de ces jours, tu verras. Ça finit toujours comme ça avec les tordus comme elle : leur méchanceté se retourne contre eux. Allez, viens, ma pauvre petite, ajouta Sissy en m'entourant les épaules de son bras. Je te ramène. Tu trembles comme une feuille.

— Je n'ai pas froid, c'est le moral qui ne va pas.

— N'empêche que tu claques des dents. Dis donc...

Sissy me fit rebrousser chemin, tout en me frictionnant le bras pour me réchauffer.

— ... Il est plutôt beau garçon, ton Jimmy.

— N'est-ce pas ? Et il est très gentil, en plus ! On ne s'en aperçoit pas tout de suite parce qu'il a l'air très distant, mais c'est parce qu'il est timide.

— Ça ne me déplaît pas que les gens soient un peu réservés. C'est plutôt le contraire qui me gêne.

— Le genre Clara Sue, par exemple ?

— Exactement, appuya Sissy, dans un éclat de gaieté contagieuse.

Cela me fit du bien de rire avec elle. C'était comme si je relâchais enfin ma respiration, après une éternité de contrainte. Et soudain, une idée me traversa l'esprit.

— Tu connais la femme qu'on avait engagée comme nourrice à ma naissance, Mme Dalton ?

— Hm-Hmm.

— Elle vit avec sa fille, maintenant, je crois bien. (Sissy branla du chef.) C'est loin ?

— Pas vraiment. Je dirais... à quelques rues d'ici, dans la direction d'où nous venons. A Crescent Street, exactement, dans une petite maison de pêcheur. Ma grand-mère m'envoie de temps en temps lui apporter quelques gâteries. Elle est très malade, tu sais.

— Mme Boston m'en a parlé. Ecoute, Sissy... il faut que je la voie.

— Pourquoi ça ?

— Je voudrais lui poser quelques questions sur les circonstances de mon enlèvement. Tu pourrais m'y emmener ?

— Maintenant ?

— Il n'est pas si tard que ça.

— Trop tard pour elle, en tout cas. Dans son état, elle doit se coucher tôt.

— Alors demain matin, après le travail, si tu veux ? Je t'en prie, Sissy !

— Bon, d'accord, si tu y tiens tellement.

— Merci ! Merci beaucoup.

De retour à l'hôtel, nous ne vîmes pas trace de ma grand-mère, mais Père vint à notre rencontre dans le hall.

— Tu vas bien, au moins ?

J'acquiesçai d'un signe, le nez baissé sur mes souliers.

— Je crois que tu devrais aller te coucher. Nous pourrons reparler de tout cela demain, quand chacun aura retrouvé son calme et ses esprits.

Je prenais déjà le chemin de la retraite quand, au beau milieu du hall, je me ravisai. Il était temps de régler mes comptes avec Clara Sue. Après ce qu'elle avait fait, pas question d'enterrer la hache de guerre !

Sans prendre la peine de frapper, je fis irruption dans sa chambre et claquai violemment la porte.

— Comment as-tu osé faire ça ? Dénoncer Jimmy !

Vautrée sur son lit, à côté d'une boîte de chocolats, Clara Sue feuilletait un magazine. Malgré cette attaque directe, elle ne daigna pas lever les yeux, tout au contraire. Elle poursuivit ostensiblement sa lecture, pêchant un à un des chocolats qu'elle rejetait presque aussitôt, après les avoir à peine grignotés.

— Tu vas me répondre, à la fin ?

Elle resta bouche cousue, et sa façon de m'ignorer délibérément attisa ma colère. J'envoyai promener la boîte et les précieux chocolats, qui retombèrent en s'éparpillant un peu partout. Et j'attendis.

Je voulais cette confrontation, à tout prix, et je n'irais pas par quatre chemins. Clara Sue saurait ce que je pensais de sa perfidie. Mais elle continua à faire semblant de lire, exactement comme si je n'étais pas là, ce qui m'exaspéra encore davantage, si possible. Je fondis sur elle, lui arrachai le magazine des mains et le réduisis en lambeaux que je lançai à la volée.

— Je n'ai pas l'intention de m'en aller, Clara Sue Cutler. Pas avant que tu ne m'aies regardée en face.

Elle finit par lever la tête et ses yeux bleus prirent une expression menaçante.

— On ne t'a jamais appris qu'il fallait frapper ? Cela se fait, chez les gens bien élevés.

— Et toi, on ne t'a jamais appris la loyauté ? Ni à garder un secret quand tu as donné ta parole ? Jimmy et moi t'avions fait confiance, mais tu nous as trahis ! Pourquoi ?

— Et pourquoi pas ? susurra-t-elle d'une voix sucrée.

Puis, dans un élan de fureur soudaine, elle bondit sur ses pieds.

— Oui, *pourquoi pas* ? J'adore te rendre malheureuse, Aurore. Gâcher ta vie est mon plus grand plaisir.

Je la dévisageai, ulcérée. Plus rapide que ma pensée, ma main faucha l'air et je lui assenai une gifle retentissante.

— Espèce de sale petite peste ! Je ne te le pardonnerai jamais. Jamais !

Elle eut un ricanement méprisant et se frotta tranquillement la joue.

— Non mais, écoutez-la ! Son pardon ? En voilà une faveur ! Tu peux le garder pour toi, cela m'est complètement égal.

— Tu es ma sœur, Clara Sue. Et les sœurs sont censées être amies. Mais tu n'as jamais voulu de moi pour amie, et maintenant tu ne veux pas me traiter comme une sœur. Pourquoi ? Pourquoi t'acharnes-tu à me faire du mal ? Je ne t'ai jamais rien fait, moi ! Alors pourquoi toutes ces méchancetés ?

— *Parce que je te déteste !* glapit-elle de toute la force de ses poumons. Je te déteste, Aurore ! Je t'ai détestée toute ma vie !

Je vacillai sous le choc et restai un instant désemparée, sans savoir que répondre. Quelle cruauté venimeuse dans ses paroles ! Son visage avait viré au cramoisi, les yeux lui sortaient de la tête, on aurait dit une folle. J'avais déjà vu cette expression féroce... sur les traits de grand-mère Cutler. Et j'éprouvai le même frisson glacé qu'en présence de ma redoutable aïeule. Pourquoi me haïssaient-elles à ce point ? Qu'avais-je fait à cette famille pour provoquer ces réactions ignobles ?

Une part de moi-même souhaitait désespérément comprendre.

— Comment est-ce possible ? m'entendis-je murmurer. Mais comment est-ce possible ?

— *Comment est-ce possible ?* singea Clara Sue, sarcastique. Je vais te le dire, moi, comment c'est possible. Tu m'as empoisonné la vie, tu en as toujours fait partie, même si tu n'étais pas là. Depuis ma naissance, j'ai vécu dans ton ombre et tu m'as rendu odieuse chaque minute de l'existence, voilà comment c'est possible.

— Mais ce n'était pas ma faute.

Je commençais à comprendre. Mon enlèvement avait eu des répercussions irréversibles sur la vie de Cutler's Cove, et c'est dans ce contexte que Clara Sue était née.

— Pas ta faute, vraiment ? Qu'est-ce qu'il te faut ! Philippe était l'aîné, toi la première fille, mais moi ? J'aurais pu être le bébé de la famille, mais non, même pas. *J'étais ta remplaçante*, et rien de plus !

Clara Sue franchit les quelques pas qui nous séparaient.

— Sors de ma chambre. Va-t'en, ta vue me rend malade. Mais avant de partir, Aurore, laisse-moi te faire une promesse. Une promesse très spéciale et que j'ai bien l'intention de tenir, celle-là. Je *ne* t'accepterai *jamais* comme un membre de la famille. Tu ne seras jamais la bienvenue pour moi, jamais, tu m'entends ?

« Et ne compte surtout pas sur moi pour te faciliter la vie, ça non ! Au contraire, je ferai tout ce que je pourrai pour te rendre l'existence infernale. Et si ça ne suffit pas, j'en rajouterai. J'emploierai tous les moyens possibles pour te faire du mal. Ton chagrin sera ma joie, je me délecterai de tes malheurs. Et tant que je n'aurai pas démoli tous tes rêves et fait avorter tous tes espoirs, je ne serai pas satisfaite, voilà !

J'en restai sans voix. Tout devenait limpide, maintenant. Je comprenais enfin ce qui avait poussé Clara Sue à trahir Jimmy. Et malgré ma colère, je ne pouvais m'empêcher d'avoir pitié d'elle. La vie l'avait comblée, et cependant c'était une malheureuse. J'aurais voulu pouvoir l'aider, alléger le poids qui l'accablait. Peut-être après cela me haïrait-elle moins ?

— Je ne peux pas croire cela, Clara Sue.

Elle me fixa longuement d'un œil mauvais, sans chercher à dissimuler son étonnement.

— C'est toi qui es incroyable, ma parole ! Alors tu n'abandonnes jamais, hein ? Descends de ton nuage, ma jolie petite Aurore ! Tu n'es pas dans un roman rose. Nous n'allons pas tomber dans les bras l'une de l'autre après avoir vidé notre sac, pour pleurer un bon coup, nous embrasser et nous pardonner. Tu n'as donc pas entendu ce que je t'ai dit ? Nous ne serons jamais des amies, et encore moins des sœurs. *Jamais.*

En la voyant se rapprocher encore, je battis en retraite vers la porte.

— Ne baisse jamais ta garde, Aurore, cracha-t-elle comme une giclée de venin. Tu me trouveras toujours sur ton chemin. *Toujours.* Tu es prévenue.

Sur cet avertissement, elle me tourna le dos. Et je dus batailler avec la poignée, tant la hâte de quitter ma sœur me rendait fébrile. Car je savais trop bien, au plus secret de moi-même, que ses menaces n'étaient pas vaines.

Le lendemain fut une journée chargée, avec tant de départs et d'arrivées que je ne vis ni mon père ni ma grand-mère de toute la matinée. Le temps leur manqua, à moi aussi d'ailleurs : Sissy et moi eûmes cinq chambres supplémentaires à nettoyer et à préparer. Malgré tout, je m'attendais à voir Grand-mère surgir dans la cuisine pendant le petit déjeuner du personnel. Je n'avais pas très bien dormi et n'étais pas d'humeur à recevoir un sermon en public. Je me préparais donc à faire front à l'attaque, quitte à me retrouver confinée dans ma chambre et privée de nourriture, une fois de plus.

Je ne craignais pas de me trouver face à face avec Clara Sue : comme elle était de service le soir, elle dormait toujours très tard. Mais Philippe se levait en même temps que les autres serveurs, lui. Pendant le repas, il m'évita, mais quand tout le monde sortit pour vaquer à ses occupations, il me suivit et m'appela.

— S'il te plaît, implora-t-il, voyant que je poursuivais mon chemin.

Je me retournai tout d'une pièce.

— J'ai du travail, Philippe. Il faut que je gagne ma vie. Et je ne crois pas un mot de ce qu'a dit Grand-mère, ajoutai-je avec amertume. Elle ne me fait pas débuter au bas de l'échelle pour apprendre le métier, oh non ! Elle entend bien que j'y reste.

Je le dévisageai avec de nouveaux yeux. Comme il me semblait faible, pitoyable, depuis qu'il m'avait violentée. Et dire que j'avais failli l'aimer !

— Aurore, il faut que tu me croies. Je ne suis pour rien dans ce qui est arrivé à Jimmy. Grand-mère ignore que c'est moi qui l'ai caché à son arrivée.

Son regard trahissait sa frayeur. Voilà donc pourquoi il m'avait abordée !

— Tu as peur que je lui dise la vérité ?

Il garda le silence, mais ses yeux parlaient pour lui.

— Ne t'inquiète pas, Philippe. Je n'ai rien de commun avec ta charmante petite sœur. Je ne vais pas t'attirer d'ennuis pour le seul plaisir de me venger... et pourtant il y aurait de quoi ! lançai-je d'un ton cinglant.

Sur ce, je tournai les talons et me hâtai de rejoindre Sissy.

Durant toute la matinée, je fus sur le qui-vive. Au moindre bruit de pas, je m'attendais à voir apparaître mon père ou grand-mère Cutler. Mais rien de tel ne se produisit et, le ménage terminé, j'attirai Sissy à l'écart.

— Emmène-moi tout de suite chez Mme Dalton, s'il te plaît. Vite, avant que ma grand-mère nous trouve un travail supplémentaire.

Sissy évita mon regard.

— Je me demande pourquoi tu tiens tellement à voir cette femme. Elle ne doit pas se rappeler grand-chose.

— Pourquoi dis-tu ça ?

— C'est ma grand-mère qui le dit, louvoya-t-elle, de plus en plus mal à l'aise.

— Tu lui as parlé et elle n'est pas d'accord, c'est ça ? D'un geste de la tête, elle me fit comprendre que j'avais bien deviné.

— Tu n'as pas besoin de m'accompagner, Sissy. Indique-moi seulement la maison. Je te promets que personne n'en saura rien.

Elle hésita.

— Ma grand-mère dit toujours que ce n'est pas bon de remuer le passé. Qu'on risque de mauvaises surprises. Et qu'il faut laisser les morts dormir en paix.

— Je ne peux pas, Sissy. Pas moi. S'il te plaît, aide-moi. D'ailleurs si tu ne veux pas, je chercherai tant et si bien que je trouverai cette maison quand même, affirmai-je, d'un ton que j'espérais persuasif.

— Très bien, capitula-t-elle en soupirant. Je te montrerai le chemin.

Nous sortîmes par une porte latérale et nous éloignâmes d'un bon pas. Tout me parut étrangement différent, au grand jour, et surtout le cimetière. Il avait perdu son atmosphère menaçante et chargée de mauvais présages. Je n'y vis plus qu'un lieu de repos, bien entretenu et agréable à traverser.

Il faisait très beau, le ciel était presque sans nuages et une faible brise soufflait de l'océan, tiède et douce. Lisse comme un miroir, la mer paisible venait lécher la plage dans un froissement léger de petites vagues mousseuses. Tout me paraissait plus propre, plus souriant, plus amical.

Dans la rue, le flot de la circulation suivait un peu le même rythme, lent et continu. Personne ne semblait pressé. Tout le monde était comme hypnotisé par les reflets du soleil sur le bleu céruléen de l'eau, et le vol paresseux des mouettes et des sternes qui se laissaient dériver dans l'air léger.

Comme il devait faire bon vivre ici, et quel endroit idéal pour y passer son enfance ! Je ne pouvais pas m'empêcher d'imaginer ce qu'aurait été ma vie si j'étais née et avais grandi à Cutler's Cove. Serais-je devenue aussi égoïste que Clara Sue ? Aurais-je aimé Grand-mère, et Mère serait-elle différente ? Je ne le saurais jamais. Le destin et des événements qui me dépassaient en avaient décidé autrement.

— Voilà, c'est ici !

Tout était à l'échelle réduite dans la maison de pêcheur que me désignait Sissy. L'habitation elle-même, le carré de gazon, l'allée, le porche et la petite clôture de piquets.

— Tu veux que je t'attende dehors ?

— Non, Sissy, tu peux rentrer. Si quelqu'un te demande où je suis, réponds que tu n'en sais rien.

— J'espère que toi, tu sais ce que tu fais, en tout cas ! s'écria-t-elle avec élan.

Et elle s'en fut précipitamment, baissant la tête comme si elle craignait de rencontrer un fantôme en plein jour.

Pour moi, j'avoue que j'étais plutôt tremblante en appuyant sur la sonnette. Comme rien ne bougeait dans la maison, je pressai à nouveau le bouton, et cette fois, quelqu'un cria :

— Voilà, voilà, j'arrive !

La porte s'ouvrit enfin, devant une Noire en fauteuil roulant qui m'examina à travers ses lunettes. Ses yeux paraissaient énormes derrière ses verres épais. Le visage rond et doux, les cheveux tout gris, elle portait un peignoir léger en coton bleu. Mais elle était pieds nus, et un bandage enserrait complètement sa jambe droite.

La curiosité fit pétiller son regard et elle se pencha en avant, le front plissé, les lèvres serrées. Puis elle releva ses lunettes et se frotta l'œil droit d'une main maigre.

J'aperçus l'éclair d'une alliance, apparemment son seul bijou. Elle se décida enfin à ouvrir la bouche.

— Vous désirez ?

— Je cherche Mme Dalton. Mme Dalton l'infirmière, qui a travaillé autrefois comme garde d'enfant à demeure.

— Vous l'avez devant vous, m'informa-t-elle en se redressant. Qu'est-ce que vous me voulez ? Je ne travaille plus, bien que ce ne soit pas l'envie qui m'en manque !

— Je voudrais vous parler. Je m'appelle Aurore. Aurore Long... Aurore Cutler.

Elle m'étudia un court instant.

— Cutler ? Les Cutler de l'hôtel ?

— Oui, madame.

— Vous n'êtes pas Clara Sue ?

— Oh non, madame !

— C'est bien ce qu'il me semblait. D'après mes souvenirs, elle n'est pas si jolie que vous. C'est bon, entrez. (Elle fit reculer son fauteuil.) Je suis désolée, je ne peux rien vous offrir. J'ai déjà assez de mal à suffire à mes besoins, à présent. Je vis avec ma fille et son mari, mais ils ont leurs problèmes personnels, comme tout le monde. Je suis presque toujours seule.

Elle baissa la tête en marmonnant et j'en profitai pour examiner l'entrée. Elle était vraiment exiguë, avec un plancher de bois rugueux, une carpette bleu et blanc, un portemanteau sur la droite et un miroir ovale au mur. Un globe au plafond en constituait tout l'éclairage.

Mme Dalton releva la tête et s'aperçut que je n'avais pas bougé.

— Eh bien, entrez, puisque vous êtes venue pour ça ! Le séjour, c'est par là, dit-elle en m'indiquant une porte sur la gauche.

Cette pièce-là n'offrait pas beaucoup d'espace non plus. Son tapis de corde brunâtre avait connu des jours meilleurs, et le mobilier aussi, apparemment. La cretonne du canapé montrait sa trame et le rocking-chair, la chaise longue et le petit lit-divan assortis ne semblaient pas beaucoup plus frais. Au centre de cet assemblage trônait une table carrée, en bois d'érable.

Je remarquai beaucoup de peintures et de dessins, sur le mur du fond (des marines pour la plupart). Contre celui de gauche, une armoire vitrée laissait voir des bibelots et quelques romans, et une croix en céramique ornait le manteau de la minuscule cheminée. A mon avis, le plus joli meuble de la pièce était la vieille horloge rustique dressée dans un angle.

Mais il flottait partout une agréable odeur de lilas, et les fenêtres donnaient sur la mer. Le paysage ensoleillé s'y encadrait comme un joli tableau, qui faisait vraiment plaisir à voir.

— Passez devant, m'ordonna Mme Dalton, et asseyez-vous.

Je choisis le canapé, mais les coussins fatigués se creusèrent sous mon poids. Je me perchai soigneusement à l'extrême bord, tandis que Mme Dalton roulait son fauteuil en face de moi.

— Eh bien, dit-elle en posant les mains sur les genoux, que puis-je faire pour vous, petite ? Je ne suis déjà plus capable de faire grand-chose pour moi-même, ajouta-t-elle abruptement.

— J'aimerais que vous me donniez quelques détails de plus sur ce qui m'est arrivé, madame.

Je vis ses yeux se rétrécir.

— Ce qui vous est arrivé ? Attendez une minute. C'est comment votre nom, déjà ?

— Aurore Cutler, mais ma grand-mère tient à me donner le prénom que j'ai reçu à ma naissance : Eugénie.

Ce dernier mot fit sur Mme Dalton l'effet d'une gifle en pleine figure. Elle se rejeta en arrière, porta les mains à sa poitrine affaissée, puis elle ferma les yeux et se signa. Ses lèvres tremblaient et sa tête commença à tressauter.

— Madame Dalton ? Vous vous sentez bien ?

Je n'en revenais pas. En quoi mes paroles pouvaient-elles provoquer chez elle une réaction pareille ?

Au bout de quelques secondes, elle fit signe que oui, rouvrit les yeux et me dévisagea d'un air absolument effaré. Ses lèvres tremblaient toujours.

Elle secoua très lentement la tête.

— Vous êtes le bébé perdu des Cutler...

— Et vous étiez ma nourrice, n'est-ce pas ?

— Juste pendant quelques jours. J'aurais dû savoir que je vous retrouverais sur mon chemin, marmonna-t-elle. J'aurais dû le savoir... Excusez-moi, j'ai besoin d'un verre d'eau ! J'ai la bouche toute sèche. S'il vous plaît... dans la cuisine. C'est par là.

— J'y vais, dis-je aussitôt en me levant.

Je suivis le couloir d'entrée jusqu'à la petite cuisine. Quand je revins avec de l'eau, Mme Dalton avait glissé de côté dans son fauteuil, comme si elle avait perdu connaissance. La panique s'empara de moi.

— Madame Dalton ! Madame Dalton ?

Elle se redressa lentement et soupira, la voix rauque :

— Ce n'est rien, ça va mieux. Mon cœur est encore solide, bien que je me demande pourquoi il continue à faire marcher ma vieille carcasse !

Je lui tendis le verre et elle but à petites gorgées, avant de lever sur moi ses gros yeux au regard aigu.

— Vous voilà devenue un joli brin de fille.

— Merci.

— Mais vous avez dû en voir de dures, ma pauvre petite ?

— Oui, madame.

— Ormand et Sally Jean on été de bons parents pour vous ?

— Oh oui ! m'exclamai-je, tout heureuse de l'entendre prononcer leurs noms. Vous vous souvenez bien d'eux ?

J'allai vite reprendre ma place au bord du canapé.

— Je m'en souviens, admit-elle. (Elle avala encore un peu d'eau et se carra dans son fauteuil.) Qu'est-ce qui vous amène ici ? Qu'attendez-vous de moi ? Je suis malade, mon diabète arrive au dernier stade. On va sûrement me couper cette jambe et après ça... ma vie ne vaudra plus grand-chose.

— Je suis désolée de vous savoir dans cet état. Maman... je veux dire... Sally Jean est tombée malade et elle a terriblement souffert.

Le vieux visage se radoucit.

— Alors, que puis-je faire pour vous ?

— Me dire toute la vérité, madame Dalton, les moindres détails dont vous vous souvenez. Vous comprenez, papa... Ormand Longchamp est en prison, ma mère Sally Jean est morte, mais je ne peux pas croire à toutes les horreurs qu'on me raconte sur eux. Ils ont toujours été bons pour moi, ils m'aimaient de tout leur cœur et je les aimais. Je ne peux pas supporter que l'on parle d'eux de cette façon-là, je ne peux pas ! Je leur dois de découvrir la vérité.

Je lus sur le visage de Mme Dalton qu'elle m'approuvait.

— J'aimais beaucoup Sally Jean. C'était une femme courageuse, généreuse et qui ne prenait pas de grands airs. Même quand les choses allaient mal, elle avait toujours le sourire. Votre papa aussi était dur à l'ouvrage, et pas prétentieux pour un sou. Il me saluait chaque fois qu'il me voyait et me demandait toujours de mes nouvelles.

— C'est pourquoi je refuse de croire tout le mal que l'on m'a dit à leur sujet, madame Dalton.

Ses yeux prirent soudain une fixité de pierre.

— Ils vous ont volée, pourtant.

— Je sais, mais... comment ont-ils fait ? C'est ce que je n'arrive pas à comprendre.

— Votre grand-mère ignore où vous êtes, n'est-ce pas ? s'enquit-elle, devinant déjà la réponse.

— Oui.
— Et votre vraie mère aussi, je suppose ?
J'acquiesçai en silence, et je vis s'abaisser les coins de sa bouche.
— Comment va-t-elle, ces temps-ci ?
— Elle ne sort pratiquement pas de sa chambre, pour une raison ou pour une autre. Elle souffre de troubles nerveux et on lui passe tous ses caprices, bien qu'elle ne me semble pas si malade que ça. (Je n'éprouvais aucune indulgence pour ma mère, que je trouvais aussi égoïste que Clara Sue, à sa façon.) De temps en temps, elle se montre aux côtés de Grand-mère pour accueillir les clients.
— Quand votre grand-mère veut quelque chose, grommela Mme Dalton, soyez sûre qu'elle l'obtient. Toujours.
— Vous avez l'air de très bien connaître la famille Cutler, madame.
— C'est normal, j'ai été si longtemps à leur service ! C'était toujours moi qu'on demandait, quand quelqu'un tombait malade. J'aimais beaucoup votre grand-père, un homme très bon, vraiment charmant. J'ai pleuré autant à sa mort qu'à celle de mon propre père. Et ils m'ont engagée comme puéricultrice pour m'occuper de votre frère, de vous et de Clara Sue.
— De Clara Sue aussi ! Mais alors... ma grand-mère ne vous a pas renvoyée après mon enlèvement ? Je croyais qu'elle vous en avait rendue responsable.
— Jamais de la vie ! Qui a pu vous raconter ça ?
— Ma mère.
Mme Dalton eut un hochement de tête sentencieux, puis haussa un sourcil.
— Si votre grand-mère et vos parents ignorent où vous êtes, qui vous a envoyée ici ? Ormand ?
— Personne. Mais pourquoi pensez-vous que ce pourrait être papa ?
— Qu'est-ce que vous me voulez ? demanda-t-elle encore, mais d'un ton nettement plus coupant cette fois.

Je vous ai dit que j'étais malade. Je ne peux pas rester des heures dans ce fauteuil ni parler très longtemps.

— Je veux savoir comment les choses se sont réellement passées, madame Dalton. Je me suis adressée à Mme Boston...

— Marie ? m'interrompit-elle en souriant. Comment va-t-elle, cette chère Marie ?

— Très bien. Mais quand je l'ai questionnée sur les circonstances de mon enlèvement, elle ne m'a pas dit que vous vous trouviez chez elle, à ce moment-là. Et elle ne tenait pas à en parler.

— J'étais allée la voir, en effet. Elle aura dû oublier. D'ailleurs, il n'y a pas grand-chose à raconter. Vous dormiez tranquillement, et je m'étais absentée un instant. Ormand en a profité pour vous enlever, lui et Sally Jean ont pris la fuite et voilà. Vous savez le reste.

Je sentis mon menton trembler et courbai la tête, accablée. Mme Dalton perçut instantanément mon désarroi.

— J'ai l'impression qu'ils ne vous traitent pas si bien que ça, à Cutler's Cove. Je me trompe ?

J'écrasai les quelques larmes qui pointaient au coin de mes yeux.

— Ma grand-mère me hait. Elle est consternée qu'on m'ait retrouvée, dis-je en relevant la tête. Pourtant, c'est elle qui a offert une récompense ! Je n'y comprends rien. Elle m'a fait rechercher, mais mon retour la rend malade ! Et pas seulement à cause du temps qui a passé, non. Je sens qu'il y a autre chose, je le sais. Mais personne ne veut m'en parler, ou alors... personne ne sait vraiment tout.

« Je vous en supplie, madame Dalton ! Papa et maman n'étaient pas si mauvais que ça, vous venez d'en convenir vous-même. Je ne peux pas croire que maman ait volé le bébé d'une autre, même après avoir perdu le sien. On voudrait m'apprendre à les détester, mais je ne peux pas. Et je ne supporte pas l'idée que papa soit en prison.

« Ma petite sœur Fern et mon frère Jimmy ont été placés dans des familles. Jimmy a été adopté par un fermier, un homme si méchant qu'il a dû se sauver de chez lui. Il est venu se cacher ici, Clara Sue l'a dénoncé, et hier soir la police l'a emmené. C'était horrible, si vous saviez !

Essoufflée par ma tirade, je respirai un grand coup.

— C'est comme si on nous avait jeté une malédiction, mais pourquoi ? Nous n'avons rien fait de mal !

Ma véhémence eut un effet surprenant sur la vieille femme. Elle joignit les mains à la base de son cou et me considéra longuement, les yeux hagards, comme si elle voyait un revenant.

— C'est Lui qui vous envoie, chuchota-t-elle. Il vous a envoyée à moi et vous êtes ma dernière chance de salut. La dernière.

— Il m'a envoyée ? Qui cela ?

— Le Seigneur Tout-Puissant. Tout ce temps passé à l'église n'a servi à rien, cela n'a pas suffi à me laver de ma faute. (Elle se pencha en avant, saisit mes mains et leva sur moi un regard halluciné.) Ce fauteuil roulant est mon châtiment, petite. J'ai mérité cette vie misérable en punition de mes péchés.

Je gardai un silence absolu, tandis qu'elle me dévisageait longuement, intensément. Puis elle relâcha mes mains, se renversa en arrière et inspira profondément.

— Très bien, je vais tout vous dire. Il fallait que vous sachiez la vérité et que ce soit moi qui vous l'apprenne. Sinon, Il ne vous aurait pas envoyée.

— Votre mère vient d'une vieille famille de Virginia Beach, respectable et fortunée, commença Mme Dalton. Je me souviens du mariage de vos parents, qui pourrait l'oublier ? Un des plus grands événements mondains de toute l'histoire de Cutler's Cove ! Toute la bonne société y assistait, et même des gens de Boston et de New York. Et tout le monde trouvait cette union bien assortie. Pensez donc : de jeunes époux si beaux, deux familles si distinguées... le couple idéal, en somme. Il y en a même qui les comparaient à Grace Kelly et à son prince, alors vous voyez !

« D'ailleurs c'est vrai que votre père avait l'air d'un prince. Et votre mère pouvait se vanter d'avoir une ribambelle de prétendants. Mais même en ce temps-là, pourtant, on causait déjà. Oh, des riens, des bruits qui circulaient...

Mme Dalton se tut, et je dus la pousser à reprendre le fil de son récit.

— Quel genre de bruits ?

— On racontait que votre grand-mère désapprouvait absolument ce mariage. Que, d'après elle, votre mère n'était pas du tout la femme qu'il fallait à son fils. On dira ce qu'on voudra, c'est quelqu'un, votre grand-mère, et elle n'a pas les yeux dans sa poche. Elle voit ce que les autres ne veulent pas voir, et elle fait ce qui doit être fait.

« C'est une grande dame, pour sûr, et elle veillait sur l'honneur de la famille. Votre grand-père adorait votre mère, forcément, comme tous les hommes. Je ne sais pas si elle est toujours aussi jolie, mais si vous l'aviez vue en ce temps-là ! Une vraie poupée de porcelaine, délicate, un peu fragile mais si ravissante... Elle n'avait qu'à battre des cils et tous les hommes se jetaient à ses genoux. Je peux en parler, j'étais aux premières loges, ajouta Mme Dalton d'un air entendu.

« Vu les circonstances, votre grand-mère a gardé son opinion pour elle, vous pensez bien ! Je ne sais pas comment tout ça a transpiré, mais n'empêche. Les vieux domestiques de la famille, comme Marie Boston, se doutaient bien de quelque chose. Ils racontaient qu'il y avait du tirage.

« Ce n'est pas que Marie soit mauvaise langue, notez

bien. Pas du tout. Seulement... on était bonnes amies, alors elle m'a dit ce qu'elle savait. J'avais déjà mon diplôme d'infirmière et on m'appelait de temps en temps à l'hôtel. Si un client avait un malaise, par exemple, et après, quand le vieux M. Cutler est tombé malade.

« Même avant le mariage, il ne fallait pas être sorcier pour deviner ce que votre grand-mère pensait de votre mère. Elle la trouvait trop frivole et trop égoïste pour devenir la femme d'un grand hôtelier. Mais votre père était fou d'elle, il la voulait à tout prix et... bon, il l'a épousée.

« D'ailleurs, au début, votre mère s'est comportée en parfaite épouse. Elle faisait tout ce que souhaitait votre grand-mère, apprenait à recevoir les clients, à les mettre à l'aise. Et, même, elle y prenait plaisir. Elle adorait se pavaner en grande toilette, montrer ses bijoux magnifiques... enfin, bref. Elle se prenait pour la princesse de Cutler's Cove. L'hôtel avait déjà la clientèle distinguée qu'il a toujours, et ce n'était pas rien. Les plus grandes familles du pays, et même d'Europe, descendaient à Cutler's Cove.

— Et que s'est-il passé pour que tout change ? m'informai-je, dévorée de curiosité.

Je connaissais la spendeur de l'hôtel et sa réputation. Ce que je voulais connaître, c'étaient les dessous de l'histoire.

— J'y arrive, petite, j'y arrive. N'oubliez pas que je n'ai plus vingt ans. Et par moments, mes idées s'embrouillent avec cette maladie, ou plutôt cette malédiction !

Mme Dalton se passa la main sur le front et son regard se perdit dans le vague. J'attendis patiemment, sans bouger, qu'elle pose à nouveau les yeux sur moi.

— Où en étais-je, déjà ?

— Vous parliez de ma mère, du mariage, de la façon dont ça s'était passé, au début.

— Ah oui, j'y suis. Pas très longtemps après la naissance de votre frère...

— Philippe ?

— C'est ça, Philippe. Donc, pas bien longtemps après sa naissance, votre mère a commencé à courir la pretentaine.

— A... à quoi ?

— Voyons, vous voyez bien ce qu'on veut dire quand on parle d'une chatte qui court, pas vrai ?

— Je crois. Elle s'est mise à flirter, c'est ça ?

La vieille femme secoua la tête.

— Flirter... si seulement il n'y avait eu que ça ! Elle est allée beaucoup plus loin. Et si votre père l'a su, il a gardé ça pour lui. Du moins tant que personne d'autre ne le savait. Mais votre grand-mère l'a su, elle, comme toujours, et comme tout ce qui se passe à Cutler's Cove. Instantanément... ou enfin presque. Apparemment, c'était votre grand-père le patron, mais la vraie maîtresse, au fond, c'était elle. Tout reposait sur elle, et ça a toujours été comme ça.

— Je sais, soupirai-je avec tristesse.

— En tout cas, si j'en crois ce qu'on m'a dit, voilà qu'un beau jour un musicien a débarqué à Cutler's Cove. Un chanteur, beau comme un dieu, qui jouait aussi du piano. Toutes les femmes lui faisaient les yeux doux. Votre mère et lui...

Mme Dalton se pencha vers moi comme si elle craignait les oreilles indiscrètes.

— C'est cette Flora, une femme de chambre, qui m'a raconté l'histoire. Elle les a surpris près du pavillon de bains, un soir où elle avait rendez-vous avec un homme de peine, un certain Félix. Un pas grand-chose, celui-là, mais Flora perdait la tête dès qu'elle voyait passer un pantalon !

« Quoi qu'il en soit, elle a reconnu votre mère, et bien sûr, elle a eu peur. Elle a emmené son Félix un peu plus loin. Et à part moi, elle n'a parlé de ça qu'à une ou deux de ses intimes. Votre mère et son amoureux n'ont jamais su qu'ils n'étaient pas seuls à ce moment-là, mais votre grand-mère a vite découvert le pot-aux-roses. Elle a des yeux et des oreilles partout dans cette maison, si vous voyez ce que je veux dire.

— Et... qu'est-ce qu'elle a fait ? demandai-je, d'une voix si basse que je l'entendis à peine.

— Le chanteur a été renvoyé et quelque temps après... votre mère s'est retrouvée enceinte, voilà.

— De moi ?

— J'en ai bien peur, ma mignonne. Votre grand-mère l'a convoquée dans son bureau et l'a traitée de tous les noms, jusqu'à ce qu'elle demande pardon à genoux. Elle a commencé par jurer ses grands dieux que l'enfant était de Randolph, mais votre grand-mère savait à quoi s'en tenir. Elle a comparé les dates et le compte a été vite fait : votre mère a dû avouer. Elle a admis que peut-être, en effet... enfin, qu'il y avait une chance pour que l'enfant ne soit pas de son mari. D'ailleurs...

La vieille femme eut une mimique éloquente.

— Les choses n'allaient plus si bien que ça entre les deux époux. Enfin, pas comme ça devrait aller entre des jeunes mariés, si vous me comprenez ?

Non, justement, je ne comprenais pas, et cela dut se lire sur mon visage.

— Bref, c'est une autre histoire, enchaîna Mme Dalton. Et si je suis tellement bien renseignée, c'est simplement parce que votre grand-mère a eu besoin de moi. Elle voulait contraindre sa bru à subir un avortement clandestin et m'a demandé si je connaissais quelqu'un. Elle comptait sur moi pour la conduire chez cette personne.

Un vertige me saisit. Ainsi, Randolph Cutler n'était pas mon père ! Une fois de plus, ce que j'avais cru vrai se révélait un tissu de mensonges. Cet enchaînement maudit ne s'arrêterait donc jamais !

— Comment s'appelait ce chanteur ?

— Ça, j'ai oublié. Il en passait tellement, à cette époque ! Certains restaient pour la saison, d'autres une semaine, entre deux tournées à New York ou à Washington. Et celui-là n'était pas le premier à qui Laura Sue donnait rendez-vous derrière le pavillon, j'ai dû vous le dire.

Je n'en croyais pas mes oreilles. Pauvre mère, ironisai-je amèrement, si nerveuse, si fragile... quelle comédienne, quand même ! Et comme elle savait soigner sa mise en scène... Comment avait-elle pu trahir ainsi les serments du mariage ? Coucher avec d'autres hommes ? Cela me soulevait le cœur, ou plutôt *elle* me soulevait le cœur. Elle n'était qu'une égoïste, uniquement occupée d'elle-même et de la satisfaction de ses caprices.

— Mais Randolph, alors ? Il n'a jamais découvert la vérité ?

— Il a découvert que votre mère était enceinte, et c'est ce qui lui a évité l'avortement. Il a cru que le bébé était de lui, vous comprenez, et Laura Sue en a profité. Elle a supplié votre grand-mère de lui laisser garder l'enfant, et de ne rien dire à Randolph.

« Votre grand-mère tenait à éviter le scandale, mais elle acceptait mal de voir l'enfant d'un autre porter le nom de Cutler. Elle est si fière de sa lignée ! Et personne n'a jamais eu le dernier mot, avec elle.

— Mais je suis née, pourtant. Elle n'a rien fait pour l'empêcher.

— Oui, vous êtes née. Mais juste avant votre naissance, votre grand-mère a pris sa décision : elle ne tolérerait pas ce mensonge sous son toit. Rendez-vous compte ! Voir Laura Sue devenir de plus en plus grosse, les gens la cajoler en lui parlant du futur bébé, et savoir qu'il n'était pas de son fils ! Elle devait en sécher sur pied, telle que je la connais. Et Laura Sue qui ne perdait pas une occasion de triompher devant elle ! Une fameuse bêtise, entre nous.

Je craignais tellement que Mme Dalton s'interrompe ou change de sujet que j'osais à peine respirer.

— Qu'a fait Grand-mère ?

— Elle est allée voir Laura Sue pour lui parler entre quatre yeux, comme on dit. A cette époque, je travaillais déjà à Cutler's Cove. J'avais été engagée pour prendre soin de Laura Sue pendant son dernier mois de grossesse, et je devais rester après votre naissance. Ça fait que ce jour-là, je n'étais pas loin.

— Vous avez entendu leur conversation ?

J'évitai avec soin le mot « écouté », de crainte de froisser la susceptibilité de Mme Dalton.

— J'aurais quand même fini par savoir, de toute façon. Elles avaient besoin de moi.

— Besoin de vous ? Mais pourquoi ?

— Pour exécuter le plan de votre grand-mère. Elle avait annulé son accord avec sa bru : Laura Sue devait abandonner le bébé. En échange de quoi, son infidélité serait tenue secrète et elle garderait son rôle de princesse du sang.

— Et comment ma mère a-t-elle pris ça ? Elles ont dû avoir une discussion terrible !

Malgré ses airs de grande malade, je soupçonnais ma mère d'avoir beaucoup de force de caractère, quand elle voulait. C'est-à-dire quand ça l'arrangeait.

— Pas du tout. Votre mère était bien trop égoïste, et habituée à avoir toutes ses aises. Elle y tenait. Elle a donc accepté le compromis.

— Quel compromis ?

— Le plan, fillette ! Comme vous le savez, Sally Jean Longchamp venait d'avoir un enfant mort-né. Votre grand-mère est allée leur parler, à Ormand et à elle, pour leur proposer un marché. Ils devaient enlever le bébé. De son côté, elle leur remettait assez d'argent et de bijoux pour vivre en fugitifs.

« Sally Jean était encore bouleversée par la perte de son enfant, et voilà qu'on lui en proposait un autre. Et un que personne ne voulait, apparemment. Laura Sue avait donné son accord et on avait dû leur dire la même chose de Randolph. Quoique ça... je n'en mettrais pas ma main au feu. Votre grand-mère a tout combiné avec eux et promis de couvrir leur fuite en égarant la police. Après quoi...

« Elle est venue me trouver, déclara Mme Dalton d'un air coupable. Elle soutenait que Laura Sue serait une très mauvaise mère, et je ne pouvais pas dire le contraire. A voir la façon dont elle s'occupait de Philippe... Entre les déjeuners en ville, les courses et les bains de soleil, elle n'avait jamais une seconde pour lui. Et votre grand-mère prenait très mal que ce bébé-là ne soit pas un vrai Cutler.

« Quoi qu'il en soit, elle m'a offert une année de salaire si j'acceptais de fermer les yeux. Une belle somme, pour si peu de chose ! Et comme ni votre grand-mère ni votre mère ne voulaient de l'enfant... je me suis arrangée pour disparaître au bon moment. Je suis allée chez Marie Boston et j'ai attendu qu'Ormand vous ait emmenée pour revenir.

« Marie était au courant. Elle avait glané un ou deux mots par-ci, par-là, et je lui avais dit le reste. Marie n'a jamais aimé votre mère, les autres employés non plus, en fait. Personne n'appréciait ses grands airs ni ses chichis d'enfant gâtée.

« Et puis, nous avions de la peine pour Sally Jean, Marie et moi. Elle était si malheureuse d'avoir perdu son bébé ! Nous trouvions que c'était une bonne idée, et du moment que cela ne portait tort à personne...

« Mais Randolph n'était pas dans le secret, apparemment. Et votre grand-mère a dû offrir une récompense pour tromper son monde. Plusieurs fois, la police a cru avoir repéré les Longchamp, Randolph est allé identifier les suspects, mais ce n'étaient jamais eux. Le reste, vous le savez mieux que moi. Sauf...

Mme Dalton baissa les yeux sur ses mains.

— Sauf une chose, petite. A quel point je regrette d'avoir trempé dans cette histoire. Laura Sue aurait été une mauvaise mère, c'est vrai. Ormand et Sally Jean voulaient un autre enfant, c'est vrai aussi. Mais ça ne change rien au fait que j'ai mal agi. Ils sont devenus des fugitifs, vous avez grandi en les prenant pour vos parents, et le pauvre Randolph a souffert comme un damné.

« Plusieurs fois, j'ai été tentée de lui dire la vérité, mais je n'ai jamais osé. Marie disait que c'était mieux comme ça, quant à ma fille... elle avait une peur bleue de la vieille Mme Cutler. Alors, à l'idée de lui créer des ennuis... Ils en ont bien assez comme ça avec moi, tous les deux.

« Et puis, votre mère a attendu Clara, et ils ont fait ériger cette petite pierre tombale à votre mémoire, au cimetière.

— Je sais, je l'ai vue.

— Moi, rien que de voir ça, j'en ai été malade de remords. J'ai eu l'impression de me voir moi-même, et que Dieu me regardait. Peu de temps après, mon diabète s'est déclaré. Depuis, mon état a empiré sans cesse, et regardez ce que je suis devenue ! Et pourtant...

Dans un sursaut d'énergie, la vieille femme se redressa.

— Voilà que vous êtes revenue et je m'en réjouis. Vous êtes ma rédemption. Je peux faire ma paix avec le Seigneur, maintenant que je vous ai dit la vérité. Je ne peux pas défaire le tort que je vous ai fait, et c'est dommage. Mais je peux vous dire à quel point je regrette ma mauvaise action.

« Vous êtes trop jeune pour connaître le prix du pardon, petite, mais je souhaite... (son visage s'éclaira d'un sourire plein d'espoir) ... je souhaite qu'un jour vous trouviez dans votre cœur la force de pardonner à la pauvre vieille Lila Dalton !

— Ce n'est pas à vous de demander pardon, madame

Dalton. Vous pensiez bien agir à l'époque, et même dans mon intérêt. Mais Ormand Longchamp...

Les larmes m'étouffaient et je dus me dominer pour continuer :

— Ormand Longchamp ne devrait pas être en prison, à payer seul pour tous les autres.

— Non, je suppose que non.

— Diriez-vous la vérité si on vous la demandait, à présent ? Ou avez-vous toujours peur des conséquences ?

— Je suis trop vieille et trop malade, fillette, je ne crains plus rien ni personne. Je suis prête à tout pour me réconcilier avec le Seigneur.

Je me levai d'un bond.

— Merci, madame Dalton. Merci de m'avoir tout dit. Je suis désolée de vous voir si malade, et j'espère que cela vous aidera à vous sentir mieux.

— C'est très gentil à vous, petite. Quand même...

Elle retint ma main et me regarda dans les yeux.

— Dire que vous êtes exactement l'enfant que Mme Cutler aurait souhaité comme petite fille et que c'est vous qu'elle a chassée !

16

Confrontations

Je revins lentement vers l'hôtel, les idées en déroute. Toute ma vie basculait, et l'image que je m'en faisais se retrouvait la tête en bas. Une fois de plus, la roue avait tourné. Mais maintenant, je pouvais arrêter son mouvement, déchiffrer certains détails dont la signification m'avait toujours échappé. Les derniers mots de maman à l'hôpital, pour m'implorer de ne pas les haïr, elle et papa. La déconvenue de Grand-mère à mon retour. La lâcheté et la fragilité nerveuse de ma mère... les pièces du puzzle s'assemblaient. Et si le tableau qu'elles formaient était loin de me plaire, au moins, il avait un sens.

A l'hôtel, le déjeuner venait juste de s'achever, et chacun profitait du soleil à sa façon. Certains flânaient dans les jardins, d'autres paressaient sur la galerie, les plus jeunes étaient déjà sur les courts de tennis ou à la piscine. Au bout du chemin qui menait à la jetée, je voyais s'embarquer ceux qui partaient pour une petite promenade en mer. Tout le monde était gai, détendu, et j'avais conscience de faire tache dans le paysage, avec ma mine d'enterrement.

Mais je n'y pouvais rien. L'éclat du soleil, la douceur de la brise, les joyeux rires d'enfants, toute cette énergie débordante ne faisait qu'ajouter à ma tristesse. La mélancolie n'avait pas sa place, à Cutler's Cove, surtout un jour comme celui-là.

Grand-mère trônait dans le hall, dispensant ses sourires et ses paroles à un cercle d'admirateurs. On rit d'une plaisanterie qu'elle venait de faire et tout le monde prêta l'oreille, attentif à ne pas manquer la suite. Tous les yeux étaient rivés sur elle : une vraie vedette ! Et les clients qui passaient se trouvaient attirés vers elle, eux aussi, et s'approchaient pour écouter. Elle ne s'aperçut pas tout de suite que j'étais entrée, ce qui me laissa le temps d'observer son manège à son insu.

Puis son regard tomba sur moi et son expression se figea, mais je ne baissai pas les yeux. Ce fut elle qui détourna les siens. Elle retrouva le sourire, reprit le fil de son discours et je traversai le hall. J'avais quelqu'un d'autre à voir avant d'aller lui parler. Ensuite, ce serait son tour.

Au comptoir de la réception, Clara Sue bavardait avec un groupe d'adolescents. Ils s'esclaffèrent et Clara Sue tourna vers moi un visage empreint de curiosité, mais totalement dépourvu de remords.

Je l'ignorai. Pour l'instant, elle n'existait tout simplement plus pour moi. Elle dut faire une remarque désobligeante à mon sujet, car toute la troupe redoubla de rires. Je ne daignai même pas me retourner et pris le chemin de l'aile familiale.

Au pied de l'escalier, j'eus un instant d'hésitation. Puis j'entrepris la montée, les yeux fixés devant moi, ma détermination augmentant à chaque marche. Je n'entendais plus rien, sauf les dernières paroles de maman à l'hôpital. Je ne voyais plus rien, sauf l'image de papa, la tête basse, entre deux policiers.

C'est pour eux que j'allais faire ce que j'étais venue faire.

Devant la porte de Mère, je fis halte une nouvelle fois, puis j'entrai sur la pointe des pieds, sans m'annoncer.

Je la trouvai assise à sa coiffeuse, brossant ses cheveux d'or devant le miroir ovale. Elle s'admirait complaisamment, tellement absorbée par son image que, pendant un long moment, elle n'eut pas conscience de ma présence. Puis elle m'aperçut, debout derrière elle, et pivota lestement sur son tabouret.

Elle portait un déshabillé bleu clair et, selon son habitude, elle était parée comme une châsse et maquillée avec soin.

— En voilà une façon d'entrer, Aurore ! s'exclama-t-elle avec un accent de reproche. Tu m'as fait peur. Pourquoi n'as-tu pas frappé ? Tu dois apprendre à le faire, même si je suis ta mère... Les femmes de mon âge tiennent à leur intimité, ma chérie, ajouta-t-elle, soudain radoucie.

Mais son sourire accueillant me fit l'effet d'un masque hâtivement posé sur son visage.

— Tu oses m'appeler Aurore, Mère, pas Eugénie ? Tu n'as donc pas peur que Grand-mère t'entende ?

Cette fois, elle vit la lueur dangereuse qui passa dans mes yeux et le masque tomba. Elle se leva, jeta sa brosse et courut se réfugier dans son lit.

— Je ne me sens pas très bien, ce matin, balbutia-t-elle en remontant ses draps de soie. Ne me dis pas que tu as de nouveaux problèmes ?

— Oh non, Mère. Mes problèmes n'ont rien de nouveau. Ils viennent même de très loin.

Je me rapprochai d'elle, ce qui d'abord parut l'étonner, puis elle s'enveloppa douillettement dans sa couverture et se renversa sur ses oreillers.

— Je suis si fatiguée... ce doit être mon nouveau traitement. Je demanderai à Randolph d'appeler le médecin pour lui en parler. Tout ce que je veux pour l'instant, c'est dormir, dormir, dormir... Il faut que tu me laisses me reposer, maintenant, acheva-t-elle en fermant les yeux.

— Tu n'as pas toujours été si fragile, n'est-ce pas, Mère ?

Je m'exprimai d'une voix tranchante, mais elle n'eut pas l'air d'entendre. Elle ne fit pas un geste, ne battit pas d'un cil. J'avançai jusqu'à son lit.

— N'est-ce pas, Mère ? Tu étais une jeune femme pleine de vie, autrefois ?

Cette fois, elle rouvrit les yeux et me lança un regard perplexe.

— Qu'est-ce que tu veux ? Je te trouve bien bizarre... Je suis trop faible, va voir ton père si tu as des ennuis. S'il te plaît.

— Et où dois-je le chercher ?

— Pardon ?

— Je te demande où j'ai une chance de découvrir mon père, répétai-je d'une voix suave. Mon *vrai* père.

Mère abaissa les paupières.

— Dans son bureau, je suppose. Ou dans celui de sa mère. Tu n'auras sûrement aucun mal à le trouver.

C'était un congé, que souligna un petit geste de la main. Je les ignorai l'un et l'autre.

— Vraiment ? J'aurais cru que ce serait beaucoup plus difficile, au contraire. Je m'attendais à devoir faire la tournée des hôtels et des boîtes de nuit et à poser des milliers de questions.

Les yeux de Mère se rouvrirent.

— Quoi ? Mais de quoi parles-tu, à la fin ?

— De mon vrai père... le vrai de vrai, cette fois. L'homme du pavillon de bains.

Ma flèche atteignit son but. Mère accusa le coup, et je me délectai à la voir se troubler. Pour une fois, ce n'était pas moi qui avais à m'expliquer sur mon passé ni à en rougir. C'était elle.

Elle me regarda sans comprendre et porta les mains à sa poitrine.

— Tu ne fais pas allusion à ce M. Longchamp, tout de même ?

Je répondis par un signe de dénégation sans équivoque.

— Alors de quoi s'agit-il ? Ah, c'est trop ! gémit-elle en battant des cils. Je sens que je vais m'évanouir.

— Tu feras ça plus tard, Mère. Quand tu m'auras dit la vérité. D'ailleurs, je ne m'en irai pas avant de l'avoir entendue de ta bouche, de toute façon.

— Quelle vérité ? Qu'est-ce que tu racontes ? Quels ragots as-tu été ramasser ? A qui as-tu parlé ? Et où est Randolph ?

Elle fixait la porte comme s'il allait surgir dans mon dos.

— Je ne crois pas que tu tiennes à l'appeler, sauf si tu estimes qu'il est temps de tout lui dire. Comment as-tu pu m'abandonner ? Comment as-tu pu laisser une autre femme te prendre ton bébé ?

— Une... une autre femme ?

Je secouai la tête avec dégoût.

— As-tu toujours été aussi faible, aussi égoïste ? Tu l'as laissée te contraindre à m'abandonner. Tu as conclu ton marché...

— Qui t'a farci la cervelle de mensonges pareils ? s'écria-t-elle, oubliant brusquement sa faiblesse.

— Personne ne m'a menti, Mère. Il se trouve que je viens d'avoir une longue conversation avec Mme Dalton.

Mère changea instantanément de masque. La colère ne convenait plus.

— Mme Dalton, tu te rappelles ? Cette nourrice que Grand-mère aurait accusée de négligence, d'après toi. C'est plutôt toi qui voulais faire tomber le blâme sur une autre ! Sinon, pourquoi Grand-mère lui aurait-elle offert une année de salaire ? Et pourquoi l'aurait-elle rengagée pour s'occuper de Clara Sue ?

« Et ne te fatigue pas à inventer de nouveaux mensonges pour cacher celui-là, la ficelle est usée.

Elle avait failli répondre, mais je l'avais prise de vitesse. Je voulais la tenir sur le gril, avant qu'elle ait le temps de se retourner et de forger un nouveau conte. Je continuai sur ma lancée :

— Mme Dalton est très malade et souhaite faire sa paix avec Dieu. Elle a l'intention de dire la vérité à qui voudra l'entendre, désormais.

« Pourquoi as-tu fait ça ? Comment as-tu pu te laisser enlever ton enfant ?

Mère me répondit par d'autres questions.

— Qu'est-ce qu'elle t'a raconté, cette vieille folle ? Elle est malade, elle ne sait sûrement plus ce qu'elle dit. Et qui t'a envoyée chez elle, d'abord ?

— Elle est malade, c'est vrai, mais elle a toute sa tête, et bien des gens dans cet hôtel seront tout prêts à la croire. Et moi aussi je suis malade ! m'emportai-je. J'ai la nausée de tous ces mensonges. On m'en a abreuvée toute ma vie !

« Tu te prélasses dans ton lit en jouant les grandes nerveuses, mais c'est uniquement pour te cacher la vérité. Eh bien, continue, si ça te chante, je m'en moque. Mais ne me mens plus jamais. Ne fais plus semblant de m'aimer, d'avoir souffert et de me plaindre pour la vie difficile que j'ai menée. C'est toi qui m'as plongée dans cette vie, avoue-le. *Avoue-le !* hurlai-je en me martelant les cuisses à coups de poing. Je veux la vérité.

— O mon Dieu ! pleurnicha-t-elle en se couvrant le visage de ses mains.

— Les larmes et les simagrées ne te serviront à rien, cette fois, Mère. Tu as commis un acte monstrueux et j'ai le droit de savoir pourquoi.

Elle secoua la tête en silence.

— Tu parleras. Je ne partirai pas avant de savoir.

Très lentement, elle écarta les mains de son visage... un visage métamorphosé. Non seulement par les larmes et les coulées de maquillage, mais ses lèvres tremblaient, ses yeux trahissaient une lassitude infinie, résignée. Curieusement, elle semblait rajeunie. On aurait dit une petite fille surprise en train de commettre un acte défendu.

— Ne me crois pas si méchante, dit-elle d'une toute petite voix. Je ne me rendais pas compte que c'était mal...

Elle eut une moue boudeuse et agita la tête, comme le ferait une enfant de cinq ans pour nier.

— Non, je t'assure, je ne m'en rendais pas compte !

— Raconte-moi simplement ce qui s'est passé, Mère. S'il te plaît.

Elle loucha vers la porte et baissa la voix jusqu'au murmure.

— Randolph ne sait rien, cela lui briserait le cœur. Il m'aime tellement... presque autant que sa mère. C'est plus fort que lui.

— Alors tu m'as vraiment abandonnée ?

Une boule douloureuse se forma au creux de mon estomac. Jusqu'au dernier moment, ce terrible instant de vérité, une part de moi-même avait secrètement espéré un démenti.

— Tu as vraiment laissé Ormand et Sally Jean Longchamp m'emmener ?

— J'ai été forcée, chuchota-t-elle, avec un regard apeuré vers la porte. Elle m'y a obligée.

On aurait dit une fillette essayant de rejeter les torts sur une autre. C'en était affligeant, et tellement pitoyable que ma colère tomba.

— Il ne faut pas m'en vouloir, Aurore, je t'en supplie. Je ne voulais pas, je te le jure. Mais elle m'a menacée de dire du mal de moi à Randolph, de me chasser et de faire un tel scandale que personne ne voudrait plus me recevoir. Où serais-je allée ? Que serais-je devenue ? Elle, tout le monde la respecte et la craint. C'est elle qu'on aurait crue !

— Alors tu as couché avec un autre homme et tu as été enceinte de moi ? demandai-je, sans me fâcher cette fois.

Et Mère, un instant sur le point de se révolter, reprit sa voix d'enfant geignarde.

— Randolph était toujours tellement occupé ! C'est avec son travail qu'il était marié. Pour moi, il n'avait jamais un moment de libre. Oh, si tu savais par quel calvaire je suis passée ! (Elle grimaça, les yeux pleins de larmes.) J'étais jeune et belle, bouillonnante d'énergie, il y avait tellement de choses que j'aurais voulu faire ! Mais Randolph était débordé, sa mère avait toujours un nouveau service à lui demander. Et si je voulais aller quelque part ou faire quoi que ce soit, il fallait toujours la consulter, elle. Sa mère... Sa Majesté, oui !

A nouveau, Mère plaidait sa cause, emportée par la rancœur.

— Je n'allais quand même pas rester plantée là, à attendre qu'il s'occupe de moi ? Il n'avait jamais de temps pour moi, jamais ! Ce n'était pas juste. Il ne m'avait pas dit que cela se passerait ainsi, quand il me faisait la cour. Au fond, j'ai été trompée. Escroquée.

Elle hocha la tête, enchantée de sa théorie.

— Oui, escroquée, parfaitement. Il m'a flouée. Il y avait deux hommes en lui : un pour l'extérieur, un pour l'hôtel. Et à l'hôtel, il devenait ce que sa mère voulait qu'il soit. Moi, je ne comptais plus.

« Donc je n'ai rien à me reprocher, tout est sa faute. Oui, parfaitement, sa faute ! (Ce point acquis, elle laissa déborder ses larmes.) Tu le vois bien toi-même, non ?

— Ainsi, elle t'a dit de m'abandonner et tu as accepté, résumai-je, comme un avocat interrogeant un témoin de la défense.

Etrange procès, où je plaidais non seulement la cause d'Ormand et de Sally Jean Longchamp, mais la mienne.

— Il a bien fallu, que pouvais-je faire d'autre ?

— Tu pouvais dire non. Tu pouvais te battre pour moi, ton enfant, contre cette femme. Il fallait lui dire non ! m'écriai-je avec emportement. Non, non et non !

Autant raisonner une enfant de quatre ans pour qu'elle se conduise en adulte... Mère sourit à travers ses larmes.

— Tu as raison, j'avoue, c'était mal. Très mal. Mais tu es revenue, maintenant, tout est arrangé. N'en parlons plus, jamais plus. Il y a tant de sujets de conversation plus agréables !

Elle me tapota la main, inspira profondément... et tout fut oublié, comme si nous n'avions échangé que des propos sans importance.

— Tu sais quoi ? enchaîna-t-elle avec naturel. Je me disais qu'il serait temps de faire quelque chose pour tes cheveux. Et de t'acheter quelques vêtements, des chaussures, des bijoux... enfin tout, quoi ! Tu n'as plus besoin de te contenter des restes de Clara Sue, maintenant. Tu peux avoir tout ce que tu veux. Alors, qu'en penses-tu ?

Je fus incapable de me fâcher. Elle était si puérile... Si vraiment elle avait toujours été ainsi, quelle proie facile pour grand-mère Cutler !

— Mais je suis très fatiguée, à présent, reprit-elle. C'est sûrement ce nouveau médicament. Du repos, voilà ce qu'il me faut. Du repos, et encore du repos... Ah ! Si tu vois ton père, dis-lui bien d'appeler le médecin. Il faut qu'il me prescrive autre chose.

Je l'observai un court moment. Comme elle faisait petite fille, vraiment ! On avait presque envie de la plaindre et de la câliner.

— Merci, ma chérie, murmura-t-elle d'une voix éteinte.

A quoi bon se fâcher, ou exiger quoi que ce soit de sa part ? Elle était invalide, à sa façon. Pas si malade que Mme Dalton, sans doute, mais tout aussi coupée de la réalité. Résignée, je pris le chemin de la porte.

— Aurore ?

— Oui, Mère ?

— Je suis désolée, soupira-t-elle en refermant les yeux.

— Moi aussi, Mère. Moi aussi.

Je redescendis lentement l'escalier, en proie à des pensées mélancoliques. Toute ma vie j'avais été à la merci des événements, ballottée comme un bouchon. Cela durait depuis l'âge le plus tendre et cela n'avait pas changé. Adolescente, je me retrouvais encore à la merci d'adultes qui décidaient pour moi, obligée de me plier à leurs désirs et à leurs volontés. Leurs actes, leurs décisions, leurs péchés... voilà les courants qui m'emportaient de-ci, de-là, à travers l'existence. Je ne pouvais même pas choisir l'endroit où je vivais, et ceux qui m'aimaient non plus. Fern et Jimmy partageaient mon infortune. Des événements anciens, survenus bien avant notre naissance, avaient déjà déterminé ce que nous serions et ce qui nous attendait.

Mais pour moi, quels bouleversements tragiques, en quelques mois ! La mort de maman, l'arrestation de papa et mon arrachement à la famille que je prenais pour la mienne, ma transplantation dans une autre. L'incessante malveillance de Clara Sue, la fuite et la capture de Jimmy, mon viol, et finalement ma découverte de la vérité... c'était trop. Je me sentais entraînée dans un tourbillon, une tornade, un cyclone. J'étais comme la voile secouée par la rafale, arrachée au mât et jetée au vent, libre, sans liens et sans entraves. Et animée de toute la violence de la tempête.

Je pivotai sur mes talons et pris d'un pas décidé la direction du hall, le menton haut et le regard droit devant moi. Je n'entendis rien, je ne vis rien de ce qui se passait autour de moi... jusqu'à ce que j'arrive devant Grand-mère. Elle siégeait sur son canapé, entourée d'une petite cour suspendue à ses lèvres. Tous les visages s'orientaient vers elle comme des tournesols vers le soleil. Et l'heureux admirateur, mâle ou femelle, qu'elle gratifiait d'un signe ou d'un sourire s'illuminait comme s'il venait de recevoir la bénédiction d'un évêque.

Mon expression devait être éloquente, car le petit troupeau eut un recul instinctif à mon approche. Il s'ouvrit littéralement devant moi. Lentement, son gracieux sourire toujours vissé aux coins de la bouche, Grand-mère se retourna pour voir quel nuage avait bien pu éclipser son éclat. Et à la seconde où elle me vit, le sourire angélique s'évapora, à moins qu'il n'eût gelé sur place. Elle avait retrouvé sa froideur de banquise.

Je m'arrêtai juste en face d'elle, les bras croisés sous les seins. Mon cœur cognait comme un marteau piqueur, mais je n'avais pas l'intention de lui laisser deviner mon émoi.

— Je désire vous parler, annonçai-je de but en blanc.

— On n'interrompt pas ainsi une conversation, c'est incorrect, me rabroua-t-elle, déjà prête à se retourner vers son auditoire.

— Correct ou pas, peu importe. Il faut que je vous parle.

Je mis dans ma voix autant d'assurance qu'il me fut possible, ne baissai pas les yeux, ne battis pas d'un cil. Et subitement, le sourire envolé reparut, à l'intention du cercle d'admirateurs.

— Chers amis, je crains d'avoir à régler un petit problème privé. Puis-je vous demander de m'excuser un instant ?

Un de ses voisins s'empressa de l'aider à se lever.

— Merci, Thomas.

Thomas ayant reçu son dû, je reçus le mien : un regard noir, que je soutins sans broncher.

— Va m'attendre dans mon bureau.

J'y allai, la laissant se prodiguer en excuses pour mon inqualifiable conduite.

Mes yeux s'attachèrent instantanément au portrait de mon grand-père. Il avait un bon sourire affectueux, chaleureux, j'aurais bien aimé le connaître. Et je me demandais comment il avait pu supporter son dragon de femme...

La porte s'ouvrit à la volée et Grand-mère entra

comme une bourrasque. Le plancher résonna sous son pas martial quand elle me dépassa pour venir se planter devant moi, les lèvres pincées et les yeux brûlants de rage.

— Comment as-tu osé te conduire ainsi, et devant mes clients, par-dessus le marché ! Pendant que je leur parlais ! Pas un seul de mes employés, fût-il le plus humble des tâcherons, n'aurait osé agir de cette façon ! Il n'y a donc pas la moindre trace de décence dans ton insolente petite personne ?

Je reculai sous cette flambée de colère comme si j'en sentais réellement la chaleur ardente, cuisante. Puis je me repris, affrontai Grand-mère et lui renvoyai la balle.

— C'est vous qui parlez de décence, espèce d'hypocrite ?

— Oh, c'est trop fort ! Je vais t'enfermer dans ta chambre, je vais te...

— Vous ne ferez rien du tout, Grand-mère, sauf une chose : me dire la vérité. Il est temps.

Elle battit des paupières, incapable de cacher son trouble. Et ce ne fut pas sans jubiler que j'annonçai :

— Je suis allée voir Mme Dalton, ce matin. Elle est très malade et cela lui a fait beaucoup de bien de soulager sa conscience. Elle m'a raconté ce qui s'était réellement passé avant ma naissance, et après.

— C'est grotesque. Si tu crois que je vais rester là à...

— Ensuite je suis allée voir ma mère, et elle a tout avoué, elle aussi.

Grand-mère Cutler m'observa longuement, sa fureur décroissant peu à peu, comme une flamme qui baisse. Puis elle passa derrière son bureau.

— Assieds-toi, m'ordonna-t-elle en prenant place elle-même.

Je m'approchai du fauteuil qu'elle me désignait, en face d'elle, et pendant un long moment nous ne fîmes rien d'autre que nous dévisager. Quand elle parla, ce fut presque avec son calme ordinaire.

— Qu'as-tu appris, au juste ?

— A votre avis ? La vérité. La liaison de ma mère et votre chantage pour qu'elle m'abandonne. Votre petit coup monté pour feindre un enlèvement et votre accord avec Ormand Longchamp. Comment vous avez acheté le silence et la complicité de votre personnel. Et comment vous avez offert une récompense pour égarer les soupçons, débitai-je tout d'une traite.

— Et qui va croire un tel ramassis de sornettes ?

Elle parut si sûre d'elle-même que j'en eus froid dans le dos, et poursuivit sur le même ton :

— Je sais que Mme Dalton est très malade. Et toi, sais-tu que son gendre travaille pour les services sanitaires de Cutler's Cove, et que cette compagnie m'appartient ? Je n'aurais qu'à claquer des doigts pour qu'il soit renvoyé.

« Maintenant, si tu veux, montons chez ta mère et ressers-lui ta petite histoire. Tu sais ce qui se passera ? Elle aura une crise de nerfs et se mettra à bafouiller de façon tellement incohérente que personne n'y comprendra rien. Je ne serais même pas étonnée qu'elle soit subitement frappée d'amnésie, conclut Grand-mère, triomphante.

— Mais tout est vrai, n'est-ce pas ?

Ma belle confiance commençait à s'émousser, battue en brèche par celle de Grand-mère. Cette femme était tellement forte, tellement sûre d'elle ! Elle aurait défendu son carré de gazon devant un troupeau de chevaux sauvages.

Elle réfléchit longuement, le regard au loin, avant de reporter son attention sur moi.

— Je finirai par croire que tu t'attires des ennuis par plaisir. Il fallait de l'audace pour héberger ce garçon recherché par la police... Enfin ! Tu l'auras voulu.

« Oui, c'est vrai : Randolph n'est pas ton véritable père. Je l'avais supplié de ne pas épouser cette petite garce ! Je savais ce qu'elle était, et ce qu'elle deviendrait. Mais il s'est laissé prendre à ses charmes et à sa voix sucrée, comme tous les autres... même mon mari, d'ailleurs. Elle en faisait ce qu'elle voulait, avec ses petites mines effarouchées, son rire de crécelle et son air fragile. Ils adorent ça, les faibles femmes sans défense ! Seulement...

Grand-mère eut un sourire désenchanté.

— Seulement cette chère Laura Sue n'était pas aussi faible qu'elle voulait le faire croire, oh non ! Surtout quand il s'agissait de satisfaire ses caprices.

« Elle a toujours su ce qu'elle voulait. Je ne tenais pas à voir entrer ce genre de femme dans ma famille, ni dans cet hôtel, mais allez donc raisonner un homme amoureux ! Autant essayer de remonter un torrent à la nage. J'ai donc pris mon mal en patience. J'observais. J'attendais. Je ne me permettais qu'un conseil par-ci, par-là, prudemment.

« Au début, Laura Sue jouait les femmes respectables et responsables. Mais dès que je lui proposais une occupation sérieuse, elle poussait les hauts cris, épuisée d'avance. Et Randolph me suppliait de la décharger de ses tâches.

« — Nous avons assez de bibelots décoratifs, Randolph, lui ai-je dit souvent. Un de plus est tout à fait superflu.

« J'aurais aussi bien pu m'adresser aux murs !

« Mais la véritable Laura Sue est vite revenue à la surface : une coureuse, qui se jetait à la tête du premier venu ! Rien ne l'arrêtait, c'était répugnant. J'ai essayé d'avertir mon fils, mais il était aveugle à cela comme au reste. Quand un homme est épris d'une femme à ce point-là, c'est comme s'il avait regardé le soleil en plein midi. Après cela, il ne voit plus rien.

« J'ai donc patienté, et comme tu dois le savoir, elle n'a pas tardé à se fourrer toute seule dans le guêpier. J'aurais pu la jeter dehors à ce moment-là, cette petite drôlesse ! J'aurais dû, seulement...

La voix de Grand-mère se teinta d'amertume.

— Je voulais protéger Randolph, la famille... et la réputation de l'hôtel. J'ai agi pour le bien de chacun, pour celui de l'hôtel *et* de la famille, car pour moi, les deux ne font qu'un.

— Mais papa... enfin, Ormand Longchamp...

— Il a accepté le marché en toute connaissance de cause.

— A part un détail : il croyait que tout le monde était d'accord. C'est bien ce que vous lui aviez dit, n'est-ce pas ? Répondez !

— Randolph ne sait pas ce qu'il veut, il ne l'a jamais su. J'ai toujours décidé pour lui. Sauf en une seule et unique occasion : ce mariage... Et regarde ce que ça a donné !

— Mais Ormand croyait...

— Oui, c'est entendu, il le croyait. Mais je l'ai généreusement payé et j'ai veillé à ce que la police ne retrouve pas sa trace. C'est sa faute s'il s'est fait prendre. Il aurait dû rester dans le Nord, et ne jamais se montrer à Richmond.

— Mais il ne devrait pas être en prison, c'est injuste.

Elle balaya l'objection d'un geste désinvolte, comme s'il s'agissait d'une bagatelle. Mais je n'entendais pas en rester là, et je ne pris pas de gants pour le lui dire.

— Vous pouvez toujours forcer Mme Dalton à se rétracter, je m'en moque. Et même si vous vous arrangez pour que personne ne croie ma mère, ça m'est égal. On me croira, moi. Ou en tout cas, le scandale sera tel que vous ne vous en relèverez pas. Et je dirai tout à Randolph. Vous qui l'avez laissé me chercher partout, en offrant même une récompense ! Vous imaginez l'effet que ça lui fera ?

Nos regards se croisèrent, et il me fallut du courage pour soutenir le sien. Il jetait des éclairs. Finalement, comme je tenais bon, elle se radoucit.

— Qu'est-ce que tu veux ? Faire un esclandre, déshonorer la famille Cutler ?

— Je veux que vous fassiez libérer papa. Je veux que vous cessiez de me considérer comme la boue de vos chaussures. De traiter ma mère de garce et d'exiger qu'on me rebaptise.

Je voulais bien d'autres choses encore, mais je craignais de lui en demander trop à la fois. En temps voulu, j'espérais bien l'amener à faire quelque chose pour Fern et Jimmy.

Elle inclina lentement la tête et soupira.

— Entendu, je m'occuperai d'Ormand Longchamp. Avec mes relations, je devrais pouvoir obtenir sa libération sur parole. Quelques coups de fil suffiront. J'y songeais plus ou moins, d'ailleurs. Et si tu insistes pour qu'on t'appelle Aurore, eh bien, à ta guise !

« Mais toi...

Mon ébauche de sourire s'effaça net.

— Il faudra que tu fasses quelque chose pour moi.

— Vous voulez que je retourne vivre chez lui ?

— Bien sûr que non. Ce qui est fait est fait. Et tu es une Cutler, que cela nous plaise ou non, à l'une comme à l'autre. Néanmoins...

Grand-mère se renversa dans son fauteuil et prit le temps de m'observer, la mine satisfaite.

— Néanmoins tu n'auras pas besoin de passer tout ton temps à Cutler's Cove. J'estime qu'il serait préférable pour nous tous, Clara Sue, Philippe, Randolph et même ta... ta mère, que tu t'éloignes un peu.

— M'éloigner ? Et pour aller où ?

La satisfaction de Grand-mère croissait à vue d'œil. De toute évidence, elle avait conçu un plan des plus brillants et s'en félicitait. Elle eut un sourire ambigu.

— Tu as une très belle voix, et un réel talent. Je pense que de tels dons méritent d'être cultivés.

— Que voulez-vous dire ?

Cet intérêt pour mon avenir me semblait bien subit...

— Il se trouve que je suis membre du conseil d'administration d'un des plus prestigieux conservatoires de New York.

— New York !

— Exactement. Je tiens à ce que tu y entres, au lieu de retourner à Emerson Peabody. Je réglerai les détails dès aujourd'hui et tu pourras partir très bientôt. Il y a même des sessions d'été.

« Et rien de tout cela — notre entretien comme ce que tu as pu apprendre — ne doit sortir de ces quatre murs. J'ai décidé que tu étais trop douée pour perdre ton temps à faire le ménage, un point c'est tout. Personne n'a besoin d'en savoir plus.

Et tout le monde serait ébloui par sa grandeur d'âme, naturellement : elle s'en pourléchait les babines. Et moi, je devrais feindre la reconnaissance envers cette bonne grand-mère, si généreuse pour sa nouvelle petite-fille !

Mais je ne voulais pas retourner à Emerson Peabody, et je voulais devenir chanteuse. Elle arrivait à ses fins : elle se débarrassait de moi. Mais elle m'offrait du même coup une chance unique de réaliser mon rêve. Un conservatoire de musique et de chant, et à New York par-dessus le marché !

En plus, elle s'était engagée à aider papa.

— C'est entendu, j'accepte. A condition que vous teniez vos promesses.

Grand-mère Cutler eut un haut-le-cœur outragé.

— Je tiens toujours ma parole. Notre nom, notre honneur, notre réputation sont pour moi choses sacrées. Tu viens d'un milieu où elles n'avaient aucune importance, mais dans le mien...

— L'honneur et la parole donnée ont toujours compté pour nous, protestai-je avec véhémence. Nous étions pauvres, oui, mais nous avions des principes. Ormand et Sally Jean Longchamp ont toujours été loyaux l'un envers l'autre, eux !

Pour un peu, j'en aurais pleuré d'indignation.

Grand-mère m'observa longuement, mais son regard avait changé. J'eus l'impression qu'au fond, elle m'approuvait. Et quand elle se décida à parler, ce fut avec une lenteur songeuse.

— Ce sera très intéressant de voir quel genre de femme aura produit la liaison d'une Laura Sue... oui, très intéressant. Je n'apprécie guère tes manières, mais tu as fait preuve d'indépendance et de courage : deux qualités que j'admire.

— Et moi je ne suis pas sûre de tenir outre mesure à votre admiration, Grand-mère.

Un seau d'eau glacée n'eût pas produit sur elle un effet plus rapide. Elle se réfrigéra.

— Merci de me communiquer ta précieuse opinion, mais j'ai du travail. Je te ferai savoir quand tu pourras partir. Donc si tu n'as plus rien à me dire, tu peux disposer.

Je pris tout mon temps pour me lever.

— Et vous, vous croyez pouvoir disposer de la vie de tous, n'est-ce pas ? Comme c'est facile !

— J'assume mes responsabilités, voilà tout. Cela exige parfois des choix pénibles, mais j'agis au mieux des intérêts de l'hôtel et de la famille. Un jour, tu te trouveras devant ce genre de responsabilité, toi aussi. Obligée de prendre une décision qui ne sera ni très bien vue, ni très aisée. Alors tu te souviendras de moi... et tu me jugeras peut-être moins durement, ajouta-t-elle, comme si mon opinion comptait quand même à ses yeux, finalement.

Puis elle sourit.

— Crois-moi, quand tu auras des problèmes et que tu auras besoin de quelqu'un, ce n'est pas vers ta mère ou vers mon fils que tu te tourneras. Ce sera vers moi. Et tu seras bien contente de me trouver.

Tant d'arrogance de sa part me hérissait, et pourtant, elle disait vrai. Mon bref séjour m'avait suffi pour m'en rendre compte : à Cutler's Cove, tout reposait sur ses épaules.

Je sortis sans demander mon reste, et sans trop savoir à qui revenait la victoire.

Un peu plus tard, cet après-midi-là, je me reposais dans ma chambre quand j'eus la visite de Randolph. Moi qui avais eu tant de mal à le considérer comme un père... voilà qu'il ne l'était plus ! Je vis tout de suite à son expression que ma grand-mère lui avait fait part de ses projets.

— Mère vient de m'apprendre que tu as décidé de partir pour New York. C'est merveilleux... bien que je trouve un peu triste de te voir partir à peine arrivée, quand même !

Il avait l'air tout triste, en effet. Pauvre Randolph, trompé à la fois par sa femme et sa mère... Le sort n'était vraiment pas juste envers lui. Et dans cette famille, le bonheur et la paix tenaient décidément à bien peu de chose. Que deviendrait la dévotion de cet homme envers ma mère s'il apprenait la vérité ? Au fond, toute leur vie était bâtie sur le mensonge. Un mensonge que j'acceptais d'entretenir.

— J'ai toujours souhaité aller à New York pour étudier le chant.

— Tu as raison, bien sûr. Je te taquinais... Tu me manqueras, mais j'irai souvent te voir et tu reviendras pour les vacances. Quelle vie passionnante tu vas mener ! J'en ai déjà parlé à ta mère, elle est enchantée que tu choisisses une carrière artistique.

« Elle veut te monter une garde-robe toute neuve, naturellement, et je me suis déjà occupé de ça aussi. Demain matin, la limousine de l'hôtel sera à votre disposition. Vous avez carte blanche pour la tournée des grands magasins.

— Elle ne va pas trouver cela trop fatigant ? m'étonnai-je, sans parvenir à cacher mon mépris.

— Ça m'étonnerait ! Je ne l'ai jamais vue si gaie. Dès qu'elle a su la nouvelle, elle s'est assise dans son lit et s'est mise à babiller comme un pinson, tout excitée.

Randolph eut un rire attendri.

— Courir les boutiques, tu imagines ! S'il y a une chose que Laura Sue préfère à toutes les autres, c'est bien celle-là. Et elle adore New York. Elle ira probablement te voir toutes les semaines.

— Et mon travail, demain ? Je ne veux pas qu'il retombe sur Sissy.

— Oublie ça, tu ne seras plus jamais femme de chambre. Contente-toi de profiter de l'hôtel et de la vie de famille jusqu'à ton départ. Et ne t'inquiète pas pour Sissy. Elle aura quelqu'un pour l'aider, et nous aurons vite fait de te trouver une remplaçante. Mais dis-moi...

Il inclina la tête sur l'épaule et me sourit.

— Tu n'as pas l'air aussi contente qu'on pourrait s'y attendre. Qu'est-ce qui ne va pas ? Je reconnais que la situation du petit Longchamp n'est pas drôle, et je comprends que tu te fasses du souci pour lui. Mais tu n'aurais pas dû le cacher ici, pour commencer.

Il tapa dans ses mains, comme si cela suffisait à effacer de sa mémoire les souvenirs désagréables.

— Mais c'est fini, maintenant. N'y pensons plus.

— Je ne peux pas m'empêcher de m'inquiéter pour Jimmy. Il cherchait à fuir une famille horrible, c'est tout. J'ai essayé de vous le dire, mais personne n'a voulu m'écouter.

— Hmm... bon. En tout cas, nous savons que la petite fille va bien, c'est déjà ça.

— Vous avez eu des nouvelles de Fern ?

— Vaguement, le service ne donne pas beaucoup d'informations. Mais un ami de ta grand-mère connaît quelqu'un qui connaît quelqu'un... enfin bref. Fern a été adoptée par un jeune couple sans enfants. Nous n'avons pas pu en savoir plus, mais nous continuons les recherches.

— Mais si papa voulait la reprendre, alors ?

— Papa ? Oh, Ormand Longchamp ? Etant donné les circonstances, je serais surpris qu'on la lui rende à sa sortie de prison. Ce qui n'est sûrement pas pour tout de suite, précisa Randolph.

Apparemment, grand-mère Cutler ne l'avait pas mis au courant des termes de notre marché, et pour cause ! Il eût fallu qu'elle s'explique sur ses raisons d'agir.

— Et voilà ! reprit-il. Je tenais à te dire combien je suis heureux pour toi, mais le travail m'attend. (Il s'agenouilla pour déposer un baiser sur mon front.) Je te reverrai au dîner. Tu seras sans doute le membre le plus célèbre de la famille Cutler, conclut-il en s'en allant.

Je me renversai sur mon oreiller. Comme les événements se précipitaient, tout à coup ! Fern avait trouvé un nouveau foyer. Peut-être apprenait-elle à appeler papa et maman ses parents adoptifs. Peut-être nous oubliait-elle déjà, Jimmy et moi. Changer de décor, être bien soignée, bien vêtue et manger à sa faim... tout cela contribuerait sans doute à effacer les traces de son ancienne vie. Bientôt, le passé ne serait plus pour elle qu'un rêve confus, pas même un souvenir.

Et moi ? Je pouvais être certaine qu'il ne faudrait pas longtemps à Grand-mère pour m'expédier loin de Cutler's Cove, dans une nouvelle vie. C'était une question de jours. Mais au moins, j'avais une consolation. On me rejetait, mais pas n'importe où : dans l'univers de la musique. Et quand j'en franchirais le seuil, je laisserais derrière moi ce passé de misère et d'épreuves, de tristesse et de chagrins. J'étais bien résolue à concentrer toute mon énergie sur ce seul objectif : devenir une bonne cantatrice.

Ce soir-là, j'eus le droit de m'asseoir à table avec le reste de la famille. La rumeur de mon départ pour New York avait circulé à la vitesse du vent à travers tout l'hôtel. Les membres du personnel qui m'avaient accueillie en intruse vinrent me souhaiter bonne chance. La nouvelle parvint même à certains clients, qui trouvèrent quelques aimables paroles d'encouragement. Et ma mère nous offrit le spectacle d'une de ses guérisons miraculeuses.

A vrai dire, je ne l'avais jamais vue aussi éblouissante. Ses cheveux chatoyaient, son teint éclatait de jeunesse et de fraîcheur, ses yeux pétillaient. Elle riait, bavardait, plaisantait, avec une animation extraordinaire. Tout l'enchantait, soudain. Les gens étaient charmants, elle n'avait jamais connu un été aussi radieux. Et elle se lançait dans des détails sans fin sur les plaisirs qu'elle se promettait de sa journée d'emplettes.

— J'ai des amis à Manhattan, et mon premier soin sera de leur donner un coup de fil. Nous saurons tout sur le dernier cri de la mode, ma chérie. Tu penses bien que je ne veux pas t'attifer comme une fille de fermiers !

Son rire était si contagieux qu'il gagna Randolph, et lui aussi se montra plus aimable que jamais.

Seule, Clara Sue arborait une mine revêche. Elle me jetait des regards envieux, manifestement déchirée par des émotions contradictoires. D'une part, elle se débarrassait de moi, ce qui devait la réjouir. Elle redevenait princesse à part entière. Mais d'autre part, j'allais connaître des expériences fascinantes et, en plus, recevoir une avalanche de cadeaux. Elle serait exclue de la fête.

— Moi aussi j'ai besoin de faire des courses, geignit-elle, dès qu'elle trouva l'occasion de placer un mot.

— Mais tu as tellement de temps devant toi, Clara Sue, rétorqua Mère. Nous nous occuperons de cela avant la rentrée. Eugénie part dans quelques jours, elle. Et pour New York !

— Aurore, rectifiai-je avec douceur.

Ma mère battit des cils et coula un regard vers Grand-mère, étonnée de ne pas la voir réagir. J'insistai :

— Je m'appelle Aurore.

Mère eut un petit rire, pas encore très rassurée.

— Très bien, si tu y tiens et si tout le monde est d'accord...

— Elle est habituée à ce nom, trancha grand-mère Cutler. Elle pourra toujours en changer plus tard, si elle le désire.

Clara Sue grimaça, surprise et dépitée. Je lui souris, mais elle se hâta de regarder ailleurs, et j'échangeai avec Grand-mère un coup d'œil entendu.

Ce ne fut pas le seul de la soirée, en fait. Depuis notre entrevue décisive, elle respectait sa promesse et son attitude à mon égard avait changé. A ceux de ses clients qui voulaient savoir de qui je tenais ce talent, elle répondait qu'un de mes oncles adorait le chant et le violon.

Au fond, mon départ arrangeait tout le monde, ou presque, pour différentes raisons. Grand-mère Cutler n'avait jamais voulu de moi. Pour ma mère, j'étais à la fois une gêne et une menace. Randolph se réjouissait sincèrement de ma chance. Et Clara Sue pouvait se féliciter : je lui laissais les feux de la rampe. Voilà pour les convives. Mais Philippe, qui vaquait à ses occupations de serveur, me bombardait d'œillades furtives et troublées.

Après le dîner, quand j'eus fait acte de présence dans le hall et écouté assez longtemps bavarder Mère, je prétextai la fatigue pour me retirer. J'avais l'intention d'écrire une autre lettre à papa, pour lui communiquer mes découvertes. Lui dire que je ne lui reprochais rien et que j'avais compris pourquoi ils avaient agi ainsi, maman et lui.

Mais quand j'ouvris la porte de ma chambre, je trouvai Philippe étendu sur mon lit, les mains sous la nuque et les yeux au plafond. A mon entrée, il bondit sur ses pieds.

— Qu'est-ce que tu fais ici ? Sors de chez moi. Immédiatement !

Il éleva les mains dans un geste apaisant.

— Je voulais te parler, rien de plus. N'aie pas peur.

— Qu'est-ce que tu me veux, Philippe ? Que je te pardonne ? Alors tu perds ton temps. Je n'oublierai jamais ce que tu m'as fait.

— Tu en as parlé à Grand-mère, n'est-ce pas ? C'est pour ça qu'elle t'expédie si rapidement à New York ! Je me trompe ?

Je le toisai sans mot dire, sans faire un pas de plus. La seule idée de me trouver dans la même pièce que lui me révulsait.

— Alors tu lui as dit ? s'effraya-t-il d'une voix piteuse.

— Non, Philippe, je n'ai rien dit, mais je crois que les gens ont raison. Elle a des yeux et des oreilles partout, dans cet hôtel, insinuai-je. (Après ça, s'il insistait encore...) Et maintenant, file ! Ta vue me rend malade.

Il insista.

— Elle sait, forcément. Sinon pourquoi t'enverrait-elle à New York ?

— Tu n'as pas entendu ? Elle me trouve douée, figure-toi ! On dirait que ça t'étonne ?

— Non, bien sûr que non, mais... c'est bizarre, tout de même. La belle saison débute, on vient de te retrouver... et voilà qu'elle t'envoie loin de la famille étudier la musique ?

Il plissa les paupières, soudain soupçonneux.

— Je sens que tu me caches quelque chose. Est-ce en rapport avec la découverte de Jimmy dans la cave ?

— Tout juste, me hâtai-je de répondre.

Mais il ne parut pas convaincu.

— Je ne te crois pas.

— Tant pis, et d'ailleurs ça m'est bien égal. Je suis fatiguée, Philippe, et j'ai des tas de choses à faire demain. Va-t'en, s'il te plaît.

Il ne bougea pas d'un pouce, et cette fois, je me fâchai pour de bon.

— Tu ne m'as pas encore fait assez de mal comme ça ? Laisse-moi tranquille, c'est tout ce que je te demande.

— Enfin, Aurore, tâche de me comprendre ! Un garçon de mon âge ne sait pas toujours se contrôler... surtout quand une fille l'encourage et ensuite l'envoie promener.

Pauvre Philippe, si désireux de se justifier ! Il me faisait pitié.

— Je ne t'ai jamais encouragé, Philippe, et je pensais que tu avais compris pourquoi je te repoussais. Et tu oses rejeter la faute sur moi ! Tu es le seul responsable de tes actes, lançai-je, les yeux brûlants de haine.

— Mais c'est que tu es vraiment furieuse, ma parole ! (Il eut un petit sourire aguicheur.) Tu sais que tu es vraiment jolie quand tu es en colère ?

La stupeur me rendit muette, je ne pus que le dévisager. Je me souvins de mon émoi à notre toute première rencontre, à Emerson Peabody. Comme tout était différent, alors ! Et nous aussi, nous avions changé, nous n'étions plus du tout les mêmes. Et les choses ne redeviendraient jamais plus ce qu'elles avaient été, au temps où je croyais aux fées et aux miracles.

Philippe s'obstina, jouant jusqu'au bout son rôle d'incompris.

— Tu ne vas pas me détester à cause de ça, tout de même !

— Je ne te déteste pas, Philippe... (Ses traits s'éclairèrent.) Je te plains, c'est tout.

Il se rembrunit aussitôt, mais j'achevai tranquillement :

— Tu ne pourras jamais rien changer à ce qui s'est produit entre nous, ni à ce que j'éprouve envers toi. Je ne sais pas très bien quels sentiments j'avais pour toi : mais ils sont morts ce soir-là, quand tu m'as violée.

— Je ne te mentais pas, Aurore ! Je t'aime, de tout mon cœur et de toute mon âme. Je ne peux pas m'en empêcher.

— Il faudra bien, pourtant. Tu devras t'y efforcer. Je suis ta sœur, Philippe, tu comprends cela ? Ta sœur !

Reprends-toi. Tu ne peux pas m'aimer. Je suis sûre que tu n'auras aucun mal à trouver une... une autre amie.

— C'est fort probable, rétorqua-t-il avec arrogance, mais cela ne voudra pas dire que je t'oublierai pour autant. Je ne veux pas d'une autre fille, Aurore, c'est toi que je veux. Toi seule. Et si nous passions une dernière nuit ensemble ?... à bavarder, bien sûr, en tout bien tout honneur !

Il se rejeta sur mon lit avant d'achever :

— Et en souvenir du bon vieux temps ?

Là, c'était trop ! Comment osait-il suggérer une chose pareille ? Après ce que je venais de lui dire, il voulait que nous... Cette seule idée me soulevait le cœur. *Il* me soulevait le cœur ! Je ne pourrais jamais avoir de relations fraternelles avec lui, pas plus qu'avec Clara Sue. Il fallait qu'il disparaisse de ma vue avant que je ne prononce des mots irréparables... ou que je ne fasse un geste regrettable.

Je feignis d'avoir entendu un bruit dans le couloir.

— Quelqu'un vient, Philippe. C'est peut-être Grand-mère. Elle a dit qu'elle désirait me parler dans la soirée.

Il se redressa instantanément.

— Ah bon ? Je n'entends rien.

— Philippe ! implorai-je en simulant la plus vive inquiétude.

Il se leva, marcha jusqu'à la porte et affirma :

— Je n'entends rien du tout. Il n'y a personne.

Il y eut moi. D'un seul mouvement, je passai derrière lui, le poussai dans le couloir et refermai prestement la porte. A clef.

— Hé ! protesta-t-il. C'est de la triche !

— Il faut croire que c'est un trait de famille. Et maintenant, file !

— Voyons, Aurore ! Laisse-moi une chance. C'est si bon, tu verras. Je serai tendre, je ne te brutaliserai pas...

Aurore ? Je ne bougerai pas d'ici, je te préviens. Je passerai la nuit devant ta porte.

J'ignorai ses menaces et il finit par se lasser. Il s'en alla, et je me retrouvai enfin seule, avec mes pensées. J'approchai l'unique chaise de ma petite table, préparai un stylo et du papier et commençai ma lettre.

Cher papa,

Malgré tout ce qui s'est passé, je me rends compte que je t'appellerai toujours papa. Je sais que je t'écris avant que tu aies eu le temps de me répondre, mais je voulais te dire que j'ai découvert la vérité. J'ai parlé à la femme qui était ma nourrice, Mme Dalton. Et après ça, je suis allée voir ma mère et elle a tout avoué.

Ensuite, j'ai demandé un entretien à grand-mère Cutler, et cette fois, j'ai obtenu un récit authentique et complet. Je veux que tu saches que je ne vous reproche rien, à maman et à toi. Et quand Jimmy sera au courant, je suis sûre qu'il pensera comme moi.

On m'envoie étudier le chant dans un conservatoire de New York. Grand-mère Cutler fait surtout ça pour se débarrasser de moi, mais c'est ce que j'ai toujours désiré. Et je crois qu'il vaut mieux m'éloigner d'ici, de toute façon.

Nous ne savons toujours pas où est Fern, mais j'espère qu'un jour elle reviendra vivre avec toi, son vrai père. J'ignore ce que Jimmy est devenu, mais il s'était sauvé de chez un méchant fermier. Il est venu ici, on l'a retrouvé et on l'a emmené. Peut-être que vous vous reverrez bientôt, tous les deux. Grand-mère Cutler a promis de faire tout son possible pour que tu sois libéré sur parole.

Tu disais toujours que j'étais ton petit soleil et ta joie. Je souhaite que ma lettre t'en apporte un peu, car ces jours doivent être bien sombres pour toi. Je veux que tu saches que chaque fois que je chanterai, je penserai à toi, à ton sourire et à tout l'amour que vous m'avez donné, maman et toi.

Avec toute ma tendresse

Aurore

Je scellai ma lettre d'un baiser et la glissai dans une enveloppe. Le lendemain, elle partirait à la première heure.

J'étais vraiment très, très fatiguée. Dès que je posai la tête sur l'oreiller, mes yeux se fermèrent et je me laissai couler dans un sommeil bienfaisant. Les bruits de l'hôtel s'estompaient déjà. Ma vie dramatique et mouvementée à Cutler's Cove s'achevait.

Et mon errance allait reprendre, cette course effrénée que je n'avais pas choisie. Je ne fuirais plus dans la voiture de papa, en pleine nuit. Mais je me retrouvais sur la route et j'allais, et j'allais, quêtant sans fin ce lieu inaccessible : un coin du monde où je me sentirais chez moi.

Épilogue

Soit qu'elle se sentît coupable, soit pour le pur plaisir de dépenser, ma mère m'emmena dans la limousine de l'hôtel faire la tournée des boutiques. Sans jamais renâcler sur les prix, elle m'acheta plus de vêtements que je n'en avais vu dans toute ma vie. Jupes, chemisiers, blousons ; un manteau de cuir, des gants, un bonnet de fourrure ; de la lingerie, des chaussures, et même des mules en velours. Puis nous allâmes dans un grand magasin, où elle dévalisa le rayon parfumerie. J'eus droit à un assortiment complet de poudres, bâtons de rouge, fards à joues et à paupières. De retour à Cutler's Cove, il fallut quatre voyages aux deux chasseurs désignés pour décharger nos paquets.

Les yeux de Clara Sue faillirent lui sortir de la tête quand elle vit tout ce déballage. Elle se mit aussitôt à pleurnicher et à trépigner, exigeant que Mère l'emmène partout où nous étions allées.

La veille de mon départ pour New York, un chasseur de l'hôtel vint me chercher dans ma chambre.

— On vous demande sur la ligne principale, mademoiselle. Un appel à longue distance, la personne s'impatiente.

Je ne pris que le temps de le remercier et me ruai dans

le hall. Une chance que Clara Sue ne fût pas de service le matin ! Elle aurait sûrement refusé de me transmettre la communication : c'était Jimmy.

— Où es-tu ? fut ma première question.

— Dans une nouvelle famille, chez les Allans. Je me retrouve à Richmond, mais tout va bien. Et je vais retourner au lycée, figure-toi.

— Oh, Jimmy ! J'ai tellement de choses à te dire que je ne sais pas par où commencer.

Il éclata de rire.

— Par le début, ce sera plus simple.

Je lui racontai tout ce que j'avais appris, mon entretien avec grand-mère Cutler et ce qui s'en était suivi.

— Alors tu vois, tu ne peux plus rien reprocher à papa. Il croyait bien faire, finalement.

— Oui, enfin je pense. Mais c'était quand même idiot ! commenta-t-il, sur un ton qui me parut nettement moins dur que d'habitude.

Et ma voix s'emplit d'espoir.

— Tu voudras bien lui parler s'il cherche à te joindre, Jimmy ?

— Si jamais il essaie ! répliqua-t-il. Je suis content que Fern soit tombée sur un jeune couple qui l'aime beaucoup, mais n'empêche. J'ai hâte de la retrouver ! Et ça me fait plaisir que tu étudies le chant, même si ça ne me simplifie pas les choses pour aller te voir. En tout cas, j'essaierai.

— Moi aussi, Jimmy, j'essaierai de mon côté.

— Tu me manques.

— Toi aussi... chuchotai-je, la voix mal assurée.

— Bon, il faut que je te quitte. C'est déjà très gentil de la part des Allans de m'avoir permis de t'appeler. Bonne chance, Aurore.

— Jimmy ! m'écriai-je, comprenant qu'il allait raccrocher.

— Oui ?

— Je sais que... je peux penser à toi... autrement.

Je n'eus pas besoin d'en dire davantage.

— J'en suis heureux, Aurore. C'est pareil pour moi.

— Au revoir.

Une larme tomba de ma joue et je compris que je pleurais.

Le matin de mon départ, l'équipe des femmes de chambre m'offrit un cadeau d'adieu. Ce fut Sissy qui me le remit dans le hall, devant la grand-porte, tandis que les garçons chargeaient mes valises dans la limousine.

— Dans cet hôtel, il y a pas mal de gens qui regrettent de t'avoir si mal reçue, dit-elle en me tendant un paquet minuscule.

J'ôtai le papier et découvris une broche en or massif, représentant un seau et un balai.

— On voulait pas que tu nous oublies, tu comprends...

J'éclatai de rire et la serrai dans mes bras.

Un peu à l'écart, grand-mère Cutler observa toute la scène de son œil d'épervier. De toute évidence, l'affection que me manifestait le personnel faisait forte impression sur elle.

Clara Sue s'était plantée dans l'entrée, la mine revêche, à côté d'un Philippe au sourire indécis. Je dévalai les marches sans même leur accorder un regard ; près de la limousine, Mère et Randolph m'attendaient.

Mère semblait fraîche et dispose, parfaitement détendue. Elle m'attira dans ses bras et m'embrassa sur le front, dans un geste plein d'affection qui me laissa songeuse. Jouait-elle une comédie pour les clients et le personnel... ou commençait-elle à s'attacher à moi ?

J'interrogeai ses yeux si doux, mais je restai sur ma faim. Comment savoir ? Avec tous ces bouleversements, je n'étais plus sûre de rien.

— Alors à bientôt, Aurore, disait déjà Randolph. Dès

que nous pourrons nous libérer, nous irons te voir. Et si tu as besoin de quoi que ce soit...

Il déposa un baiser sur ma joue.

— ... tu n'as qu'à téléphoner.

— Merci.

Le chauffeur m'ouvrit la porte et je me coulai sur la banquette. Quelle différence entre ce départ matinal et mon arrivée nocturne dans un véhicule de police !

La voiture démarra et je me retournai en agitant la main, pour voir grand-mère Cutler s'avancer sur le perron. Elle me parut changée, tout à coup, et bien pensive. Un curieux personnage, décidément, cette vieille dame. Déroutante. Parviendrais-je à la connaître un jour ? Je me le demandai.

Puis, comme nous arrivions au bas de la route, je me penchai pour admirer l'océan. Il scintillait de reflets émeraude, et de petites voiles pointues se découpaient sur l'horizon bleu. Une aquarelle, une véritable œuvre d'art, me dis-je dans un élan de joie. Mon cœur débordait. Un de mes rêves était sur le point de se réaliser, Jimmy semblait heureux, papa serait bientôt libéré...

La limousine s'engagea dans un tournant et prit le chemin de l'aéroport. Je ne pus m'empêcher d'évoquer les jeux auxquels nous aimions nous livrer, papa et moi, tout en roulant vers une nouvelle maison.

— Et si on s'amusait à faire semblant, Aurore ? commençait-il. Où veux-tu aller, cette fois ? Dans le désert ou en Alaska ? En bateau ou en avion ?

— Laisse-la dormir, Ormand, intervenait maman. Il est tard.

— Tu es fatiguée, Aurore ?

— Non, papa, répondais-je, les yeux papillotants de sommeil.

De son côté de la banquette, Jimmy dormait, lui...

— Alors ? reprenait papa. Qu'est-ce que tu choisis ?

— Attends que je réfléchisse... l'avion. On volerait au-dessus des nuages.

— Et c'est parti ! répliquait papa en riant. Aaa-attention au décollage !

Quelques secondes après, je me croyais bel et bien en train de survoler une mer de nuages.

Parfois, méditai-je, quand on le désire avec assez de force, ce genre de rêve devient réalité.

Et, le regard perdu dans le bleu du ciel, j'imaginai une foule immense, innombrable, des milliers et des milliers de personnes... mon public, venu tout exprès pour m'écouter chanter.

Littérature extrait du catalogue

Cette collection est d'abord marquée par sa diversité : classiques, grands romans contemporains, témoignages. A chacun son livre, à chacun son plaisir : Henri Troyat, Bernard Clavel, Guy des Cars, Frison-Roche, Djian, Belletto mais aussi des écrivains étrangers tels que Virginia Andrews, Nina Berberova, Colleen McCullough ou Konsalik.

Les classiques tels que Stendhal, Maupassant, Flaubert, Zola, Balzac, etc. sont publiés en texte intégral au prix le plus bas de toute l'édition. Chaque volume est complété par un cahier illustré sur la vie et l'œuvre de l'auteur.

ADLER Philippe — **Bonjour la galère !** 1868/**2**
Les amies de ma femme 2439/**3**
Graine de tendresse 2911/**3**
Qu'est-ce qu'elles me trouvent ? 3117/**3**

AGACINSKI Sophie — **La tête en l'air** 3046/**5**

AMADOU Jean — **La belle anglaise** 2684/**4**

AMADOU - COLLARO - ROUCAS — **Le Bêbête show** 2824/**5** & 2825/**5** Illustrés

AMIEL Joseph — **Le promoteur** 3215/**9**

ANDERSEN Christopher — **Citizen Jane** 3338/**7**

ANDERSON Peggy — **Hôpital des enfants** 3081/**7**

ANDREWS Virginia C.

Fleurs captives :
- **Fleurs captives** 1165/**4**
- **Pétales au vent** 1237/**4**
- **Bouquet d'épines** 1350/**4**
- **Les racines du passé** 1818/**4**
- **Le jardin des ombres** 2526/**4**

La saga de Heaven
- **Les enfants des collines** 2727/**5**
- **L'ange de la nuit** 2870/**5**
- **Cœurs maudits** 2971/**5**
- **Un visage du paradis** 3119/**5**
- **Le labyrinthe des songes** 3234/**6**

Ma douce Audrina 1578/**4**
Aurore 3464/**5**

APOLLINAIRE Guillaume — **Les onze mille verges** 704/**1**
Les exploits d'un jeune don Juan 875/**1**

ARCHER Jeffrey — **Le pouvoir et la gloire (Kane et Abel)** 2109/**7**
Faut-il le dire à la Présidente ? 2376/**4**

ARSAN Emmanuelle — **Les débuts dans la vie** 2867/**3**
Chargée de mission 3427/**3**

ATTANÉ Chantal — **Le propre du bouc** 3337/**2**

ATWOOD Margaret — **La servante écarlate** 2781/**4**
Œil-de-chat 3063/**8**

AVRIL Nicole — **Monsieur de Lyon** 1049/**3**
La disgrâce 1344/**3**
Jeanne 1879/**3**
L'été de la Saint-Valentin 2038/**2**
La première alliance 2168/**3**
Sur la peau du Diable 2707/**4**
Dans les jardins de mon père 3000/**3**

BACH Richard — **Jonathan Livingston le goéland** 1562/**1** Illustré
Illusions/Le Messie récalcitrant 2111/**2**
Un pont sur l'infini 2270/**4**
Un cadeau du ciel 3079/**3**

BAILLY Othilie	L'enfant dans le placard 3029/2
BALZAC Honoré de	Le père Goriot 1988/2
BANCQUART Marie-Claire	Photos de famille 3015/3
BAPTISTE-MARREY	Les papiers de Walter Jonas 3441/9
BARBELIVIEN Didier	Rouge cabriolet 3299/2
BARRIE James M.	Peter Pan 3174/2
BAUDELAIRE Charles	Les Fleurs du mal 1939/2
BEARN Myriam et Gaston de	*Gaston Phébus :*
	1 - Le lion des Pyrénées 2772/6
	2 - Les créneaux de feu 2773/6
	3 - Landry des Bandouliers 2774/5
BEART Guy	L'espérance folle 2695/5
BELLEMARE Pierre	Les dossiers d'Interpol 2844/4 & 2845/4
BELLEMARE P. et ANTOINE J.	Les dossiers extraordinaires 2820/4 & 2821/4
BELLETTO René	Le revenant 2841/5
	Sur la terre comme au ciel 2943/5
	La machine 3080/6
	L'Enfer 3150/5
BELLONCI Maria	Renaissance privée 2637/6 Inédit
BENZONI Juliette	*Le Gerfaut des Brumes :*
	- Le Gerfaut 2206/6
	- Haute Savane 2209/5
BERBEROVA Nina	Le laquais et la putain 2850/2
	Astachev à Paris 2941/2
	La résurrection de Mozart 3064/1
	C'est moi qui souligne 3190/8
	L'accompagnatrice 3362/4
	De cape et de larmes 3426/1
BERG Jean de	L'image 1686/1
BERGER Thomas	Little Big Man 3281/8
BERTRAND Jacques A.	Tristesse de la Balance... 2711/1
BEYALA Calixthe	C'est le soleil qui m'a brûlée 2512/2
BISIAUX M. et JAJOLET C.	Chat plume (60 écrivains...) 2545/5
BLAKE Michael	Danse avec les loups 2958/4
BOGGIO Philippe	Coluche 3268/7
BORGEN Johan	Lillelord 3082/7
BORY Jean-Louis	Mon village à l'heure allemande 81/4
BOULET Marc	Dans la peau d'un Chinois 2789/7 Illustré
BRAVO Christine	Avenida B. 3044/3
	Les petites bêtes 3104/2
BROOKS Terry	Hook 3298/4
BRUNELIN André	Gabin 2680/5 & 2681/5
BURON Nicole de	Les saintes chéries 248/3
	Vas-y maman 1031/2
	Dix-jours-de-rêve 1481/3
	Qui c'est, ce garçon ? 2043/3
	C'est quoi, ce petit boulot ? 2880/4
	Où sont mes lunettes ? 3297/4
CARDELLA Lara	Je voulais des pantalons 2968/2
CARREL Dany	L'Annamite 3459/7

CARS Guy des

La brute 47/3
Le château de la juive 97/4
La tricheuse 125/3
L'impure 173/4
La corruptrice 229/3
La demoiselle d'Opéra 246/3
Les filles de joie 265/3
La dame du cirque 295/2
Cette étrange tendresse 303/3
La cathédrale de haine 322/4
L'officier sans nom 331/3
Les sept femmes 347/4
La maudite 361/3
L'habitude d'amour 376/3
La révoltée 492/4
Amour de ma vie 516/3
Le faussaire 548/4
La vipère 615/4
L'entremetteuse 639/4
Une certaine dame 696/5
L'insolence de sa beauté 736/3
L'amour s'en va-t-en guerre 765/3
Le donneur 809/3
J'ose 858/3
La justicière 1163/2
La vie secrète de Dorothée Gindt 1236/2
La femme qui en savait trop 1293/3
Le château du clown 1357/4
La femme sans frontières 1518/3
Le boulevard des illusions 1710/3
La coupable 1880/3
L'envoûteuse 2016/5
Le faiseur de morts 2063/3
La vengeresse 2253/3
Sang d'Afrique 2291/5
Le crime de Mathilde 2375/4
La voleuse 2660/4
Le grand monde 2840/8
La mère porteuse 2885/4
L'homme au double visage 2992/4
L'amoureuse 3192/4
Je t'aimerai éternellement 3462/4

CARS Jean des	Sleeping story 832/4
	La princesse Mathilde 2827/6
CASSAR Jacques	Dossier Camille Claudel 2615/5
CATO Nancy	L'Australienne 1969/4 & 1970/4
	Les étoiles du Pacifique 2183/4 & 2184/4
	Lady F. 2603/4
	Tous nos jours sont des adieux 3154/8
CESBRON Gilbert	Chiens perdus sans collier 6/2
	C'est Mozart qu'on assassine 379/3
CHABAN-DELMAS Jacques	La dame d'Aquitaine 2409/2
CHAILLOT N. et VILLIERS F.	Manika une vie plus tard 3010/2
CHAMSON André	La Superbe 3269/7
	La tour de Constance 3342/7
CHATEL Philippe	Il reviendra 3191/3
CHEDID Andrée	La maison sans racines 2065/2
	Le sixième jour 2529/3
	Le sommeil délivré 2636/3
	L'autre 2730/3
	Les marches de sable 2886/3
	L'enfant multiple 2970/3
	Le survivant 3171/2
	La cité fertile 3319/2
CHOW CHING LIE	Le palanquin des larmes 859/4
	Concerto du fleuve Jaune 1202/3
CICCIOLINA	Confessions 3085/3 Illustré
CLANCIER Georges-Emmanuel	Le pain noir 651/3
CLAUDE Hervé	L'enfant à l'oreille cassée 2753/2

CLAVEL Bernard
Le tonnerre de Dieu 290/**1**
Le voyage du père 300/**1**
L'Espagnol 309/**4**
Malataverne 324/**1**
L'hercule sur la place 333/**3**
Le tambour du bief 457/**2**
Le massacre des innocents 474/**2**
L'espion aux yeux verts 499/**3**
La grande patience :
1 - La maison des autres 522/**4**
2 - Celui qui voulait voir la mer 523/**4**
3 - Le cœur des vivants 524/**4**
4 - Les fruits de l'hiver 525/**4**
Le Seigneur du Fleuve 590/**3**
Pirates du Rhône 658/**2**
Le silence des armes 742/**3**
Tiennot 1099/**2**
Les colonnes du ciel :
1 - La saison des loups 1235/**3**
2 - La lumière du lac 1306/**4**
3 - La femme de guerre 1356/**3**
4 - Marie Bon Pain 1422/**3**
5 - Compagnons du Nouveau-Monde 1503/**3**
Terres de mémoire 1729/**2**
Qui êtes-vous ? 1895/**2**
Le Royaume du Nord :
- Harricana 2153/**4**
- L'Or de la terre 2328/**4**
- Miséréré 2540/**4**
- Amarok 2764/**3**
- L'angélus du soir 2982/**3**
- Maudits sauvages 3170/**4**
Quand j'étais capitaine 3423/**3**

CLOSTERMANN Pierre	**Le Grand Cirque** 2710/**5**
COCTEAU Jean	**Orphée** 2172/**2**
COLETTE	**Le blé en herbe** 2/**1**
COLLARD Cyril	**Les nuits fauves** 2993/**3**
COLOMBANI M.-F.	**Donne-moi la main, on traverse** 2881/**3**
	Derniers désirs 3460/**2**
CONNELL Evan S.	**Mr. et Mrs. Bridge** 3041/**8**
CONROY Pat	**Le Prince des marées** 2641/**5** & 2642/**5**
	Le Grand Santini 3155/**8**
COOPER Fenimore J.	**Le dernier des Mohicans** 2990/**5**
COOPER Mary Ann	**Côte Ouest** 3086/**4**
CORMAN Avery	**Kramer contre Kramer** 1044/**3**
	50 bougies et tout recommence 2754/**3**
COUSTEAU Commandant	**Nos amies les baleines** 2853/**7** Illustré
	Les dauphins et la liberté 2854/**7** Illustré
	Un trésor englouti 2967/**7** Illustré
	Compagnons de plongée 3031/**7** Illustré
DAUDET Alphonse	**Tartarin de Tarascon** 34/**1**
	Lettres de mon moulin 844/**1**
	Le Petit Chose 3339/**3**
DAVENAT Colette	**Le soleil d'Amérique** 2726/**6**
DERLICH Didier	**Intuitions** 3334/**4**
DHÔTEL André	**Le pays où l'on n'arrive jamais** 61/**2**
DICKENS Charles	**Espoirs et passions** 2643/**5**
	Oliver Twist 3442/**9**
DICKEY James	**Délivrance** 531/**3**
DIDEROT Denis	**Jacques le fataliste** 2023/**3**
DIWO Jean	**Au temps où la Joconde parlait** 3443/**7**
DJIAN Philippe	**37°2 le matin** 1951/**4**
	Bleu comme l'enfer 1971/**4**
	Zone érogène 2062/**4**

DJIAN (suite)	Maudit manège 2167/5
	50 contre 1 2363/3
	Echine 2658/5
	Crocodiles 2785/2
DORIN Françoise	Les lits à une place 1369/4
	Les miroirs truqués 1519/4
	Les jupes-culottes 1893/4
	Les corbeaux et les renardes 2748/5
	Nini Patte-en-l'air 3105/6
DUBOIS Jean-Paul	Les poissons me regardent 3340/3
DUFOUR Hortense	Le château d'absence 2902/5
DUMAS Alexandre	La reine Margot 3279/8
	Les trois mousquetaires 3461/9
DUNKEL Elizabeth	Toutes les femmes aiment un poète russe 3463/7
DUROY Lionel	Priez pour nous 3138/4
D'EAUBONNE Françoise	Isabelle Eberhardt 2989/6
EBERHARDT Isabelle	Lettres et journaliers 2985/6
EDWARDS Page	Peggy Salté 3118/6
Dr ETIENNE	Transantarctica 3232/5
Dr ETIENNE et DUMONT	Le marcheur du Pôle 2416/3
FISHER Carrie	Bons baisers d'Hollywood 2955/4 Inédit
FLAGG Fannie	Beignets de tomates vertes 3315/7
FLAUBERT Gustave	Madame Bovary 103/3
FOSSET Jean-Paul	Chemins d'errance 3067/3 (Exclusivité)
	Saba 3270/3 (Exclusivité)
FOUCHET Lorraine	Jeanne, sans domicile fixe 2932/4 (Exclusivité)
	Taxi maraude 3173/4 (Exclusivité)
FRANCESCHI Patrice	Qui a bu l'eau du Nil... 2984/4 Illustré

FRISON-ROCHE

La peau de bison 715/2
La vallée sans hommes 775/3
Carnets sahariens 866/3
Premier de cordée 936/3
La grande crevasse 951/3
Retour à la montagne 960/3
La piste oubliée 1054/3
Le rapt 1181/4
Djebel Amour 1225/4
Le versant du soleil 1451/4 & 1452/4
L'esclave de Dieu 2236/6

GAGARINE Marie	Blonds étaient les blés d'Ukraine 3009/6
	Le thé chez la Comtesse 3172/5 Illustré
GARRISON Jim	JFK 3267/5 Inédit
GEBHARDT Heiko	La mère d'Anna 3196/3
GEDGE Pauline	La dame du Nil 2590/6
GEORGY Guy	Folle avoine 3391/4
GILBERT Sarah	Une équipe hors du commun 3355/3
GLASER E. & PALMER L.	En l'absence des anges 3318/6
GOISLARD Paul-Henry	Sarah :
	1 - La maison de Sarah 2583/5
	2 - La femme de Prague 2584/4
	3 - La croisée des amours 2731/6
GORBATCHEV Mikhaïl	Perestroïka 2408/4
GRAFFITI Kriss	Et l'amour dans tout ça ? 2822/2
GRAY Martin	Le livre de la vie 839/2

GROULT Flora	*Maxime ou la déchirure* 518/**2**
	Un seul ennui, les jours raccourcissent 897/**2**
	Ni tout à fait la même, ni tout à fait une autre 1174/**3**
	Une vie n'est pas assez 1450/**3**
	Mémoires de moi 1567/**2**
	Le passé infini 1801/**2**
	Le temps s'en va, madame.... 2311/**2**
	Belle ombre 2898/**4**
GUIMARAES Bernardo	*Isaura* 2200/**2**
HALEY Alex	*Racines* 968/**4** & 969/**4**
HAMBLY Barbara	*La Belle et la Bête* 2959/**3**
HANSKA Evane	*Que sont mes raouls devenus ?* 3043/**2**
HARVEY Kathryn	*Butterfly* 3252/**7** Inédit
HAWKING Stephen	*Une brève histoire du temps* 3361/**3**
HAYDEN Torey L.	*L'enfant qui ne pleurait pas* 1606/**3**
	Kevin le révolté 1711/**4**
	Les enfants des autres 2543/**5**
	La forêt de tournesols 2988/**5**
	Une enfant comme les autres 3369/**6**

HÉBRARD Frédérique

Un mari c'est un mari 823/**2**
La vie reprendra au printemps 1131/**3**
La chambre de Goethe 1398/**3**
Un visage 1505/**2**
La Citoyenne 2003/**3**
Le mois de septembre 2395/**2**
Le Harem 2456/**3**
La petite fille modèle 2602/**3**
La demoiselle d'Avignon 2620/**4**
Le mari de l'Ambassadeur 3099/**6**

HEYMAN David	*Pauvre petite fille riche* 2963/**4**
HILL Susan	*Je suis le seigneur du château* 2619/**3**
HOFFMAN Alice	*La nuit du loup* 2803/**4**
	L'enfant du hasard 3465/**4**
HOFFMANN Stephane	*Le gouverneur distrait* 2983/**3**
HOLLANDER Xaviera	*Nouvelles aventures pimentées* 2758/**3**
HUBERT Jean-Loup	*Le grand-chemin* 3425/**3**
HUET & COQUART	*Bourvil ou la tendresse du rire* 3195/**4**
IGLESIAS Julio	*Julio raconte Iglesias* 3175/**4**
JAGGER Brenda	*Les chemins de Maison Haute* 2818/**8**
	La chambre bleue 2838/**7**
	Un manoir sur la lande 3152/**6**
JEAN Raymond	*La lectrice* 2510/**2**
	Transports 2790/**2**
	Le roi de l'ordure 3101/**3**
JEURY Michel	*Le vrai goût de la vie* 2946/**4**
	Une odeur d'herbe folle 3103/**5**
	Le soir du vent fou 3394/**5**
JOHNSON "Magic" Earvin	*L'amour sans risque* 3363/**2**
JULIET Charles	*L'année de l'éveil* 2866/**3**
KAYE M.M.	*Pavillons lointains* 1307/**4** &1308/**4**
	L'ombre de la lune 2155/**4** & 2156/**4**
	Mort au Cachemire 2508/**4**
	Mort à Berlin 2809/**3**
	Mort à Chypre 2965/**4**

KENEALLY Thomas	La liste de Schindler 2316/6
KIPLING Rudyard	Le livre de la jungle 2297/2
	Simples contes des collines 2333/3
	Le second livre de la jungle 2360/2
KLEIN Norma	Mon rayon de soleil 3367/3
KNOBELSPIESS Roger	Voleur de poules 3210/2

KONSALIK Heinz G.

Amours sur le Don 497/5
La passion du Dr Bergh 578/4
Dr Erika Werner 610/3
Mourir sous les palmes 655/4
Aimer sous les palmes 686/3
Les damnés de la taïga 939/4
Une nuit de magie noire 1130/2
Bataillons de femmes 1907/6
Un mariage en Silésie 2093/4
Coup de théâtre 2127/3
Clinique privée 2215/3
La nuit de la tentation 2281/3 Inédit
La guérisseuse 2314/6
Conjuration amoureuse 2399/2
La jeune fille et le sorcier 2474/3
Et cependant la vie était belle 2698/4
Le sacrifice des innocents 2897/3
La saison des dames 2999/4 Inédit
Le pavillon des rêves 3122/5 Inédit
La vallée sans soleil 3254/5 Inédit
La baie des perles noires 3413/5 Inédit

KOSINSKI Jerzy	L'oiseau bariolé 270/3
KOUSMINE Catherine Dr	Sauvez votre corps 2712/7
KUBELKA Susanna	Ophélie apprend à nager 3027/5
L'HÔTE Jean	Confessions d'un enfant de chœur 260/2
	La Communale 2329/2
LACAMP Ysabelle	La Fille du Ciel 2863/5
	L'éléphant bleu 3209/5
LACLOS Choderlos de	Les liaisons dangereuses 2616/4
LAFFERRIERE Dany	Comment faire l'amour avec un nègre... 2852/3
LAFON Monique	Mon enfant, ma douleur, mon bonheur 2901/3
LAHAIE Brigitte	Moi, la scandaleuse 2362/3 Illustré
	La femme modèle 3102/3 Inédit
LAHAYE Jean-Luc	Cent familles 3134/5
	Cent familles Tome II 3135/4
LASAYGUES Frédéric	Le chien de Goya 3211/5
LAUREY Joy	Joy 1467/2
	Le retour de Joy 3388/3
LAXER Gloria	Les vendanges du silence 2647/4
LE BARS André	Flics des beaux quartiers 3370/6
LEAMING Barbara	Rita Hayworth 3120/6 Illustré
LEBLANC Alain	Lucas 3392/4
LEFEBVRE Jean	Pourquoi ça n'arrive qu'à moi ? 3193/3 Illustré
LEFEVRE Françoise	La première habitude 697/2
	Le petit prince cannibale 3083/3
	Mortel azur 3295/2
LEFÈVRE Kim	Métisse blanche 2791/5
LIMONOV Edouard	Autoportrait d'un bandit dans son adolescence 2883/4
LINDSEY David	Mercy 3123/7 Inédit
LONDON Jack	Croc-Blanc 2887/3
LOTI Pierre	Le roman d'un spahi 2793/3
	Pêcheur d'Islande 2944/3
LOWERY Bruce	La cicatrice 165/1

MAALOUF Amin	*Les croisades vues par les Arabes* 1916/**4**
McCULLOUGH Colleen	*Les oiseaux se cachent pour mourir* 1021/**4** & 1022/**4**
	Tim 1141/**3**
	Un autre nom pour l'amour 1534/**4**
	La passion du Dr Christian 2250/**6**
	Les dames de Missalonghi 2558/**3**
	L'amour et le pouvoir 3276/**7** & 3277/**7**
McMURTRY Larry	*Texasville* 3321/**8**
MACLAINE Shirley	*Amour et lumière* 2771/**4**
	Vivre sa vie 2869/**3**
MACNEE Patrick	*Chapeau melon* 2828/**5**
McNEILL Elizabeth	*9 semaines 1/2* 2259/**2**
MALLET-JORIS Françoise	*La tristesse du cerf-volant* 2596/**4**
	Adriana Sposa 3062/**5**
	Divine 3365/**4**
MANIGUET Xavier	*Les dents de la mort* 3302/**7**
MARGUERITTE Victor	*La garçonne* 423/**3**
MARIE-POSA	*Eclipse* 3189/**3**
MARIN Maud	*Le saut de l'ange* 2443/**4**
	Tristes plaisirs 2884/**3**
	Le quartier des maudites 3214/**4**
MARKANDAYA Kamala	*Le riz et la mousson* 117/**2**
MARTINO Bernard	*Le bébé est une personne* 2128/**3**
MASSIE Sonja	*Horizons lointains* 3356/**6**
MATHEWS Harry	*Cigarettes* 2708/**4**
MAUPASSANT Guy de	*Une vie* 1952/**2**
	L'ami Maupassant 2047/**2**
	Bel-Ami 3366/**3**
MAYERSBERG Paul	*Homme fatal* 3317/**6**
MAZZIOTTA Françoise	*L'enfant venu d'ailleurs* 2924/**2**
MERRICK Monte	*Memphis Belle* 2934/**3**
MICHAEL Judith	*L'amour entre les lignes* 2441/**4** & 2442/**4**
	Une héritière de haut vol 2913/**6** & 2914/**6**
	Une autre femme 3012/**8**
	Une femme en colère 3300/**6** & 3301/**6**
MILES Rosalind	*La vengeance aux deux visages* 2723/**5** & 2724/**5**
MITCHELL Kirk	*Backdraft* 2996/**4**
MONNIER Thyde	*- Grand-Cap* 206/**2**
Les Desmichels :	*- Le pain des pauvres* 210/**4**
	- Nans le berger 218/**4**
	- La demoiselle 222/**4**
	- Travaux 231/**4**
	- Le figuier stérile 237/**4**
MONSIGNY Jacqueline	*Michigan Mélodie (Un mariage à la carte)* 1289/**2**
	Le roi sans couronne 2332/**6**
	Toutes les vies mènent à Rome 2625/**5**
	Les lionnes de Saint-Tropez 2882/**4**
	Gulf Stream 3280/**6**
MONTLAUR Pierre	*Iosseph le Juif du Nil* 3084/**5**
MOOR Lova	*Ma vie mise à nu* 3078/**4** Illustré
MORASSO Françoise	*L'Oreille en coin* 2829/**4**

MORAVIA Alberto	La Ciociara 1656/4
	La belle Romaine 1712/5
	L'homme qui regarde 2254/3
MORRIS Edita	Les fleurs d'Hiroshima 141/1
MOUSSEAU Renée	Mon enfant mon amour 1196/1
MOWAT Farley	Dian Fossey au pays des gorilles 2728/5
MUSSET Alfred de	La confession d'un enfant du siècle 3320/3
NELL DUBUS Elisabeth	Beau-Chêne 2346/6
	L'enjeu de Beau-Chêne 2413/6
	Le dernier rêve de Beau-Chêne 2805/6
	Comme un feu éternel 3014/7
	Folles chimères 3045/4 Inédit
NOLAN Christopher	Sous l'œil de l'horloge 2686/3
OGER Armelle	Enquête sur la vie très privée des Français 3341/6
ORIEUX Jean	Catherine de Médicis 2459/5 & 2460/5
	Les Fontagre 2766/5 & 2767/5
OVERGARD William	Les fous et les braves 2868/5 Inédit
OYLER Chris	Va vers la lumière, mon fils 3004/3
PALAISEUL Jean	Tous les espoirs de guérir 2912/5
PALLIERES C. et M.-F.	Quatre enfants et un rêve 2769/5
PAULY Francis	O Garimpeiro 3250/5
PARTURIER Françoise	Les Hauts de Ramatuelle 1706/3
PELOT Pierre	L'été en pente douce 3249/3
PEYREFITTE Roger	Les amitiés particulières 17/4
PIAT Jean	Le parcours du combattant 3028/4
	La vieille dame de la librairie 3278/4
PILCHER Rosamund	Les pêcheurs de coquillages 3106/8
	September 3446/9
PLAIN Belva	Tous les fleuves vont à la mer 1479/4 & 1480/4
	La splendeur des orages 1622/5
	Les cèdres de Beau-Jardin 2138/6
	La coupe d'or 2425/6
	Les Werner 2662/5
	Pour le meilleur et pour le pire 3116/6
	Le collier de Jérusalem 3336/7
POE Edgar Allan	Le chat noir et autres récits 2004/3
POUCHKINE Alexandre	Eugène Onéguine 2095/2
PRICE Nancy	Les nuits avec mon ennemi 2995/5
PU-YI	J'étais empereur de Chine 2327/6
RABANNE Paco	Trajectoire - D'une vie à l'autre 3411/3
RACHET Guy	*Duchesse de la Nuit :*
	- Le sceau de Satan 2530/6
	- Le Lion du Nord 2645/4
	- Les chemins de l'aurore 2709/5
	Les vergers d'Osiris 2819/6
RADIGUET Raymond	Le diable au corps 2969/1
RASPAIL Jean	Les yeux d'Irène 2037/4
	Qui se souvient des Hommes... 2344/3
	Moi, Antoine de Tounens, roi de Patagonie 2595/4
	Le Camp des Saints 2621/4
	L'Ile Bleue 2843/3
	Pêcheur de lunes 3087/3

REMY Pierre-Jean	Annette ou l'éducation des filles 2685/5
RENARD Jules	Poil de carotte 11/1
RHODES Evan H.	Le prince de Central Park 819/2
RIMBAUD	Une saison en enfer, Poésies...3153/3
RIPLEY Alexandra	Charleston 3220/8
ROBBE-GRILLET Alain	L'année dernière à Marienbad 546/2
ROBINE M. & SECHAN T.	Georges Brassens - Histoire d'une vie 3424/5 Illustré
ROSENBAUM Edward E.	Le docteur 3149/3
ROSTAND Edmond	Cyrano de Bergerac 3137/3
ROUCAS Jean	Les roucasseries 3230/4
	Les roucasseries - Tome 2 3440/4
ROUCH Dominique	Dieu seul le sait 3266/3
ROULAND Norbert	Soleils barbares 2580/4
RUGGIERI Eve	Mozart - L'itinéraire sentimental 3322/3
SADOUL Jacques	La mort du héros 1950/3
	Le domaine de R. 2522/6
	93 ans de B-D 2561/7 Inédit Illustré
	L'île Isabelle 2623/3
	La cité Fabuleuse 3412/4
SAGAN Françoise	Un peu de soleil dans l'eau froide 461/2
	Des bleus à l'âme 553/1
	Un profil perdu 702/2
	Le lit défait 915/3
SAINT Harry F.	Mémoires d'un homme invisible 2945/8
SAND George	La mare au diable 3194/1
	Leone Leoni... 3410/3
SARRAUTE Claude	Allô Lolotte, c'est Coco 2422/2
	Maman coq 2823/3
SCOTT Paul	Le joyau de la couronne (Le quatuor indien) :
	- Le joyau de la couronne 2293/5
	- Le jour du scorpion 2330/5
	- Les tours du silence 2361/5
	- Le partage du butin 2397/7
SEDA	Le fumoir de l'ambassade 3368/3
SEGAL Erich	Love story 412/1
	Oliver's story 1059/2
SEGUR Comtesse de	Les petites filles modèles 3013/2
SEVERIN Tim	Le voyage d'Ulysse 3011/6 Illustré
SHALIT Béatrice	Lisa, Lisa 3389/3
SHULMAN Neil	Doc Hollywood 3248/4 Inédit
SIM	Elle est chouette, ma gueule ! 1696/3
	Pour l'humour de Dieu 2001/4
	Elles sont chouettes, mes femmes 2264/3
	Le Président Balta 2804/4
	Ma médecine hilarante 3213/3
SINGER A. L.	Maman j'ai encore raté l'avion 3387/2
SORAYA	Le palais des solitudes 3251/4
SPALDING Baird T.	La vie des Maîtres 2437/5
SPENCER Lavyrle	Doux amer 2942/7 Inédit

3464

Achevé d'imprimer en Europe (France)
par Brodard et Taupin à La Flèche (Sarthe)
le 9 septembre 1993. 1140I-5
Dépôt légal septembre 1993. ISBN 2-277-23464-8
1er dépôt légal dans la collection : mai 1993
Éditions J'ai lu
27, rue Cassette, 75006 Paris
Diffusion France et étranger : Flammarion